圆屋

The Round House

【美】路易丝·厄德里克 著
张廷佺　秦方云 译

上海译文出版社

《圆屋》人物关系图 1

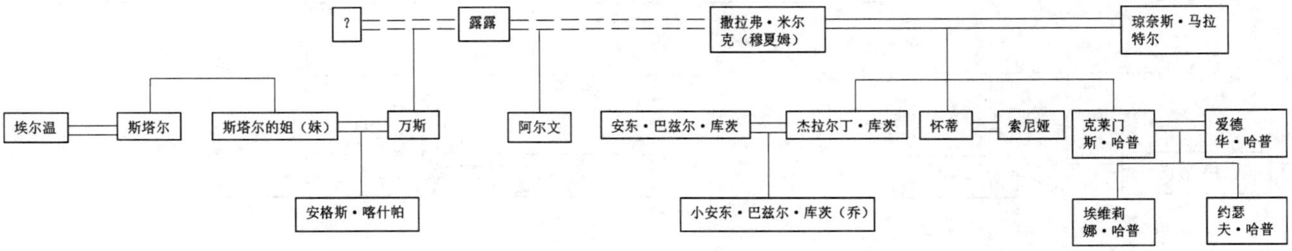
?
露露
撒拉弗·米尔克（穆夏姆）
琼奈斯·马拉特尔
埃尔温
斯塔尔
斯塔尔的姐（妹）
万斯
阿尔文
安东·巴兹尔·库茨
杰拉尔丁·库茨
怀蒂
索尼娅
克莱门斯·哈普
爱德华·哈普
安格斯·喀什帕
小安东·巴兹尔·库茨（乔）
埃维莉娜·哈普
约瑟夫·哈普

《圆屋》人物关系图 2

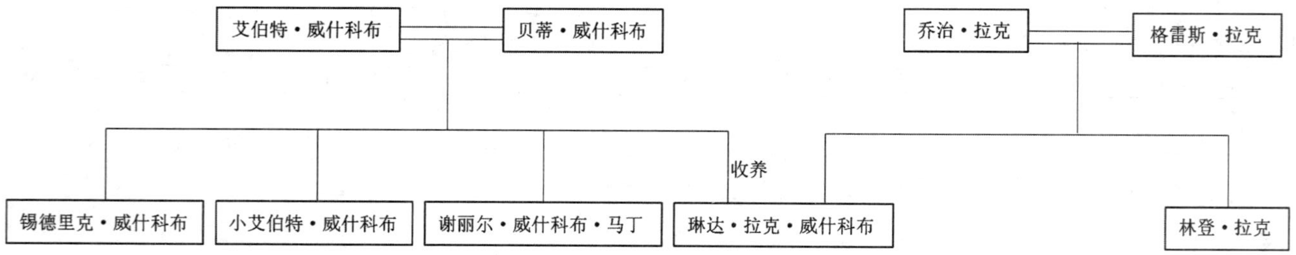
艾伯特·威什科布
贝蒂·威什科布
乔治·拉克
格雷斯·拉克
收养
锡德里克·威什科布
小艾伯特·威什科布
谢丽尔·威什科布·马丁
琳达·拉克·威什科布
林登·拉克

目　录

第一章

1988

小树已侵入我家房子的地基。细长的树苗刚长出一两片肥厚结实的叶子，就已硬生生地钻入棕色木瓦间的缝隙，木瓦是水泥砖墙外层用作装饰的。树苗在看不见的墙里扎根，很难撬出来。真他妈难搞，爸爸用手心抹了把额头骂道。我拿着一把手柄开裂、锈迹斑斑的黄叉子，爸爸挥动着细长的拨火铁棍——这玩意儿多半是成事不足败事有余。爸爸凭感觉朝着可能有树根入侵的地方瞎捅一气，灰泥墙上戳出的洞，反倒给来年的树苗行了方便。

每撬松一棵小树，我就当成战利品放在房子周边狭窄的小道上。其中有白蜡树、榆树、枫树、羽叶槭[1]，甚至还有棵老大不小的梓树。爸爸暂时把梓树放在冰淇淋桶里，浇了水，想着说不定能另找个地儿把它种起来。我想，在北达科他这种地方，这些树苗能熬过冬天真是奇迹。它们不一定缺水，但光照不足，土壤有限。然而，每粒种子生根后都钻得很深，还生出卷须探到外面。

爸爸站起来伸了个懒腰，放松一下酸痛的后背。他通常是个完美主义者，但这回却说就这样吧。

可我不想停下来。爸爸进屋给去办公室取文件的妈妈打电话，而我继续倒腾着藏在墙缝里的小树根。爸爸进去就没再出来，我估计他肯定像平时那样打盹去了。你会想这下我该消停了吧，毕竟像我这样一个十三岁的小男孩，其他好玩的事儿有的是！但恰恰相反。天色慢慢变暗，保留地[2]上渐渐安静下来，可我却越发觉得，必须赶紧把每棵入侵我家的植物连根拔起，因为植物的生命力都集中在根部。同时值得一提的是，这次我可是一丝不苟，完全不像对待家务那样随便糊弄一下。甚至到现在，我都没想到自己竟能那么全神贯注地做一件事。我把铁叉紧贴着细小的嫩芽插进去。对付每棵小树苗都得采取特定的技巧。要想把树根从它们顽强生长的角落里完好无损地扯出来，又不碰断树枝，几乎是不可能的。

最后我还是放弃了，偷偷溜进爸爸的书房，拿了一本他奉为《圣经》的法律书——费利克斯 · S.科恩[③]的《联邦印第安人法手册》。这是爷爷留下来的；锈红色的封皮已磨破，长长的书脊也已开裂，每页都写着批注。我努力适应书中过时的语言和频繁的脚注。不知是爸爸还是爷爷在第 38 页斜体字印刷的案件（***美国诉四十三加仑威士忌案***[④]）旁画了一个感叹号，这自然也引起了我的注意。我估计爸爸或爷爷也和我一样觉得这个标题很可笑。然而，我慢慢看明白了：政府与我们签订的协定就像是与外国人签订的协定[⑤]——这个案件强化了我早在阅读

---

① 又名“梣叶槭”。落叶乔木，枝叶茂密。

② 是美国政府从印第安部落原来拥有的土地中划出来供部落全体成员继续居住的土地，其边界确定，范围有限，印第安人不得随意离开，非印第安人也不允许擅自进入。保留地内的印第安人受联邦政府的控制与监督，被迫进行“美国化”。这种制度出现于 19 世纪 50 年代，在内战后的 10 余年得以广泛推行。保留地制度不仅夺走了印第安人的家园和故土，而且侵犯了他们的自由、独立和权利。

③ 1907—1953，美国律师兼法律学者，其研究成果对法律哲学、联邦印第安法律和相关政策产生了深远影响。

④ 1864 年，美国国会与明尼苏达州西北部红湖及彭比纳地区的齐佩瓦族群签订协定，规定不得向印第安事务官负责管理的印第安土地引入烈酒。1872 年，一白人将 43 加仑威士忌带入明尼苏达州波尔克县的库克森村庄，印第安事务官以“齐佩瓦人经常光顾该村庄”为由将其威士忌全部没收。该白人以“库克森村庄不靠近任何印第安土地”提出异议，美国国会遂向最高法院请求发布再审令。再审后，最高法院维持原判，称美国国会有权管理印第安部落与外界的贸易往来，其不仅有权禁止将烈酒带入印第安土地销售，且可以将禁止区域延伸至印第安土地的周边区域，白人的异议被驳回。

⑤ 1830 年，美国政府通过《印第安人迁移法案》，宣布“印第安国”不复存在，即印第安部落不再是独立的主权国家，不再拥有土地所有权。此前，印第安部落一直以“主权国家”的身份与美国政府交往。

其他案件时就形成的这种想法。穆夏姆[1]所说的辉煌和权力其实并没有完全丧失，至少它们在一定程度上还受法律保护，但我想知道究竟在多大程度上。

我在厨房里边喝凉水边看书。这时，爸爸醒了，迷迷糊糊地打着哈欠走进来。虽然这本手册内容很有分量，但书本身并不重，所以一瞅见爸爸，我就迅速把书拖到桌底下，放在大腿上。爸爸舔了舔干涩的嘴唇，四下寻找着什么，或许是食物的香味、瓶瓶罐罐的声音、玻璃杯相碰的叮当声，或是脚步声。接着他问了句，虽然乍一听没什么，却吓了我一跳。

你妈呢？

他的嗓音干涩嘶哑。我偷偷把书移到另一把椅子上，站起身把我的水杯递给他。他一口气喝了下去，没再问。不知怎的，我们四目相对的样子让我突然觉得自己已经长大，仿佛爸爸知道我读了他的法律书之后已置身于他的世界。他一直盯着我，直到我垂下目光。其实我刚满十三岁。两个星期前，我还只有十二岁。

去上班了吗？我回答道，因为我不想让他继续盯着我。我先前以为他知道妈妈在哪儿，以为他打电话时就知道的。但我知道妈妈其实并不在上班。她接了个电话，跟我说要去办公室拿些文件，这会儿可能正在为收到的某份申请书绞尽脑汁吧。妈妈专门负责部落的登记注册，整个部门就她一个人。今天是星期天，一片寂静。星期天下午不用上班的，即便她后来又去克莱门斯姨妈家，这会儿也该回来做晚饭了。这点我和爸爸都清楚。女人不知道男人有多重视她们规律的生活习惯。她们进进出出的身影已融入我们的身体，她们的节奏已渗入我们的骨髓。我们的脉搏按她们的心跳而设定。周末下午，我们一向是等妈妈安排晚上的时间。

---

①梅蒂语，意为“外公”“爷爷”。

所以你瞧，她不在，连时间都停了。

怎么办？我俩异口同声地问，这又让人不安起来。不过，爸爸见我一副六神无主的样子，主动开了口。

我们去把她找回来，他说。于是我匆匆穿上夹克。我很高兴他说得那么肯定：不是去找找看，不是去找她，而是找到她。我们要出去把她找回来。

车胎没气了，他说，可能她送谁回家的路上把车胎扎破了。这些该死的路。我们走路去你姨父家借车把你妈找回来。

又是“找回来”。我迈开大步，走在爸爸身边。他走起来速度很快，步子仍然那么有力。

爸爸以前是律师，后来做了法官。他和我妈结婚很晚。妈妈怀上我也是意外，所以穆夏姆叫我“哎哟”，这是他给我取的小名。不幸的是，家里其他人都觉得这个名字很好笑，所以直到现在还有人时不时叫我“哎哟”。我们下山去姨父姨妈家。他们住在一栋由国家住房和城市发展部[①]负责建设、分配的浅绿色房子里，一丛棉白杨[②]为它遮风挡雨，三棵小小的蓝云杉让它看上去还真不赖。穆夏姆也住在那儿，不知不觉住了很久。他的长寿让我们深感自豪，一大把年纪了还在院子里忙这忙那。每天在外面忙完，他就拖着骨瘦如柴的身体，躺在窗边的帆布床上，浅浅地打着盹，有时还会发出干涩的噗嗤声，可能在笑吧。

爸爸告诉克莱门斯和爱德华说妈妈的车胎没气了，要问他们借辆车。他说得好像自己真的知道“车胎没气的原委”，我听到差点笑出声。他似乎已经说服自己：他的猜想就是事实。

---

① 即美国住房和城市发展部，于 1965 年通过合并政府原有机构而成立，主要职责是为美国国民建立合理的住房体系和居住环境，通过抵押贷款担保方案为中低收入家庭获得房屋所有权提供担保。

② 杨柳科杨树属，速生乔木，枝干粗壮。

我们开着姨父的雪佛兰沿着石子路往部落办公室驶过去。在停车场转了一圈，一辆车也没有，窗户也黑洞洞的。于是我们开出大门往右拐。

我敢打赌她肯定是去霍普丹斯[①]了，爸爸说，去买东西准备晚餐。可能她想给我们一个惊喜，乔。

我的全名是小安东·巴兹尔·库茨，但谁要是敢在我名字前加个“小”或者“第几第几”的，我会跟他拼命。叫我巴兹尔也不行。我六岁时就给自己取名叫乔。八岁时，我才发现自己取的名字和曾爷爷的名字约瑟夫[②]是一样的。我对他的了解主要来自他在那些书页发黄、皮革封面已皱缩的书中写过的笔记。他留下来的古董书塞满好几排书架。我还是没能找到一个新名字，好让自己和无趣的库茨家族撇开关系，真讨厌！库茨家族的男人有责任心、正直，有些英雄气概；他们静静地喝酒，偶尔抽上一根雪茄，开着低调的车，但有勇气娶一个比自己聪明的老婆。我虽觉得自己和他们不一样，可不知道哪儿不一样。去找妈妈的路上，我按捺住心里的焦虑，心想可能她只是去杂货店了。就是那样，小事一桩。尽管如此，我还是觉得事情没那么简单。妈妈失踪了。这从没发生在一个法官的儿子身上，即使是保留地上的法官。但我隐约希望会发生点什么。

我是那种会花上一整个星期天下午把小树苗从自家房子的地基里挖出来的孩子。我最终也必然会成为这种人——这是我本该接受的事实，但我却一直拒绝接受。不过我所说的希望发生点什么，不是指什么坏事，而是稀罕事，或者让人眼前一亮的，比如成为宾果游戏[③]的大赢

---

①原文为“Hoopdance”，是作者虚构的北达科他州的一个小镇，很可能取自Hoop Dance（北美印第安人铁环舞）。舞者使用1到30个不等的铁环摆出不同的动物形状讲述故事。铁环寓意永不止息的生命轮回。

②乔的英语原文为“Joe”，约瑟夫的英语为“Joseph”，昵称是“Joe”，故此处说两个名字是一样的。

③通常在游戏厅进行。使用的卡片大多是5行5列，有24个数字加上一个空格，对应“B-I-N-G-O”5个字母。美国宾果游戏的数字在75以内随机抽取，有专人叫号。通常在1到15中选择B对应的数字，在16到30中 （转下页）

家，虽然星期天并不是玩宾果的日子，而且照妈妈那性格，她绝不会去玩这种游戏。可我就是期望发生些什么不寻常的事儿，仅此而已。

往霍普丹斯开到半路，我突然想起来星期天杂货店是不开门的。

当然是不开门！爸爸抬高下巴，双手紧紧握着方向盘。他的侧脸就像电影海报上的印第安人，又像硬币上的罗马人。他大大的鼻子和下巴流露出禁欲主义者的坚忍刚毅。但他没停下来，因为他说妈妈可能也忘记今天是星期天了。就在这时，我们与她擦身而过。找到她了！她在对面车道上聚精会神地开着车，从我们身边嗖的一声超速飙过，赶着回家见我和爸爸。可我们就在她眼前呀！看着她面无表情的样子，我们大笑着掉头追上，跟在她车屁股后头吃了一路灰。

她一定气坏了，爸爸如释重负地大笑道。看，我就说吧！她忘记杂货店关门了，还专门跑了一趟。现在白白浪费了油钱，她气得不行。哦，杰拉尔丁！

他的语气里有调侃，有爱慕，也有惊讶。哦，杰拉尔丁！光从这句话就能听出他一直深爱着妈妈。在他以为自己人生无望之时，她愿意与他结为夫妻，之后又给他生了个儿子，对此他一直心存感激。

哦，杰拉尔丁。

他边开车边笑着摇了摇头。一切都很好，非常好。我们现在可以承认了：妈妈突如其来的失踪着实让我们捏了把汗。我们这才猛然意识到自己多么珍惜那平淡却神圣的日常生活。尽管我觉得自己是个放荡不羁的人，可我心底里同样珍惜这种寻常的快乐。

这回轮到她来担心我们了。爸爸说，让她也尝尝担心的滋味，一点

（接上页）选择 I 对应的数字，在 31 到 45 中选择 N 对应的数字，在 46 到 60 中选择 G 对应的数字，在 61 到 75 中选择 O 对应的数字。游戏者根据叫号，迅速找到卡上的这些数字，并做出标记，只要有一个游戏者根据叫号描出 BINGO 图案，那么这一轮的游戏就算结束。因为每次叫的号会不同，同样号码的卡片在一场游戏中没中奖，但有可能在下一场游戏中中奖。胜利者会喊出“Bingo”（宾果）这个单词来宣布获胜。

点就好。我们先不紧不慢地把车开回克莱门斯家，走路上山，心想妈妈肯定会怒气冲冲地质问“你们去哪儿了”。我能想象出她双手叉腰的样子，虽然皱着眉头，却不自觉地流露出一丝微笑。等她听完整个故事，肯定会哈哈大笑。

我们沿着土路往山上走。车道两边整整齐齐地种了一排三色紫罗兰幼苗，是妈妈早些时候在牛奶盒里培育的，只有这种花经得住霜冻。我们走到车道上，见她还没下车。车停在车库空白的墙壁前，妈妈坐在驾驶座上。爸爸跑起来。我也看得见她呆板的身影： 一动不动，姿势僵硬，不大自然。他走到车前，打开驾驶室车门。妈妈双手紧握方向盘，目光呆滞地盯向前方，就像我们去霍普丹斯的路上迎面碰到她时的那样。我们当时看她目不转睛的表情还嘲笑了她一番，说她因为浪费汽油气坏了！

我紧跟在爸爸身后。即便在这时，我还是小心翼翼地跨过了三色紫罗兰带有圆齿的叶子和花苞。爸爸抓住妈妈的手，轻轻地把她的手指从方向盘上掰开，接着轻轻托住她的手肘，把她从车上抱下来。妈妈保持着坐在车椅上的姿势，往爸爸身上靠过去。她整个人的重量一下子落在爸爸身上，眼睛盯着我身后。她上衣正面的下摆处粘着呕吐物，短裙和灰色车座套染上了她暗红色的血。她的血。

下去找克莱门斯，爸爸说，告诉他们我直接带你妈妈去霍普丹斯医院的急诊室。让他们赶紧过来。

他单手打开后车门，把妈妈挪到后车座边，让她慢慢躺下，两个人像是在笨手笨脚地跳舞。接着爸爸又帮她翻过身侧躺着。她一声不响，但用舌尖舔了舔开裂流血的嘴唇。我看见她眨了眨眼，微皱着眉头。她的脸肿了。我绕到另一侧，上车和她坐在一起。我抬起她的头，好让她枕在我的大腿上。我搂着她的肩，陪着她。她狠狠打了个颤，仿佛体内的某个开关被打开了似的。她身上散发着一股刺鼻的味道，是呕吐物和汽油或煤油混杂在一起的气味。

你待会儿在那下车，爸爸说着把车掉了个头，车胎发出刺耳的刮擦声。

不，我要跟你一起去。我得抱着妈妈。我们到了医院再给他们打电话。

不管是言语还是行动上，我几乎从没顶撞过爸爸。但我俩却没注意到我刚才的反驳。先前我们俩就像大人似的看着对方，真奇怪，我根本没准备好像个大人。不过这些都不重要。我坐在车后座，紧紧抱着妈妈。她的血流到我身上。我伸手把一直放在后挡风玻璃那儿的一条旧格子花呢棉被拉下来。她抖得很厉害，我真怕她会变成碎片。

快点，爸爸。

好，他说。

于是我们便一路飞奔到急诊室。车速超过了九十码。我们真是飞过去的。

爸爸是个大嗓门，据说是后天练出来的。他年轻时不这样，但在法庭工作就得大嗓门。他的声音雷鸣般地响彻整个急诊室门口。医务人员把妈妈抬到轮床上后，爸爸立刻叫我给克莱门斯打电话。接着就是等待。他的怒火已彻底爆发了，充斥在空气中，我反倒感觉好多了。不管出了多大的事总能解决的，靠的就是他的满腔怒火。他很少发这么大火，但每次发火都能把事办成。他抓着妈妈的手，跟着医务人员一起把她推进急救室。门在他们身后关上了。

我坐在橙色塑料椅上。刚才有个瘦得皮包骨头的大肚子从我们车边走过，车门敞开，她看着妈妈，把一切都看在眼里。现在她挂完号，一屁股坐在我对面，拿起一本破旧的《人物》杂志。她旁边坐着一位不声不响的老太太。

你们印第安人难道没有自己的医院吗？你们不是在盖新医院吗？

我告诉她急诊室还没盖好。

还没好啊，她说。

还没什么？我故意说得尖刻刺耳。我可不是普通的印第安小孩；他们哪怕生气了也低眉顺眼，一声不吭。我妈妈可不是这么教育我的。

大肚子噘起嘴巴，继续看杂志。老太太在织手套的大拇指部位。我走到付费电话机那儿，可身上一分钱也没有，只好去护士台询问能不能借用电话。这儿离我家很近，只是个本地电话，所以护士同意了。可没人接。于是我想起姨妈可能和爱德华去参加圣餐仪式[①]了，每个星期天晚上他们都会去。爱德华姨父说，在克莱门斯恭恭敬敬地参加圣餐仪式时，他一直在想，人类从猿进化而来，怎么可能就是为了坐在那儿，傻乎乎地张着大嘴，盯着一块白色的圆薄脆饼干看呢？爱德华姨父是科学老师。

我回到候诊室坐下，尽可能离那个大肚子远远的，可是房间很小，所以还是不够远。她翻弄着书页。杂志的封面人物是雪儿[②]。雪儿的下巴旁还印着一行字：是她让《月色撩人》引起了轰动，她的情人只有二十三岁，而且她能彪悍地说："敢惹我，我就杀了你。"但雪儿看上去可不彪悍。她长得像个表情诧异的塑料娃娃。这个瘦骨嶙峋的大肚子扫了雪儿的照片一眼，对织手套的老太太说道。

看样子那个可怜的女人流产了，要不就是——她狡黠地说——被强奸了。

她看着我，翘起的嘴唇下露出兔牙，邋里邋遢的黄头发颤动着。我也盯着她，盯着她几乎没长睫毛的浅棕色眼睛。接着，出于本能，我做

---

① 纪念耶稣基督救赎人类的圣礼。耶稣被钉死在十字架前进行最后的晚餐时，耶稣拿起饼和酒，分给门徒并说"这是我的身体""这是我的血"。因此，基督教认为饼和酒是耶稣为救赎人类被钉在十字架上的象征。圣餐仪式上，神父对代表耶稣身体与血的圆形薄饼和葡萄酒进行祝祷，随后分给信徒。

② 1946— ，美国著名歌星、演员，被誉为"流行音乐教主"，凭借在 1987 年的电影《月色撩人》（*Moonstruck*）中的出色表演，获第 60 届奥斯卡最佳女主角奖。

了件奇怪的事。我走过去，拿过她手中的杂志，一边盯着她，一边把封面撕下来，把杂志剩下的部分扔到地上，然后又把手里的封面撕开。雪儿那一模一样的两条眉毛被分开了。织毛线的老太太噘起嘴唇，数着针数。我把封面碎片还给瘦骨嶙峋的大肚子，她接了过去。可紧接着，我突然又替雪儿难过起来，她哪儿得罪我了？我起身走出了候诊室。

我站在候诊室外面，听见那个大肚子正扯着嗓子，趾高气扬地向护士抱怨。天快黑了。气温也降了下来，不知不觉中，一丝寒意伴着黑暗袭来。我蹦跶几下，甩了甩胳膊。我才不管别人怎么看呢。那个女人不走，我就不回候诊室，要么就等爸爸从急救室出来，告诉我妈妈没事，我才进去。可是我没办法不去想那个女人说过的话。如她所愿，那两个词深深地刻在我的脑子里。流产。我不太理解这个词的含义，只知道和小宝宝有关。但这是不可能的。六年前，我吵着跟妈妈说要个小弟弟时，她就跟我讲，医生说生下我之后，她就不可能再怀孕了。这是不可能的了。所以就只剩下另一个词了。

过了一会儿，我看见护士带着那个大肚子走进急救室。但愿他们不会把她安排在妈妈附近。我又走到护士台，给姨妈打了个电话，她说她让爱德华留下来照顾穆夏姆，马上就开车过来。她还问我出了什么事。

妈妈在流血，我说。我的嗓子堵住了，说不出话。

她受伤了？出车祸了？

我说我不知道，克莱门斯就挂了电话。一个面无表情的护士走出急救室，让我去看看妈妈。妈妈想见我，护士本来不同意，但在妈妈坚持之下，护士还是让我进去了。我想冲到前面，但还是跟在护士身后走过明亮的大厅，走进一个没有窗户的房间，四周摆着一排装着玻璃门的绿色金属储物柜。房间里光线不好，妈妈穿着一件单薄的病号服。床单裹住了她的双腿。现在看不到血了，哪儿都看不到。爸爸站在床头边，一手搭在床头的金属栏杆上。一开始我并没有看爸爸，只是看着妈妈。妈妈很漂亮，这点我一直很清楚。不管是家里人还是陌生人，都承认这一点。她和克莱门斯拥有牛奶咖啡色的肌肤和性感光亮的黑鬈发，生完孩子依旧保持着苗条的身材。她们沉着、率直，眼睛坚毅有神，嘴唇好似电影明星。可一旦遇上什么乐事，她们就没了正形，笑得喘不过气来，鼻子呼哧呼哧、打嗝、气喘，甚至忍不住放屁，看上去更加疯癫了。她们常常逗得对方哈哈大笑，爸爸有时也能把她们逗得前仰后合。即使那种时候，她们还是很美。

而现在，我看见妈妈的脸上出现了一条条的肿块，脸扭曲得很难看。她透过肿胀的眼皮间的缝隙看着我。

出什么事了？我傻乎乎地问。

她没回答。泪珠从眼角滚落。她用裹着纱布的拳头擦干眼泪。我很好，乔。看看我。看到了吗？

我看着她。可是她并不好。脸上伤痕累累，人都走了样。皮肤失去了平时温暖的颜色。嘴唇的伤疤上还有干了的血渍。护士走进来，转动手柄抬高床头，又加了床毯子。我低头靠在她身上。我想抚摸她包着纱布的手腕和冰冷、干燥的指尖。她大叫一声，把手抽了回去，好像被弄疼了。她身体僵硬，闭上了眼。这个举动真让我崩溃。我抬头看爸爸，他示意我去他身边。他用一只胳膊搂住我，轻推着我走出了房间。

她并不好，我说。

他低头看了看表，又看着我。他的脸似乎因愤怒而颤抖，他分明无法快速思考。

她并不好，我着急地说，像在告诉他真相。一时间我甚至以为他会撑不住。我可以看出，某种情绪在他体内升腾，但他控制住了，吐了口气，然后打起精神。

乔，他又奇怪地看看手表。乔，他说，你妈妈被人袭击了。

我们一起站在走廊里，站在投下斑驳光影、嗡嗡作响的荧光灯下。我想到什么就问什么。

被谁？被谁袭击了？[1]

荒谬的是，我们俩都意识到，换作平常，爸爸的第一反应肯定是先纠正我的语法错误。可这次，我们互相看着对方，他什么都没说。

单看爸爸的头、脖子和肩膀，会以为他是个高大威武的男人，但他身体的其他部位也就是一般人的模样，甚至还有些笨拙、柔弱。不过要是仔细想想，对法官来说这其实是个不错的体型。法庭上，他仪表堂堂地坐在椅子上，隐约露出上半身；可当他在法官办公室（其实就是一间装饰过的储藏间）里商量事儿时，又不会显得咄咄逼人，大家会信任他。他的嗓音可以震耳欲聋，也可以表现出每一丝细微的情感变化，有时又会很温柔。可现在，他简直是像在说悄悄话，正是这种温柔、亲切让我恐惧。

她不知道是谁，乔。

可是我们会找到他吗？我同样轻声地问道。

我们会找到他的，爸爸说。

然后呢？

爸爸星期天从不剃胡子，下巴上已冒出几根小小的花白胡茬。那种情绪在他体内又开始积聚，眼看就要爆发。可他反倒把手搭在我肩上。那尖细温柔的声音着实吓了我一跳。

我现在还想不到那么远。

我把手放在他手上，看着他的眼睛，他那双平视着我的棕色眼睛。袭击了我妈妈的人，一定会被找到、受罚、偿命。爸爸看出了我的想法。他的手指嵌进我的肩膀。

我们会抓住他的，我立马说道。说这话时我既害怕，又不知所措。

会的。

他拿开手。会的，他又强调了一遍。他轻轻敲打着手表，咬着下嘴

---

①原文作“Attacked by who？”，此处的“who”按正确语法应为“whom”。

唇。如果警察现在过来的话，他们需要做笔录。他们该到了。

我们转身往房间走去。

哪儿的警察？我问。

你说到点子上了，他说。

可是，护士还不想让我们回到急救室。我们只好站在外面等，等着等着警察来了。三个人穿过急诊大门，安静地站在大厅里。其中一个是州警，一个是霍普丹斯地方警察，还有部落警察文斯·麦德维森。爸爸坚持要求他们各做一份笔录，因为现在还不清楚案发地点是在州地产还是部落地产上，也不清楚嫌疑犯是谁，是印第安人还是非印第安人。我基本上已知道，事实就围绕这几个问题；我也知道，这些问题不会改变事实，但必然会影响我们寻求公正的途径。爸爸拍拍我的肩膀，然后走了过去。我靠墙站在那儿。他们的个头比爸爸略高，但他们认识爸爸，都凑过来低下头听他讲话。他们聚精会神地听着，视线始终没离开过爸爸的脸。爸爸说话时，双手交叉放在身后，眼睛不时地往地板上瞅瞅。他抬眼挨个儿看看他们，接着又把目光转移到地板上。

每个警察都拿着笔和本子走了进去，隔了大约十五分钟，又面无表情地走了出来。然后依次和爸爸握握手，便迅速离开了。

那天的当班医生是个年轻人，叫艾格[1]。为妈妈检查的也是他。我和爸爸正要进妈妈病房时，发现艾格医生已经在那儿了。

我觉得还是不要让孩子……他开口了。

他光秃秃的圆脑袋油光发亮，人如其名，像个鸡蛋，真是好笑。他椭圆形的脸上架着副圆形黑框眼镜，看着有点眼熟。我想起来了，妈妈为了让我吃白煮蛋，以前常常在鸡蛋上画张脸，跟艾格医生很像。

爸爸跟艾格医生说，我妻子坚持要再见见乔。她得让乔看到她没事。

---

①原文为“Egge”，与“Egg”（鸡蛋）发音相似。

艾格医生不说话了。他正色看了爸爸一眼，眼神有些严厉。爸爸退后一步，让我去候诊室等着，看克莱门斯到了没有。

我想再看看妈妈。

我会去找你的，爸爸匆匆说道，去吧。

艾格医生盯着爸爸，眼神更严厉了。我很不情愿地走开了。爸爸和艾格医生也低声交谈着走开了。但我并不想走，于是我转过身，看着他们。他们站在妈妈病房门口，艾格医生说完话用一根手指扶了扶眼镜。爸爸走到墙边，好像要穿墙而过似的。他把额头抵在墙上，双手撑在墙上，双眼紧闭着站在那儿。

艾格医生转过身，看到我站在门口没动。于是他指了指候诊室的方向。从爸爸的姿势可以看出他的情绪有点问题，但我还太小了，不能和他一起分担。但在刚刚过去的几个小时里，我对长辈的权威愈来愈抵抗。所以，我没有乖乖走开，反而把艾格医生推到一边，跑到爸爸身边。我伸开双臂，抱住爸爸柔软的身体，躲在他的夹克里，紧贴着他，什么都没说，只是和他一起呼吸着，深深抽泣着。

很久之后，等我做了法官再回头去查阅能找到的每一份文件和笔录，回忆起那天和之后发生的每件事，我才明白爸爸是从艾格医生那儿了解到了妈妈受伤的详情和伤势的。可那天克莱门斯把我从爸爸那儿带走后，我就什么也不知道了，只记得走廊的坡很陡。我回到候诊室，好让克莱门斯和爸爸说两句。在里面坐了大概半小时后，克莱门斯进来告诉我，妈妈要动手术。她拉着我的手。我们坐在一起，盯着一幅画看。画中，在阳光强烈的山坡上，一个早期来到保留地的白人女人坐在一把黑伞下，身边躺着她的孩子。我俩都说过不太喜欢这幅画，而现在更是恨不得在它身上发泄一下，尽管画并没什么错。

我该带你回家，你可以在约瑟夫的房间睡，克莱门斯说。你明天直接从我们家去学校。我会回医院等着。

我很累，大脑转不动了，可是我看着她，仿佛她是个疯子。因为只有疯子才会在这种时候还想着要我去上学。一切都无法像往常那样了。候诊室就在这个陡峭的走廊尽头，我该待在这儿。

你至少还能睡一会儿，克莱门斯姨妈说。睡觉总没坏处吧。时间很快就过去了，你也不用一直盯着那幅讨厌的画。

是强奸么？我问她。

是的，她说。

还有呢？ 我问。

我的家人不会遮遮掩掩。尽管是天主教徒，但她有话直说，从不拐弯抹角。她回答我的时候声音冷静利落。

强奸就是强迫发生性关系。一个男人可以强迫一个女人发生性关系。就是这么回事。

我点点头。但我想知道的不是这个。

她会死么？

不会，克莱门斯立马答道，她不会死的。不过有时——

她咬了咬嘴唇，抿起了嘴，双唇间形成了一条线，斜眼盯着那幅画。

——事情比较复杂，她终于说出来了。她伤得很重，你看到了吧？克莱门斯摸了摸自己的脸颊。她之前为了去教堂还特意上了腮红，扑了粉。

嗯，我看见了。

泪水在我们的眼眶里打转，我们把视线从对方身上移开。我看着克莱门斯在包里找舒洁牌纸巾。反正有纸巾，就哭一下吧。这样还能好受点儿。然后我们拿纸巾擦了擦脸，克莱门斯继续说。

比普通的更加暴力。

暴力强奸，我想。

我知道这两个词常搭配在一起。可能是在哪个法庭案例里读到过，要么是爸爸的哪本书里，要么就是报纸上的某篇文章，要么就是怀蒂舅舅珍藏在手工书架上的平装本惊悚小说。

汽油，我说，我闻到汽油味了。为什么她身上有股汽油味呢？难道她去过怀蒂家了？

克莱门斯盯着我，纸巾停在鼻子边上，她的肤色变成了积雪的颜色。她突然蹲下身，把头靠在膝盖上。

我没事，她透过纸巾说道。她的声音听起来很正常，甚至有点漠然。别担心，乔，我以为我要晕过去了，不过还好。

她打起精神坐起来，拍拍我的手。我没再提汽油的事。

我在塑料长沙发椅上睡着了，有人还给我盖了条医院专用毯。我睡得浑身是汗，等醒来时，脸和胳膊全都粘在塑料椅上了。我闷闷不乐地用一只胳膊肘撑起身子。艾格医生正在房间另一边和克莱门斯说话。我立马就意识到情况好转了，妈妈的病情好转了，动过手术后一切都有所好转。不管之前情况有多糟，至少现在不会恶化了。于是我趴回黏黏的绿色塑料椅上。现在椅子躺上去舒服多了，于是我又睡着了。

第二章
寂寞时光

我有三个朋友。其中两个至今还和我保持联系，而另一个已成了蒙大拿公路[①]上的白色十字架。我的意思是，他的肉体是在那儿离开人世的。而他的灵魂，则化作了我一直随身携带的黑色圆石。这块黑石是他知道我妈妈出事后给我的。他叫维吉尔·拉弗内，叫他卡皮也行。他跟我说，这块石头是在一棵被闪电击中的树下找到的，是一块圣石。他管这石头叫雷鸟蛋，他在我重返学校的那天把它给了我。那天，每每看到有同学或老师朝我投来同情或好奇的眼神时，我就会摸一摸卡皮给我的石头。

从我们在车道上发现妈妈坐在车里到现在，已过去五天了。只要她不出院，我是不肯去上学的。所以她匆匆办了离院手续，到家后才松了口气。我上学那天早上她没下床，从他们楼上的卧室里跟我说了再见。

卡皮和其他朋友都会想你的，她说。

我该回学校了，哪怕再过两个多星期就放暑假了。妈妈说，等她好些了就给我们做蛋糕和懒人汉堡[②]。她向来喜欢做东西给我们吃。

我的另外两个朋友是扎克·皮斯和安格斯·凯斯珀。以前只要一得空，我们几个就会混在一起，不过大家都明白卡皮和我关系最好。卡皮很小的时候他妈妈就去世了，只留下卡皮、他哥哥兰德尔和他爸爸多伊·拉弗内。他们仨的单身汉日子倒是快活，可没有女主人的家却乱糟糟的。虽然多伊时不时地和别的女人好上，却一直没再婚。他是部落办公室的看门人，断断续续地当着部落主席。他第一次当选是在60年代，有了部落主席的工资，他刚好可以把看门工作的时间减半。等他筋疲力尽干不动了，没法参加下个任期的竞选了，他就延长看门时间，上夜班。联邦政府直到70年代才拨款给部落政府，我们也开始摸索该如何管理运作。多伊还是断断续续地当着主席。是这样的，只要人们对现任主席有意见了，他们就投票把多伊选上去。可只要他一选上，大家又开始闹腾了，说这不好那不好，闲言碎语。不管是谁上台，最后都会被赶下台。保留地的政治就是这样，每个走到聚光灯下的人都必须经历这样的命运。等到烂摊子没法收拾了，多伊就拒绝再干了。他会把办公室里的东西全部打包，包括他自己掏钱印的那些有“部落主席多伊·拉弗内”字样的信纸信封，这些都是他自己掏钱印的。因此，卡皮家好几年都不缺画纸。而他的继任者必会有同样的遭遇。最后，那些后悔不已的选民苦苦哀求，软磨硬泡，直到多伊最后宣布再次参加选举。1988年，当时多伊不在任，也就是说他有很多时间和我们一起钓鱼。我们半个冬天都是在多伊的冰屋③里度过的，钓白斑狗鱼，偷啤酒喝。

扎克·皮斯的家庭曾二度破裂。他爸爸科温·皮斯是个永远都四处巡游的音乐家，妈妈卡琳·桑德则经营着部落报社。他的继父文斯·麦德维森就是给我妈妈做过笔录的那个部落警察。扎克比他弟弟妹妹大了近十岁，因为他爸妈结婚早，离婚又复婚，结果俩人又发现先前离婚的决定是正确的。扎克像他爸爸，很有音乐细胞，总是把他的吉他带到冰屋来。他还说他会一千首歌。

至于安格斯，他来自保留地上一个特别贫困的地区。部落已申请到钱款开展住房补助项目，紧挨着城郊建起了大型棕黄色公寓楼，就像城里的一样。小区周围是杂草丛生的小山丘，没有树，也没有灌木丛。楼

---

① 特指从西雅图到明尼阿波利斯的美国2号公路上的蒙大拿路段。

② 一种做法简单的汉堡，将碎牛肉、洋葱、青椒及各种酱料调和在一起煮熟后，淋在圆面包片上即可食用。

③ 冰雪堆砌成的屋子。

梯还没造好钱就用光了，于是人们用夹板搭成斜坡，或者直接从房子里跳进跳出。他的斯塔尔姨妈已带着安格斯、安格斯的两个弟弟、她男朋友的两个孩子、一群轮流大肚子的姐妹，还有成天玩乐、正在戒毒戒酒的表兄妹们搬进了一套三室户。斯塔尔姨妈成功地对付了这些乱七八糟的事儿。但无奈的是，且不说没有楼梯，这公寓本身就是场噩梦。由于投标价过低，开发商在选择保温材料时能省则省，一到冬天，斯塔尔就得整夜开着烤箱，把烤箱门敞开，厨房里的水龙头也让它一直淌着水，否则水管就会冻住。墙壁和窗框中间塞满了破布头，因为廉价的铝合金防风窗框处的石膏板已收缩，形成缝隙。窗户很快就裂开，纱窗也没了。没什么还能正常使用的，管道也老是堵塞。我甚至修炼成了用石蜡和银色宽胶布堵住马桶漏水的专家。斯塔尔老是用油炸面包贿赂我们，让我们帮她干些修修补补的活，或是凑合着用凹陷的轮毂盖来接收卫星信号之类的事。

其实，自从她和她挚爱的埃尔温开始亲密交往后，我们就能搞定卫星电视了。斯塔尔这辈子就赢过一次宾果，她用丰厚的奖金买了台很高级的电视机。我们和埃尔温一起，像马盖先①那样把几个老设备拼装到一起，搜到了法戈、明尼阿波利斯②甚至芝加哥和丹佛的信号。卫星设备是在 1987 年 9 月装好的，当时正赶上各个电视台的新季度节目开播。我们改善了信号接受能力，有时甚至能搜到几个城市的电视节目。天气和行星磁场一变，能搜到的频道也跟着变。我们不得不经常搜索频道，不过《星际迷航》③应该一集都没错过。不是老版的，是续集《下

---

① 美国枪战动作片《百战天龙》的主人公，马盖先擅长用普通生活用品作为工具，帮助自己和拍档摆脱困境。

② 明尼苏达州最大城市，位于该州东南部，跨密西西比河两岸。

③ 美国科幻系列影视作品，讲述的是一艘大型太空飞船探索银河系的故事。电视剧分为《原初系列》《动画系列》《下一代》等。1966 年首次播出并制作了三季，之后又制作了续集《下一代》，从最初的电视系列剧到之后的电影、游戏及其他授权制作的各种衍生商品。

一代》。我们也喜欢看《星球大战》[1]，里面有最喜欢的台词，但我们是为《下一代》而生的。

当然，我们都想成为沃尔夫[2]。我们都想成为克林贡人[3]。沃尔夫解决任何问题的方法都是攻击。在《所谓公正》这集里，我们发现沃尔夫并不享受和人类做爱的过程，因为人类太脆弱了，他不得不有所克制。遇到漂亮女孩子时我们就会互相大开玩笑，说：嘿，克制点。在《Q 的游戏》这集里，他和一个人人梦寐以求的克林贡女孩做爱，尽管她样子很古怪，但真是火辣。沃尔夫性格急躁，但为人端正。他的额头看上去跟个龟壳似的，但依旧英俊帅气。我们第二喜欢的是数据[4]，因为他对船员傻乎乎的言谈举止都感到好奇，以此表现出对白人的嘲弄；而且当美丽的雅尔[5]喝醉时，数据说自己金枪不倒，还和她上了床。还有卫斯理，跟我们差不多大，天才少年，他的妈妈大大咧咧，任他闯祸。你以为我们会喜欢他，可我们对他并不感冒，因为他是个城里来的装模作样的白人小屁孩，老穿着很滑稽的运动衫。当然，我们会爱上有一半贝塔兹血统、富有同情心的迪安娜·特洛伊，特别是当节目安排她蓄起长鬈发的时候。她的连衣裤很短，红色的 V 字形腰带一端指向某一部位，你懂的，还有她的大脑袋和富有曲线美的娇小身材，简直让我们疯狂。要是按照剧本，指挥官赖克应该是迪安娜为之疯狂的类型，但扮演赖克的演员性格木讷，不符合人物设定。有段时间，他蓄起的络腮胡正好可以遮住他的娃娃脸，还显得好看些，但我们还是想做沃尔夫。至于皮卡德船长嘛，他是个老头，尽管是个法国老头，我们还是挺喜欢

---

① 美国科幻系列影视作品，讲述了宇宙中不同星系、文明和生物纷繁复杂的斗争。

② 《下一代》中的角色，克林贡人。

③ 《星际迷航》的虚构宇宙中一个好战的外星种族。在《原初系列》中他们是星际联邦的对手，但在后来的 5 部衍生电视剧中逐渐变成了联邦的盟友。

④ 又译“达塔”，《星际迷航》中的生化机器人，星舰“企业号”的科学官，智商极高，但对人类情感不甚了解。

⑤ 塔莎·雅尔，《下一代》中的“企业号”的前安全官。

他的。我们还喜欢乔迪，因为他总是因为戴眼罩而备受疼痛折磨，这样也给人一种很高尚的感觉。

之所以谈起这些，是因为这部电视剧让我们与众不同。我们画图，画漫画，甚至还试着自己编上一集。我们假装自己懂专业知识。我们开始长大，同时也渴望知道自己最后会变成什么样。在《下一代》里，我们不是又瘦又穷、被人捉弄嘲笑、没娘疼的孩子，也不会恐惧害怕。我们可酷了，因为别人听不懂我们在讲什么。

回学校的第一天，卡皮陪我一起走回家。如今，保留地上的人通常不会选择步行，除非是在某些专门用作跑步健身的步行道上才会看到人。但在80年代后期，年轻人出行还得靠两条腿，而且我和卡皮家离学校都不到一英里，所以我们常会扔硬币决定今天去谁家。他家里更热闹些，因为兰德尔总有朋友来玩。但我家有电视机和游戏机，所以我们可以玩希魔复活[1]，这是一款让我们疯狂着迷的游戏。

在学校走廊里，卡皮给了我雷鸟蛋；回家的路上，他又跟我讲了雷鸟蛋的故事。他说，他发现这块石头时，那棵树还在冒烟。我装作相信他的话。不必明说就知道，卡皮只是送我回家，不会跟我进门的。再说我也不会让他进去。妈妈不想让任何人见到她。虽然爸爸正准备休假，而且已经请了退休法官来帮忙，但还是有些文书工作没处理完。他跟我说过，当天他会不时回家看看，但妈妈看到我回去还是会很高兴的。

我们俩走到车道上时，正巧碰到克莱门斯从前门出来，她说邻居打电话说穆夏姆在院子里。看她那着急劲儿，估计是穆夏姆又没穿裤子就去院子里了。她上了车，车头一转就离开了。我到家后，卡皮转身就回自己家了。我走到后门，绕着墙脚兜了一圈，看见长出很多小细枝的树苗依旧在水泥地上排成一排，叶子已凋零，即将走向生命的尽头。我放

① 经典动作电玩游戏，又名《生化尖兵》。

下书，把它们一株株地捡起来，藏在院子的边角处。就在这时，我感觉自己很对不起这些小树苗，同时也意识到自己害怕进屋。这种感觉以前我从没有过。我伸手去开门，却发现门锁住了。

一开始，我很惊讶，以为是门卡住了，还踢了一脚。结果后门是真的锁住了。前门也自动锁上了——克莱门斯可能忘了。我找到藏着的备用钥匙，蹑手蹑脚地走进去，没像往常那样乒乒乓乓地碰到门或是砰地把书摔在桌子上。换了以前，妈妈这时候肯定还没到家，我会和一般的孩子一样美滋滋地走进家门，享受接下来只属于自己的两小时。还可以自己做个三明治。如果有电视信号，放学后可能还能看段重播。妈妈说不定还藏了饼干或其他甜食，不过没藏好。还可以在爸妈卧室的书架上翻一翻，找本书看看，比如詹姆斯·米切纳[①]的《夏威夷》里面有关波利尼西亚人前戏的小贴士，虽然有趣却毫无用处；但我不能再想下去了。我记得这是我们家第一次锁后门，害得我只好从后门台阶底下把钥匙摸出来。钥匙一直挂在那儿的一个钉子上，以前都是我们仨长途旅行回来才用它开门。

这正是我现在的感觉：仿佛去上学就是一趟长途旅行，现在，我回来了。

屋里的空气似乎异常平淡乏味，甚至有些污浊。我意识到这是因为自从出事后，家里就没人烘焙东西，也没人煎炸烹煮或做一顿饭了。爸爸只会煮咖啡，他白天晚上都要喝。克莱门斯带过来的炖菜还剩一半，放在冰箱里。我轻轻叫了声妈妈，沿着楼梯往上走到一半，看见爸妈卧室的房门关着，便一身轻松地下楼回到厨房。我打开冰箱，倒了杯冰牛奶，喝了一大口。牛奶酸得厉害，我倒掉冲了冲玻璃杯，再倒满水，咕噜咕噜地把保留地的含铁量高的水往肚子里灌，直到把嘴巴里的酸味冲

---

① 1907—1997。二战期间，他应召加入美国海军服役，被派往南太平洋的新赫布里底群岛。1947 年，他根据自己在此期间的见闻经历完成他的第一本小说《南太平洋的故事》，于 1948 年获普利策奖。

掉。接着我便拿着空玻璃杯站在那儿。

厨房门开着，可以看见餐厅的部分摆设：一张棕白相间的枫木桌周围摆着六把椅子。一排矮柜隔出客厅。沙发边上有个小屋子，屋内的墙边摆放了很多书，那是爸爸的窝，也是他的书房。我手里端着玻璃杯，感觉自家的小窝安静得出奇，就好像大爆炸后的寂静。一切都静止了。甚至连时钟的滴答声都听不到。妈妈出院后的第二晚，爸爸就把电源线给拔了。我想买个新的，他说。我站在那儿，看着原来的钟，时针和分针毫无意义地停在 11:22。夕阳照在厨房的地板上，洒下一片金光，但这样的光是不吉利的，就像西天云彩背后刺眼的光芒。恍惚中，一种恐惧包围了我，死亡的味道袭来，就像坏掉的牛奶。我把玻璃杯放在桌上，急急忙忙上了楼，冲进爸妈的卧室。妈妈睡得很沉，我想在她身边躺下，可能是动作重了点，她竟然打了我的脸。她的小臂往后一丢，甩到了我的下巴，我吓呆了。

乔，她颤抖着说道，乔。

我决定不让她知道她弄疼了我。

妈妈……牛奶坏掉了。

她用胳膊支起身子，坐了起来。

坏了？

以前，她从没让冰箱里的牛奶变过质。她小时候没有冷藏设备，就一直把自己的宝贝冰盒打理得干干净净，她对此十分得意。她特别在意冰盒里的东西是不是新鲜。她甚至有次还在特百惠[①]聚会上买了套特百惠的产品。牛奶坏了？

嗯，我说，坏了。

---

① 用于储藏食物的家居用品品牌，始创于 1946 年，产品以良好的密封性能著称。特百惠聚会是特百惠公司推出的直销方式。由消费者邀请邻居、朋友到家中聚会，听特百惠公司的顾问介绍产品，主办聚会的消费者会根据销售情况得到相应的特百惠产品作为奖励。

我们得去趟杂货店了！

妈妈不再像以前那样平和恬静，一种恐惧不安的神情涌上脸颊。她眼眶周围的淤青突显出来，黑乎乎的，像个浣熊。太阳穴周围是受伤后的青绿色，随脉搏跳动着。下巴上的淤青还泛着蓝色。以往她的眉宇间总能表达出嘲讽或爱意，可现在却因为痛苦而紧锁。两道垂直的线条深深地印在额头上，颜色深得像是用黑色记号笔画上去的。她用手指用力扯着毯子边。坏了！

怀蒂的加油站现在也卖牛奶了。我可以骑车去那儿买，妈妈。

是吗？她看着我，仿佛我如英雄般救了她一命。

我拿来了她的钱包，她给了我五块钱。

再买些别的东西，她说，买些你爱吃的，算我请客。她结结巴巴地蹦出这几个词，我这才意识到她可能是服用了某种助眠药。

我家的房子建于20世纪40年代，是那种很结实的平房。印第安事务管理局[①]派驻的地方主管在这儿住过。此人爱干净，身材异常矮小，自视甚高，官僚透顶，大家都恨死他了。1969年房子被部落收购，改为办公场所，之后又被按计划拆除，建成了真正的办公室。后来爸爸买下这栋房子，又把房子移到了靠近小镇的一小块土地上，那块地皮曾属于杰拉尔丁已故的叔叔夏门戈瓦。他是个英俊的男人，我见过他的一张老式镶框照片。妈妈很怀念他的音乐，但他的小提琴已和他一起埋进地下了。怀蒂在小镇另一头夏门戈瓦的剩余地皮上建了一座加油站。怀蒂舅舅现在的住处在四英里外，那块地皮是以前分配给穆夏姆的。怀蒂娶了个比他年轻的女人，她身材高挑，一头金发，饱经风霜，以前当过脱衣舞女，现在在加油站做收银员。怀蒂负责加油，换油，给轮胎充

① 1824年，美国政府设立了印第安事务办公室（Office of Indian Affairs，简称OIF），1947年更名为印第安事务管理局（Bureau of Indian Affairs，简称BIA），其主要职责是协调美国政府与印第安人之间的关系。

气，修车却并不靠谱。他老婆负责账目，往小店的货架上添加坚果薯条，向人们解释加油是否可以赊账。她最近还买了台放奶制品的大冷藏箱。小一点的那只冷藏箱里装满了瓶装的橙子汽水和葡萄汽水。她叫索尼娅。我喜欢她，这种感情就像男孩对自己的舅妈一样。不过，我对她的胸部有种不一般的感情——我无可救药地迷上了她的乳房。

我推了车，背上背包。我有一辆破旧的黑色五速山地自行车，配有山地车车胎和水壶夹，车前杠潦草地喷着“风暴骑士”的银色字样。我走的是开裂的小路，穿过主干道，围着怀蒂家绕了一圈，接着一个侧滑把车停住，但愿索尼娅能注意到我。可惜没有，她正在店里数着瘦子吉姆牌[①]香肠。她脸上挂着灿烂的笑容，露出雪白的牙齿。我走进店里，她抬头朝我一笑，那笑容就像日光灯。她的金色鬈发像蓬松的棉花糖，又像戴着一顶皇冠，一条60多厘米的马尾辫从脑后垂到背上，光滑亮泽。同往常一样，她穿得十分花哨。一套浅蓝色、带有亮片滚边的跑步服，上衣拉链只拉了四分之一。一看见她里面那件如仙女翅膀般透明的薄纱质地T恤，我倒吸一口气。她脚上穿着洁白无瑕的弹力跑鞋，还戴着图钉大小的水晶耳钉。她像平常一样戴着蓝色耳钉，那双蓝眼睛像是在放电。

宝贝儿，她边说边放下香肠，把我拥入怀中。当时加油站和店里都没人。她身上有股万宝路香烟和夜麝香香水[②]的味道，还有股酒味，应该是她傍晚时分的第一杯酒。

我很幸运：女人们总是宠着我。其实我并没有特地讨她们喜欢，而爸爸对此还挺担心。他带我参加富有男子气的活动，比如传接球[③]、扔橄榄球、野营、钓鱼等，勇敢地抵抗着女人们的娇惯。我们常去钓

---

① 美国零食品牌。

② 马查贝利王子品牌在1983年推出的一款女士香水。

③ 孩子之间或孩子和父母之间常玩的游戏，通常使用棒球或垒球。

鱼。我八岁时，他就教我开车。他担心这些溺爱会让我变得柔弱，尽管他自己也是娇生惯养大的。我看得出来，奶奶去世前的那些年，对他（和我）溺爱有加。不过在我们家族传宗接代的历史上，我的出生打破了当时的平静。我出生时，表哥约瑟夫和表姐埃维莉娜已读大学了。怀蒂和他前妻生的儿子们也已长大成人，而索尼娅和她女儿伦敦关系非常紧张，以至于她说她再也不想生第二胎了。家里没有孙辈（不过索尼娅说还好没有）。我说过，我爸妈生我比较晚，当时整个家庭已开始老龄化，我爸妈也常常被误以为是我爷爷奶奶。但我的出生对爸妈来说是惊喜，同时也蕴含着无限的希望。反正对我来说好处坏处都有。但有一个难得的好处让我非常珍惜，那就是索尼娅允许我靠近她的胸部。

她抱我多久，我就可以在她的胸上靠多久。尽管手痒，但我非常小心，从不得寸进尺。索尼娅的乳房饱满、精致、坚挺、浑圆，绝对可以打动你的心。她高耸的双峰藏在浅色低领 T 恤里，腰肢依旧纤细有型，穿紧身砂洗牛仔裤时臀部稍稍往两侧突出。索尼娅会用婴儿油按摩皮肤，但她这一辈子晒得太厉害，可爱的瑞典人式的鼻子都晒出了印子。她很喜欢马，她和怀蒂养了一匹坏脾气的老花马、一匹奇特的夸特马[①]和阿拉伯马的杂交马、一匹名叫斯布克的有只眼睛像鬼眼一样的阿帕卢萨马[②]，还有一匹小型马。所以，她身上常常散发出一股淡淡的干草味、尘土味和马的气味，还有威士忌、香水和香烟的气味，这些气味混在一起，让人回味无穷。人类本来就该和马一起生活。她和怀蒂还养了三条凶猛的母狗，名字都是根据詹妮斯 · 乔普林[③]取的。

我家的狗两个月前死了，还没来得及再买条新的。我打开背包，索尼娅把我挑的牛奶和别的东西塞进去。她把五美元推回给我。修剪得

---

① 又称“1/4 英里马”，以擅长短距离冲刺而著称。由于在 1/4 英里或更短距离的赛马中能远超其他马种而得名。

② 美国常见马种，以持久力、耐力和良好性格著称，常用于休闲骑马和赛马。

③ 1943—1970，美国摇滚女星。

精致优雅的浅棕色眉毛下，一双饱含泪水的眼睛盯着我。该死的，她说，让我去会会他。我废了他。

我不知道该说什么。索尼娅的双乳让我脑袋几乎一片空白。

你妈妈怎么样了？她摇着头，拭去脸颊上的泪水，问道。

我努力让自己回过神来；妈妈状态并不好，所以我不能回答说“好”。我也不能告诉索尼娅半小时前我还担心妈妈死了，冲到她身边，结果平生第一次被她打了。索尼娅点了根烟，给了我一片黑杰克口香糖[①]。

不怎么样，我惴惴不安地回答道。

索尼娅点点头。我们会把珀尔送过去的。

珀尔是一条四肢细长的杂交狗，长着像牛头梗一样的大脑袋和结实的下颚骨。它有杜宾犬的斑纹、牧羊犬的长毛，还具备某种狼的特质。珀尔轻易不叫，可一旦叫起来就叫得特别凶。一旦有人入侵它无形的地盘，它就会慢慢上前，朝空气猛咬一口。珀尔不适合用来陪伴主人，我不太想要，但爸爸想要。

那晚爸爸到家后，我向他抱怨，珀尔年纪大了，没法儿教会它捡东西这些技能。

我们坐在楼下吃着克莱门斯新送来的热过的炖菜。爸爸像往常一样煮了壶淡咖啡，当白开水喝。妈妈不饿，就待在卧室里。爸爸放下叉子。看他的举动（他喜欢吃东西，虽然最近吃得不多，但要是让他一点不吃，就如同放弃某项权力），我觉得他生气了。不过，尽管他近来的表情动作都很反常，还常常攥紧拳头，可是他没大吼大叫过。他非常平静地跟我讲道理，告诉我家里为什么需要珀尔。

乔，我们需要一条可以保护我们的狗。我们锁定了一个嫌疑犯，但

---

① 1870 年，美国人亚当斯推出以甘草精调味的口香糖黑杰克，并将口香糖从块状改为条状售卖。

他不见了，也就是说他可能会在任何地方出现。也有可能根本就不是他，真正的袭击者可能还在附近。

我问了个警匪片里常出现的问题。

你有什么证据证明是那个人干的？

我看得出爸爸不想告诉我。不过他最后还是松口了，但有些话他吞吞吐吐说不出口。

罪犯或者说是嫌疑犯……或者袭击者……掉了一盒火柴，是高尔夫球场前台送的那种。

那么他们是从打高尔夫的人着手调查的，我说。也就是说，袭击者可能是印第安人，也可能是白人。这个高尔夫球场人人都喜欢，那时高尔夫正流行。高尔夫本来是有钱人玩的，但我们这儿也有个球场，只不过草坪有点凹凸不平，还有几个天然水塘。收费很低，完全属于特惠价。经过附近俱乐部的人们好像都会去试着挥两杆，除了我爸爸。

没错，高尔夫球场。

他为什么会把火柴留下呢？

爸爸一只手揉揉眼，又支支吾吾起来。

他想点火，也尽力试过，但老是点不着。

整盒火柴？

嗯。

哦。那最后他点燃了么？

没有……那盒火柴湿了。

后来呢？

突然，我的眼睛湿润了，低头看着盘子。

爸爸又拿起叉子。他迅速往嘴里舀了一叉子用通心粉、碎牛肉和番茄酱做的食物，这是克莱门斯的拿手菜。他见我不再吃饭而等他说话，便靠在椅背上。他喝干了他最喜欢的沉甸甸的白瓷马克杯里的咖啡，拿纸巾擦了擦嘴，闭上眼，又睁开眼直视着我。

好吧，乔，你可问了不少问题了。你正在整理思路。你想把这件事搞清楚。我也一样。乔，罪犯没能点燃火柴，于是想再去找一盒。总之他想把火点着。你妈妈是趁他离开时才逃出来的。

怎么逃出来的?

爸爸笑了。自从我们上星期天一起撬出树苗到现在，这是爸爸第一次笑，或者应该说，这勉强算是一种笑。这种笑容里看不到欢乐。如果非得把这个笑容归个类，我想说这像穆夏姆的笑。一种回忆往事的笑。

乔，你还记得以前你妈把自己锁在车外时我有多生气么？她过去总是习惯把车钥匙留在仪表盘上不拔下来，这个老毛病到现在还没改掉。她常在停好车后拿起副驾驶座上的文件或其他东西就直接下车，钥匙就落在仪表盘上了，车就锁上了。直到要开车回家，她才会想起来把钥匙落在车里了。她会把小手包翻个底朝天，还是不见车钥匙的踪影。哦，不会吧，她说，不会又落在车里了吧！她走出去，看到车钥匙插在仪表盘上，被锁在车里，然后只好打电话给我。记得么?

嗯。爸爸描述着妈妈的习惯。听完他讲的一大通废话，我差点也笑起来。没错，爸爸，她会打电话给你。你会不痛不痒地骂一句，再找出备用钥匙，走很长一段路送到部落办公室。

不痛不痒地骂一句。你怎么知道?

哎呀，我不知道啊。

他又笑了，伸手用指关节掐了掐我的脸。

其实我从没介意过，他说。但有一天，我突然想到万一我不在家的话，你妈妈就真的没辙了。我们不常出门。我们的日子很单调。可是，万一哪天我不在家，或者你也不在，就没人骑车给她送钥匙了。

从来没有的事。

不过你看，你可能在外面，或者没听见电话。我想，万一她真的在哪儿遇到麻烦怎么办呢？想到这些，两个月前，我在怀蒂卖的那种薄荷糖的金属盒背后粘了一块磁铁。我看到有些人就是这么放钥匙的。我把车钥匙放在盒子里，然后把盒子吸附在左后胎上方的车毂里。她就是这样逃出来的。

什么？我说，怎么逃出来的？

她把手伸到车下面，拿到了车钥匙。这时罪犯想过来抓她。她钻进车里，锁上车门，接着发动引擎，开走了。

我深吸一口气，浑身无力。不禁感受到了妈妈当时所经历的恐惧。

爸爸又吃了起来。很显然，这次他打算把剩下的全吃光。妈妈究竟遭遇了什么的话题到此结束。我又重新谈起了狗。

珀尔会咬人，我说。

很好，爸爸说。

这么说他还在找她。

我们不知道，爸爸说。任何人都有可能拿到这些火柴。印第安人或者白人。任何人也都有可能留下这些火柴。但罪犯很可能就藏在附近。

光看指纹不能判断罪犯是不是印第安人。光看名字也说不清楚。甚至从当地警方的报告也无法得出结论。照片、警方拍摄的嫌疑犯照片、电话号码，这些都说不准。照政府的意思，唯一能判断一个人是不是印第安人的方法就是看他的过去。他的先人一定要在某份文件上签过字，或被美国政府登记为印第安人，且被确认为某部落成员，这样才能说他是印第安人。此外，你还得看看这个人的血缘比例情况[①]，就是说看他身上流淌着某个部落的多少血液。绝大多数情况下，如果有四分之一的血缘属于某个部落时，政府就会将其认定为印第安人。但还有条件，这个部落还得被联邦政府认可。换句话说，要判断一个人是不是印第安人得走一大堆程序。

话说回来，印第安人都互相了解，根本就用不着查联邦血缘比例记

---

①即某个原住民含多少某一部落的血统，如 1/4 齐佩瓦血统。

录。印第安人彼此间的了解——有没有谈恋爱啊、有没有性生活啊、有没有生小孩啊之类的——用不着靠政府为印第安建立的档案。

又过了整整一天，我才听说嫌疑犯的判断标准早就传开了：举止怪异的男性，之前没见过的男性，拿着满满的黑色垃圾袋从后门走出去的男性，基本都是怀疑对象。

我是星期六下午去姨妈和姨父家拿馅饼时才知道的。妈妈跟爸爸说，她想起床洗个澡，穿上衣服。她还在服用镇痛药，不过艾格医生也讲过卧床休息对缓解疼痛没什么用。她需要适当运动。爸爸早就说了，他正照着食谱学做饭。不过他不会做甜点，所以才派我去拿馅饼。怀蒂舅舅坐在桌边喝冰茶。穆夏姆坐在对面，驼着背，虚弱无力，穿着象牙色的长款内衣裤，外面披了件格子花呢长袍。星期六他不肯穿上出门的衣服，因为一到星期天，克莱门斯就会让他穿上西裤和熨好的白衬衫，有时还得系领带，所以他说他得好好舒服一天，为星期天做准备。他面前也摆着杯冰茶，不过他正愤怒地瞪着它。

一股兔尿味儿，他抱怨道。

那就对了，爸爸，克莱门斯说，这就是给老年人喝的。对身体好。

啊，拉布拉多茶[1]，怀蒂舅舅边说，边赞赏地转着玻璃杯。这会缓解所有病痛，爸爸。

还能抗老？穆夏姆说，可以抹去岁月的痕迹么？

可偏偏就这个不行，怀蒂说道。怀蒂知道自己回去就能开啤酒喝，到时就用不着陪着穆夏姆假装一道喝茶了。在克莱门斯不让他喝威士忌的日子里，穆夏姆过得非常孤单。克莱门斯坚信酒会伤身，一直想着要他戒酒。

这太难以下咽了，我的女儿，他对克莱门斯说。

但可以给你的肝脏排排毒，怀蒂说。

---

① 由拉布拉多杜香叶泡成，富含维生素、矿物质和咖啡因，可以提神。

来，克莱门斯，给乔倒点拉布拉多茶喝喝。

克莱门斯给我倒了杯冰茶，便去接电话了。不断有人打电话来打听她妹妹的消息，其实就是八卦。

说不定那个变态真是个印第安人，怀蒂舅舅说，他当时拿着印第安人的手提箱。

什么印第安人的手提箱？我问。

塑料垃圾袋。

我身体前倾。然后他走了么？可他是哪儿人呢？他是谁？叫什么？

克莱门斯回来了，瞪了他一眼。

哎哟，怀蒂舅舅说，看来我不该多嘴。

要么就给我一小杯威士忌，要么我就在水池里尿尿，她要是还给我倒拉布拉多茶，我可真会这么干。男人的肾会决堤的，穆夏姆说。

你在水池里尿尿？我问。

只要让我喝茶，我一直这么干。

克莱门斯从厨房里拿出一瓶威士忌和三个摞在一起的烈酒杯，摆在桌上，往其中两个倒了四分之一杯。剩下一个倒了半杯，拿起来一口下肚。我震惊了。我从没见过姨妈像男人一样喝酒一口闷。她优雅地举着空杯子凝视着我们，过了一会儿，啪地把杯子放回桌上，走了出去。

怎么回事？怀蒂舅舅问。

我女儿是被逼急了啊，穆夏姆说。等爱德华回来我可要可怜他啦，到那时候威士忌的酒劲可就上来咯。

有时威士忌对索尼娅也有作用，怀蒂舅舅说，不过我有招儿。

什么招儿？ 穆夏姆问。

印第安人的老招儿。

教教爱德华，怎么样？他快扛不住了。

馅饼的香味飘来，夹着甜甜的琥珀香。但愿姨妈没有气得把馅饼都忘了。

高尔夫球场。是案发现场么？我盯着怀蒂，但他躲开了我的目光，低头喝酒。

不是，不是在那儿。

那在哪儿？

怀蒂抬起他那忧伤的、永远布满血丝的双眼。他不会告诉我的。我也扛不住他凝视的目光。

穆夏姆拿茶杯时总是摇摇晃晃拿不稳，总把茶水泼出来，现在倒是抓牢了。他抬起酒杯，利落地抿了一小口，双眼放光。他根本没仔细听我们说话，脑子里还想着女人呢。

哦，我的孩子，跟我和“哎哟”讲讲你的漂亮老婆。红发索尼娅[①]。给我们描绘一下。她在做什么事儿？

怀蒂把视线从我身上挪开了。他咧嘴一笑，两颗大门牙间露出了一道牙缝。红发索尼娅是舅妈不久以前跳脱衣舞时的艺名。那时的她穿着用几小块嵌着铆钉的塑料片拼成的暴露的原始盔甲。屁股两侧挂着撕成条的透明长巾，看上去像是被绝望的男人或是宠物狼抓破咬碎的。扎克在明尼阿波利斯的出版物上看到了这张照片，作为礼物送给了我。我把它藏在衣柜最里面，夹在名叫“家庭作业”的特殊文件夹里。

索尼娅在收银呢，舅舅说道，威士忌让他的声音听上去更加柔和。她一直在加加减减的，今天要把下星期的订货量算出个准数。

穆夏姆闭上眼睛，用舌尾品尝着威士忌，然后点点头，想象着她低头看账目的样子。我突然也看到了她，她的乳房仿佛云朵一般悬在那一串串整齐的数字上。

那她之后做什么呢？等今天把数字算出来，活都干完了，她做什么呢？穆夏姆如痴如醉地问道。

她会离开收银台，拎桶水，拿把长柄橡胶擦窗器出去。她每个星期

---

① 美国漫威公司漫画《蛮王柯南》中的人物，是狂野、强悍、美貌的蛮族女人的代表，通常穿着比基尼式的盔甲出场。

都会擦玻璃。

穆夏姆没戴他那副亮闪闪的假牙，笑起来嘴角向下耷拉着。我闭上眼，看见玻璃清洁剂从橡胶扫帚的粉红色海绵上滴下，沿着窗户流下来。索尼娅踮起脚尖去擦上面的玻璃。卡皮的哥哥兰德尔说，女孩子踮脚尖时特别好看，所以他很喜欢坐在学校图书馆里的书架尽头看着她们。兰德尔过去常把好书全都摆到书架最上层。穆夏姆叹了口气。我看见索尼娅把橡胶刮板压在玻璃上，蘸着清洁剂用力把灰尘和污迹刮掉，擦过的玻璃干干净净，锃亮锃亮的。

克莱门斯进来了，打断了我的思绪。我先是听到烤箱门吱一声，接着是烤架滑出的声音，她从烤箱里拿了两个馅饼出来。我听见她把馅饼拿出来冷却的声音。烤箱门哐当一声，纱门紧跟着吱呀打开，然后又啪地关上。一股清淡的烟味顿时穿过纱门飘进来。我以前一直不知道姨妈也抽烟，不过上次在医院里时就见她抽了。

克莱门斯是新染上烟瘾的，闻到这味道，两个男人都板起脸来。

他们转向我，怀蒂舅舅面色凝重地问我妈妈现在怎样。

我告诉怀蒂，妈妈今晚就会走出房间。他们等我带个馅饼回去。爸爸正在煮饭。

穆夏姆盯着我，他的眼神中透出不同寻常的睿智，我知道他对妈妈的事至少已有所了解。

很好，他说，现在听我说，哎哟。她得出门走走，别老让她坐着，也别老让她一个人待着。

春天，清晰的影子如水一般在路面上蔓延开来。汽车开过静悄悄的泥沼地，轰隆声由远而近。汽车在酒类专卖店的“免下车”窗口停下又驶离，轰隆声也随之远去。一棵棵柳树和美洲稠李[①]掩映下的家家户户

---

①生长于北美洲的野生李子树。

的院子里传来女人短促响亮的声音，催促孩子回家。一辆车开到我身边，放慢了车速，是多伊·拉弗内，他朝空座点点头。多伊面色平和，鼻子有点歪，眼神和蔼。他双臂有力，因为常常干重体力活，所以一直很强壮。除了担任部落主席和当看门人，他自己一手把房子建了起来，不过也正是他和他的儿子们一手将房子搞得一塌糊涂。那房子现在就是一层破烂搭在另一层好玩的破烂上。我摇摇头，说待会儿再见，于是他把车开走了。那晚，我要去兰德尔的汗屋[①]帮忙。克莱门斯把馅饼放在一个浅浅的硬纸盒里。蒸汽从热乎乎的苹果馅饼硬皮上的裂缝里飘出来。傍晚了，天还没凉快下来，不过我不在乎。为了回家吃馅饼，出一身汗我也不介意。我转到车道上，珀尔从丁香花丛里跳出来。它嗅了嗅我的气味，从胸腔内发出一声深沉的叫声，表示它认得我，然后跟我保持着三英尺的距离陪我走到后门前。接着它便回到灌木丛下面躺着了。

爸爸替我开了门。闷热的厨房里弥漫着一股味道，像刚做过暴力实验一样。

来得正好，他说着接过馅饼放在厨房的操作台上。这个就当是惊喜好了，今晚的主菜。乔，她马上就要下楼了。洗洗手吧。

我在书房旁边的洗手间里听见楼梯吱嘎吱嘎响。我在那里呆了一会儿，洗完手后擦干。其实我不是很想见妈妈。这个念头很可怕，可我的确是这么想的。尽管我完全理解她上次为什么会打到我，但让我气愤的是我还得假装没这回事，或者没什么要紧。妈妈打我那一下倒是没留下明显的淤青，颧骨也只是稍稍有些痛，但我老是去摸它，让自己想起曾受到过伤害。洗完手后，我把毛巾叠好，小心翼翼地挂回毛巾架上，长这么大我大概是头一回那么做。

餐厅里，妈妈站在椅子后面，双手紧张地抓着木椅背。电风扇开

① 印第安人使用的圆顶或椭圆顶简陋棚屋，类似于小型帐篷，用来举行汗屋仪式等。

着，拂动着她的裙子。她欣赏着摆在纯绿色桌布上的饭菜。我看着她，立马为自己先前的怨恨感到羞愧，因为她脸上仍然伤痕累累。我想去找点事做。爸爸烧了个炖菜。我走进厨房，一股刺鼻的气味袭来，那是各种原料混合在一起的味道：酸萝卜、番茄罐头、甜菜、玉米、烧焦的大蒜、不知道什么肉和一个坏掉的洋葱。这碗混合的炖菜散发出一股强烈刺鼻的难闻气味儿。

爸爸招呼我们坐下。一锅还没沥水的土豆摆在桌上，已经不怎么热了。锅里的土豆因为煮得太过已烂成了泥。他特意隆重地把浅碗叠放在了一起，接着我们便坐在那儿，看着那些食物。我们没有祈祷。我第一次有了缺少某种仪式的感觉。我不知道该怎么开始吃这顿饭。爸爸似乎察觉到了，于是看着我们俩，充满感情地说起话来。

要创造幸福生活并不是很难嘛①，他说。

妈妈急促地吸了口气，皱起了眉头。她没理会爸爸的话，仿佛爸爸的话让她挺不高兴。当时的我觉得是因为她以前就听爸爸引用过马可·奥勒留的话，但现在想想，我明白那时的她也正在努力建立自己的防线，麻痹自己，不去想已经发生的事。可是爸爸的情绪却一下子扼住了她。

她随意地拿起调羹，插进炖菜。她咽下了第一口。我僵直着坐在那儿。我们都看着爸爸。

我加了些香菜籽，爸爸温柔地说，你们觉得怎么样？

爸爸在桌子中间放了一叠纸巾，妈妈抽了一张，捂住嘴。她脸上依旧是青一道紫一道的，左眼布满了鲜红的血丝，眼皮微微下垂，从那以后再也没恢复过来，因为神经系统受到了不可逆转的损伤。

你们觉得味道如何？爸爸又问了一次。

我和妈妈都没有回答，只是惊讶地盯着刚刚尝过的菜。

---

①引自马可·奥勒留的《沉思录》。

她最后总算开口了，我想，我该重新开始做饭了。

爸爸垂下目光，伸出双手，做出一副已尽力的样子。他微微噘着嘴，假装胃口很好，把头埋到碗里，但他装得越来越吃力。他吞了一口，两口。他强大的意志力让我惊呆了。我只吃面包填饱肚子。他拿着调羹的手慢了下来。这时，我和妈妈可能同时意识到爸爸其实是故意搞砸的：他照顾奶奶多年，当然知道怎么做菜。眼前这碗炖菜发出腐烂洋葱令人恶心的味道，但却成功地让妈妈决定重新下厨，我和爸爸都好高兴。我把糟糕的晚餐收拾干净后，端上馅饼，妈妈微微一笑，其实就是嘴唇稍稍往上动了动。爸爸把馅饼分成三等份，每份上面都浇了一勺黏糊糊的蓝兔牌香草酱。我把妈妈剩下的也吃掉了。她开始拿那锅炖菜开爸爸玩笑。

那些萝卜究竟有多老了啊？

比乔还要老一些。

那你是打哪儿找到那个洋葱的？

这可是我的小秘密。

还有肉，是马路上撞死的动物么？

哦，上帝，不是的。它是死在后院的。

吃不到那天晚上的晚餐也没什么，因为我知道等兰德尔的汗屋仪式[①]结束后，卡皮和他的死党（也就是我）会吃到最好的食物。我们负责看火。卡皮的姨妈苏塞特和乔西宠爱多伊的儿子们，常给他们做吃的。举行仪式的夜晚，他们会把大餐整整齐齐地摆在车库旁边的两只塑料大冷藏箱里。更远处靠近树林边缘的地方是汗屋。小树苗弯曲后扎在一起，搭成汗屋的圆顶，上面罩着一层军队里多余的帆布。这儿湿气

① 印第安传统的净化祈祷仪式，用来清洁身体、净化心灵。举行仪式时，人们将加热过的石头运入汗屋，浇上水产生蒸汽，通常伴有祷文及歌谣。

很重，总能引来一大群蚊子。卡皮已生起火。被称作石祖[①]的石头在火里烧得滚烫。我们的任务就是保证火不熄灭，把神圣的烟管[②]和药物送过去，再用长柄铁铲把石头运到汗屋门口，撩起或放下门帘。如果屋里有人大声要求，我们也会往火里扔烟草，这象征着特殊的祈祷或请求。在寒冷的晚上，这是个不错的活儿，我们常围着篝火坐下，边聊天边取暖。有时，我们才不管圣火什么的，甚至偷偷串个热狗或是棉花糖烤一烤，尽管有次还被兰德尔抓到过。他说，热狗亵渎了圣火。

卡皮看着他说，要是我们这几根小小的香肠就能带走火的神圣，那还叫什么圣火？我笑得停不下来。兰德尔甩甩双手，走开了。但现在太热了，不能烤东西，而且我们知道最后总归会大吃一顿。我们的工钱就是那些吃的，此外有时候还能开开兰德尔那辆破奥兹莫比尔[③]。这通常是个很不错的差事。可那晚天没转凉，反而变得闷热，一点儿风都没有。太阳还没下山，成群结队的蚊子就嗡嗡嗡地把我们包围了。因为害怕蚊子的叮咬，我们靠近篝火，但烟没把蚊子赶走，反而把我们蒸得汗流浃背。而蚊子隔着咸咸的喷了驱蚊水的烟雾层继续叮咬我们。

兰德尔的朋友们大笑着出现了，他们要么是帕瓦仪式[④]的鼓手，要么跟兰德尔一样在仪式上跳舞。有两个喝醉了，不过兰德尔没注意。他是个强迫症，一定要把一切都打理得井井有条，烟管架、平整地放在入

---

① 印第安人称石头为“石祖”，他们认为石头是地球上最古老的东西，这也体现了他们信奉世上万物皆有关联的理念。

② 又称和平烟管，北美平原印第安人视其为圣物，常用于祈祷仪式中。举行仪式前，将少许烟草和带有香味的药草、树皮的混合物填入烟管，持烟管的人吸食后吐出烟。印第安人认为，一缕缕青烟为祈祷者铺就一条通向大灵（印第安人信仰的神）的路，同时也让大灵能够沿路来到大地；在汗屋仪式中，吸食神圣的烟管吐出的烟能够穿透天地万物，将祈祷带给造物主。

③ 美国通用汽车公司旗下品牌。

④ 北美印第安人祈求神灵治病或保佑战斗、狩猎等胜利而举行的仪式，通常伴有巫术、盛宴、舞蹈等。

口处的星形被和星形毛毯[①]、烧鼠尾草的鲍鱼壳、装着药粉的玻璃罐、桶和勺子。摆放这些圣物时，兰德尔脑海中好像有一把量尺，那股严谨劲儿可把卡皮逼疯了。不过其他人都喜欢兰德尔的做事风格，整个印第安地区[②]到处都有他的朋友。就在那天，他打开了一个普韦布洛[③]朋友送给他的包裹，里面有一罐药，现在已和其他药放在一起了。他一边哼着装烟管歌[④]，一边全神贯注地把烟管拼起来，甚至没注意脖子后面贪婪叮咬的蚊子。我挥挥手，把它们全都赶走了。

谢谢，他心不在焉地说，我会替你的家人祈福的。

太棒了，我说。其实这让我很不舒服。我不喜欢别人帮我祈福。等我转身走开，我感觉祈祷让我脊背发凉。但兰德尔就是那样，他从老一辈甚至是你自己的祖辈那儿学来的那套让他产生了优越感，老是让你感觉不太舒服，尽管他这么做是为了你好。穆夏姆教过多伊怎样搭汗屋，而多伊又把这个办法传给了兰德尔。卡皮看到了我的反应。

别担心，乔。他也会为我祈福。而且他就凭这个药认识了很多女孩子，所以他会一直这么做下去的。

兰德尔的侧面轮廓线条硬朗，皮肤光滑，长长的马尾编成了辫子。女孩子，尤其是白人女孩，都被他迷得神魂颠倒。有年夏天，一个德国女孩在他家的院子里搭了帐篷，住了整整一个月。她很漂亮，她穿的凉鞋保留地上没人见过，所以人们老拿这个开兰德尔玩笑。有人仔细看过

---

① 北美印第安人一种特殊的被褥，图案花纹呈星形，目前仍在诸多仪式上使用。

② 由美国联邦法律认定的各类印第安人自治土地的总称，包括五类：1. 印第安部落与美国政府签订条约划定的正式保留地；2. 已撤销或未被认定，但实际归印第安人使用的非正式保留地；3. 由联邦政府管辖但事实归印第安人使用的独立印第安社区；4. 在 1887 年至 1934 年《道斯法案》实施期间联邦政府根据法案分配给印第安人的土地；5. 由国会根据管辖需要而专门指定的归属印第安人的土地。

③ 美国一印第安部落。

④ 往烟管里装烟草时唱的歌，装烟管是进入汗屋前的最后一个环节。

凉鞋的商标，叫博肯，后来这个就成了兰德尔的绰号。

温度越来越高，我们喝掉好多勺汗屋的圣水。我很羡慕那些进了汗屋的人，因为他们在里面会特别热，所以出来时，屋外的热气就如同一阵凉风袭来。而且石祖加热时产生的高温热气让蚊子都热蔫了。大家都进屋了。卡皮和我拿着长柄铁铲把石头铲到门口。兰德尔用一对鹿角把石头从铲子上撇下来，放在汗屋中间的坑里。我们把所有的圣物都交给他们，然后放下门帘。他们开始唱歌，我们又拿着驱蚊液喷了一通。

三个回合结束后，最后一拨石祖也被运进汗屋。我们回卡皮家里把冷水壶[①]加满水，正站在后门的台阶上准备出门，这时发生了爆炸。我们甚至都没听到有人喊“门”让我们打开门帘，汗屋的屋顶就被冲上了天，里面人头攒动，大家都挣扎着要逃出来。他们被帆布蒙住，愤怒地挥舞着手脚。有人发出低沉的嚎叫。接着他们冲了出来，反应各异：有的气喘吁吁，有的大喊大叫，有的光着身子在草地上滚。蚊子俯冲过来。我们拿着冷水壶跑过去。兰德尔和他的兄弟们朝自己皱起的脸打手势，于是我们把水往他们头上泼过去。一旦能站起来，大家就摇摇晃晃地或走或跑，奔向屋子。就在这时，卡皮的姨妈们正巧开着车带了些炸面包过来，便看见八个一丝不挂的印第安人摸索着穿过院子。苏塞特和乔西坐在车里没下来。

所有人坐回到单身汉的垃圾屋里，过了好一会儿才从惊恐中回过神，去回想究竟发生了什么。

最后，斯奇皮说道，我估计是那个普韦布洛的药。你先是感谢了你的朋友，然后说了段长长的祈祷文，接着就往石头上扔了一大把，还记得不?

一段很长很长的祷文，博肯。接着你浇了勺水……

---

① 大容量的隔热水壶。

哦，兰德尔说，我朋友说那是普韦布洛的药。我正在为他和他的纳瓦霍[1]女友的爱情祷告呢。卡皮，去把那个罐子拿过来。

别对我指手画脚。

好吧，求你了，弟弟，你看我们全都光着屁股，还受了伤，能不能请你帮我们去把那个罐子拿过来？

卡皮出去又回来了。罐子上贴着标签。

兰德尔，卡皮说，这个“药”字上有个双引号。

罐子里装满了浅棕色的粉末，味道并不刺鼻，既不像奥沙根[2]，也不像白菖蒲或金尼金尼克[3]。兰德尔抱着罐子皱起了眉头。他像个高级品酒师一样嗅了嗅。最后他舔舔手指，把手指伸进罐子，蘸了点粉末放进嘴里。眼泪立马夺眶而出。

啊！啊！他伸出舌头。

辣椒粉，其他人说道。独特的普韦布洛辣椒粉。他们看着兰德尔在房间里跳来跳去。

伙计，看他飞舞的脚。下次帕瓦仪式上我们该给他点儿普韦布洛药。

必需的啊，伙计。他们喝了很久的水。兰德尔站在水池边，把舌头伸到水龙头下。

兰德尔把药撒在石头上，斯奇皮说，等他浇上四大勺水去，这玩意儿变成蒸汽进入我们的眼睛，而且我们还把那该死的玩意儿给吸进去了！烫得人生不如死。兰德尔怎么能这么对我们？

他们都在看着兰德尔把舌头伸在水龙头底下。

但愿他最后能多穿点衣服，迟博伊·斯诺说。

直到听见姨妈的车驶离车道的声音，我们这才想起她们。我们往外

---

① 美国最大的印第安人部落之一。

② 印第安草药，用于治疗感冒、咳嗽和其他呼吸道疾病。

③ 北美印第安人常吸用的树叶、树皮等组成的烟草混合物。

一瞧，她们留下了两袋新鲜的炸面包。面包渗出的油把纸袋浸出了一小块一小块的油斑。

你们帮我们把衣服和好吃的拿进来，我就给你们钱，斯奇皮对我们说。

多少钱？卡皮问。

每人两美元。

卡皮看看我。我耸耸肩。

我俩把他们的东西拖进屋。我们正在吃东西时，兰德尔过来坐到我身边。他的脸跟其他男人一样粗犷豪放，双眼红肿。兰德尔已学完大半的大学课程，有时他跟我说话的样子像是在做社会公益服务，还有些时候他待我就像亲弟弟。这次就是兰德尔待我如亲密家人的一次。他的朋友们已在笑着吃东西，对兰德尔的气也消了，一切都充满了乐趣。

乔，他说，刚才在里面我看到了一些东西。

我塞了满嘴的墨式绞肉。

我看到了一些东西，他继续说，听起来很苦恼。是在辣椒粉爆炸之前看到的。我正在为你的家人和我的家人祈福，突然，我看见有个人弓着腰靠近你，可能是个警察，他低头看着你，脸色发白，双眼深陷。一圈银光包围着他，他的嘴巴在动，他在说话，但我听不清他在说什么。

我们静静地坐在那儿。我停止了咀嚼。

那我该怎么办，兰德尔？我低声问。

我们都扔点烟草吧，他说，或者你该跟穆夏姆说说。感觉不太妙，乔。

接下来的一星期，妈妈每天都煮饭，她甚至走到院子里，坐在破旧的草坪躺椅上，挠挠珀尔的脖子，看着后院周边的美洲稠李丛。爸爸每天尽可能待在家里，不过他还是会被叫去完成一些工作。他每天都和部落警察碰头，和负责这个案子的联邦侦探沟通。一天，他去了趟俾斯麦[①]，回来后又跟他的老朋友加比尔·奥尔森谈了谈。奥尔森是联邦检察官。绝大多数印第安强奸案的问题关键在于即使已经起诉，联邦检察官也常常会出于种种原因拒绝向法院提起诉讼。很多更重大的案件往往也落此下场。爸爸想确保这种事不会发生在我们头上。

时间一天天地流逝，一切仿佛暂时停了下来。一个星期五的早上，爸爸说要我帮个忙。我经常放学后骑车去爸爸办公室，帮着把法庭下周的事务准备好，以此赚些零花钱。我会把他不大的办公室打扫干净，把木桌上的玻璃垫擦得一尘不染。我会把他挂在墙上的北达科他大学毕业证、明尼苏达大学法学院毕业证和认可他在司法系统工作经历的牌匾摆正，掸掉灰尘。他在很多地方都有执业资格，甚至包括美国最高法院。这让我引以为豪。隔壁是储藏间改建的法官办公室，我也打扫了一下。墙上挂着官方发行的里根总统的肖像画，画里的总统脸颊红彤彤的，双眼浑浊，咧着的嘴露出 B 级片[②]演员似的牙齿。里根太不了解印第安人，还以为我们住在“保护区”呢[③]。还有两张分别印着部落印章和北达科他州印章图案的纸。爸爸还把一份古老的美国宪法序言和《权利法案》都装了框。

我回到爸爸的办公室，抖了抖棕色羊毛毯，把书摞齐放好，里面有家里那本古董版的《科恩手册》之后的所有版本。有 1958 年版；这一版发行时，国会意图消灭印第安部落[④]，于是这本书始终放在书架上，表达着对编者无声的谴责。还有 1971 年的复制本和又大又重且不易磨损的 1982 年版。这些书的旁边放着一本我们自己的《部落法规》精简版。我还会帮爸爸整理他的秘书奥佩琪·沃尔德没有收好的资料。奥

---

① 北达科他州首府，位于该州中南部山上，俯望密苏里河，原为建筑北太平洋铁路工人的营地。

② 指成本低、演员阵容相对较差的电影。

③ 里根政府对印第安人政策的基本原则是减少印第安人对联邦的依赖，逐步削减联邦对保留地的财政资助和印第安人的福利。

④ 即“印第安终止政策”。

佩琪这个名字的意思是知更鸟，这个女人又瘦又小，话不多，眼神却像针一样锐利。她是爸爸在保留地的眼睛和耳朵。每个法官都需要耳目。奥佩琪收集小道消息，其实就是些八卦，不过这些常常会影响爸爸的决定。她知道谁可以被保释，谁会逃跑。她知道谁在贩毒，谁只是在吸毒，谁无证驾驶，谁恶毒残暴，谁已改过自新，谁会酗酒，谁会打孩子，谁不会打孩子。她真是不可多得，尽管她的文件归档体系实在让人看不懂。

我们把所有的文件放在隔壁一间更宽敞的房间里，那儿靠墙放着几个棕黄色金属文件柜。爸爸想反复再读或正在做笔记的文件总放在柜子最上层。那天，我注意到一大堆文件放在外面，奥佩琪在这些文件的栗棕色硬纸板封面上贴上了打印整齐的标签。绝大多数都是案件笔记、总结和思路，最终公布的判决书的草稿。我问爸爸这些文件是不是也要理，心想这么多文件，晚饭前可理不完。

爸爸说，这些文件要带回家。

这不是他的风格。他的书房是远离部落法庭事务的天堂，把一星期的混乱留在它应留的地方，这一直让他引以为豪。可今天，我们却把文件全部搬进了车后座。我们把自行车放进后备厢，开车回家。

回家的路上，他说，吃完晚饭我会自己把这些文件搬进去的。他这么一说，我就明白了，他不想让妈妈看见他带这些文件回家。车停好后，我们把自行车搬了出来，我把它推到屋后。爸爸先进了屋。经过厨房门口时，我听到里面传来东西砸碎的声音。接着便听见痛苦、低沉却刺耳的哭泣。妈妈颤抖着退到水池边，沉重地呼吸着。爸爸站在她前面几英尺处，伸出双手，徒劳地在空中够她的身体，仿佛想抱住她，却又抱不住。两人之间的地板上是一盘打碎了的炖菜，菜汁正慢慢流出来。

我看着爸妈，明白了一切。爸爸刚刚进屋，妈妈肯定听见了车的声音，难道珀尔没叫么？还有，他的脚步沉重。他老是发出很大的声响，我之前说过，他是个笨手笨脚的男人。我注意到他上星期回家时还傻乎乎地大喊一声，比如，我回来了！但这次他可能忘记喊了。可能这次他太轻手轻脚了。可能他像往常一样走进厨房，接着伸开双臂从背后抱住妈妈。以前，她会在灶头或水池前一直忙个不停，爸爸就站在她背后看看，跟她说说话。在这一幕小小的“归家”画面中，他们是站在一起的。最后，爸爸会把我叫去帮忙摆餐具。趁着我和妈妈为晚餐做最后准备的空当，他会迅速换好衣服，然后我们便一起坐下。我们不去教堂做礼拜。这就是我们的仪式。分面包就是我们的圣餐仪式。但这一切必须开始于彼此信任的那一瞬间：爸爸走到妈妈身后，妈妈感觉到爸爸的接近却并不转身，只是微微一笑。可是现在，他们无助地站在那儿互相盯着对方，面前隔着摔碎的盘子。

我现在明白了，这一刻原本可以有很多种结局。她可能会大笑，可能会大哭，可能会伸手抱住他。或者他可能会跪下来，假装心脏病突发死去。她可能会被吓得一个踉跄，然后去帮他。我们会一起把地上的脏物收拾干净，做几个三明治。一切都会继续。如果那晚我们一起坐下来，我真的相信一切都会继续。可妈妈的脸色却突然阴沉下来，一阵不易察觉的颤抖传遍她的全身。她深吸一口气，一只手捂住受伤的脸。接着，她跨过地上摔碎的盘子，小心地走开了。我多想她能喊出来，能哭出来，砸点东西也好。不管怎样都好过现在这种冰冷凝滞的感觉，不管怎样都好过她就这么爬上楼梯。那晚，她穿着一件纯蓝色的裙子，没穿长袜，还穿了双黑色的迷你唐卡牌鹿皮软鞋。她每上一级台阶，眼睛都直勾勾地盯着前面，手牢牢抓着栏杆。她没发出一点声音，仿佛是飘上楼梯的。我和爸爸跟着她走到门口，看着她，我想我们肯定都有同感，那就是：她正慢慢走进一个完全孤独的世界，很可能永远都回不来了。

卧室的门喀嗒一声关上后，我们依旧站在那儿没走。终于，我们转过身，一言不发地走回厨房，把炖菜和摔碎的盘子收拾掉，又一起把垃圾扔到垃圾桶。爸爸合上垃圾桶盖，停了下来。他低着头，就在这时，我第一次发现他流露出悲伤的情绪，这种悲伤会愈发强烈地纠缠住他。他就这样动也不动地站在那儿，我真的被吓到了，赶紧把手放在他的胳膊上。我不知道如何表达自己的感受，但还好爸爸抬起了头。

帮我一起把文件搬进去，他的语气严厉而急促，我们今晚就开始。

于是我照办了。我们把东西从车上卸下来。接着，我们一起草草做了几个三明治。(有个三明治他做得格外细心，做完后还把它放在盘子里。我把苹果切成片，在面包、肉和生菜旁边围成一圈。我上楼去敲卧室门，妈妈没反应，我就把三明治放在门口了。）我们拿着吃的，走进爸爸的书房，一边皱着眉头看文件，一边把三明治塞到嘴里，把面包屑掸到地板上。爸爸打开台灯，坐到书桌前，然后朝我点点头，示意坐在阅读专用椅里的我也这么做。

他就在这里面，他边说边冲着这厚厚一摞文件点点头。

我明白这是要我帮忙。爸爸把我当成了他的助手，他当然知道我偷偷摸摸地看过他的东西。我本能地往放着《科恩手册》的书柜瞥了一眼。他又点了点头，稍稍扬了扬眉毛，冲我胳膊边的那摞文件努努嘴。我们开始看文件。这时我才开始了解爸爸究竟是怎样一个人，他每天干些什么，他的生活是怎样的。

第二个星期，我们从他一系列工作文件中精选出了几个案例。这是我放假前的最后一个星期，但这段时间里，妈妈还是无法走出房间，爸爸给她送饭。我每晚坐在那儿陪着她，读《家庭最爱诗歌集》给她听，直到她睡着。那是一本古老的诗集，已裂开的红棕色封面上画着幸福的白人们在教堂读诗，睡觉前给孩子们读诗，轻轻地把诗句送到亲爱的人耳边。她不让我读励志类的，我只好无休无止地读那些辞藻华丽、韵律沉闷的故事诗，譬如《本 · 博尔特》《高速公路男人》《溃堤》等等。只要她呼吸顺畅了，我就如释重负地悄悄离开。

她一直在睡，仿佛在参加睡觉马拉松比赛。她基本不吃东西，常常流泪。虽然她用枕头蒙住脸不让别人听到，可那单调刺耳的哭泣声还是透过卧室门传了出来。我下楼走进书房，和爸爸一起继续研究那些文件。

我们全神贯注、一丝不苟地读着。爸爸愈发坚信，从他的庭审笔录、备忘录、案件摘要、司法判决中可以弄清楚那个害得我妈妈魂不附体的家伙到底是谁。

第三章
所谓公正

1987 年 8 月 16 日

杜林 · 皮斯，原告

诉

宾果宫，莱曼 · 拉马丁，被告

杜林 · 皮斯是宾果宫及赌场的看门人，莱曼 · 拉马丁是他的顶头上司。由于和老板发生争执，两天后，也就是 1987 年 7 月 5 日，皮斯被开除。有目击证人证实几名员工无意中听到他们的争执，内容涉及两人的同一个约会对象。

7 月 4 日，公司组织员工在宾果宫后院野餐。野餐过程中，当日早些时候一直忙于修理设备的杜林 · 皮斯离开了该建筑，被莱曼 · 拉马丁阻止，并被要求拿出口袋中的所有东西。最后在杜林 · 皮斯的一个口袋中发现了六个单价约 15 美分的垫圈。莱曼 · 拉马丁遂指控杜林 · 皮斯企图盗窃公司财产，并将其解雇。

杜林 · 皮斯称垫圈归他自己所有。经库茨法官检查证实，垫圈上并无特殊标记证明其为宾果宫财产。鉴于解雇杜林 · 皮斯的有效依据不足，本庭下令要求恢复其在宾果宫的工作。

垫圈？我问。

怎么了？爸爸问。

我重新低头看着文件。

虽然我们并没把这个案子作为重点挑出来，但我记得很清楚。就是这种案子——爸爸的时间和精力就是花费在这些重大案件上的。当然，他审理这些案子时我也在法庭现场。但我原以为，是因为我还太小，所以有些更重大、令人不安、暴力的或过于复杂的案件不允许我旁听。我一直认为爸爸裁决的都是些重大的法律问题，比如合约权利、土地归还；也曾想象过他直勾勾地盯着谋杀犯的样子，听到目击证人结结巴巴时皱起眉头的样子，或是用一两句反话噎得聪明的律师哑口无言的样子。我什么都没说，但读着读着却慢慢陷入了沮丧。费利克斯·科恩为什么要写那本《手册》？《手册》的那些案子重要在哪儿？复杂在哪儿？对印第安人的尊重体现在哪儿？爸爸审判的几乎都不是什么大案，而且简直荒唐、不值一提。虽然的确有几个令人悲痛或是既可笑又可悲的案子——比如玛丽林·史嘎格，她偷了加油站五根热狗，在加油站厕所里全部吃掉了——但没有一个案子像我原先想的那么高大上。爸爸不是惩罚偷热狗的小偷，就是调查垫圈——连洗衣机都不是，只是单价 15 美分的垫圈。

1976 年 12 月 8 日

审判长安东·库茨，审判员罗斯·切诺斯和助理审判员莫文·“杜比”·玛因甘

汤米·托马斯等人，原告

诉

温兰德超市等，被告

本案中的汤米·托马斯和其他几名原告均为齐佩瓦部落成员，温兰德加油站及杂货店由非印第安人开设，其所处地皮为个

人地产（之前购入的分配地），但周围均为部落托管地[1]。原告声称温兰德超市在商业交易中，针对有老年痴呆症、年幼无知、心不在焉、醉酒、神志不清等迹象的部落成员，多收20%的费用。

温兰德超市所有人乔治·拉克和格雷斯·拉克并未否认收银条上有时显示的增收20%费用的事实。他们辩称此举是为了补偿超市被窃的损失。被告声称部落法庭对他们没有属人管辖权[2]，对他们进行的交易也没有事务管辖权[3]，这是被告辩护的主要依据。

本庭经审理查明，虽然该加油站位于122093号分配地，但其停车场、垃圾罐、人行道、抽水机、消防栓、排水系统、过滤场、混凝土车墩、户外野餐桌和装饰性花架均位于部落托管地内。因此，顾客必须下车后步行穿过部落托管地方能进入温兰德超市，且86%的顾客为部落成员。

本庭宣称对该案具有管辖权，并鉴于没有任何否认多收钱款行为的证据，故做出有利于原告的判决。

爸爸把这个案子放到一边。

这个案子看起来再平常不过了，我说，尽量不让他听出我声音中的失望。

爸爸说，我对这个案子里非印第安人拥有的企业具备有限的管辖权，而且案件的判决已生效。他的语气中流露出自豪。

他继续说，结果的确令人满意，但我不是因为这个才把它挑出来的。我是因为这案件牵涉到了一些人，所以才标出来，想再仔细看看。

---

① 印第安部落内的土地，为部落所有，但由联邦政府提供监管。

② 在美国，法院受理民事案件时需要满足两个条件：属人管辖权和事务管辖权。属人管辖权指法院对原告和被告诉讼双方具有管辖权。只有法院具备属人管辖权，法院作出的判决对原被告双方才具约束力。

③ 事务管辖权指对案件涉及的特定事务具备管辖权。各州法院的事务管辖权主要取决于联邦宪法及各州法律的授权。例如，破产法院仅有权审理破产案件。

我又看了一眼文件。

是汤米·托马斯等人还是拉克一家？

拉克一家人里，虽然格雷斯和乔治已不在人世了，但琳达还活着。他们的儿子林登在本案并未被提及，但他和另一起情感上更加纠缠不清的诉讼有关。拉克家就是那种表面上老是炫耀他们和“好心的印第安人”关系好、私底下却又瞧不起印第安人的人；他们公开资助印第安人，以示对印第安人的关心，实际上却干着骗人的勾当。拉克一家是装模作样的企业家和卑鄙的小偷，而且还自欺欺人。他们对别人的道德要求极其严格，却总能为自己的缺点找到借口。爸爸说，就是这些卑贱的伪君子才会在特定情况下一有机会就做出可怕的事。拉克家强烈反对堕胎，然而生下双胞胎时，他们以为身体较弱的女婴是个畸形儿，竟想杀了她，真是下得了狠心。这事保留地上的人都知道，因为那个残疾的孩子被护士抱出去后，在医院做守夜人的部落成员贝蒂·威什科布收养了她。这就引出另一个案子。

关于艾伯特·威什科布和贝蒂·威什科布的地产纠纷

艾伯特·威什科布和贝蒂·威什科布均为齐佩瓦部落的登记成员，也是保留地的居民。两人去世时均未立下遗嘱，留下四个孩子，谢丽尔·威什科布·马丁、锡德里克·威什科布、小艾伯特·威什科布和琳达·威什科布（原名为琳达·拉克）。琳达未被威什科布夫妇正式收养，只是在其家中像印第安人一样被抚养长大。她的养父母去世时，其他三个已搬离保留地的孩子均同意让琳达继续住在艾伯特和贝蒂家中。该住宅位于1002874号分配地，占地160英亩，根据1934年颁布的《印第安重组法》①，该地块已返还部落信托机构所有。1986年1月19日，琳达·拉克·威什科

① 主要内容为改善原住民生活的一系列措施。

布的生母格雷斯·拉克向法庭上诉，要求恢复她对已到中年的女儿琳达的监护权，以便管理后者的各项事务。

格雷斯·拉克声称琳达经历艰难的治疗后染上了一种疾病，导致其极度抑郁且神志不清。格雷斯·拉克公开宣称有意开发琳达在其养父母去世后继承的160英亩土地。

最后一段是手写的，只是一段给爸爸看的批注。

从血缘上来讲琳达并非印第安人，没有具法律效力的文件可以证明威什科布夫妇正式收养了琳达，同时格雷斯·拉克并未联系其他三个有继承权的孩子。法庭认为琳达·拉克·威什科布不仅神志正常，而且与包括其生母在内的许多出庭人员相比，心智更加健全。故驳回起诉，不可再诉。

奇怪，我说。

还有更奇怪的，爸爸说。

怎么会呢？

你看到的只是这么多年来让两家人身心俱疲的心理剧[①]的冰山一角，不管是抛弃孩子的拉克夫妇，还是好心救了孩子并抚养其长大的威什科布夫妇。威什科布的孩子们听说，格雷斯用心险恶，贪得无厌，想通过诉讼侵吞永远不可能由她继承的财产，并从中获益，但手段卑鄙。他们很生气，何况这土地产权是永久属于部落的。琳达的姐姐谢丽尔·威什科布直接采取行动，组织大家联合抵制拉克家的加油站。不仅如此，她还帮助怀蒂申请经营许可证。现在所有人都去怀蒂那儿加油。怀蒂和索尼娅已经把拉克家挤出这个行业了。这期间，拉克太太的儿子林

①一种精神治疗法，病人在医师设计的戏剧性场景中扮演角色。

登丢了南达科他州的工作，回来帮他母亲一起经营这个濒临倒闭的企业。后来，他母亲因突发动脉瘤过世。他将母亲的死因和濒临破产的现状归咎于威什科布一家、她妹妹琳达、怀蒂和索尼娅，还有经手这个案子的法官，也就是我。现在看来他是逃不过破产的命运了。

爸爸看着文件皱起眉头，用一只手捂住脸。

我见过他在法庭上的样子。听说他能说会道，很有魅力。但在审判过程中，他只字未吐。

会不会他就是……？我问。

袭击者？我不知道。但他肯定是个麻烦人物。他妈妈死后，他还在政界做过一段时间。他可能在审判期间了解到了保留地及其周边管辖权的问题，心生不快。他给《法戈论坛》写了一封古怪的信。奥佩琪把那封信剪了下来。我记得信里写的全是些“让我们终止保留地”的陈词滥调。他还引用了红脖子[①]说过的话:“我们正大光明地打败他们。”他们一直没明白，保留地之所以存在是因为我们的先人与政府签订了具有法律效力的协定。但林登肯定又明白了些什么，因为后来我听说他正在为竞选南达科他州州长的柯蒂斯·叶尔托筹集资金。叶尔托的观点与他一致。我还听说——当然是奥佩琪告诉我的——林登参加了地方民团[②]的当地分队。那个团体认为那些当选的政府高官的权力应该属于当地治安官。我最近听说拉克现在住他妈妈家，行事低调，经常出门，估计就是去南达科他州。他现在变得神神秘秘的。奥佩琪说还有个女的和他有往来，不过奥佩琪只见过她几次。他出门和回家的时间点都很怪，但到目前为止还没有迹象表明他在从事毒品交易，或其他的违法勾当。我知道他妈妈总有本事怂恿别人动怒。她的怒火会感染其他人。这个小个子白人老太太看起来弱不禁风。她觉得高人一等，恶毒得很。

---

① 对美国南方农村劳动阶层白人的贬称。

② 又称地方武装团队，是20世纪60年代美国极右翼社会运动组织。该组织主张地方自治，反对联邦政府权力集中，认为县和州的权力应高于联邦政府。

拉克可能没受她影响，也有可能和她一样恶毒。

爸爸走到厨房里，往马克杯里加咖啡。我盯着文件。也许是在那时我才注意到爸爸在所有公开发表的判决书上都会用钢笔签上大名，墨水是抒情诗般的靛蓝色。他的字迹很端正，接近维多利亚时代的细长字体，是另一个年代的书写风格。自那以后，我总结出了关于法官的两个规律：一是他们都会养狗，二是他们都会有个令人难忘的怪癖。爸爸的怪癖就是用钢笔，尽管在家里他用圆珠笔。我打开书桌上的最后一份文件读了起来。

1974 年 9 月 1 日

弗朗西斯·怀特波伊，原告

诉

阿西吉纳克、部落警察和文斯·麦德维森，被告

上诉人辩护律师威廉·斯特恩及被上诉人辩护律师乔安娜·科尔·德·波尔斯

1973 年 8 月 13 日，保留地湖北面的老圆屋内举行了摇晃帐篷仪式。摇晃帐篷仪式是奥吉布瓦人[①]最神圣的仪式之一，主要帮助祈愿者恢复健康，解答有关灵魂的问题。有关该仪式只说这些。

当晚共有一百多人参加，有几个参与者在人群外围喝酒，包括本案上诉人贺瑞斯·怀特波伊，也就是原告弗朗西斯的弟弟。仪式负责人阿西吉纳克要求当地部落警察文斯·麦德维森负责安保。文斯·麦德维森要求贺瑞斯·怀特波伊和其他数名喝酒的人员离开仪式场地。

在摇晃帐篷仪式上喝酒，文化层面上是无法接受的，甚至是

---

① 即齐佩瓦人。

冒犯的，麦德维森心平气和地要求饮酒者离开。其中几名饮酒者意识到已公然破坏了这一神圣的习俗，便离开了。有人看见贺瑞斯·怀特波伊和这些饮酒者跌跌撞撞地离开了仪式，走在路上。然而，数名目击证人表示，阿西吉纳克帐篷里的神灵对正在倾听的人发出警告，说贺瑞斯·怀特波伊将遭遇危险。

仪式结束后的那个下午，人们发现了贺瑞斯·怀特波伊的尸体。他可能离开了马路上的那群饮酒者，转身想回到圆屋。在山脚下，可能他决定躺下来，被发现时，他仰面躺在矮树丛下，因自己的呕吐物窒息而死。

贺瑞斯的哥哥弗朗西斯·怀特波伊指控阿西吉纳克和文斯·麦德维森犯有过失罪。阿西吉纳克当时在帐篷里，从神灵处得知他弟弟会遇到不测；而文斯·麦德维森当日作为安保人员已下班，且未领取报酬。

本庭认为阿西吉纳克的唯一职责就是允许众神灵经他之口将它们所知告诉在场的人们。这一职责已履行。

文斯·麦德维森保证摇晃帐篷仪式安全的行为并无不妥，且当日麦德维森已下班，又未领取报酬，因此本案无法追究部落警察之责。麦德维森的职责就是确保醉酒者受到警告后离开。他无需对饮酒者的行为负责。

因酒醉而不省人事的个人应承担意外死亡的风险。贺瑞斯·怀特波伊的死纵然悲惨，但乃其个人行为所致。同情酗酒者确为惯例，然而法律并未规定应像看护孩子一样看护他们。贺瑞斯·怀特波伊因自身行为导致死亡，其个人决定导致了其命运。

本庭宣判被告无罪。

为什么看这个案子？爸爸回来后我问道。

很晚了。爸爸坐下呷了口咖啡，摘下眼镜，揉揉眼。可能他已筋疲力尽了，所以没多想就说出了口。

因为圆屋，他说。

那个老圆屋？案发现场是那儿么？

他没说话。

妈妈那件事，是在那儿发生的么？

他还是没回答。

他把文件推到一边，站起身。灯光下，他脸上的皱纹深如裂缝。他看起来仿佛已有一千岁。

第四章
响如耳语

卡皮是个瘦骨嶙峋的家伙，长着一双大手，脚上有很多伤疤和疙瘩。但他颧骨高耸，鼻子挺拔，牙齿又白又大，平直闪亮的长发遮住一只棕色的眼睛。那是一只迷人的棕色眼睛。虽然卡皮的脸颊和下巴上总是挂彩，其中一条眉毛中间还断了一截，那是额头磕在石头上碰了道口子后留下的，但他很讨女孩子喜欢。他那辆生锈的蓝色十速自行车是多伊从教堂那儿捡来的。他们家的每面墙上都挂着碰在一起嘎吱作响的工具，卡皮用它们把车修得凑合着能骑，但只有第一个挡位好使，手刹竟然也罢工了。所以卡皮骑车时，你会看见一个如蜘蛛腿般细长的孩子飞快地蹬着踏板，以至于他的腿模糊不清，偶尔又看到他双脚拖地，想停下车。如果这样还刹不住，他就只好跨过自行车横杠，像是要自杀似的滚到路边。安格斯有一辆破破烂烂的粉红色小轮越野自行车，他本想重新刷一下漆，可回头一想，这个颜色的车不容易被偷。扎克的车是新的，酷酷的黑色，是他两年未曾露面的爸爸回来时送给他的。由于我们还没到开车的法定年龄（当然，我们不放过任何一个开车的机会），自行车给了我们自由。我们用不着依赖埃尔温或怀蒂的马，尽管有时候我们也会骑马。我们也用不着大清早去找多伊或扎克的妈妈捎我们一程，这样倒挺好的，因为本来学校放假后她们就不愿意带我们去想去的地方了。

扎克偷听了他继父那个声音断断续续的警察专用无线电设备（他常这么干），确认了罪犯就是在圆屋强暴我妈妈的。一条双向小路从灌木丛中穿过，通往保留地湖对面的圆木结构老圆屋。那天一大早，我就起床悄悄穿好衣服。我偷偷下楼，把珀尔放了出去，又和珀尔一起在屋后的树丛里撒了泡尿。我不想让他们听见冲马桶的声音。我把纱门稍稍打开一条缝——这样门就不会发出咯吱声——潜回屋里，慢慢合上门，以防门重重地撞到门框上。珀尔和我一起进屋，安静地看着我装了一袋花生酱三明治。然后，我把三明治、一罐妈妈加莳萝[①]腌的黄瓜和水壶放进背包。爸爸之前让我发誓暑假里不管去哪儿都得告诉他，于是我在他给我留在厨房操作台上的标准书写簿上写了个“湖”字，接着撕下半张纸，另写了一张纸条，塞进口袋里。我一只手放在珀尔的脑袋上，看着它暗淡的眼睛。

保护好妈妈，我说。

卡皮、扎克、安格斯和我约好几小时后在我们常碰头的树桩那儿会合，就在公路边，跨过排水沟就到了。我把另一张字条留在那儿，告诉他们我先走一步。我之前就计划好了，因为我想一个人先去圆屋看看。

那是一个清爽的六月早晨，野玫瑰和去年秋天刚收割过的鼠尾草上还残留着冰冷的露珠，但我敢肯定下午会热起来，会是个炎热的大晴天，到时候蜱虫也会出来。现在这个点儿几乎没人出门，公路上只有两辆车从我身边驶过。我拐到麦士奇格路上，这是一条绿树环绕的砂砾路，其中一段绕着湖。湖边的几栋房子被灌木丛挡住了。偶尔有狗窜出来，不过我蹬得很快，在它们的领地上飞快地来了又去，所以很少有狗冲我叫，也没狗追上来。我的胳膊甚至还撞到了一只绕着树打转的蜱虫，差点让它叮在胳膊上。我轻轻把它掸走，骑得更快了，一直骑到那条通向圆屋的小路。路口依旧被锥形路障和油桶封着，估计是警察干的。我推着车往前走，一路上仔细地观察着地面和灌木丛树叶的下方。这片区域在过去几个星期里变得枝繁叶茂。我就像怀蒂看的犯罪小说里写的那样，寻找着其他人可能遗漏的线索。然而我没有发现任何不该

①欧芹科，又名洋茴香，多用作香料。

在这儿出现的东西，或者说，因为这是一大片树林，一切都乱糟糟的，所以我也不知道哪些东西本来就在这儿。有人清理过这儿，这可不是什么好事。一个空罐子、一个瓶盖、一根黑漆漆的火柴。不该出现在这儿的东西已被非常仔细地清理干净了，所以我还没发现任何相关或有价值的线索，便到了圆屋所在的那片空地上。

草还没割，停车的地方长出一些又短又硬的植物。马儿早就把好吃的植物连根拔起，吃了个精光，只剩下干硬的杂草蹭过我的车胎。这个用圆木搭建的六角形圆屋建在一个缓坡上，周围的青草长得很长，郁郁葱葱。我把车放倒在地。先是死一般的寂静，接着，一阵风呼啸着穿过圆屋银色圆木间的缝隙吹过来。我激动起来。这哀鸣声仿佛是这个建筑发出来的，充斥在我体内，占据了整个身体。终于，它停了下来。我决定继续往前。上坡时，一阵微风吹得我颈后汗毛直立。但当我走到圆屋前，阳光就像一只温暖的大手搭在我肩上。这儿一片静谧。圆屋没有门。以前是有的，但这块又大又厚的长方形木板如今已被拆下来扔到一边了。木板间的裂缝里已长出杂草。我站在门口。屋里东南西北各有一扇破碎的小窗，窗户都开着，但光线不好。地板很干净，没有空瓶，也没有报纸或毯子。所有东西都被警方带走了。我闻到一股淡淡的汽油味。

以前不允许印第安人信仰自己的宗教时，圆屋被用来举行救赎仪式。其实也不是很久以前，就是1978年[①]之前。人们为了聚到一起，假装这儿是个交际舞厅，或者把《圣经》带来。那段日子里，要是神父开车过来，车前灯的光远远就能从南窗外射进来。等神父或印第安事务管理局的主管赶到，水鼓、鹰羽、药袋、桦皮卷轴和神圣的烟管早就藏到

---

① 1978年，美国国会通过联合决议，颁布了《美国原住民宗教自由法案》，旨在保护印第安人、爱斯基摩人、阿留申人及夏威夷原住民的宗教权利和文化习惯，包括（但不限于）出入其宗教圣地的权利、举行崇拜仪式的自由以及使用并拥有圣物的权利。

湖中央的两艘摩托艇上了。人们掏出《圣经》，大声朗读《传道书》[1]。为什么偏偏要读那部分呢？我曾经问过穆夏姆。他说那是第一章，第四节。一代过去，一代又来。地却永远长存。我们也是这么想的。有时我们也会跳方块舞[2]，穆夏姆说，我们那个救赎仪式的领袖还是个不错的领舞呢。

有位上了年纪的天主教神父以前常常和药师们坐在一起。他就是戴梅恩神父，他把管理局的主管先打发回去。接着，水鼓、羽毛和烟管就都回来了。这位老神父会唱我们的歌，但现在已经没有神父会唱了。

根据扎克从他继父的无线电对讲机偷听来的消息，再结合爸爸提到圆屋后的沉默，我确定了大致的犯罪地点。但我还不知道具体是哪个区域。但就在那时，我找到了肯定的答案。我知道，他就是在这儿袭击妈妈的。这个古老的仪式场地用妈妈那种痛苦的嗓音哭喊着给了我答案，想到这儿，泪水涌上了双眼。我任由泪水沿着脸颊淌下。反正这儿没人，我也不用去擦。我边哭边站在阴暗的门口思索着。没错，眼泪也是一种思维，不是吗？

我根据爸爸之前描述的细节，把注意力放到妈妈如何逃脱这个问题上。当时我们的车就停在土坡下一片乱糟糟的灌木丛后。没人会从那条路走上来。土坡另一侧往下走是湖滩，沿着湖边的那条路更容易到达。当然，强奸犯——只是我没用这个词，我一直说袭击者——袭击者以为这块孤零零的荒地早就无人光顾了。那就意味着他对保留地有所了解，也就是说他是有预谋的。人们晚上会去湖滩上喝酒，但从圆屋走到那儿，必须穿过一道带刺铁丝围栏和一片树林。袭击大致就发生在我现在站的地方。他把她留在这儿，想去再拿一盒火柴。我努力不去想妈妈当时有多害怕，也不去想她是怎样爬向车子的。我在想袭击者得走

---

①《圣经·旧约》的一卷。

②每4对男女围成一个正方形的一种舞蹈。

多远去拿火柴，最终才没能及时折返截住妈妈。

妈妈已经站起来，逃出门外，跑到坡下的车里了。袭击者可能去了另一侧山脚下，也就是山北面，所以没看见妈妈。我沿着他的必经路线走了一遍，穿过草坪走到铁丝围栏前。我拉起最上面的那根铁丝，侧着身子跨过去。紧接着另一道围栏穿过茂密的桦木林和白杨林，通往湖边。我沿着那道围栏一路走到湖边，继续往水里走。

他肯定有藏身之处，或者还有辆车，停在湖滩附近。火柴湿了，所以他想回去再拿些火柴。他很可能抽烟。他还有多余的火柴或打火机，所以他沿着那道围栏一直走到湖边，走到藏身处，听见车门砰的一声响。接着他跑回圆屋去追妈妈。但太晚了，她已启动引擎，踩下油门，逃走了。

我继续往前走，穿过狭长的湖滩，走进湖里。我根据自己的推断一路向前，心怦怦直跳，我甚至没有意识到自己走进了水里。我感觉到了他眼睁睁看着车开走时那种无比的挫败感。我看见他捡起汽油罐，差点扔到快要消失在视线中的车尾灯上。他向前跑去，又跑回来。突然，他想到了他的东西，车啊、烟啊、所有的一切，于是停了下来。还有那个罐子。他不能因为罐子被抓住。五月的天气尚未转暖，冰化了但湖水依旧刺骨，他却只能走到湖中央，往罐子里装满水，然后把它尽可能扔得远远的。现在，如果我能潜到湖底，沿着泥泞的、满是杂草和蜗牛的湖底摸过去，肯定能找到那个罐子。

小伙伴们找到我时，我正坐在圆屋门外，头顶着大太阳，身上还没干透，汽油罐放在我面前的草丛里。看到他们过来我很高兴。我现在才明白袭击者还想把妈妈烧死。虽然这个事实已再清楚不过，或者说从克莱门斯在医院的反应和爸爸对妈妈如何逃跑的描述中至少也能听出这层意思，但我却无法接受。看着面前的汽油罐，我开始发抖，抖得上下牙齿都在打架。一旦难过到这种程度，有时我就会忍不住呕吐。但我在车里、在医院里，甚至在读书给妈妈听时都没有吐过。可能当时的我已经麻木了。而现在，我的肠道却感受到了妈妈遭的罪。我挖了个洞，把呕吐物用土盖上。我坐在那儿，虚弱无力。等听见说话声和自行车的声音、卡皮拖着脚刹车的声音、叫喊声，我一跃而起，用力拍打自己的胳膊。我不能让他们看见我像个女孩似的发抖。等他们走到我身边时，我假装是因为水太冷。安格斯说我的嘴唇都发青了，给了我一根不带滤嘴的骆驼牌香烟。

这是能偷到的最好的香烟。斯塔尔的男人一般抽一些没牌子的，但他肯定是从哪儿搞到了钱。安格斯是从埃尔温那儿顺过来的，每次一根，这样不会引起怀疑。但这次，他偷了两根。我小心翼翼地把香烟掰成两截，和卡皮一人一半。扎克和安格斯一起抽另一根。我慢慢抽着，一直抽到烫手指才扔掉。我们吸烟时没说话，等抽完后，我们像埃尔温那样把舌头上的烟草碎渣吐掉。暗红色的汽油罐已被压扁，顶端和底部各有一圈金黄色带。罐子上有个长长的、弯曲的喷嘴，表面有一个明黄色的火焰标志，火焰中间是蓝色，蓝色中央还有一个白点，火焰表面潦草地印着黑色加粗的“小心”两字。

我想抓住他，我跟朋友们说，看着他被烧死。他们也正盯着汽油罐，明白我说的是什么。

卡皮从破门上扒了块碎片，插进土里。扎克嚼着一根草。我看着安格斯。他一直吃不饱，我告诉他我带了三明治，然后从包里摸出袋子，把吃的分给他们。我们先是小心翼翼地把抹了花生酱的面包片分开，然后把妈妈拿手的鲜脆小泡菜塞进去，最后合上面包片。泡菜汁使花生酱变得咸咸的，不那么黏，不至于粘在嘴里咽不下，也让花生多了酸酸辣辣的味道。消灭完三明治，安格斯几乎把腌黄瓜的汁水喝了个精光，把红辣椒也放进了嘴里。卡皮嚼着莳萝的根茎。扎克把脸转向一边——有时他对吃的很讲究，但有时他又会大大咧咧得让人吃惊。

我们传递着水壶，接着我告诉他们说我已经想过袭击是怎么发生的了。就是这样，我眼睛一眨不眨地说道。他就是在这儿下手的。我冲圆屋的方向歪歪头。他得手后，还想把妈妈烧死在里面。但火柴弄湿了，所以他下山去湖那儿找干火柴。我一五一十地告诉他们妈妈是怎么逃走的。我说，我猜袭击者肯定在树林里藏了些什么，我已经沿着铁丝围栏的立柱走到湖边，在湖里找到了他沉到湖底的汽油罐。我说，他很有可能是个烟鬼，因为他本来想去找多余的火柴，或许他还有个打火机。他肯定在树林里落下了点什么。如果他把东西落在那儿，那说不定他也在那儿睡过。他可能抽过烟，扔过烟头。或者像怀蒂那样把香烟拆开，解开过滤嘴下面的那圈细丝，把它卷成一个小小的纸团。所以我们寻找的目标是细丝、脚印以及任何从外面带入的东西，所有的一切。

我们点点头，看着地面。卡皮抬起头，平静地盯着我。

就这么干，他说，星侠[①]？

好的，安格斯说道，看看我们能找到什么。星侠是他的昵称。

我们找到了木蜱[②]。保留地因为有这种小东西臭名昭著。我们把树林划分成网格，然后在围栏以南沿湖三十英尺的区域里交叉往返了几个来回。春天里，要是你捅了已孵化一大群幼虫的蜱虫窝，它们就会蜂拥而至。但它们动作不快，要是用力抖可以抖掉一些。但要是你在地上爬行，可甩不掉它们。现在的我们就在一个个蜱虫窝里爬来爬去。

扎克惊慌地大叫了一声。他跳起来，我看见几只蜱虫从他身上跳到安格斯身上，又落到卡皮亮闪闪的头发里。

闭嘴，你个小屁孩！安格斯说，跳蚤比这个厉害多了。

没错，跳蚤，扎克说，还记得你妈妈在你房间里用跳蚤炸弹[③]，却忘了你在里面的那次么？

---

① 美国漫画《星侠》中的人物。

② 一种矩头蜱属的蜱。它传播某种微生物，导致人类的落基山斑疹热和兔热病。

③ 一种室内喷雾器，其按钮被按下后会自动喷出雾状的杀虫剂。

哦，天哪，他们把整个地方封死，然后把那玩意儿逼出来，安格斯边说边眯着眼睛看着一个保鲜膜一样的东西，然后扔到一边。他们忘了我在角落里睡觉，让我在那儿待了一整夜。跳蚤为了活命，全跳到我身上，当时我才四岁。它们吸了平生最后一口血，死在我衣服上。还好它们没把我的血吸干。

它们把你的脑子吸干了，扎克说，看看你扔给我的是什么东西。他正捏着一个缠成一团的避孕套晃悠着。显然这玩意儿已在那儿一整个冬天了。大点的孩子们会在湖滩上生火。

我拿出面包袋，扎克把这个已经僵硬的避孕套扔进去。接着我们又发现了几十个避孕套，还有好多啤酒罐，安格斯把它们堆成一堆，还索性踩扁准备带回去卖掉。远处有点像新长出来的繁茂的灌木丛其实是个垃圾堆，里面有不计其数的烟头。面包袋里很快就装满了避孕套和烟头，还有糖纸和几卷厕纸。警方要么是认为这个区域与案件没什么关系，要么就是直接放弃了。

这些人真恶心，扎克说，证据也太多了吧。

我拿着面包袋跪在地上，全身上下都有蜱虫在爬来爬去。我说我们该停下来，去湖里把蜱虫淹死。于是我们出了小树林，在湖滩上脱去衣服。蜱虫主要都集中在衣服上，身上不算多，只是安格斯的蛋蛋被蜱虫叮了一口。

嘿，扎克，帮帮忙!

哦，去你的，扎克说。

卡皮大笑，你干吗不让它待在那儿变大些？这样他们就可以叫你“三个蛋”了。

就像老家伙尼斯威，我说。

他真的有三个。真的，我奶奶知道的，扎克说。

闭嘴，卡皮说，别告诉我你奶奶和一个有三个蛋的男人上床，我可不想听。

我们现在在湖里了。我们四处泼水，潜到湖底，嬉戏打闹。之前的我们满身是汗，又热又痒，在水里泡泡感觉棒极了。我伸手摸摸下身，确保自己没像安格斯被蜱虫叮到那个部位。我潜到水下，尽量憋久一点。等我冒出水面，扎克正在说话。

她说那玩意儿就像三个熟透的大李子轻轻拍打着她的屁股。

你奶奶什么话都说，卡皮说。

她都告诉我了，扎克说。

有些印第安老太太常往教堂里头跑，还有些印第安老太太不信教堂这一套，年纪大了就放荡不羁，在年轻人面前常常语出惊人，扎克的奶奶，伊格纳西亚 · 桑德奶奶就是其中之一。她读的是天主教寄宿学校，但她说这一经历只让她变得更加粗野不羁，就如同它让那些神父变得更加虔诚一样。她说印第安语，谈论男人的秘密。如果她和穆夏姆凑到一块儿回忆往事的话，爸爸说，他们讲的话下流得能让周遭变得乌烟瘴气。

湖水冻得我们的身体麻木，我们走上岸，又互相取笑彼此皱巴巴的小鸡鸡。

扎克对着我大笑道，要当冲锋队员[1]，你的是不是有点太短了？

大小不是问题。你是看大小来评判我的，是不是？

扎克是达斯 · 韦德[2]，他割过包皮，我也是。卡皮和安格斯还有兜帽，所以他们是皇帝[3]。我们争论起来，到底是做皇帝更好还是做达斯 · 韦德更好，女孩们会更喜欢哪一种。我们生起火。我们光着身子，围着火堆坐成一圈，屁股下的圆木上刻着别的男孩的名字，我们把蜱虫从衣服上捏下来，掸进火堆里。

沃尔夫是皇帝，安格斯说。

---

① 《星球大战》中银河帝国的突击部队。
② 《星球大战》中的人物，拥有强大原力和多种天赋，武艺高超。
③ 《星球大战》中的人物，常穿着带有兜帽的长袍。

当然，卡皮说。

不是，我说，不管怎样，还是数据最厉害，因为编剧肯定会把仿真机器人设计成女孩子最喜欢的类型，对吧？而他肯定是个达斯·韦德。我只相信他是达斯。

我觉得船上的所有人都是达斯，卡皮说，除了沃尔夫。

不过，一个克林贡人？扎克说，你觉得他的够大，兄弟，但他的战衣上没有突出的地方。

你在质疑克林贡人的能力么？卡皮站起身说。他低下头。起来，兄弟。

扎克没有回答，我们哈哈大笑。卡皮也笑了。过了会儿，我们真想再抽支烟，而且我们又饿了。安格斯去尿尿。他走进湖里，绕过围栏进了树林。

噢噢噢，他大叫。

接着，他拿着两提六听装的哈姆啤酒大步迈出树林，一手一提。卡皮和扎克开心得大叫。我跑过去。我们压扁的所有啤酒罐或是找到的啤酒瓶全是老磨坊或是布拉茨[①]的，都是当时保留地上的啤酒品牌。尽管哈姆牌的广告里载歌载舞，敲锣打鼓，甚至还有一只像印第安人一样头上插着羽毛的卡通熊，但我们只喝布拉茨。

放下，我大喊。安格斯待在那儿，小心地把两提啤酒放到地上。

我觉得是他留下的，我说，估计这是证据。上面会有指纹。

啊……我看得出安格斯的大脑正在高速运转，他语速也很快。水会不会擦掉指纹？我是在一个开着盖的冷藏箱里找到这些啤酒的，啤酒罐上面都是水。

你找到他的藏身之处了，我说。

我能把啤酒拿起来么？安格斯问。

---

① 美国威斯康星州密尔沃基市的瓦伦丁·布拉茨啤酒厂于 1851 年至 1959 年生产的品牌，1959 年该商标被卖给帕布斯特啤酒公司。

应该可以吧，我说。

我能打开一罐么？

我看着他们。可以，我说。

他们迅速伸出手，把啤酒罐从塑料环上扯下来。

如果没有指纹，那主要线索就是他是个喜欢喝哈姆啤酒的人，我说。随你怎么想。我拿了一罐。啤酒罐又湿又冰。我拿着啤酒跟着安格斯回到他找到的藏身之处。我说我们不该靠得太近，否则会破坏证据，可能我们应该慢慢爬到那儿，然后把周围能找到的东西收集起来。

爬？又要爬？安格斯说。

一台价格便宜的舒泰龙[1]冷藏箱靠在树旁，冷藏箱的一侧堆着很多衣服。

卡皮说，他想先喝个微醉，然后再爬过去收集证据，最后跳回湖里，把蜱虫全部淹死。我们就先喝了酒。

不难喝啊，安格斯说。他正试着用大腿把啤酒罐压扁。哎哟，他说。

我们散开围成圈，朝冷藏箱慢慢爬过去。这儿是草场的边缘地带，到处都能看见干牛粪。因为知道每人还有两罐冰啤酒可以喝，我们一开始为了微醉喝得比较急，待会儿我们在火堆旁喝第二罐时会放慢速度的。这次爬行对我们来说肯定比之前容易，但安格斯抬起一条腿，朝我放了个屁。

别玩什么放屁大战，扎克说。

啊，安格斯说着又蹦出个屁。

突然，卡皮像扔飞盘一样朝空旷的草场扔了一块牛粪，然后开始大笑。

---

① 挤塑聚苯乙烯泡沫品牌，主要用于隔热保温产品。

为什么印第安人对牛粪视而不见呢？

没人说话。

他屁也不懂。

哈哈，扎克说，你会像你爸爸一样变成帕瓦仪式主持人的。

4 美元加 4 个印第安男人等于多少？[①]

那就成了印第安人的酒吧斗殴，哎，安格斯说。他抬起腿，但已经没屁可放了。

的确，多伊、兰德尔和卡皮有时就在家里坐成一圈讲各种恶俗的印第安笑话。

我们向前爬着，这时我注意到了我们几个的不同。我的皮肤呈浅棕色，卡皮的肤色比我深些，扎克还要深。安格斯本来挺白的，不过也晒黑了。卡皮正在长个儿，我第二高，扎克和安格斯都比我矮。我们身上都有数不清的伤疤。

为什么四个脱得精光的印第安人在树林里大笑呢？卡皮说。

别理他，我说。

是被蜱虫勾引的[②]。

什么鬼笑话，我大笑。虽然卡皮是个备受女孩子青睐的帅哥，可当时的他一点都不酷。

安格斯正从我身边爬开，我一直跟他保持着距离。他的屁股上满是紫色印记，是小时候被他哥哥用气枪打中留下的。我们没按照事先划分好的网格爬，只是四处乱爬。围栏这边几乎没什么垃圾。我猜袭击者也是走到了围栏尽头，走进湖里，然后把他的那堆东西搬离了湖滩。我们靠近冷藏箱，我找了根小木棍朝那堆毯子和衣服戳了戳。

毯子是用廉价的聚酯纤维布料做的。还有一件破破烂烂的 T 恤、

---

① 英语单词“buck”可以表示“美元”和“年轻印第安男人”的意思。

② 原文为双关，有“被逗乐”和“被蜱虫引过去”两层含义。

一条牛仔裤，发出一股臭味，就像死人卡斯特[①]酒吧后面的那块地方一样。

也许我们该留给警方处理，我说。

如果报警的话，那就得说我们到过这儿，扎克说，他们就会知道我偷听了文斯的对讲机和电话。我就死定了。

而且，安格斯说，还有啤酒。

把证据喝掉一半好像不大好，卡皮说。

那我们都喝掉吧，扎克说。

好的，我说。

于是我们回到围栏旁，把火烧旺。接着又跑到湖边，跳进去把新粘上的蜱虫冲掉。扎克给我们看他腋下被刺的伤疤。他真是大难不死，他们说。缝合的针线就像微小的白色铁轨，沿着他的肋骨往上，之后又沿着他的胳膊内侧向下，真有种神秘感。我们穿上衣服，感觉重新恢复了正常。我们坐在火堆旁，砰砰打开了剩下的证据。

他的第三个蛋和其他两个大小一样么？安格斯问扎克。

别再提这事了，卡皮说。

我在想，我说，我们是不是该跟警察说这事。我是说，他们没找到那个汽油罐。他们也没发现冷藏箱。他们更没看到那堆衣服。

那堆衣服臭死了，一股尿骚味。

他尿裤子了，安格斯说。

我们该把那些东西烧了，我说。

我的喉咙发烫得厉害，一阵强烈的感觉袭来，我又想大哭一场。突

---

① 指乔治·阿姆斯特朗·卡斯特（1839—1876），美国骑兵军官。卡斯特在美国内战期间任联邦军将官，战绩卓著；后于北美印第安战争期间，率第七骑兵团赴蒙大拿州同平原印第安部落作战，在 1876 年小比格霍恩河（也译“小巨角河”，在蒙大拿州）战役中全军覆没。卡斯特及其兵团被击溃是影响最深远的事件之一，被印第安人视为伟大的胜利。

然，我们都僵在那儿。我们听见尖尖的鹰骨哨声穿过林海，飘上土坡。风向改变了，空气从圆屋的泥缝灌进去，发出各种音调。

卡皮站起来，盯着圆屋。

安格斯画着十字。

我们撤吧，扎克说。

我们把哈姆啤酒罐和其他易拉罐一起踩扁，在一片塑料上堆成堆，然后捆好让安格斯带回去卖掉。接着我们熄灭了火，把其他垃圾全部埋掉。我用鞋带把汽油罐绑在车上，然后便出发了。影子慢慢拉长，温度逐渐下降。我们饿了，男孩饿起来都是这样，饿得像疯了，见什么都觉得好吃，回去一路上讲的也全是吃的。什么地方能找到吃的，很多吃的，而且要快。这才是我们关心的。扎克的妈妈肯定在玩宾果。斯塔尔要不会大赢一把，要不就会输得精光，从不会输赢持平，而且今天是星期六。现在，她可能已花光了所有钱，而且很可能不是花在食物上的。那个星期，卡皮家也没多少吃的，虽然他爸爸可能已炖好菜了。但是，吃多伊这个单身汉煮的炖菜是要冒很大风险的。有一次他在红辣椒里加了李子干，还有一次他把做面包的生面团放在外面过了夜，结果钻进去一只老鼠。兰德尔的面包片里有一截老鼠头，卡皮拿到一片有老鼠尾巴的，谁都找不到老鼠的身体。至于我家，他们提都没提。虽然没出事前，大家肯定会去我家扫荡一番。回去路上会经过怀蒂和索尼娅的家，但我不喜欢同伴谈论索尼娅，索尼娅是我的。于是我便说，他们肯定在加油站忙活呢。剩下一个选择就是桑德奶奶了。她住在养老院的公寓里，有一间卧室和一个食材充足的厨房。她喜欢给我们做吃的。她的壁橱里装满了跟别人换来的商品。

她会做炸面包和肉，扎克说。

她家从不缺桃肉罐头，安格斯说。他的语气毕恭毕敬的。

去她那儿可得注意点，卡皮说。

只要谁都别提蛋，或者用“小妞”这种词就行。

谁会在奶奶面前讲这种话?

说漏嘴就出来了呀。

来[1]? 别说“来”这个词。

也别提猫。按她的说法叫“小猫咪”[2]。

好吧，我说，我们在奶奶家填饱肚子时别提蛋、猫、小猫咪和公鸡[3]。

也别说“头”。

别说威纳格[4]，别说与F开头的单词[5]或“小鸡鸡”这些词押韵的单词。

别说胯部、戳、握，你知道的，比如说握住什么东西。她会理解错的，相信我。

也别说有角的[6]，别说硬的。

别说性感、乳头或是处女。

我得下车了，安格斯说。

我们都停下来，放下车。我们咕哝说要去嘘嘘，然后谁也没看谁，就各自走开了。三分钟后，我们总算从这些词中解脱出来，然后回到原处，继续沿着回去的路往前骑，途中还经过了教堂。我们回到镇上，直接骑到养老院。之前留给爸爸的字条上只写了个“湖”字，我感到有些愧疚，于是我在门厅里给家里打了个电话。电话刚响了一声，爸爸就接了。我说我在桑德奶奶家，他听了好像很高兴，还跟我说爱德华姨父正在给他看我表哥约瑟夫最新的科学论文，他们正在吃剩饭剩菜。我问妈妈在哪儿，其实是明知故问。

---

①在英语中也有“高潮”的意思。
②在英语中也有“女性阴部”的意思。
③在英语中也有“男性生殖器”的意思。
④齐佩瓦语，意为“脏兮兮的东西”。
⑤即 fuck，意为“性交”。
⑥在英语中也有“欲火中烧”的意思。

楼上。

她睡着了么?

是的。

我爱你，爸爸。

但他已经挂了。“我爱你”这三个字在门厅里回荡。我明明知道他要挂电话了，为什么还要说这话，还要对着电话说?我气自己说了这句话，而爸爸没回答，更是让我怒火中烧。我实在太气了，一团红色的雾气渐渐蒙住了双眼，头也饿得晕乎乎的。

走吧，卡皮从我身后冒出来，吓了我一跳。于是，在同一天内，我的眼眶里再次充满泪水，眼泪太多了。

闭上你的狗嘴，我说。

他举起双手走开了。我跟着他穿过门厅。就在进奶奶房间之前，我在他背后说，卡皮，我……

他转过身。我双手插在口袋里，在地板上蹭着鞋底。爸爸坚决拒绝给我买我在法戈看中的那双篮球鞋。他说我还用不着买新鞋，其实他说的没错。卡皮穿着我想要的那双鞋。他也把手插在兜里，看着地板，一前一后地晃着脑袋。奇怪的是，他说出了我的心里话，但他是在撒谎。

我也想要你这款鞋。

不是，我说，是我想要你这款。

好，他说，那我们换着穿。

我们交换了鞋。刚穿上，我就发现他的脚比我大一码。他的脚挤在小号的鞋里，走开了。他听到我电话里说了什么。

我们走进奶奶家，果然，肉已经炸起来了，还加了洋葱。这香味有一股神奇的力量，我的胃雀跃起来。我想把任何能放进嘴里的东西都抓过来。桌上放着一堆果酱三明治，可以让我们垫垫底儿。我吃了一个。她背朝炉灶，旁边的桌上有一碗甜甜的小苹果干。老年公寓后面有一棵苹果树，奶奶总能大丰收。她把树上的苹果一个个摘下，切成薄片，然后在烤箱里烘干，最后撒上糖和肉桂。我又吃了块果酱白面包三明治。她把盘子端上桌，盘子上又放了几片纸巾，用来吸炸面包的油。

你们都吃啊，她说道，没转身。

我拿了几片苹果干，放到舌头上。我看着卡皮。我们每人又吃了块果酱三明治，然后就站在那儿看着，暂时顾不上饥饿，直到她开始把炸面包夹出来。接着我们便一人端着一个盘子，站在她身边。她用钳子把滚烫的炸面包从冒泡的猪油里夹出来放到我们的盘子上，金黄色的炸面包表面凹凸不平。我们说了声谢谢。她在肉上撒了些盐和辣椒粉，又倒进去一罐番茄和大豆。我们一直站在那儿，递出盘子。她舀了几勺肉末混合物浇到炸面包上。桌上还有块商品干酪[1]，冻得硬硬的，所以很容易擦成碎末撒到肉上。我们饿极了，直接在桌边坐下来。透过移门，可以看见扎克和安格斯还站在天井里。她给他们俩也做了跟我们一样的印第安式玉米卷，然后把他们叫进来，他们坐在沙发上吃。

好一会儿，大家都一声不吭。我们吃啊吃。奶奶在炉灶边一边煮东西一边哼着歌。她又矮又瘦，老是穿一件彩色花裙，肉色的长筒袜卷到脚踝，仿佛这是一种时尚，脚上穿的鹿皮软鞋是她自己用鹿皮做的。卡皮的两个姨妈会在后院鞣皮，那味道的确难闻了点，但鞣好的皮革质量很不错。每年夏天，她们都会送奶奶一块柔软的鹿皮。她的鹿皮软鞋上还绣了一串粉红小花。她用发夹别着又长又细的白发，戴着一副白色贝壳耳环。她的脸饱经风霜，一副精明的样子，双眼就如同两颗小而尖锐、闪闪发光的黑色弹珠。她的眼神从不会表现出温柔或深情，而总是给人冷静机警的感觉。给男孩们做饭的人一般不会这样。但那时的她已经历了太多死亡，也失去了很多，不再轻易动感情了。填饱肚子后，我们放慢了吃东西的速度。我们都希望能同时吃完，然后一起离开。但

[1] 大型干酪生产企业以标准化设备与工艺大批量生产的干酪，区别于中小规模奶酪作坊生产的手工制干酪。

桑德奶奶又给我们做了点吃的，于是我们又开始吃。这次比之前吃得更慢，还是不说话。等我吃完了，我说了声谢谢，然后把盘子放到水池里。我正想告诉她我得回家了，这时，毕玖太太没敲门就进来了。这下完了！这个走路摇摇摆摆、说话大大咧咧的粗壮女人立刻抢了我的位子，然后说，噢噢噢噢噢噢！

没错，他们大吃了一顿，桑德奶奶说。

顶级大餐，安格斯说。

我们得走了，奶奶，扎克说。

非常感谢[①]，卡皮说，这东西炸着吃味道真不错[②]。他知道说印第安语可以逗老人们开心，虽然他也不确定自己说得对不对。

听听这阿尼什纳比语[③]呀！他确实让她们很满意。

走吧……奶奶朝门口挥挥手，她很高兴我们来。

这个，这个孩子，毕玖太太说，她突然用力朝我努了努嘴。他真瘦啊[④]！

我们的心顿时沉到了谷底。

勃起！桑德奶奶沙哑着嗓子说道。她突然从椅子上站起来。我来告诉你谁才是带把儿勃起的！

上帝啊！毕玖太太说，我知道你在说谁。拿破仑。那个老家伙一到晚上就到处找女人，可不是我把这个老男人放进来的。不过他身材不错，而且从不喝酒。他一辈子都勤勤恳恳，现在每晚身边的女人都会换！

孩子们听好了，伊格纳西亚奶奶说，你们想学几招么？想知道怎样才能让你们的小鸡鸡永远硬得起来么？长时间勃起？像老拿破仑那样

① 原文为齐佩瓦语。
② 原文为齐佩瓦语。
③ 即齐佩瓦语。
④ 原文为“bony”，与“boner”（意为“勃起”）发音接近。

健健康康地生活。酒精会让你很快完事，那样不好[1]。面包和猪油才能让你们保持坚挺！他都八十七了，不仅能轻松勃起，还能一口气折腾五小时。

我们本来都想溜走，却被最后这句话吸引住了。可能我们都在想树林里的三分钟。

五小时？安格斯说。

因为他从不滥交，浪费他的精液，毕玖太太大叫，他对他老婆忠诚着呢！

她老婆这么以为罢了，伊格纳西亚奶奶边说边从袖子里抽出一条手帕。

她俩开始大笑，笑得几乎喘不过气来。我们差点就溜了出去。

还有，他依赖一种秘方。

我们又回过头去。

看看他们扭过来的脖子，两个老女人大笑道。我们该不该告诉他们拿破仑的秘方呢？

如果面包和猪油没用的话，他会用红辣椒在下面的……上摩擦。毕玖太太在大腿上方用力地做了个手势，把我们吓得直接跳出门外。两个老女人兴奋地咯咯咯笑个不停，我们一直到楼下大厅还能听到。我想起之前红辣椒把兰德尔和他的朋友们害得够呛。他们穿过偃麦草[2]的时候光着身子，也没见出拿破仑的秘方有什么用。

在尝试辣椒这个方子之前最好先咨询下医生，我自言自语。但安格斯听到了。咨询医生这句自作聪明的荒唐话成了他们取笑我的把柄。

---

① 原文为“liquor makes you quicker”，与美国荒诞诗歌大师奥格登·纳什的诗“Reflections on Ice-Breaking”中的“Candy is dandy, but liquor is quicker”（“糖果当然不坏，酒精自然更快”）这两句颇为相似。此处伊格纳西亚奶奶告诫孩子们少喝酒，以免喝醉会加快射精速度。

② 又名“速生草”“匍匐冰草”，原为欧洲的横走根茎速生草，北美印第安人引进后用作烟草。

乔需要咨询医生。乔，你有没有问过医生是不是该这么做？我们走过门厅，我知道这下可没完没了了，就像我的名字“哎哟”一样。就在我们正要走出养老院大门时，我说等等，然后脱下了卡皮的鞋。

谢谢，我说。

我们换回了鞋子。但我至今仍然相信，如果能让我好过点儿的话，卡皮会一直穿着我那双小一码的旧鞋。

夏日的六月里，黄土院子里的阳光和寂静似乎无穷无尽，所有人都回卧室或是厨房里了，只有我还骑着自行车在马路上晃悠。刚转过屋角，珀尔就看到了我。它一副警觉的样子，但只是盯着我看，没有出声。原来你认识我啊，我说，真棒！它走到我跟前，摇了四次尾巴。它漂亮的奶油色大尾巴毛茸茸的，和腰腹处的短毛有点不搭调，但和那毛茸茸的像狼一样的长耳朵倒是挺配。它闻闻我的手。我挠着它的耳朵，直到它抖开我的手。它饿了。我走的时候从奶奶家里拿了一个果酱三明治，便给了珀尔。屋里有人在说话。我放好车，溜进去。爱德华姨父还没走，和爸爸在书房里。厨房里乱得一团糟，他们可能自己做了点小吃。我偷偷溜进去，在书房外停下来。坐在沙发上正好能听见他们的说话声。我可以偷听他们说话，如果他们出来的话，我就假装睡着。一听见冰块和玻璃杯的碰撞声，我立马知道了他们俩在喝酒。可能是藏在碗橱最高层的碗碟后的那瓶施格兰[1]独家定制威士忌。我伸长脖子想听听他们在讲什么。

结婚这么多年，我们还从没分床睡过，爸爸说。

当然这真让我又爱又恨。我屏住呼吸。

她甚至都不肯和乔沟通。当然也不跟任何同事说话。她不肯见人，连以前寄宿学校里的老朋友拉罗斯也不肯见。

---

① 著名酒类公司，总部位于加拿大，2000 年破产后被可口可乐等公司收购。

克莱门斯说杰拉尔丁对她也不理不睬。

杰拉尔丁。哦，杰拉尔丁！她先是把炖锅掉到地上，现在又这样。哎，我知道她不是存心那样。是我吓着她了，勾起了她对那件事的恐惧。

那件事。巴兹尔。

我知道。但我又不能提这事。

接着便没声音了。最后爸爸开口说，那次袭击。强奸。我肯定也疯了，爱德华。我都不知道乔怎么样了。

乔不会有事的。她也会走出阴影来的，爱德华说。

我不知道。她一直恍恍惚惚地活在自己的世界里。

教堂呢？爱德华说。如果让克莱门斯带她去教堂会有用吗？我对教堂的看法你肯定知道的，不过新来了一个神父，她似乎挺喜欢的。

都这么多年了，我觉得杰拉尔丁去那儿不会舒服的。

我们都知道，自打妈妈从寄宿学校回来后她就不再去教堂了。她从没说过原因。据我所知，克莱门斯也从没逼她去。

话说这个新神父怎样？爸爸问。

很有意思。很帅，我觉得。如果你喜欢那种型的话。演主角的那种。

适合演什么类型的？

战争片。B 级西部片。肩负着必败使命的男人。最重要的是，他以前是海军。

哦，天呐。一个受过训练的杀手竟成了天主教徒。

接着两个男人之间便陷入了死一般的寂静，过了很久才突然打破了沉寂。

爸爸站起来了。我听见他拖着鞋走来走去的声音。我还听见轻柔的倒酒声。

爱德华，我们对这个神父了解多少？

不多。

想想看。

再给我一杯。他是从得克萨斯州达拉斯市来的。我们家厨房墙上画的那位天主教殉教者①。达拉斯。这个神父就是从那儿来的。

我没听说过达拉斯。

更准确地说，他是从达拉斯城外一个落败的小镇上来的。他有把枪，我见过他出去打草原土拨鼠。

什么？本笃会②修士竟会干这种事。我一直觉得他们那帮人更有教养，也更体贴。

的确，通常来说他们不会这样，不过他是新来的，最近刚被任命。他和那个谁有点不同，是不是叫戴梅恩神父来着？啊，啊，他在探索生命的意义。他的布道让人起疑，巴兹尔。有时我甚至怀疑他精神是不是正常，转念一想，又觉得他是不是只是……比较聪明。

但愿他别学那个前任，言辞激烈地写信给报社，说梅蒂③女人具有致命的吸引力。你还记得有多好笑么？上帝！

要是内容与上帝有关就好了。有时，我和克莱门斯在做礼拜时，我觉得自己看到的是两个人，就像现在这样。

你看到什么了？

我看到两个神父，一个正在洒银色洒水器里的圣水，一个拿着步枪。

当然，只是把步枪罢了。

只是把步枪，没错。但他枪法又快又准，能要人性命。

---

① 指美国总统肯尼迪。达拉斯是肯尼迪被暗杀之地。

② 天主教隐修会之一，由意大利修士圣本笃于公元5世纪创建。本笃会修士严格遵循由圣本笃制定的规章制度：不可婚娶、不可有私财、一切服从尊长等。

③ 指北美印第安人与欧洲殖民者的混血后裔，在加拿大尤指当地印第安人与法国人或苏格兰人的混血儿。在美国部分地区也有一定数量的梅蒂人。

打了几只囊地鼠[1]？

十二只左右吧，全躺在草地上。

爱德华停了下来，思索着，接着又继续说，可那样还是不能说明他……

我知道。但是圆屋。圆屋是以前异教徒的象征。梅蒂女人。把一切都放在火上烤，诱惑和罪行全都当成祭品放在火上烤……哦，天呐。

爸爸的声音哽住了。

嘿巴兹尔，嘿巴兹尔，爱德华说，这只是随便聊聊而已。

但我却认为神父可能就是罪犯。那晚，我在沙发上偷听他们讲话，他们永远也不知道，我觉得我可能已听到了事实。我们现在只缺证据。

我肯定已睡了足足一小时。爱德华姨父和爸爸晃着杯子经过我身边走进厨房，玻璃杯发出的嗒嗒声和开关灯的声音吵醒了我。我听见爸爸开门和爱德华姨父告别，然后我听见珀尔跑进来。他平静地跟珀尔说话。听起来一点儿都没醉。我听见他把吃的倒进珀尔的盘子里。珀尔紧接着嘎吱嘎吱咬起来。听声音好像是爸爸把一两个盘子放进了水池，但没洗。他关上灯。他经过时，我躲回沙发靠枕里，但其实他本来也不会注意到我。

爸爸小心翼翼地一步步往上爬，还十分专注地看着楼梯口，我忍不住爬到沙发边，想看看他究竟在盯着什么看，可能是卧室房门下的一盏灯。我看到他拖着脚步，从楼梯边走到一个黑框前，那是卧室门口。他在那儿停了停，就走过去了。我以为他是去洗手间。结果不是。他打开了妈妈以前做针线活的那个冰冷的小房间。那儿有一张狭窄的沙发床，但只有客人来了才会派上用场。我们仨从没在那儿睡过。哪怕爸爸或妈妈得了流感或感冒，他们也会睡一起。他们从不会因为对方生病会传染就分开睡。

---

[1] 一种挖洞的啮齿类动物。

缝纫间的门关上了。我听见爸爸在里面发出沙沙的声音。但愿他会出来，但愿他只是进去找东西的。可是又传来床吱嘎响的声音，接着便没声音了。他和那台缝纫机、几箱整齐叠好的布料，还有他亲自安到墙上的插钉板[1]睡在一起。那挂板上还挂着上百种颜色的丝线、有刻度的剪刀、卷好的卷尺和心形针垫。

我迷迷糊糊地上楼，脱了衣服，可脑袋刚靠到枕头上，便意识到爸爸甚至都不知道我是不是回来了。他已经完全把我忘了。我躺在床上，睡不着，满腔怒火。我一遍又一遍地在脑子里回放白天的事，这一天有很多令人不安的发现和信息。我又重新梳理了一遍。接着我回想起炖锅摔在地上的那晚，想起妈妈魂不守舍地飘到楼上时屋子里那种压抑、悲伤和紧张的气氛，想起我们挑灯夜读时爸爸努力掩饰着心中的焦虑。我一心只想回到这些事发生之前。我想再次走进我们香喷喷的厨房，坐在妈妈的餐桌前，回到妈妈打我之前，回到爸爸忘记了我的存在之前。我想听妈妈大笑，笑到用鼻子哼气。我想回到过去，回到那个星期天，不让她回办公室拿文件。我一直在想，那天下午陪她一起过去是多么简单的一件事。我怎么就没主动提出那么做呢？我陷入了深深的懊悔——怨恨的种子也在我内心埋下——只有年轻人才会有这样的懊悔。

一旦怨恨起来，我就会怨恨能想到的一切，包括妈妈之前想回办公室去拿的文件。那份文件。有件事一直困扰着我，就是那份文件。没人提起过文件的事。她为什么要回去拿文件呢？文件里是什么内容？淡淡的悔恨又涌上心头。但我会问她的，我会弄清楚那个星期天她为什么要回去。我现在记起来当时有人打过电话来。我听到电话铃响，还有她接电话的声音。接着她走来走去，心神不宁地清理东西，收拾盘子，但

①表面均匀分布着圆形或方形小孔的硬板，可放入挂钩用于悬挂衣物等。

我直到现在才把这件事和那个电话联系起来。

接着她说去拿份文件便离开了。

终于，我的思路慢了下来，脑海中浮现出一幅幅景象。半梦半醒中，我听见珀尔走到我的卧室窗边。它的爪子在光秃秃的木地板上啪嗒作响。我翻身面向窗户，睁开眼睛。珀尔一动不动地站在那儿，耳朵向前竖起，正注意外面的动静。我以为是浣熊或是臭鼬。但它一直耐心地看着，也不叫，好像认出了什么，一下子让我完全清醒过来。我爬下床，走到那扇高高的窗户前，窗台距离地板大概只有一英尺左右。月光照亮了物体的轮廓，通过阴影大致能看出是什么东西。我跪在珀尔旁边，我勉强看出了那是什么。

它就站在院子尽头的树枝丛里。我们看见它的双手掰开灌木丛，它抬头看着我的卧室窗户。我可以清楚地看清它的特征，一副布满皱纹、愁眉不展的面容，一字眉下的眼眶深陷，银色的毛发十分旺盛，但我不知道它是公是母，是死是活，或是半死不活。尽管我并没有真被吓到，但我很清楚眼前的东西不是真的。它不是人，但也不能说它完全非人。这玩意儿看到了我，我的心怦怦直跳。我看见那张脸在靠近。它的后脑勺正发光，嘴唇在动，可是我不知道它在说什么，像是在重复同样的话。接着它把手缩回去了，灌木丛合上了。那东西消失了。珀尔转了三圈，接着又躺回地毯上。我倒头就睡着了，可能是因为闯进意识中的那个家伙消耗了我太多精力。

爸爸新买了一个很丑的挂钟，安静的厨房里现在又可以听到嘀嗒嘀嗒声。我比他先起床，给自己做了两片吐司，站着吃完了，接着又做了两片放在盘子里。不过我还没达到会做煎蛋的水平，也不知道怎么和面做薄煎饼。等我以后习惯了离开爸妈的独立生活，这些都会学会的。那是在我去加油站上班之后发生的事。我拿着吐司坐在那儿，这时爸爸进来了。他嘴里咕哝着什么，都没注意我没跟他打招呼。他还没喝咖啡，但很快他就会回过神来的。老样子，他先把定量的咖啡粉倒入斑斑点点的野营用黑色珐琅壶，又打了个鸡蛋让咖啡粉沉下去。他突然一手搭在我肩上。我耸了耸肩，躲开了。他穿着一件带着滑稽镀金饰章的蓝色旧羊毛睡袍。他坐下来等咖啡煮熟，又问我昨晚睡得好不好。

哪儿？我说，你觉得我昨晚睡在哪儿？

他惊讶地说道，沙发上啊。你这傻瓜，头耷拉在那儿打呼噜。我帮你盖了床毯子。

哦，我说。

咖啡壶嘶嘶作响，他起身把火调小，然后倒了杯咖啡。

我觉得我昨晚看见了幽灵，我告诉爸爸。

他又在我对面坐了下来，我盯着他的眼睛。我敢打包票，他肯定会解释这件事，跟我讲我是怎样产生错觉的，为何会产生错觉。我相信他肯定会说世界上没有幽灵，大人们都会这么说。可他只是看着我，下眼睑肿着，那深深的褶痕再也无法抹平。我这才意识到他没睡好，或者说根本就没睡着。

那个幽灵就站在院子边缘，我说，看起来像个真人。

是的，是有幽灵的，爸爸回答说。

他站起身，又倒了一杯咖啡，想拿上楼去给妈妈。他走出房间时，我觉得自己的惊恐突然变为愤怒。我盯着他的后背。他要不就是故意懒得驳斥我的说法，消除我的恐惧，要不就是根本没好好听我说话。还有，他真的帮我盖毯子了么？我没注意到什么毯子啊。他回到厨房时，我带着挑衅的语气跟他说。

幽灵。我说的是幽灵。你说有幽灵是什么意思？

他又倒了点咖啡，在我对面坐下。像往常一样，他不会让我的愤怒扰乱他的情绪。

乔，他说，我在墓地工作过。

那又怎样？

偶尔是会有幽灵的，就是这样。幽灵是存在的。有时它们会走进来，长得像人一样。我有时甚至能认出某个幽灵就是我之前埋掉的一个人，但总体来说，他们和原来的肉体并不特别相像。我以前的老板曾教过我如何区分。和活人相比，他们比较模糊，也比较无精打采，但却容易动怒。他们四处游荡，冲坟墓点头，盯着树啊、石头啊，直到找到自己的墓穴。然后他们会站在那儿，可能有些困惑吧。我从没接近过他们。

可你怎么知道他们是幽灵呢?

哦，你就是知道。难道你看不出来自己看到的是不是幽灵?

我说我看得出来。但我还是很生气。这下可好了，我说，幽灵都来了。

爸爸是个非常理性的人，先是拒绝参加圣礼，之后索性连弥撒也不肯去了，居然会相信鬼神之说。其实，他知道幽灵，只是他从没告诉过我。如果怀蒂舅舅说幽灵像真人一样到处游荡，我会知道他在逗我。但爸爸可不会用这种方式戏弄人，而且我知道这次他是认真的。因为他认真回答了我的幽灵问题，所以我又问了个真心想知道的问题。

好吧。那它为什么会在那儿呢?

爸爸犹豫了一下。

可能是因为你妈妈。它们会被各种骚动吸引。而且有时幽灵是你现在没有遇到但以后会遇到的某个人。我猜是因为有人错误地穿越时空，回到了现在。我是听我妈妈说的。

他的妈妈，也就是我的奶奶，来自一个药师家族。她说的很多事情乍一听很奇怪，但最后却会变成现实。

她要是还在的话，会让你留意那个幽灵。它可能是在试图告诉你一些事。

他放下手中的咖啡杯。现在我才想起，昨晚他没和妈妈一起睡，而是睡在缝纫机旁。我想起他和爱德华姨父怀疑神父有作案嫌疑，而且他们想到的可能比我知道的还要多，因为之后我睡着了。神父和汽油罐，还有那堆发臭的衣服，还有那些乱成一团的案子。我的嗓子有点干，咽不下东西。我坐在那儿，他坐在那儿。幽灵是为了妈妈而来，或者是为了告诉我一些事。

我可不想从一个幽灵那儿听到什么消息，我说。

就在那时，我突然想起兰德尔也看见了类似的东西，这让我松了口气。如果这个幽灵还是什么的在找兰德尔，那么他会用药搞定。他会扔烟草，我也会。幽灵就会离开，或许它还会帮助妈妈。谁知道呢？她正在楼上，床头柜上的咖啡正一点点冷掉。我知道她不会碰那杯咖啡的，它会一直留在那儿。冷咖啡上会形成一层油腻发亮的东西，让人恶心。杯子里还会留下黑黑的一圈。我们给她准备的东西最后总会拿下楼来，要么杯子上留一圈印子，要么就是冷了，凝固了，变硬了。我讨厌把她浪费的东西拿下楼。

爸爸低下头，一只拳头抵在额头上。他闭上眼睛。洒满阳光的厨房里传来时钟嘀嗒嘀嗒的声音。时钟设计成了阳光四射的样子，但散射出去的光线是塑料的波形曲线，所以看起来更像一只镀金章鱼。不过，我还是一直看着挂钟，因为如果我低头，我就只有去看爸爸的头顶了。要是看到那棕色蛋壳一样的头皮和一撮撮细细的银丝，我会疯的。如果我低头，我想我会崩溃的。

于是我说，嘿，爸爸，一个幽灵而已。我们可以把它赶走。

爸爸站起身，双手抹了把脸。我知道，他说，它不是为了传递什么该死的讯息，也不是为了你妈妈来的。她会好起来的，会挺过去的。下周她就要回去上班了。她说过的。而且她现在还看书，我是说，不管怎么说，她现在还看杂志。克莱门斯带了些轻松的读物过来。《读者文摘》。这样挺好的，不是吗？那个幽灵，你觉得我们怎么赶走它呢？

特拉维斯神父，我说，他可以为院子祈祈福什么的。

爸爸呷了一口咖啡，越过咖啡杯上缘打量了我一眼。我可以看出他现在又充满活力了。他仿佛回到了以前，可以听出别人是不是在胡扯。

这么说你没睡着，爸爸说，你听到我们说话了。

是的，我知道的还不止这些，我说，我去过圆屋了。

第五章

疯狂时间

爸爸说，六月温暖的雨一下，紫丁香便会盛开。那时妈妈就会下楼，因为她喜欢紫丁香的香味。保留地农场顾问[1]多年前曾在院子南边种下了灌木丛，妈妈想念它们郁郁葱葱的样子。花瓣薄如蝉翼的三色紫罗兰绽放开来，沟渠里的粉色草原野玫瑰也随之开放。妈妈也想念它们了。我记得，以前妈妈每年都会撒下适合在花坛里种植的植物种子。一到四月，她就把牛奶盒当成花盆用，摆在厨房桌台和所有朝南窗户的窗台上。但自那周的事发生后，我们就把这些花花草草都抛到了一边，最后才发现那些细长的茎秆已干得发脆。于是，爸爸便把幼苗和土倒在后院，烧掉牛奶盒和其他垃圾，毁掉我们"疏于照顾它们"的痕迹。其实妈妈没注意到这些。

那天早上，我跟爸爸说起圆屋的事，他把椅子往后推了推，站起来，背过身去。后来，他转过身来，脸色平静地跟我说，之后再讨论这事吧，我们现在去妈妈的花园里种花。他跑了20英里，从一个破败不堪的温室买来了昂贵的花苗。浅纸盒和塑料浅盘早就放在了阴凉处。有红的、紫的、粉的和条纹的矮牵牛，有黄色和橙色的万寿菊，还有蓝色的勿忘我、大滨菊、薰衣草、金盏花、火红的火炬花。按照爸爸教我的那样，我把花苗一棵一棵插在花坛里。妈妈将一个涂成白色的拖拉机轮胎装满土，又在前门台阶两旁开了同样大小的长方形土地。车道边那条狭长的花坛里种着三色紫罗兰，我在它旁边种半边莲和屈曲花，还把所有薄薄的塑料植物标签都保存下来，留给妈妈看。干活时我不时想起那些"文件"。那个幽灵。支离破碎的混乱思绪。圆屋。和爸爸的对话让我感到害怕。然后又想起那些文件。脑子里一会儿跳出那个神父，一会儿是拉克一家，一会儿又是神父，没完没了。屋后妈妈的蔬菜园里还堆着稻草。种完了花，我绕到房子后边，把塑料花盆堆到一起，把工具收拾整齐。

先别收，爸爸说，我们要去你妈妈的菜园里松松土。

松土干吗?

他没回答，只是把我刚丢下的铁锹递给我，然后指了指院子一头——洋葱苗、番茄苗、几袋矮菜豆和牵牛花种子还在那儿等着呢。我们又干了一小时。地翻了一半，该吃午饭了。爸爸去买其余的种苗，我进了屋。我应该照顾好妈妈。我环顾了一下厨房，桌面上有一听火腿末罐头，上面有个拉环可以拉开盖子。我给自己做了个三明治，吃完之后，又喝了两杯水。一袋红色果酱夹心饼干也放在桌台上，我吃了几块，然后又做了个三明治放在盘子里，还加了两块饼干作装饰。我端着盘子和一杯水走上楼去。珀尔已经学会留意卧室门外的情况，看到吃的就狼吞虎咽，所以我们现在总是把吃的端进房间。我把水杯在托盘上放稳，敲了敲门。没有回应。我又使劲敲了敲。

进来吧！妈妈说。我走了进去。她已一个多星期没下楼了，卧室里一股霉味。空气里充满了她的气息，好像她把氧气全吸光了似的。窗帘一直没再拉起过。我想把三明治放下就走，但她让我坐下。

我把三明治和水放在床边的方桌上。从这张方桌上，我曾端走过许多变味的三明治和喝剩一半的冷汤碗和水杯。我根本没见过她吃东西。我拽了一把轻巧的带椅垫的椅子过来，坐在床边。我以为她要我读书给她听。书是克莱门斯或爸爸挑的——没有让人悲伤难过或激动不已的内容。也就是说，这些书要么是无聊的爱情小说（禾林出版公司出版），要么是老掉牙的《读者文摘合订本》（还好一点），或者是那些

---

①美国政府派出的代表，指导保留地居民扩大粮食产量。

《诗歌集》。爸爸事先检查过《不可战胜》[①]和《高空飞行》[②]的内容，这两篇我都读过，可读给妈妈听的时候她只发出一声干笑。

我伸出手，想打开她的床头灯，因为她不愿拉起卷帘，让光透进来。可我还没碰到开关，她就抓住我的胳膊。昏暗的空气中，她的脸像个苍白的污点，面容尽显疲倦。她瘦骨嶙峋。她的手指紧紧抠进我的胳膊，模糊不清的声音听起来就像刚睡醒似的。

我听见你们俩的声音了。你们刚才在外面干什么？

挖土。

挖土干吗？挖坟墓吗？你爸爸以前挖过坟墓。

我甩掉她的胳膊，把手收回来。她瘦成这样让我浑身难受，说的话也那么陌生。我坐进椅子里。

不，妈妈，不是坟墓。我小心翼翼地说，我们在你的菜园里挖土。那之前，我在种花。种花给你看，妈妈。

给我看？给我看？

她背过身去。她油津津的头发一绺绺地搭在枕头上，但仍然乌黑，只有几根是灰白色。从薄薄的长袍外面，我可以清楚地看到她的脊柱，每一节椎骨都凸了出来，肩膀成了一块小疙瘩，胳膊也瘦得像火柴。

我给你做了个三明治，我说。

谢谢你，亲爱的，她低声答道。

你想我读书给你听吗？

不，不用了。

妈妈，我要跟你说说话。

没什么好说的。

我要跟你说说话，我又说了一次。

---

①《诗歌集》中的诗，作者威廉姆·恩内斯特·亨里。

②《诗歌集》中的诗，作者约翰·吉利斯皮·马吉。

我累了。

你老是累，可你一直在睡觉。

她没回答。

我只是说说而已，我说。

仍旧是沉默。

你就不能吃点东西吗？你会好起来的。你就不能起床吗？你就不能……振作起来吗？

不能，她马上答道，好像她正好也在想这件事。我做不到。我不知道为什么，我就是做不到。

她仍然背对着我，双肩微微颤抖起来。

你冷吗？我站起来，把毯子拉到她肩上，又坐回椅子里。

我种了你喜欢的条纹牵牛花。看！我把口袋里的塑料小标签统统拿出来，摊在床上。妈妈，我种了各种各样的花。我还种了甜豌豆呢！

甜豌豆？

其实我并没种甜豌豆，我不知道自己为什么会那么说。甜豌豆，我又说了一次。还有向日葵！其实我也没种。

向日葵会长得很大的！

她转过身，盯着我，她双眼深陷，还带着黑眼圈。

妈妈，我必须跟你谈谈。

谈向日葵吗？乔，它们会挡住阳光，其他花就照不到太阳了。

也许我该给它挪个地方，我接着说，我必须跟你谈谈。

她阴着脸。我累了。

妈妈，他们问你那份文件的事了吗？

什么？

她突然惊恐地看着我，直愣愣地盯着我的脸。

没什么文件，乔。

有的。就是你被袭击的那天准备去取的那份文件。你告诉我你要去拿一份文件。这份文件在哪儿?

她脸上的害怕很快变成了真正的恐惧。

我没这么说过，是你瞎编的，乔。

她的嘴唇颤抖着，身体蜷成球状，把握紧的拳头放进嘴里，紧紧闭上了双眼。

妈妈，听着。你不想让我们抓到他吗?

她睁开眼睛。她的双眼就像两个黑窟窿。她没回答。

妈妈，听着。我要抓住他，我要把他烧死。我要为你杀了他!

她被我激得突然坐起身来，就像死而复生一样。不行!用不着你，不准你去!听着，乔，你必须向我保证。不准去找他，什么也不准做!

不，我要去，妈妈。

她突然强烈的反应激发了我内心的某种东西。我继续刺激她。

我一定会去。没什么能阻止我。我知道他是谁，我要抓住他!你阻止不了我，因为你待在床上!你出不去!你陷在里面了!这个房间臭烘烘的!你知道这儿都臭气熏天了吗?

我走到窗前，准备把窗帘拉上去。这时，妈妈说话了。我是说，之前的那个妈妈回来了，那个能告诉我该做什么的妈妈，她跟我说话了。

住手，乔。

我转过来。她坐直了身子，脸上一点血色也没有，皮肤苍白暗淡。但她盯着我，语气平稳而又威严。

给我听着，乔。不准再烦我，不准再打扰我。让我一个人待在这儿，用自己的方式思考。我必须用自己的方式恢复。不要再问我问题，不要让我担心;不准去找他，不准再吓唬我，乔!我这辈子经受的恐惧已够多了，你别再增加我的恐惧，别再增加我的悲伤!别掺和进来!

我站在她面前，又变得渺小了。

掺和进什么事?

这一切!她挥着胳膊指向门口。找到他又怎样，找不到又怎样，我已经被污辱了。他是谁？你根本不知道。你什么也不知道。你永远也不会知道。就让我睡吧！

好吧！说完我离开了房间。

我走下楼，心里越来越冷。我感觉她知道那个人是谁。她肯定在隐藏什么。她知道是谁干的，这让我浑身难受，肋骨生疼，无法呼吸。我径直走进厨房，出了后门，走到太阳底下。我大口呼吸着阳光，好像刚才和一具动了怒的尸体关在一起。我真想把刚种的那些花一朵一朵扯出来，踩进土里，可这时珀尔跑了过来。我感觉怒火要喷出来了。

我来教你玩“衔取”①，我说。

我走到院子一头去捡木棍。珀尔跟着我小步穿过院子。我弯下腰，捡起木棍，站起身准备扔出去，但有个模糊的影子一晃而过，猛地扯掉我手中的木棍。我原地转了一圈。珀尔在离我几步远的地方站着，嘴里叼着那根木棍。

放下，我说。它那酷似狼的耳朵朝后竖起。我很生气，便走过去，想把那木棍从它嘴里拽出来，但它吼了一声，十分严肃，我便松了手。

好吧！我说，你想这么玩啊。

我走开几英尺，又捡起一根木棍，扬起手准备扔出去。珀尔松掉嘴里的木棍，迅速跑过来，明显想把木棍从我手里扯下来。我扔下木棍。木棍刚着地，它就闻了闻，一副很满意的样子。我又试了一次。我弯下腰想把木棍捡回来，可手指刚碰到，珀尔就飞跑过来，咬住我的手腕。我慢慢松开木棍。它的爪子特别有力，可能会弄断我的骨头。我两手空空、小心翼翼地站着，它这才松开我的胳膊。胳膊上有牙印，但没弄破皮肉，也没把我抓伤。

好吧，我知道了，你不想玩这个，我说。

这时爸爸停了车，从后备厢中又拿出一纸盒昂贵的种苗。我们把它

① 一种专门训练狗的游戏。

们搬到屋后，紧挨着菜地放下。接下来的整个下午，我们清除了稻草，用铁锹和耙子翻了翻黑土，拣出老根和死茎秆，弄碎土块，土壤变得又松又软，土表往下很深的土都是湿润肥沃的。我开始喜欢这差事了，土地吸尽了我的愤怒。我们拿出根已长满花盆的植物，轻轻地松了松根部，把它们放进坑里，将茎秆周围的土拍实，又搬来水桶，给幼苗浇了水，然后就站在那儿。

爸爸从前袋中拿出一支烟，看了看我又放了回去。

一看这姿势，我又怒了。

你想抽就抽吧，我说，我是不会学的。我不会像你!

我等着他发火，把我的怒气给压下去，结果却没有。

我等会再抽，他说，那件事我们还没说完呢，对吗?

嗯。

我们把躺椅拿出来吧!

我拿着两把躺椅，放在一个能远远看见劳动成果的地方。爸爸离开了一会儿，我把空汽油罐从门前台阶下拿出来，放在我的椅子下面。他拿出一盒柠檬饮料和两个杯子。他离开了有一会儿，我想是他上楼去拿了个杯子。我们各自端了杯柠檬汽水坐了下来。

过了会儿他说，你真是一点线索都不遗落，乔。那个圆屋。

我从椅子下面把汽油罐拿出来，放在我们中间的地上。

我爸爸盯着它。

你从哪儿……? 他问。

从圆屋出来穿过那片树林，大概 15 英尺远，在那个湖里。

原来在湖里……

他把它沉到湖里了。

万能的上帝啊!

他伸出手想去拿汽油罐，但又收了回去，放在躺椅的铝质扶手上，斜眼去看花园里栽得整整齐齐的幼苗，然后慢慢地，很慢很慢地，转过头来盯着我，眼睛一眨不眨，似乎要看透我的心思。我曾以为他会用这种眼神盯着谋杀犯，但后来我才发现他对付的原来只是些偷热狗的小贼。

要是我能打你，他说，我就打你了。但只是……我永远不能伤害你。而且，我也很清楚，即使我真打了你也没用。实际上，打你可能会让你对我反感，可能会让你偷偷做事不告诉我。所以，我不得不求你，乔。我必须要请你住手。别再追踪那个袭击者了！别再搜集线索了！我知道这是我的错，是我让你坐下来仔细阅读我经手的那些案件。但我错了，我不该把你牵扯进来。你太能刨根究底了，乔。我真的没想到会这样。我很害怕，怕你会把自己……如果你出什么事……

我不会出事的！

我本希望爸爸以我为豪，为我发出一声低沉的惊叹；本希望他能帮我计划下一步怎么做，怎么设陷阱，怎么抓住神父。不料我反被说教一通。我靠在椅背上，踢了汽油罐一脚。

说句心里话，乔。听着，他是个施虐狂，根本不是人……远远超出了……

远远超出了你的司法管辖权！我讥讽地说，语气刻薄幼稚。

你还是懂点管辖权问题的，他说。他听出了我话里的轻蔑，但并没理会。乔，求求你。我现在以你父亲的身份请你别再管。这是警察的事，明白吗？

什么警察？部落警察？其他警察？还是联邦调查局？他们会管这事？

听着，乔，你认识索伦·毕尔克的。

是，我认识。我还记得你曾讲过那些派到印第安地区的联邦调查局侦探的事。

我当时说了些什么？他小心翼翼地问。

你说被派到印第安地区来的要么是新手，要么就是与他们的上司不和。

我真这么说了吗？他问道，然后点了点头，几乎要笑出来。

索伦不是新手，他说。

好吧，爸爸，那他怎么没找到汽油罐呢？

我不知道，他答道。

我知道！因为他根本就不在乎妈妈！不完全在乎！不像我们那么在乎！

我把自己搞得怒不可遏，或像是一株弱小的温室植物，无法吸引妈妈的注意，而爸爸的每一句话、每一个举动就是要激怒我。那个安静的傍晚，只有我跟爸爸坐在那儿，压抑得几近窒息。一团乌云在我上空翻滚——突然之间，我只想逃离爸爸和妈妈，逃离他们用内疚感和保护欲编织的网，逃离那些难以名状却令人厌恶的感觉。

我要出去！

一只蜱虫爬上我的腿。我拉起裤腿，抓住它，然后用指甲把它狠狠掐碎。

好吧，爸爸安静地说，你想去哪儿？

随便什么地方。

乔，他小心翼翼地说，我本来应该告诉你，我为你自豪，为你对你妈妈的爱而自豪，为你查明真相而自豪。但你明白吗？要是你出了什么事，乔，你妈妈和我会……我们会承受不了的。没有你我们活着还有什么意义。

我一跃而起，有点眼冒金星。

是你们给了我生命！我说，这才是事实！所以放手让我干吧！

我跑向自行车，跳上去，绕着他往右蹬。他伸手想抓住我，但我在最后一刻及时转向，一个加速，逃脱了。

我知道爸爸会打电话给克莱门斯和爱德华家，也会打电话给怀蒂的加油站，所以不能去那儿，卡皮和扎克的父母也会接到电话，所以只剩安格斯了。我直接骑到他家，发现他在屋外踩昨晚留下的啤酒罐。没有一罐是哈姆牌的。安格斯脸上擦伤了，嘴唇也肿了。其实，有时候斯塔尔会把他往死里打。要是埃尔温喝醉了，也会抓住他痛扁一顿，之后笑得前仰后合。我们真希望他会笑死！除此之外，还有一群家伙不喜欢安格斯的头发，或别的什么之类的。安格斯见到我很高兴。

又是那群混蛋干的？

没有，他说。这么一说我就知道是他姨妈或埃尔温干的。

我和安格斯一起在屋后石头般坚硬的泥地上把啤酒罐踩扁，一边告诉他前天晚上我偷听爸爸和爱德华说的有关神父的事。

要是我们能确认神父喝哈姆啤酒就好了，我说，神父喝酒吗？

他们喝酒吗？安格斯自言自语道，绝对喝！他们在弥撒仪式上一开始就要喝红酒[①]，既然这样，我觉得他们每天晚上都会喝得烂醉。

安格斯每踩扁一个啤酒罐，头发都向上竖起，就像条棕色的毯子。安格斯脸蛋圆圆的，长长的睫毛显得他天真无邪，牙齿却又大又亮，参差不齐，略显凶相。大声说话时，肥厚的下唇也包不住牙齿。

我想去参加弥撒，我说。

安格斯的脚停在半空中。什么？你想去弥撒？为什么？

有弥撒吗？

当然，5点就有一场。我们刚好能赶上。

安格斯的姨妈跟克莱门斯一样虔诚，不过我真怀疑她有没有为了揍安格斯而忏悔过。

我们能探探那个神父，我说。

特拉维斯神父。

对。

---

① 天主教圣餐仪式中，酒代表圣血，圆形薄饼代表圣体。仪式开始前，神父先抿一口酒，之后领圣餐者也会抿一口。

好吧，兄弟。

安格斯上楼从姨妈家把他那辆粉色小轮车[①]的车座拿了下来，用螺钉把车座安到中空的座杆上，然后把扳手放进口袋。他的第二辆迷赛自行车[②]被偷后，怀蒂教了他这招，还送了他这把扳手。怀蒂说，看谁还敢偷你的自行车，除非他不想要他的屁股了。我们出发了，为了不让加油站的人看见我们，还特地绕了远路。到了圣心大教堂门前时，弥撒刚要开始。我弓着腰跟在安格斯后面，进去坐了下来。我们坐在前排。我本来想冷静、客观、镇定地观察一下神父，比方说，就像皮卡德舰长[③]观察劫持了安全官雅尔的凶残利根族人[④]那样。铃声响起，信徒们站起来，我流露出像皮卡德那样不动声色却锐利的眼神。我觉得已准备好了，可当特拉维斯神父穿着一件粗毛毯一样的绿长袍昂首阔步走进教堂时，我的头似乎胀开了，里面像有一窝蜜蜂在嗡嗡叫。

嘿，星侠，我的头跟他妈的马蜂窝似的，嗡嗡直响，我低声对安格斯说。

闭嘴，他说。

在座总共有二十个人左右，嘴里开始念念有词，安格斯猛地塞了张折好的纸条给我。上面印着一连串圣歌和赞美诗词。我紧盯着特拉维斯神父。我以前见过他，但从没这么近距离观察过他。男孩们都叫他“平板脸”，因为他脸上没什么表情。女孩们称他“浪费神父”，因为他长着爱情小说男主角的颧骨，暗淡的眼睛一闪一闪的，当神父真是可惜了。他的皮肤光洁无痕，肤色是红头啄木鸟[⑤]的那种奶白色，美中不

---

①一种车轮直径为 20 英寸的自行车。

②定制自行车品牌。

③《星际迷航：下一代》中的“企业号”的舰长。

④《星际迷航：下一代》中的角色。星际联邦的附属星球爆发传染病后，百万人丧生，为了获取一种只有利根人才能制造的疫苗，“企业号”接到了前往利根星的命令，但利根星的代表卢顿却劫持了塔莎·雅尔。

⑤一种细小或中等体型的啄木鸟，生活在北美洲的温带地区，身体有三种明显的颜色：黑色的背部及尾巴，红色的头部及颈部，下身主要是白色。

足的是，脖子上有一道蛇形青紫色疤痕。他的耳朵很小，紧贴着脑袋；嘴唇的曲线显得严肃庄重；暗红色的头发剪了个寸头，露出了太阳穴，头发在头顶汇成一个尖尖。他说话时不露牙齿，四四方方的下巴一动不动，脸上只有嘴唇在动，话好像是从嘴里钻出来的。就像现在，他呆板不变的脸上只有嘴唇间的缝隙不停在动，看得我头晕目眩，就想坐下来。我想把手中的纸扔在地上，然后假装在膝盖间找东西。这时安格斯踢了我一下。

你再这样我就吐了，我轻声说。我们假装要站到队伍最后领圣餐，趁机赶紧溜出教堂，跑到操场上。安格斯带了一根烟。我们小心翼翼地把它分成两半，我抽了一半，尽管抽烟又让那种痛苦在我脑中盘旋。如果说我的脸色和心情一样，当时我看起来肯定很糟。

我要去找卡皮。

嗯，我说，这主意不错。告诉他我离家出走了，让他带点吃的来。

你离家出走？安格斯皱了皱眉头。我曾有一个完美的家庭——温馨稳定，照保留地标准来说也挺富裕——在这样的家里，你永远也不会离家出走。但现在不是了。他眼中突然满是同情，然后骑车离开了。我把车推进一片乱糟糟的灌木丛和细长的树木间，树下的草已被割掉，这儿是教堂地界的边缘。我把车倚在树上，不顾蜱虫的叮咬，躺了下来，闭上眼睛。躺在那儿，我感觉大地用力拉着我的身体。我似乎能真切地感受到地心引力，那种力量就像地表中心有块巨大的熔融磁铁。我能感觉到它在拉扯我的身体，榨干我的力量。而我正穿越时空的限制和边界，去往一个一切都不合常理的地方，只有身穿红色天鹅绒长袍的Q[①] 担任最高法官。我像中了咒语似的突然打起瞌睡，紧接着又听到一阵急促的脚步声，醒了过来。我睁开眼，沿着黑色布料的流动线条向上

① 《星际迷航》中的角色，虚拟银河系中已知拥有最高智力且已存在很久的种族，具有掌控时空万物的能力。

看去，看到了木制的十字架，然后是特拉维斯神父的长袍腰带。在他僵硬的身体、宽阔的胸膛和下巴之上，平展的眼皮之下，一双暗淡的眼睛正看着我。

操场上不准抽烟，他说，有个修女看到你们抽烟了。

我张开嘴，发出了一点嘶哑的声音。特拉维斯神父继续说道，不过欢迎你们来弥撒。我每周六上午 10 点进行教义问答①，如果感兴趣的话可以来。

他等着我回答。

我又发出一点声音。

你是克莱门斯 · 米尔克的外甥……

突然，地心引力的拉伸力量消退了，我坐直身子，像充了电似的。

是的，我答道，克莱门斯 · 米尔克是我姨妈。

现在，我的双腿明显有知觉了。我站起来，竟然迈步向神父走去，虽然只是一小步，但这却是迈向他的一步。爸爸的口头禅从我口中蹦了出来。

我能问您一个问题吗?

说。

5 月 15 日下午 3 点到 6 点你在哪? 我问道。

那天是星期几?

暗淡的唇线在嘴角处合拢。

星期天。

应该在主持弥撒吧，我没什么印象了。弥撒过后还有朝拜圣体仪式②。怎么了?

没什么，问问而已。

---

① 以问答形式进行的基督教义概述和阐释。

② 在弥撒之后举行，是专对天主的最高敬拜，被认为是圣体圣事的延续。朝拜圣体和冥想仪式时，信徒要注视着享受天国之福的圣体。

你不会无缘无故问这些的，特拉维斯神父说。

我能再问一个问题吗?

不行，他答道，一天只能问一个。他喉咙边上的疤痕变得通红。我听你姨妈说了，你是个好孩子，成绩不错，也不给父母添麻烦。我们很乐意邀请你参加我们的青年团体[1]。他微笑道。我第一次看到他的牙齿，太白了，白得都不像真的。他那么年轻，却装着假牙！还有脖子上的疤痕，像一抹厚重的颜料涂在脖子上面。他伸出一只手。至此，像一幅稚嫩的艺术家笔下的人物特写。克莱门斯说过，他太英俊了，简直不像真的。我们俩就站在那儿。黑色长袍上的光泽映在他的眼睛里，令我恐惧。他坚定地伸着手，我努力控制住自己，但手却不由自主地伸了出去。他的手心很凉。老茧光滑坚韧，像卡皮爸爸的手一样。

那就再见吧！他走开了，又转身咧嘴笑了。

抽烟会伤害你的身体的。

我呆在原地，直到他走进了远处山上教堂的地下室。我直着身子，背靠在树上，体内充满了一种奇怪的能量。我想让树帮我思考。首先，我决定不因为刚才和神父握手而讨厌自己。我没法拒绝他。在保留地上，拒绝和别人握手几乎就如同希望他们死掉一样。尽管我真的很希望特拉维斯·沃兹尼亚克神父死掉，甚至想把他活活烧死，但我的希望是有前提的：如果有确凿的证据证明他袭击了妈妈，的确有罪，我才会那样希望。可如果没有事实依据，爸爸是不会妄下论断的。我在坚硬的树干上蹭了蹭后背，盯着神父刚才消失的地方——教堂地下室的门口。我要找到证据，只要我的朋友一来，就有人帮我了。

卡皮和安格斯来了。卡皮用面包袋装了半袋土豆沙拉，还带了把塑料匙。我把袋口折向下，倒了一碗沙拉吃掉。是那种芥末蛋黄酱和泡菜

---

① 代表教堂在社区中做善事，如陪老年人教徒玩牌、为其办些杂事。

鸡蛋做的沙拉，一定是卡皮的姨妈做的，跟我妈的做法一样。我把勺子在面包袋内里蹭了蹭，跟卡皮和安格斯说了我偷听到的对话，还有为什么爸爸会怀疑神父。

我爸说他以前在黎巴嫩。

管他呢，卡皮说道。

他是个海军陆战队士兵。

跟我爸一样。卡皮说。

我说，我在想，我们该看看他喝不喝哈姆啤酒。我本来准备问他，但转念一想，一问就暴露了。我拿到了他的不在场证据，但还得证实一下。

安格斯问道，他的什么?

他的借口。他说自己周日下午在主持弥撒，我只要问问克莱门斯就行了。

我们要不要放些哈姆啤酒在他家台阶上，看他喝不喝?安格斯问。

有免费啤酒谁会不喝?尤其是你，星侠。卡皮接着分析道，我们要能抓住他私下里喝哈姆啤酒就好了。暗中监视他吧!

趴在一个神父的窗口监视他?

嗯，卡皮继续说，我们骑车从教堂和女修道院后面绕上去，到了老公墓，再穿过栅栏溜进去，推车穿过墓地。神父家的屋后正对着公墓，虽然栅栏被锁着，但能溜进去。天一黑，我们就溜进房子里。

神父养狗吗?我问道。

不养，安格斯回答。

那就好，我说。但此时此刻，我并不怕被神父抓住，倒是那片公墓让我打起了退堂鼓。最近我看见过一个幽灵。见过一个就够我受的了，而爸爸又告诉我，以前他在公墓工作时幽灵是如何光顾公墓的。穆夏姆的父亲曾在巴特什之战[①]中与路易斯·瑞尔[②]并肩作战，几年后他在驯一匹快马时不幸身亡，之后就葬在这片公墓里。穆夏姆的兄弟塞弗林曾在教堂担任神父，时间不长，也葬在这儿，还特别用白砖标注了下。这儿还葬着一个在霍普丹斯被一群暴徒用私刑处死的男孩，当时遇害的总共有三个人，但他们把那个男孩葬在了这儿，因为他只有十三岁，正是我现在的年龄，却被绞死了——穆夏姆还记得这件事。穆夏姆的另一个兄弟夏门戈瓦，名字意为帝王蝶，也葬在那儿。穆夏姆第一任妻子的墓碑上已覆上纤细的灰色青苔，穆夏姆将葬在她旁边。他的母亲也葬在那片地方，穆夏姆最小的弟弟夭折后，她整整十年没再说话。还有爸爸的、奶奶的和太奶奶的家人也葬在那儿，他们当中有些人已皈依天主教。他们葬在公墓西边，和部落里的其他先人葬在一起。他们的身体慢慢融入土地。坟墓上方盖了些小房子，安置并供养他们的灵魂。这些房子比什么都倒塌得快，很快化为乌有。而先人们的名字，我都是从穆夏姆和爸爸妈妈口中才得知的。

夏瓦诺白娜什，伊丽莎白，意为南方雷鸟。[③]阿蒂克，迈克尔，意为北美驯鹿。维瓦阿什，约瑟夫，意为狼獾。玛什琪琪，玛丽，意为药。欧巴什，艾伯特，意为被风掀起。马库斯，意为小熊，或者抖下翅膀上的冰的鸟儿[④]的意思。他们生活在保留地建立的时期，而离开人世时他们的名字还未来得及载入名册。那么多先人逝世，想想就令人难

---

①1885年，加拿大西部萨斯喀彻温省梅蒂人认为加拿大政府未能保护梅蒂人的权利和土地，发动起义。起义之初，以路易斯·瑞尔为领袖的临时政府在萨斯喀彻温省首府巴特什成立，梅蒂人屡战屡胜。1885年5月9日，梅蒂人与政府军在巴特什开战，政府军兵力雄厚，梅蒂人战败，巴特什被占领，路易斯·瑞尔投降，临时政府垮台。

②1844—1885，加拿大高草草原梅蒂人的政治领袖和精神领袖。他领导了两次针对加拿大政府和加拿大后联盟第一任首相约翰·亚历山大·麦克唐纳的起义，寻求保护梅蒂人的权利和文化。

③“伊丽莎白”“南方雷鸟”分别是“夏瓦诺白娜什”（齐佩瓦语）的英语名及含义。下文格式同。

④乔可能忘记了马库斯的英语说法，以及哪个齐佩瓦语名的含义是“鸟儿抖下翅膀上的冰”。

受。如果不像爸爸阅读当地历史时那样出声念出来，很难将他们所有人一一记住。白人的出现让他们从此长眠地下。这听起来就像《旧约》的预言，但却道出了实情。我害怕晚上进入公墓，并不是害怕葬在那儿的尊敬的先人们，而是害怕面对历史会带来刺痛，但我已做好准备。历史的纷繁复杂被埋进了这古老的公墓。

要从后面靠近公墓，我们必须经过一个老太太家，她家里养了狗。你永远也弄不清她到底养了几条什么品种的狗，只知道她养了保留地狗①。所以她家周围的情况一直摸不透，我们一般都绕道走。我们一边靠近，一边做好准备。卡皮带了胡椒罐。我抓起一根沉沉的棍子，想起珀尔多么讨厌它，为什么讨厌它。安格斯扯下些柳枝做鞭子。我们一起商讨了作战计划，决定由我拿着棍子打头阵，卡皮拿着胡椒断后。老太太叫白娜什，体型瘦小，弓腰驼背，跟她那快要散架的小木房一样。她院子里有两辆破车，那几条狗懒洋洋地躺在那儿。我们以为，如果骑得足够快，呼啸而过，就能过去。但我们刚转弯驶上她院子边的泥路，那几条狗就一跃而起，从汽车的破铁皮中冲了过来。有两只灰毛短腿，三只大狗，还有一只特别大。它们瞪着发亮的眼睛看着我们，恶狠狠地狂叫着。一只小灰狗飞奔过来，咬住了安格斯的裤脚。安格斯轻车熟路地一脚踢开了它，用鞭子狠抽它的脸，继续往前骑。

它们怕了吧，卡皮叫道。我们大笑。

通常，只要一只狗带头，一群狗就嚣张。安格斯大叫一声，吓唬吓唬它们。一只脏兮兮的白毛狗蹿上他的胳膊，安格斯扔掉柳条，正对着它的口鼻处给了一拳。但那狗并未呜咽溜号，而又跳了起来。安格斯紧接着一拳，那狗崽子一扭避开了，头往下咬住安格斯的腿，撕扯着他的裤子。

---

①指美国及加拿大印第安保留地上的狗，常无主且未被驯服。

把它弄走!

卡皮转过来，尘土飞扬。他用脚蹭着泥路，把车停在安格斯身边，手里拿着打开的胡椒罐，抓起一把，扔在狗的脸上。它狂吠几声跑开了。但别的狗现在包围了我们，耳朵朝后竖起，龇牙咧嘴，大声咆哮着，牙齿咯咯作响，犹如凶残的鲨鱼一般。我们不能扔下车逃跑，因为那样我们之后还得回来取车。而且不管怎么说，狗跑得可比我们快多了，我们还没来得及加速它们就能追上来。我们狼狈不堪地下了车，你贴着我，我贴着你，推着车走。卡皮又向另一条狗撒了胡椒粉，我连续用棍子打跑两只。胡椒粉的辣劲一过，那狗又跳过来，想报仇。它们围成一圈，迈着僵硬的步伐靠拢过来。卡皮把胡椒粉罐扔到路上，胡椒粉都洒了出来。

他妈的，他说，我们要死了。

我们需要火，安格斯喊道。我用棍子猛揍一条狗，它跳了起来。可突然之间，它们竖起耳朵，调转方向，一窝蜂跑回去了。然后我们听见小屋的门砰的一声关上了。

她一定在喂它们吃饭。卡皮说。

快走！安格斯喊道。我们重新跳上自行车，飞速骑过剩下的路，连月亮升了起来都没注意。我们向下穿过小树林，托起自行车翻过链锁栅栏。我们安全到达墓地时，已近黄昏。透过下方茂密的松树，我们能分辨出从神父家窗口透出的斑驳灯光。我们推车往下走，之前对墓地的恐惧慢慢消散，安静的死人比狂吼的狗群安全多了。我们推着车，慢慢往前走，直到天快黑了，那些地标式的墓碑愈加清晰。我们都有共同的先人，零星地分散在公墓各处。空气骚动起来，一只报雨鸟①在蓝色的树林中不断地鸣叫。

是时候了。走到坡底时卡皮说。

---

①雨前会唱歌的鸟，包括欧洲绿啄木鸟、牙买加蜥鹃、迷鸟等。

大门用挂锁链条松松地扣着。我们拉开大门，轻松地把自行车推了进去，然后悄悄推到离墓地较远的那侧，心里惴惴不安。草地修剪得很短，清爽的草茬上夜露点点。我们轻轻走向那个现代化的单层小木屋。特拉维斯神父一个人住。我们蹲在蓬乱的灌木丛中。屋里传来电视机很轻的声音。我们慢慢爬到窗户另一边，那儿电视机的声音最大。

我想往里看看，安格斯小声说。

他会看见你的，我说。

有东西遮着的。安格斯抬起头。

但很快他又低下了头。

他正坐着看电视呢!

他看见你了吗?

我不知道。

我们又回到屋外最隐蔽的一边。屋子里传来脚步声，突然有一束光透出窗户，正好从我们头顶上穿过。里面的声音停了一下。窗帘后面隐约出现了神父的黑色轮廓。我们紧贴在护墙板上，脑后传来一阵轻柔的泼溅声。

卡皮用口型问道，他在小便?我耸耸肩，因为那种声音听起来像是有人旋开瓶盖，轻轻地向马桶里抖出一条纤细的水流。那声音持续了挺长时间，中间偶有停顿。然后是冲水的声音，水龙头开了又关，灯灭了，门关上了。

他小便够低调的，卡皮说。

好吧，他是个神父嘛！安格斯答道。

他们小便挺奇怪啊?

他们不跟女人上床，安格斯说，不常用嘛，“管道”可能生锈了。

好像你知道一样，卡皮说。

你们待在这儿。

我沿着墙慢慢爬到电视机射出蓝光的一边。谁要是走进院子或者经过黑松林下，都会看见我。我站了起来，慢慢靠向窗边。六月的清风徐徐吹着，神父开着窗。我能看见特拉维斯神父的后脑勺。他坐在电视机前的一把安乐椅中，肘边是一瓶米克劳牌[①]的城市啤酒[②]，一开始我不知道他在看什么节目，后来才意识到是一部电影，但不是电视台播的电影。

我蹲下来，爬回原处。

他有家用录像系统[③]播放器！

他在看什么呢？

这次换卡皮走过去看，过了一小会儿就回来了，说他看的是《异形》[④]。保留地南边相距两小时车程的地方放过那部电影，我们却只听说过它很难看懂。我们去不了那儿，年纪又太小了，电影院不让进，保留地上也还没有租录像带的地方。

那录像带肯定是他自己的，我说道，忘了窗还开着。

他有盗版带？他自己的？

闭嘴，你们俩！卡皮小声说。他拉着纱窗，没关窗！

安格斯向后紧贴着墙基，身体缩成一团。我们把头凑在一起，小声讨论着。

你能看清吗？

很清楚。他的电视机有30英寸。

就那样，那天晚上我们终于看到了《异形》——站在年轻神父身后的窗口，尽管我们怀疑他犯了“滔天大罪”。特拉维斯神父甚至把声音调大，所以我们听清了整部影片。等开始滚动播放演职人员表了，他关了电视，我们弓着身，爬到卧室墙外。我们还津津有味地沉

---

①啤酒品牌百威旗下的一个系列。
②美国高价位啤酒品牌，配有昂贵的包装瓶。
③日本电子企业JVC公司在1976年开发的家用录像机录制和播放标准。
④好莱坞系列恐怖科幻电影。

浸在惊异的感觉中。安格斯躺下来，把拳头从肚皮处向上伸出，又猛地伸直双腿①。卫生间的灯又亮了，有汩汩的水声。然后是刷牙漱口的声音。卫生间的灯亮了。我们沿墙基侧身移动，慢慢直起身。房间里有窗帘，百叶帘也放了下来，不过百叶帘和窗户的交接处有个间隙。窗帘是透明的，我们刚好能看清楚。我们看到特拉维斯神父脱下神奇的黑色长袍，挂了起来。他肩膀上的肌肉又大又硬，胸肌如岩石一般。狰狞的疤痕沿腹部两侧的肌肉环绕下来。他脱下平角短裤，光着屁股站着，然后转过身来。疤痕缠结在阴茎和睾丸周围。他的“设备”还在，但显然是缝回去的，安格斯后来惊诧地告诉扎克。那儿的一切都是疤痕组织——很多凸起、滑溜溜的、又灰又紫。

我们惊慌失措，仓皇逃走。灯灭了。我们飞奔至自行车，但没想到特拉维斯神父飞速冲出门，轻松一跃，稳稳抓住了安格斯。卡皮和我还在跑。

你俩回来，特拉维斯神父不动声色地说道，不然我就把他的头扭下来。

安格斯痛苦地大叫。我们放慢脚步，转头去看。他扼住了安格斯的喉咙。

他是当真的!

说万福马利亚，神父说道。

万福马利亚，安格斯近乎窒息地说。

默念！特拉维斯神父说。

安格斯的嘴唇动了起来。卡皮和我转身走了回去。晚风袭来，松林在哀叹。闪烁的院灯照亮了教堂的停车场，却无法穿透黑松林照到这边。我们在前，特拉维斯神父押着安格斯在后，走向屋子。他命令卡皮打开门，我们一进去，他就拉上门闩，将一把椅子踹到门口。

---

① 安格斯在模仿《异形》中小外星人出生时的情景。小外星人出生后母体便会死亡。

你们知道的，没有退路，他说，所以你们不妨放松点儿。

他把安格斯猛地推到长沙发椅上，我们跳上前去，坐在安格斯两边，双手交叉，放在膝上。特拉维斯神父穿上一件格子花呢衬衫，又抓过安乐椅，面对我们坐了下来。他穿着短裤，格子花呢衬衫敞着，露出发达的胸肌。我注意到地板上有一套自由力量健身器材①，角落里还有杠铃。

好久不见啊！他对我和安格斯说道。

我们都呆住了。

饱眼福了？哈？你们这些蠢猴子！你们在想什么？

他踢踢我的小腿，虽然他光着脚，我的腿还是麻了。我往后一晃。

说话。

但我们说不出来。

行，小家伙，他对卡皮说，你告诉我你为什么偷窥我。我认识他们两个，但没见过你。你叫什么名字？

约翰·拉·腿②。

卡皮这时候还能编出个假名，钦佩之情在我心中油然而生。

拉·腿。什么狗屁名字？

这可是传统的齐佩瓦名字，长官！

长官？你从哪儿学来这一套的？

我爸以前在海军陆战队服过役，长官！

那你真给他丢脸了，你个小兔崽子！一个海军陆战队士兵的儿子竟然偷窥神父！你爸爸叫什么名字？

跟我一样，长官！

所以你是小拉·腿？

是的，长官！

---

①用于力量锻炼的健身器材统称，包括杠铃、哑铃及壶铃。

②原文是“Pulls Leg”，有“逗你玩”的意思。

好吧，小拉·腿，你看这样怎么样？

特拉维斯神父突然伸出手抓住卡皮的腿，猛地把他拉下沙发椅。卡皮重重地摔在地板上，但没叫出声。

拉·腿，哈？你就是这样起了那么个笨狗屎名字？

他突然俯身靠近卡皮，卡皮举起拳头，不过神父只是把卡皮扔回了沙发上。

好吧，小拉·腿，所以你真正的传统名字究竟叫什么？

卡皮·拉弗内。

多伊是你爸爸？

嗯。

很好。他伸出一根粗手指指向安格斯，我还知道你姨妈是谁。

然后他又指向我，我紧张得快透不过气来了。

我认识你爸爸，我想我知道你们这些可怜的小兔崽子为什么来这偷窥我了。你。今晚早些时候我开始琢磨你的问题——为什么你会问我5月15日那个周末的那个时间点我在做什么，好像在寻找我的不在场证明。我当时就觉得挺奇怪的，后来我想起你妈妈发生的事，原来如此。

我们的膝盖、脚还有鞋子可派上大用场了。我们一直在低头仔细研究着它们，但我们感觉到神父闪闪发亮的眼睛一直在盯着我们。

你认为是我伤害了你妈妈，他轻声问道，嗯？说话呀。

他又踢了我一下，麻木变成了疼痛。

是的。也不是。我只是觉得有可能。

有可能？这结论太草率了吧，嗯？告诉你们，不——可——能。而且你们这些小兔崽子、小瘪三、小狗屁玩意儿给我听着，即使我的家伙还能用，我也不会那样做。你们这些乳臭未干的臭小子，我也有妈妈，有妹妹，也谈过女朋友。

特拉维斯神父往后靠到椅背上。我抬头看看他，他也低眉看着我们，双手相叠放在膝上。他的眼神就像机器人，脸颊骨好像要戳破皮肤似的。他不仅长得古怪，身上还留下了让人意想不到的可怕伤疤，连骂人的话都与众不同。再看他抓住安格斯那身手，电视机旁边的自由力量器材，还有那棒极了的米克劳啤酒，弄得男孩们也想做天主教徒了。

您谈过女朋友？

特拉维斯神父的脸绷紧了，脸色发白。我简直不敢相信卡皮竟敢这么问。一瞬间我以为他死定了，但卡皮的问话不带一点儿嘲讽和奚落。卡皮就是这样，他是真想知道。现在我明白了，一个好律师要想了解潜在的证人，倾听他的故事，就该像卡皮这样问。

特拉维斯神父沉默了一会儿，但卡皮始终沉默着，乐意倾听。

是的，特拉维斯神父终于开了口，他的声音变得低沉，更加含糊不清。你们这些乳臭未干的小子还不懂女人。你们也许以为自己懂，但你们不懂。我曾和一个女人订了婚，她很真诚，特别漂亮，忠贞不渝，从未动摇，即使我受了伤也没离去。她本会留在我身边的，是我……你们喜欢女孩子吗？

我喜欢，卡皮答道。他是唯一一个敢回话的。

别在骚货身上浪费时间，他说，你们现在上高中？

就要上了，卡皮说。

这样更好。一定会有一个别人未曾留意的漂亮女孩，你要去留意她。

好啊，卡皮答道。

好啦，就这样吧，特拉维斯神父说，就这样吧！

他将双手摊在扶手上，静静地看着我们。终于，我们抬起头和他的眼神相遇，看到他正死死盯着我们。

你们想知道我怎么会变成这样，想知道我是怎么熬过来的，你们想知道的东西其实你们都无权知道。不过我也看出来了，你们不是坏孩子。你们只是想知道是谁伤害了你妈妈，他妈妈。他盯着我说道。

1983年我在美国大使馆[1]，很幸运，我现在还活着，对吧？家伙还好用[2]，但我得非常注意，不然就会感染。有时也会有性冲动，但都得到了升华。其实加入海军陆战队之前，我在神学院求学，但有一段时间我很叛逆。结果加入海军之后，我就带着这个“标志”回家了，结束了神学院的培训。被任命为神父。调到这儿来。还有什么要问的？

我跟他说，这儿的神父从不会用枪打囊地鼠。

修女一般用毒气毒死它们。可你愿意被毒死在地洞里吗？干干净净地死在外面更好吧！它们就是那样死的，他打了个响指。死的时候身子翻过来看着天空，对吧？看着天上的云。

他没看我们。他现在什么都没看。他挥挥手让我们离开，我们欠了欠身。他陷入了沉思。他拱起双手，额头靠在指尖上。我们侧身从他身边走过，走到门口，轻轻移开椅子，打开门闩，又轻轻关上门，朝自行车走去。起风了，风拍打着院子里的灯罩，灯光闪烁着。松林低吟着，空气依旧温暖。是夏瓦诺白娜什——南方的雷鸟带来的南风，这风一刮就表示快下雨了。

---

①1983年4月18日，美国驻黎巴嫩大使馆发生自杀性爆炸，造成61人死亡，100多人受伤。

②此处指可以小便但无法发生性行为。

第六章
数据和知识[①]

头顶上方，风吹得大片的云不断向前翻滚，终于，天空重现清朗。我和爸爸又互相说话了，好像什么都没发生过似的。他告诉我，他和特拉维斯神父进行了一次有趣的交谈，我一听便呆住了。但好在他们谈的都是得克萨斯州和军方的事，特拉维斯神父没出卖我们。那天晚上爸爸对爱德华姨父说过的一切质疑都烟消云散，至少他没再提起。我问爸爸是否和索伦·毕尔克谈过。

那个汽油罐？我问。

的确和它有关。

既然排除了特拉维斯神父，我就一直琢磨着爸爸和我准备的那些案件和笔记。我问爸爸，毕尔克是否找拉克兄妹问过话？

他跟琳达谈过。

爸爸皱紧了眉头。他对自己许诺过，不将我牵扯进来，不向我透露任何消息，也不会跟我合作。他清楚事情的进展，也知道我可能会卷入什么，但他根本不明白我的参与会带来什么麻烦。还有一件事，当时的我不明白，但现在明白了：没人帮我们。没错，只有我们三个，或者说只有我们两个。其他任何人，包括克莱门斯，甚至连妈妈自己都不像我们俩这样关心她。没人会不分昼夜地想着她，没人知道她现在的状况，没人像我和爸爸这样渴望过回从前的生活，渴望回到从前。所以他别无选择，实在是别无选择，最终还是得跟我说。

我该去找找琳达·威什科布，他说，她让毕尔克吃了个闭门羹。要不……你跟我一起去？

琳达·威什科布丑得引人注目。她坐在邮局柜台后，苍白的脸刚好露出来，呆滞的金鱼眼看着我们，湿润的红唇向上噘着，棕色的直发像顶帽子一样扣在头上，在她抽出纪念邮票时微微颤动着。她把邮票拿给爸爸看。她让我想起眼球突出的豪猪，就连她那留着长指甲的肉嘟嘟的小手都跟豪猪的爪子很像。爸爸选了一套联邦五十大州的邮票，然后问她是不是可以赏脸一起喝杯咖啡。

里面有免费咖啡，琳达说。虽然她认识妈妈，但还是很谨慎地应付着爸爸。谁都知道发生了什么事，但谁也不知道该说什么，不该说什么。

那不说咖啡了，爸爸说，我就想跟你简单谈谈。要不找个人替你一下吧？你也不忙。

琳达张开湿润的嘴唇，想拒绝，但好像没想到什么好借口。没过多久，她就跟上司交代好了，然后从柜台后面绕了出来。我们走出邮局，穿过大街去了迈提·阿尔。那家店小得像个汤罐，里面只有六张从别处回收来的桌子，挤在一起。我真不敢相信，爸爸竟然要在那么狭小的空间里盘问一个人。我想得没错。果然，爸爸没问琳达什么问题，只是谈了谈天气，说了些无关紧要的话。

爸爸能和任何人讨论天气。和其他地方一样，有时候，这儿的人唯一可以畅所欲言的就是天气了。而爸爸能一直认真地聊下去，仿佛永远也没个尽头。当下的天气说完了，又说起历史上有记载的天气，某个亲戚经历或目睹过的天气，甚至只是新闻上听说的天气。各种类型的灾难性天气。这些说完了，还讨论了未来可能会出现的所有天气，我甚至听到，他还预测了来世的天气。爸爸和琳达·威什科布聊了好一会儿天气，然后她起身离开了。

爸爸，你把她折磨得可够惨的。

---

①《星际迷航：下一代》中数据和知识是孪生兄弟，一个正义，一个邪恶。

店内黑板上写着今日菜单：碎牛肉汤，您唯一能享用的。我们开始喝热气腾腾的第二碗，里面有肉末、廉价通心粉、番茄罐头、芹菜、洋葱、盐和胡椒粉。那天的汤特别好喝。爸爸还点了店里的咖啡，他说只有性格坚忍的人才喝得下去，因为那儿的咖啡老是煮焦。我们喝完汤后，他一言不发，一直喝着咖啡。

我想感受一下她最近日子过得怎么样，爸爸说，她的确是受尽了折磨，真的。

我不确定我们来找琳达交谈是为了什么，但很显然，我不能完全理解刚才爸爸和琳达说的话。

那天，爸爸终于允许卡皮来我家了。那天下午，天气燥热，所以我们躲在屋子里，开着风扇玩希魔复活，尽可能保持安静。同往常一样，妈妈在睡觉。屋外传来轻轻叩门的声音。我开了门，是琳达·威什科布。还是那双金鱼眼，穿着蓝色紧身制服，脸上汗涔涔的，没化妆，表情呆滞，短粗的手指上留着长指甲，虽然涂了嫩粉色，却突然给我一种邪恶的感觉。

我就在这等，等她睡醒，琳达说。

让我没想到的是，她径直从我身边走过，进了客厅。她对卡皮点了点头，然后在我们身后坐下来。卡皮耸了耸肩，我们有一段时间没玩游戏了，不想因为任何小事停下，所以我们继续玩。游戏是这样的：多年来我方士兵一直奋力抵抗一群难以阻挡的贪婪、诡计多端的敌人，最后只剩下几个绝望的士兵，手无寸铁，饥肠辘辘。我们感到战败在即，但在我们的社区内部，科学家升级发明了一种前所未有的战斗武器。我们的仿生臂可以出击、粉碎、伸缩、伪装，甚至折叠。它能穿透盔甲，不管敌人防守得多么严密，它的热跟踪感应器总能探测到他们。仿生臂将整个军队的力量合于一体，所以必须由一个，也只能由一个经得起考验的士兵操作，而我或卡皮就是那个士兵。这就是希魔复活。为了完成使命，我们必须穿过一千双眼睛盯着的土地，每个角落、每扇窗户后都隐藏着死亡的威胁。我们的目的地是敌人的老窝，是我们憎恨的敌人那坚不可摧的堡垒中心。我们面临的挑战前所未有，但我们的信念坚定不移，我们的勇气也绝不减弱。我们的观众是琳达·威什科布。

她看着我们，没一点动静，以至于我们都忘了她的存在。她差不多没气了，也没动一下。妈妈从卧室走去楼上的卫生间时，我没听到声音，但琳达听到了。她轻手轻脚地走到楼梯口，我还没反应过来，她就叫了妈妈的名字，然后上了楼。我扔下手中的游戏，跳起身来，可琳达柔软肥胖的身子早就上了楼。她正在和妈妈打招呼，全然不顾迷迷糊糊的妈妈像是被发现、被侵犯了一般，正拖着骨瘦如柴的身子蹒跚着走开。她似乎没注意到妈妈的不安，就大摇大摆地直接跟着妈妈进了房间。门没关，我听见床板的咯吱声、琳达坐的椅子在地板上的刮擦声，然后是她们的声音。她们聊了起来。

几天后，总算下起了倾盆大雨，下个不停。这是我这个夏天第二次待在家里，玩游戏，画漫画。安格斯已经在画沃尔夫①的第二幅肖像画了，但斯塔尔给他打电话，让他去卡皮那儿借管道疏通器②。他们现在都在安格斯家，可能正喝着埃尔温的布拉茨啤酒，从臭烘烘的下水道里拖出黏糊糊的东西。我画得烦了，想偷出那本《科恩手册》，不过读了爸爸的那些案件和笔记后，我的内心一阵绝望。以前遇到这种天气，我会跑到楼上，把自己锁在房间里，浏览我私藏的“家庭作业”文件夹。可自从妈妈待在楼上，这个习惯就被扼杀了。我又想，要不费点劲儿跑到安格斯家？或者把爸爸圣诞节送我的托尔金系列第三部和第四部③拿出来看看？可又觉得没有哪件事是特别想做的。雨噼噼啪啪地下个不

① 《星际迷航：下一代》中的角色。
② 可以伸进管道里的金属线，用于清除管道堵塞物。
③ 指英国作家托尔金的《魔戒》系列。

停，天灰蒙蒙的一片，让人觉得整个屋子冷飕飕的，心情也跌到谷底，哪怕妈妈就在楼上。我想，大雨可能会把所有的植物都冲出花园。不过当然，妈妈不会为此担心。我给她拿去一个三明治，可她睡着了。我拿出托尔金系列丛书。大雨仍下个不停，我刚要开始看，琳达·威什科布又来了。她从噼噼啪啪的大雨中走过来，就像个湿透了的霍比特人①。

她上了楼，几乎都没看我一眼，手上拿着个小包裹，很可能是她做的香蕉面包——她会买黑色的香蕉，做的面包还挺出名。两人在楼上嘀咕了很久，在我看来十分神秘。为什么妈妈会选择同琳达·威什科布交谈？对此，我可能会感到不安，或者警惕，或者好奇，但我没有，爸爸倒是有所反应。他回家后，一听说琳达在楼上，便轻声对我说，咱们设个圈套来逮住她。

什么？

你来做诱饵。

噢，谢谢啊。

她会跟你说话的，乔。她会提防我，但她喜欢你，也喜欢你妈妈。你听，她们正在楼上聊着呢！

为什么你想让她说话？

我们需要每一条信息，我们得从她那儿知道拉克一家的事。

可她是威什科布家的人啊。

她是被收养的，记得吗？记得那个案件吗？ 乔，我们上次看过的。

可我觉得两者并无“关联”。

词用得不错。

但最后，我还是答应了。幸运的是，家里还剩下些爸爸之前买的冰淇淋，那是琳达最喜欢的食物。

---

①托尔金系列奇幻小说中的一个虚构民族，体型矮小。

下雨天也吃这个?

爸爸微笑了一下说，她是冷血动物。

所以琳达下楼来时，我问她想不想来点冰淇淋。她问我是什么口味。我告诉她我们有三色杯。她说，原来是那不勒斯[1]，就拿了一碗。我们在厨房里坐下来，爸爸故作随意地关上门，说妈妈需要休息，又感谢琳达，说她能过来看妈妈真是太好了，还夸她做的香蕉面包大家都特别喜欢。

那香味简直棒极了！我夸道。

我只用了肉桂，琳达答道。她一高兴，那金鱼眼就变得更突出了。是那种真正的肉桂，我买的是广口瓶装的，不是罐装的那种。是从法戈的郝芭琪超市[2]的进口食品区买来的，不是你们在这儿买的那种。有时我也会用点柠檬皮或橙皮。

听说我们都喜欢她的香蕉面包，她特别开心。我以为这样一来，爸爸或许就不需要我来引她打开话匣子了，可他又对我说，很好吃吧，乔？我只好接着告诉琳达，我早饭吃的就是这个。而且，妈妈和爸爸霸占了很多，我甚至得偷一块来吃。

下次我再拿两块来，琳达亲切地答道。

我挖了一勺冰淇淋放进嘴里，想让爸爸跟她聊下去，可他却挑起眉毛示意我来。

琳达，我对她说，我听说，你知道我一直挺纳闷儿的。我想，我要问的是个私人问题。

说吧，她答道，苍白的面容变成了玫瑰色。也许没人会问她私人问题，我一边快速地思考着，一边问了起来。

你知道的，我有几个朋友，他们的父母或堂兄妹都被人收养，被部落外的人收养，我听说那种日子不好过，但我觉得好像没人说过……

---

①通常指同时有巧克力、香草和草莓口味的方砖冰淇淋。

②美国批发零售巨头超价商店公司的分公司。

被部落外的人收养?

琳达露出小鼠牙，给我一个纯真又温暖的微笑，这下我放心了。我突然发现，我是真的想知道，想知道她的故事。我又吃了些冰淇淋，然后说，我真的很喜欢香蕉面包。我没想到自己居然这样说了，因为事实是：通常我很讨厌香蕉面包。我的意思是，我突然忘记了爸爸的存在，真正开始与琳达交谈。我不再注意她凸出的双眼、吓人的豪猪手和稀疏的头发，只是看着她这个人，我想了解她——这可能正是她愿意告诉我的原因。

琳达的故事

我是冬天出生的，她开口道，但又停下来吃完了冰淇淋。她推开冰淇淋碗，然后真正开始讲述她的故事。我哥哥比我早两分钟出生。护士刚用一条蓝色的法兰绒保暖毯把他裹好，我妈妈就说，啊天哪！还有一个！刚说完，半死不活的我就滑了出来。刚出生我就走了一遭鬼门关——我的身体由浅粉色变为暗淡的灰蓝色——护士就想把我抱进一张装有加热灯的床上。医生指了指我皱巴巴的头、胳膊和腿，阻止了那个护士。他走到护士和我前面，要跟妈妈讲话。他告诉妈妈第二个孩子先天畸形，问她是否要采取特别手段抢救。

回答是：不用。

不用了，让她死掉吧！可医生转过身时，护士已在用手指清理我的嘴巴，她把我倒提起来，摇了几下，然后用一条粉色毯子把我紧紧包了起来。终于，我做了个深呼吸。

护士！医生说。

太晚了，她回答道。

之后，我就待在婴儿室，脸上用带子绑了个奶瓶。县里的人商量把我送到某个地方过渡一下，可我还太小，任何公立的福利机构都不接收我，乔治·拉克夫妇也拒绝带我回家。而那段时间，医院夜里的看门人贝蒂·威什科布家住在保留地，她请求在休息时抱抱我。每次抱着我时她都背对着探视窗，贝蒂——我的妈妈——照料着我。喂我的时候，妈妈总会用她有力的大手抚摸我的头，让我的头形变圆。医院里没人知道她晚上照顾我，也不知道她还给我“矫治”，而且已决定收养我了。

那是五十年前的事了，我现在五十岁了。妈妈提出请求，说要带我回家，大家顿时松了口气，也没办什么手续，至少一开始时是这样。就这样，我活了下来，在威什科布家长大。我居住在保留地，像个印第安人一样去上学——一开始在教会学校，后来在公立学校。但在那之前，大概三岁时，我第一次被带走。我还记得那股消毒剂的味道，还有那种感觉——我称之为“白色绝望”。后来，走进来一个什么东西，我不知道它是人是物，它只是抓住我的手，跟我一起悲伤，还一直陪在我身边。还有一次，是我四岁的时候，一个福利工作人员决定为我找个更合适的家庭。我站在妈妈身边，抓住她绿色的棉布裙，把脸藏在气息温热的布料里。然后，我坐在一辆车的后座，朝着某个方向无声地疾驶，好像永无尽头。在另一间白色的屋子里，我独自醒来。窄窄的床上，我被紧紧裹在被单里，不得不挣扎着出来。我似乎在床边坐了很久，等待着。

小时候，你不会知道自己是在尖叫还是在哭喊——你的感觉和你发出的声音都是一回事。我还记得自己张开了嘴，仅此而已，然后一直那么张着，直到跟妈妈回家。

每天早上，妈妈和爸爸艾伯特都努力地矫正我的头形，活动我的胳膊腿儿，一直到我大约十一岁。他们让我举起一小袋沙子，妈妈把它缝得挺沉。他们叫醒我，把我带到厨房里。柴炉生着火，我喝下一杯稀薄的脱脂牛奶。然后妈妈坐在一把餐椅上，把我放在她大腿上，按摩我的头，把有力的手指窝成杯状，矫正我的头骨。

妈妈曾跟我说，你偶尔也会看见的。你的囟门[①]开口的时间比多数婴儿要长，幽灵可以从那儿进来。

爸爸坐在我们对面的一把椅子上，随时准备给我做从头到脚的拉伸。

把脚伸出来，泰菲[②]，他对我说。泰菲是我的昵称。爸爸抓着我的脚，妈妈绕过耳朵夹紧我的头，朝两边拉我。

“泰菲”这名字是哥哥锡德里克给我起的，因为他知道我上学后，别人会给我起绰号的，他不想让我的绰号和我的胳膊或头扯上关系。我出生时头部十分畸形，医生已将我诊断为智障，但妈妈靠挤压揉捏改变了我的头。长大后，看着镜子里的自己，我一直觉得自己挺漂亮的。

妈妈和爸爸从没告诉我，我的感觉是错的。是谢丽尔告诉我的，她说，你很丑，但可爱。

后来，我再次有机会照镜子时，才发现谢丽尔没骗我。

我们住的房子现在还隐约有一股味道，那是烂木头、洋葱、油炸白骨顶鸡[③]和不洗澡的孩子们身上的汗味儿混在一起的味道。妈妈总是想尽办法让我们保持干净，而爸爸却总把我们弄脏。他带我们去树林里，给我们演示怎样发现兔子的踪迹，怎样设陷阱。我们用细绳做成环从洞里猛地拉出囊地鼠，摘下一桶又一桶浆果。我们一起去骑一匹暴躁的竞技小马驹，在附近的湖里钓鲈鱼，每年还会挖土豆卖掉攒学费。妈妈后来就不去上班了，爸爸只卖些木柴、玉米、南瓜属植物，但我们从没挨过饿，家里总是很温馨。爸妈费了好大劲把我从福利机构带回来，当

---

① 婴儿头顶骨未合缝的地方。亦称“囟脑门儿”“顶门儿”。

② 动画片《猫和老鼠》里的角色小不点儿，是一只灰色的、穿着尿布的婴儿鼠。

③ 中型游禽，形似小野鸭。

然，我没完没了的大叫也帮了不少忙，所以我知道他们都爱我。但我说这些并不代表他们就是完美的人。爸爸偶尔会喝酒，醉倒在地板上；妈妈脾气暴躁。她从不动手，但会大喊大叫、咆哮怒吼。更糟的是，她会说些很难听的话。有一次，谢丽尔在屋子里转圈。紧贴着屋角放着一个搁架，上面放着一只雕花玻璃花瓶，那只花瓶对妈妈来说很珍贵。我们给她带回野花束时，她会插在里面。我曾看见她用肥皂清洗花瓶，还用旧枕套把它擦亮。谢丽尔的胳膊撞上了架子，花瓶掉了下来，摔在地板上，砰的一声碎成了小片。

妈妈正好在炉边干活，她转过身来，双手挥向谢丽尔。

你这该死的谢丽尔，她骂道，我就这么一件好东西！

是泰菲打碎的！谢丽尔狡辩道，然后夺门而逃。

妈妈开始大哭，哭声刺耳，她用前臂捂住了脸。我走过去，想帮她把碎片打扫干净，但她说不用扫了，声音无比绝望，于是我跑去找谢丽尔，她就藏在老地方：鸡舍那头。我问她为什么栽赃给我，她厌恶地瞪了我一眼，说：因为你是白人。我没因此而报复她，后来我们的关系反而很亲密。我很高兴有这样一个好朋友，因为我没结过婚，需要有人说说心里话。五年前，我的生母联系了我。

我家的小房子旁边加盖了一间屋子，我就住在那儿，直到父母过世。几个月内，他们先后辞世，有时很多老夫妻的确是这样。那时，哥哥姐姐们要么已搬离了保留地，要么已在更中心的地方盖了新房子。只有我留了下来，留在那片宁静的地方。唯一改变的是，我让狗和我一起住在屋子里，它是当初曾朝着福利机构的女职员怒吼的那条狗的后代。爸妈把电视放在厨房里，晚饭后他们就笔直地坐在餐椅上，双手叠放在桌上看电视。但我更喜欢躺在长沙发上。我给火炉装了玻璃前门和排气扇，排气扇排出热气，形成一个温暖舒适的热循环。每年冬天的晚上，我都坐在那儿读书，或织织东西，开着电视当作背景音乐做个伴，而狗就趴在我脚边。

一天晚上电话响了。

我接起电话，说了句你好。对方沉默了一下，然后是一个女人的声音，问我是不是琳达·威什科布。

我是，我答道，脑海里闪过一丝奇怪的不安。我知道有事要发生了。

我是你妈妈，格雷斯·拉克。声音紧绷着，显得很紧张。

我把听筒放了回去。后来，再想起那个时刻，我总觉得很可笑。我本能地拒绝了我的母亲，把她晾在电话那头，就像当年她把我晾在摇篮中一样。

你们知道的，我在政府工作。我随时都能找到亲生父母的地址，可以给他们打电话，或者，嘿，我可以喝得酩酊大醉，站在他们院子里咆哮！但我不想知道关于他们的任何事。我为什么该知道呢？我知道的一切都让我痛苦不堪，我一直在逃避痛苦，可能这也是我一直没结婚也没要孩子的原因。我不介意一个人过，只是……好吧……那天晚上，我挂了电话，给自己沏了杯茶后就忙着做填词游戏。有一道难住了我。提示是"两人同行"，十二个字母。我在这个单词上花费的时间最长，还查了字典才想出了那个单词：doppelganger①。

我一直以为，那个我看见的东西是贝蒂给我矫正时进入我大脑的某个幽灵。我从贝蒂身边被带走，带到那间白色屋子里的短暂时间里，它第一次来到我身边。还有时候，我感觉有人走在我旁边，或坐在我身后，总是刚好超出我的视线范围。我让狗和我一起住在屋子里，原因之一就是它能驱赶那东西。这些年来，那东西似乎变得焦虑不安、贫困潦倒，还有种难以言喻的无助感。以前，我从没想过那东西和我的孪生哥哥有关，虽然他长大的地方离我还不到一个小时车程，但那天晚上，那

① 意为"面貌相似的人""另一个我"，即二重身。民间传说如果一个人被别人看到了二重身则说明死期将近。

个出乎意料的电话和那十二个字母的字谜答案让我浮想联翩。

贝蒂说她也不知道拉克夫妇给那男孩起了什么名字，尽管她很可能知道。当然，我们性别不同，而且是异卵双胞胎，按说顶多如普通兄妹般相像。生母打来电话的那天晚上，我下定决心，要厌恶、怨恨我的孪生哥哥。电话里，我第一次听到生母颤抖的声音，而他，已听了大半生。

我总是觉得，除了哥哥，我也恨我的生母，而那个女人居然自称妈妈。我的大脑一字不落地记下了她说的话。当天晚上，还有第二天早上，那些话始终在脑海里萦绕。可到了第二天晚上，那些话渐渐模糊起来，第三天终于消失了，我顿时放松下来。后来，第四天，那个女人又打来电话。

她首先向我道了歉。

很抱歉打扰你，她继续说，她一直想见我，但又怕知道我在哪儿。她说我的生父乔治已过世，她一个人住，我的哥哥之前在邮局工作，后来搬到南达科他州的皮尔市①。我问他叫什么名字。

林登，是个古老的家族名字。

我的也是古老的家族名字吗？我问她。

不是，格雷斯 · 拉克回答道，你的名字只是为了和你哥哥的名字相配。

她跟我说，乔治在出生证明上迅速写下我的名字，而且他们从没见过我。她继续说道，乔治死于心脏病，她差点儿就搬到皮尔市，那样住得离林登近一点儿，但她的房子卖不掉。她还告诉我，她一直不知道我住这么近，不然早就给我打电话了。

肯定是当时那种轻松又随意的聊天让我似梦似醒，所以当格雷斯 · 拉克问我能不能见个面、能不能带我去弗特餐厅用餐时，我答应了，还

---

① 南达科他州的首府。

约了时间。

最后我挂了电话。好一会儿，我一直盯着壁炉里燃烧的小火苗。火是我接电话前生的，我想做些爆米花。我会把爆米花抛向高空，狗会接住。也许我会坐在厨房里，在桌边看部电影，或者待在壁炉旁，读图书馆里借来的小说。而狗会在睡梦中打鼾抽动。本来我可以做这些事。可现在，别的什么东西扼住了我，一种可怕的感觉张开了大口。要挑哪一种来吞噬自己呢？我不知道。狗跑过来，把头枕在我大腿上，我们就坐在那儿，直到我意识到我可以选择麻木。我顿时放松了，什么感觉都消失了，我把狗放出去遛了会儿，又让它进来，然后上了床。

就这样我们见了面。她很普通，我肯定我在街上或杂货店或银行见过她。要是在这儿住一辈子，一般任何人都会见过一面。但她没给我留下“妈妈”的印象，因为我没感觉到任何熟悉的东西，也没发现我有哪点像她。

我们没握手，当然也没拥抱，就面对面坐在人造革的雅座里。

我的生母凝视着我说，你并不……她的声音低了下来。

弱智？

她平静了一下心情。你的发色和肤色都像你父亲，乔治的头发颜色很深。

格雷斯·拉克无色的镜片后面是蓝色的眼球，眼球边缘是红色，坚挺的鼻子，又小又薄的嘴唇微微弯曲。她留着七十七岁老太太的标准发型——紧实的烫发，颜色灰白。她镶着褪色的假牙，戴着养殖珍珠做的大耳钉，穿着浅蓝色的套装和一双方头系带理疗鞋。

在她身上，我没找到一点儿与我相似的地方。她是那种别人不愿接近的小老太太。我注意到保留地的人们离她这种女人远远的，我也说不出为什么。我猜，他们彼此都本能地避开对方。

要点菜吗？格雷斯·拉克指着菜单问，想吃什么就点吧，我请。

不用了，谢谢，我们各付各的，我答道。

在这之前，我已想清楚了：如果我的生母想以某种方式减轻她的罪恶，只带我出来吃个饭，那简直太便宜她了。就这样我们点了菜，喝了酸味白葡萄酒。

我们吃了鼓眼鱼[①]和肉饭[②]。吃槭糖冰淇淋时，眼泪涌上格雷斯·拉克的双眼。

我真希望自己一开始就知道你会跟个正常人一样，我真希望我没把你丢下，她啜泣道。

就说这么几句话她居然哭了，我吓了一跳，赶紧问她，林登现在过得好吗?

她的眼泪停住了。

他病得很重，她回答道，眼神突然变得直勾勾的。他肾功能衰竭，在做透析。他需要一个肾。我想给他捐一个，但跟他不匹配，而且我的肾脏已衰老，乔治死了，所以你是你哥哥唯一的希望了。

我用餐巾擦了擦嘴，觉得自己飘了起来，离开了椅子，几乎飘到了空中。有个人和我一起飘了起来，我隐约能感觉到他的存在，而且我能感觉到他焦虑的呼吸。

我想，现在该给谢丽尔打电话了。我之前就该给她打。我带了一张二十美元的纸币，一落回椅子，我就把钱放在桌上，走出餐厅，向车走去，但没上车。我不得不先跑到环绕停车场的草坡上，呕吐起来，痛苦地哭喊，我感觉到格雷斯·拉克的手轻抚着我的背。

那是我的生母第一次碰我，虽然在她的抚摸下我平静了下来，但我能感觉到，她喃喃的声音里有种胜利感，真蠢。她当然早就知道我住在哪儿。我推开她，怨恨地推开她，像动物跳离陷阱一样。

---

① 即玻璃梭鲈，由于眼睛大而发亮得名。
② 由大米加鱼或肉及调料煮成。

谢丽尔思路很清楚。

我要给南达科他州的锡德里克打电话。你听着，泰菲，我要让锡德里克把林登的这件事给了了。你可以把这些破事给忘了！

谢丽尔就是这样。在这种情况下，还有谁能让我大笑呢？第二天早上，我仍然待在床上。我请了病假，那是两年内我头一次请病假。

你甚至都没认真考虑这事，谢丽尔说。然后，我没回答，她继续问道，是吗？

我不知道。

那我真的要给锡德里克打电话了。那些人抛弃了你，背叛了你，他们当时可能会把你丢在大街上，不管你的死活啊！你是我的妹妹，我不想让你捐肾。嘿，要是有一天我需要你的肾怎么办？你想过吗？把你的肾留给我！

我爱你，谢丽尔继续说。我也对她说我爱她。

泰菲，你不准帮他们，谢丽尔警告道，但她的声音透着担忧。

一挂电话，我就拨了格雷斯·拉克放在我口袋里的那张卡片上的号码，并跟医院约了时间进行各项检查。

我去了南达科他州，住在锡德里克家里。他是退伍军人，妻子也叫谢丽尔[①]，但首字母是C。她为我准备了小毛巾，上面有她亲手绣的可爱动物图案，又给我一些她从旅馆顺来的肥皂，还给我铺了床。她努力向我表示她赞成我要做的事，尽管家里其他人都不赞成。谢丽尔是虔诚的基督教徒，所以这也说得通。

但我这么做，并非希望有一天别人也能为我这样。我已说过，我不想自找苦吃，如果我可以忍受林登的死亡，就不必考虑经受捐肾的痛苦。

① 原文为“Cheryl”，与琳达·威什科布的好友“Sheryl”发音相同。

这一生中，我知道自己一直在等着这件事发生，但我不知道自己意识到了。我的孪生哥哥，就是那个在我身边却又刚好在我视线之外的人。我肯定他不知道自己曾出现在我身边。福利机构的工作人员把我从贝蒂身边偷走，让我一个人待在那片白色中时，他抓着我的手和我坐在一起，跟我一起痛苦。而现在我见过了他的妈妈，我知道了更多。毕竟在这个小镇上，人们都知道她丢弃了我。可能她必须自己忍受愤怒，而把羞愧发泄在另一个人身上——她留下的那个孩子。她把一切归咎于林登，把扭曲的怨恨发泄到他身上。我已感觉到，她的抚摸中有种蔑视和成就感。事情能变成现在这样，我真是谢天谢地。我们来到人世前，哥哥就知道怜惜我，把我挤得畸形，我因此逃过一劫。

医生是个伊朗女人，她把检查结果拿给我，跟我交谈起来。我得跟你说，你很匹配，但我知道你的事。所以我觉得应该公平些，应该让你知道林登·拉克的肾功能衰竭是他自己酿成的。他不止有一个限制令[①]，他有两个，还曾试图服用大剂量退热净[②]、阿司匹林和酒精自杀，导致他现在要做透析。我觉得你做决定时该考虑到这些。

后来那天我和我的孪生哥哥坐在一起。他说，你没必要这么做的，不用像耶稣一样。

我知道你做了什么，我告诉他，我不信教。

挺有意思，林登答道。他看着我说，我们明显长得不像。

我知道那不是夸奖，因为林登长得很好看。我想，他不仅继承了他妈妈相貌中的优点，而且还继承了那双不诚实的眼睛和那张刻薄的嘴巴。他环视了屋子一周，一直咬着嘴唇，吹着口哨，手指卷着毛毯。

你是邮递员？他问道。

---

① 又称“保护令”，一种合法禁令，要求一方实施或禁止实施某种行为。拒绝遵循该令者面临刑事或民事处罚，或需赔偿损失、接受制裁。

② 又称“百服咛”“扑热息痛”，用于感冒发烧、关节痛、神经痛及偏头痛等。

我一般是坐柜台的。

我的投递路线很不错，他说着打了个哈欠，我是说我常走的投递路线。我闭着眼都不会弄错。每年圣诞节，用户们给我卡片、钱、小甜饼之类的东西。我对他们的生活了如指掌，他们的习惯，每个细节。要是我去杀他们，一定是桩完美犯罪，你信吗?

他的话吓了我一跳。我没回答。

拉克噘起嘴唇往下看。

你结婚了吗?我问他。

没……但也许算有个女朋友。

他说这话时就跟可怜的我一样，自怨自艾。他继续说，最近她一直躲着我，因为有个身居高位的政府官员给她钱，让她跟他在一起。你明白我的意思吗?

我再一次无言以对。林登告诉我，他喜欢的那个女孩很年轻，在给州长做秘书。她成绩很好，典型的高中校园甜心，所以脱颖而出，被选去实习。这个印第安实习生让政府增色不少，他说，她能得到那份工作甚至还有我的功劳。对我来说，她真的太年轻了，我在等她长大，可那个身居高位的官员“让她长大”了，而我却被困在医院里。从那以后，他一直在“帮她长大”。

我有些不舒服，赶紧说些别的转移话题。

你想过吗?我问他，有个人就在你旁边或身后，跟你走同一条路?当你闭上眼睛她在那儿，当你睁开眼睛她又离开了。

没有，他说，你疯了吗?

那个人是我。

我抓起他的手，他无力地任由我拉着。我们一起坐在那儿，沉默着。过了会儿，他抽出手，揉了揉，好像我弄疼了他似的。

我不是要针对你，他说，但这都是我妈妈的主意。我不想要你的肾，我很讨厌丑八怪，我不想自己体内有你的一部分。我宁愿排队等合适的配型。坦率地说，你这种女人实在不堪入目。我的意思是……哎呀真抱歉，不过你以前可能就听过这种话。

也许我不是那种令人心醉的选美大赛皇后，我跟他说，但没人说过我不堪入目。

你可能养猫了吧？他说，猫会假装喜欢任何喂养它们的人。我真怀疑你能不能找到丈夫或男朋友什么的，除非你在头上套个袋子。不过即使那样，晚上总得拿下来。哦，天哪，不好意思。

他把手指放在嘴上，摆出一副歉疚的表情。他装模作样地打了自己一个耳光，然后说，为什么我要说这些呢？我让你难受了吗？

你说这些是想赶我走吗？我问他。我又觉得自己飘了起来，跟餐馆里的那种感觉一样。也许你想死吧，你不想得救，是吗？我救你没有任何原因，你什么也不欠我。

欠你？

他好像真的很惊讶。他的牙齿特别整齐，我敢肯定他小时候做过正畸治疗。他开始大笑，露出漂亮的牙齿。他摇着头，对我摇动着手指，笑得前俯后仰，好像受不了了。我尴尬地弯腰拿起钱包，他还在笑，笑得都快窒息了。我想远离他，想夺门而出，但却不由自主地后退几步，靠在了墙上，困在了那间纯白纯白的房间里。

爸爸坐在桌边，一言不发，双手叠放在一起，低着头。我不知道该先说些什么，沉默了好久，才说了脑子里想到的第一句话。

很多漂亮女人也养猫。索尼娅就是吧？我的意思是，猫住在外面的谷仓里，索尼娅只是喂喂它们。你没养猫，你养了条狗，狗可挑剔啦！看看珀尔。

琳达对爸爸微笑了一下，夸他培养了一个绅士。他对她表示了感谢，然后说他想提个问题。

你为什么那么做呢？他问道。

是她想让我那么做，琳达答道，拉克太太，那个母亲。所有的手续都办好时，我很厌恶林登，是的，特别厌恶！但他却来奉承我，讨我欢心，而且荒唐的是，现在我居然为自己讨厌他而内疚。我是说，从表面上看，他也并非坏透了。他会捐款给慈善机构，我觉得有时候他是心血来潮，认为我需要他的资助。后来，他送过我礼物、花、精致的围巾、香皂、贺卡，跟我说他曾经对我那么刻薄实在很抱歉。一时之间，那些礼物和他说的话让我陶醉其中，开心地大笑。还有，我无法解释拉克太太对他产生的影响。林登对她很粗鲁，还在背后侮辱她。但她说的任何事他都照做，他怨恨她是因为她逼迫他。你们都知道，那之后我就病了，病得很重。

是的，爸爸说，我记得。你在医院里感染了细菌，被送去法戈。

我感染的是那个幽灵，琳达强调说，语气好像在纠正爸爸的错误。我意识到自己犯了个严重的错误。我真正的家人帮了我，让我恢复了健康，她继续说道。当然还有杰拉尔丁。多伊·拉弗内还带我参加了他们的汗屋仪式。那个仪式特别有效，她怀念地说，还特别热！兰德尔盛情款待了我，他的姨妈们给我穿了一件他们自己做的长裙。后来我就开始恢复了，拉克太太死后我感觉更好了。我想我不该这么说，但这是事实。他妈妈去世后，林登搬回南达科他州，很快他又失控了，或者说我是这么听说的。

失控？我问她，什么意思？

他做了一些事，琳达说。

什么事？我继续问。

我能感受到，爸爸在我身后紧紧逼视着我。

足以让他蹲大牢的事，她小声说，闭上了眼睛。

第七章
天使一号

我们总能看见穆夏姆坐在屋子角落里那把破旧的黄色餐椅上，看着外面的路。但他并非整天都那样坐着，他只是暂时停下手里的活儿，让瘦长的老胳膊老腿儿歇一歇。四季轮回，穆夏姆总是忙这忙那，从不闲着，累得精疲力竭。秋天的活当然少不了扫落叶，叶子从四面八方吹落在穆夏姆家那片贫瘠的草地上。他有时直接摘掉枝上的树叶扔进圆桶。看到叶子被烧掉，穆夏姆总是很开心。落叶飘零后，要过一段时间才会下雪。那段时间，穆夏姆的胃口大如牛，吃圆了肚皮，吃鼓了脸颊——他是在为大雪做准备呢！他有一把宽大的蓝色长方形铁锹，用来铲松软的雪；还有一把边缘锐利的银色铁锹，用来铲除已压得紧实或堆起来的雪。他还有一把看上去像长柄锄的冰凿子，但末端的刀铲笔直，并不像锄头一样弯曲。他用锉刀把它磨得很锋利，可以想见它能轻松地切掉脚指头。

十月份以后，穆夏姆的“作战装备”早已准备妥当，放在后门那儿。刚下第一场雪，他就套上橡胶靴。克莱门斯已把最粗糙的砂纸粘在鞋底了，每隔一天左右换一次纸，然后把靴子放在电暖炉上烘干。穆夏姆在兔毛鹿皮软鞋和保暖短袜外再穿上套靴。他的工作裤上衬有红色法兰绒，臃肿的风雪大衣也是亮橙色的——那是克莱门斯给他的——即使他在雪地里迷路了，我们也能找到他。他手上戴着大角麋鹿[①]皮做的露指手套，衬里是兔毛的；头戴蓝色绒线帽，帽子上还有个亮粉色的绒球——这就是他的全套装备。他每天穿着这身“色彩鲜艳”的装备出去干活，而且越干越起劲。他就像只蚂蚁，几乎看不出他在动。他用铁锹铲出一条小路通到垃圾箱，把屋子四周的路、车道和台阶周围的雪都清理得干干净净。他总是铲得很彻底，让水泥地面露出来，从不让雪积起来。如果不下新雪，只能看见刺眼的冰面，他就用那把足以致命的冰凿凿冰。当雪已融化而花园里的土还不能种植花草时，他又开始不停地吃东西，把在冬日大战中丢掉的肉膘补回来。

春夏之时，杂草疯长，动物和害虫糟蹋庄稼，天气说变就变。像穆夏姆这个岁数的人一般都用助步机，他像用助步机一样推着割草机走路，不经意间还把院子里的草修剪得精短。他尽心尽力照料着一个大蔬菜园，铲除偃麦草和猪草[②]，拖来一桶又一桶的水浇灌那片种着南瓜属植物的小土坡，我们还是几乎察觉不到他在动。克莱门斯疏于管理的一片野生覆盆子，夹杂在一丛唐棣果[③]灌木中。他平时不大管花园，但这些浆果开始成熟时，他总是天刚亮就起床保护它们不被动物偷食。他坐在黄色餐椅上，呷着早茶，活像个稻草人。为了吓走鸟儿，他还做了个晾衣绳，上面挂满了锡罐盖子。他用锤头和钉子把盖子穿个孔，然后用绳把它们拴得很近。微风袭来，它们就哗啦作响。他把这一条条响声清脆的绳子系在花园四周。我总是特别留意这些盖子，因为这些东西边缘锋利，骑车经过院子的男孩要是不当心的话可能会把喉咙割破呢!

正因为不停地干着这些看似堂吉诃德式的活儿，穆夏姆身板还挺硬朗。过了九十岁，他做了白内障手术，萎缩的牙龈上重装了假牙，耳朵仍然好使，听力还很不错，所以克莱门斯在大厅里用缝纫机时偶尔发出的颤抖声、爱德华姨父批改试卷时习惯哼唱的哀婉乐曲总会吵到他。六月的一天早上，天很热，我骑车去他们家。我还在主道上，他就听见了我的自行车声，不过，那是因为我在车轮的辐条上夹了张扑克牌。我喜

---

① 又称“驼鹿”，北欧、亚洲和北美的一种大型鹿，头上长有大而扁的鹿角，是世界上最大的鹿科动物。

② 泛指可用作猪草料的任何杂草植物。

③ 蔷薇科的一属，灌木或小乔木。

欢那种欢乐的咔哒声，而且扑克牌上的菱形代表好运。可能大家都听见我来了，不过那个时刻没有谁比穆夏姆见到我更高兴了，因为他本来准备用一大张捕鸟的网把高大的彭比纳①浆果树盖住——虽然浆果还没熟——结果却把自己缠在网里了。

我把车靠在墙上，帮他解了围，然后把网叠起来。我问他姨妈在哪儿，他怎么一个人在这儿，但他叫我不要出声，说姨妈在屋里。

她不喜欢我用网，鸟儿被网缠住后要么死掉，要么脚就没了。

还真是！就在那时，我在叠起的网里发现小鸟的一条腿，小小的爪子仍紧扣在一段塑料网绳上。我小心翼翼地把鸟爪分开，拿给穆夏姆看。他盯了一会儿，噘了噘嘴。

让我把它藏起来，他说。

我要留着它。

我把鸟爪放进口袋。我不会告诉克莱门斯的，也许带着它能交好运。

你需要好运？

我们把网收进车库，走到后门。天热起来，穆夏姆也差不多该睡回笼觉了。

是啊，我需要好运，我对穆夏姆说，你知道的，我最近运气不大好。之前我没留张字条就骑车离开家，结果爸爸关了我三天，那段时间我一直和妈妈待在家。还有那个幽灵，我还没机会搞明白它，我想问问穆夏姆它代表什么。

穆夏姆的眼睛湿润了，但并不是出于同情，而是因为太阳已有些刺眼了。他需要雷朋太阳镜②，那是他去年生日时怀蒂舅舅送他的。他拿出一团皱巴巴的褪色印花大手帕，用那团破布擦颧骨。几绺头发贴在他的脸上。

---

① 夹莲属，矮灌丛生蔓越莓或酸果蔓。

② 经典太阳镜品牌。

想走运，你这招还算不上最好的办法。他说。

我们走进屋。姨妈刚穿好衣服，准备去打扫教堂。她穿着高跟鞋，花边白衬衫，紧身条纹牛仔裤。看到我们进来，她马上拿来一罐冰茶和两只杯子，放在桌上。

我真想大笑，问问她穿着高跟鞋怎么打扫教堂，不过她见我盯着高跟鞋便说，我会脱下来的，用破布缠着脚擦地板。

这是什么？穆夏姆不高兴地噘着嘴。

您每天都会喝的拉布拉多茶，爸爸。

穆夏姆那么长寿，而且思路清楚，他身边的人可都是功臣。不过穆夏姆惹克莱门斯生气时，她就说他的智慧是徒有虚名。穆夏姆要过生日了，他说自己马上就一百一十二岁了。克莱门斯特别注意他的健康状况，这样他才能过个愉快的生日。她正精心准备呢！

我们坐下来后穆夏姆说，给我倒点那冰凉的泥沼水。

爸爸！拉布拉多茶能让你变得更威猛！

我不需要变得更威猛，我需要找地方释放我的精力！

伊格纳西亚奶奶呢？我想引诱他继续说下去。

她早就瘪成人干了！

她比你年轻，克莱门斯冷冰冰地说，你这讨厌的老家伙，还自认为是为年轻貌美的姑娘而生的啊！你错就错在这样想！

这才是让我活下去的理由！年轻姑娘，还有我的头发。

穆夏姆碰了碰又细又长、又滑又密的白发，他留了很多年。克莱门斯一直想把它编成辫子，或者扎到脑后，但穆夏姆却宁愿让打结的发丝在脸颊边上滑动。

总算啊！他喝了一大口茶。要是那时路易斯·瑞尔让杜蒙[1]伏击那些民兵，我退休前还能当个首相。说不定克莱门斯就不用给神父擦地

---

[1] 指加布里埃尔·杜蒙。路易斯·瑞尔曾在起义期间于南萨斯喀彻温省的巴托什建立临时政府，由杜蒙担任民兵指挥官。

板，而是忙着治理咱们这个印第安部落呢，那她就没时间不停地让我喝这些茎叶茶啦！那东西穿肠而过，一泻千里，我的孩子，哎哟！哈哈。我尿裤子时就会这么说！哎哟！

你敢！克莱门斯说，看着他，等我回来。如果他要方便，让他去厕所。她说她中午或下午一点前就回来。

我点点头，喝了口茶，一股浓烈的树皮味。克莱门斯走了，我们可以说正事了。首先我要了解那个幽灵，然后我需要好运。我向穆夏姆问起那个幽灵，描述了它，还告诉他，同样的幽灵也来找过兰德尔。

要是这样的话，那就不是幽灵，穆夏姆说。

那它是什么？

有人要给你力量，你会看到他的。

有没有可能是那个人？

谁？

我吸了一口气说，伤害我妈的那个。

穆夏姆点点头，一动不动地坐着，皱起了眉头。

不，可能不是，最后他说，有人给你力量时，甚至连他们自己都不知道，但他们的确想帮忙。有好几周，我爸爸都梦到那匹马把他踩在脚下。我也曾经两次看到，那个天使来带走了我的琼奈斯。你得小心点。

那您帮我获得好运吧！紧接着我问，我该从哪里打头呢？

你先去找你所属的氏族①，穆夏姆回答我，找到沙丘鹤②。

我爸爸和爷爷曾通过仪式被正式吸纳为鹤族成员，或者您说的那个

---

①某些印第安部落内部划分为不同氏族，氏族成员间存在或远或近的关系。大多数部落为母系氏族，即孩子继承母亲的氏族；但在齐佩瓦等父系氏族中，孩子继承父亲的氏族。齐佩瓦人被划分成几个不同的氏族，以动物和鸟类作为氏族象征。五个原始氏族是瓦瓦子西（大头鱼）、巴斯文纳之（回声制造者，即沙丘鹤）、阿纳阿文（针尾鸭）、努克（熊）和穆子瓦诺威（小麋鹿）。

②又称“棕鹤”，大型涉禽，体长100—110厘米。印第安人认为沙丘鹤能发出响亮的声音，所以称其为回声制造者。

沙丘鹤。按理说，鹤族成员都应具有领袖气质和动听嗓音，除了这些我没其他特别的了解。我告诉穆夏姆。

没关系。你就直接去找你所属的氏族，盯着它，它会将好运指给你，乔。

他喝了口茶，做了个鬼脸，头低垂在胸前，很快就进入了梦乡，只有年迈的老人或幼小的孩子才能这么快就睡着。我扶起闭着眼睛的穆夏姆，他想有人把他带到客厅的小床上，那是他白天小憩的地方。小床正好放在大落地窗旁边，这样醒来时他就能看见外面灼热的天空。

克莱门斯回来后，我离开了她家，骑车去镇外的一个泥沼地。那个泥沼的边缘很浅，上次我去的时候在那儿看到过一只鹭。所有的鹭、鹤和其他滨鸟[①]都是我所属的氏族，能给我带来好运。那儿有个码头，是灰色木板搭成的，少了几块。我躺在温暖的木板上，阳光仿佛直射进我的骨头。一开始我没看见鹭，后来我才发现，一只鹭正藏在我盯着的那片芦苇丛里，和芦苇融为一体。我见它一动不动地站在那儿，突然飞快地抓住一条小鱼，慢慢吞了下去，然后又站着不动了，这次是单腿独立。我有点不耐烦了，好运还没出现。

好吧，我说，好运在哪儿呢？

那只鹭张开又长又尖的翅膀，冲向空中，振翅滑向湖的另一边。圆屋就在湖的另一边，那儿还有峭壁和陡坡，我们喜欢在那儿游泳。盛行风[②]掀起浪花，把垃圾和泡沫刮到湖的另一边。我失望地转过身，慢慢靠近木码头上缺了块木板的地方，向下看去，清清的湖水倒映着码头。以前，我一般会看到小鲈鱼、水蜻蜓、蝌蚪，甚至可能看到龟，但这次我却看到一个小孩正盯着我。我吓了一跳，不过随即反应过来，那只是

① 常见于海滨或内陆泥滩上的鸻形目、鸻亚目鸟类。此处，乔认为鹭、鹤和滨鸟都属于他所在的氏族。

② 又称“最多风向”，指某地区在某时段内出现次数最多的风或风向。

个沉在湖里的塑料娃娃。它瞪着大眼睛傻笑着，好像藏着一个秘密，蓝眼睛的虹膜反射出太阳的光，闪出点点光亮。我跳起来，转了圈，跪下来想仔细看看。我突然想到，这玩具可能和小主人系在一起，而且这个小孩可能就卡在这甲板下面。云层遮住了太阳，我想去找卡皮，可最后我实在太好奇了，又透过木板之间的缝隙向下看，可仍然只看得到那个娃娃。它是个小公主，静静地悬浮在湖底，穿着蓝色格子裙，蓬蓬的短衬裤，淘气地微笑着。等我确认的确没什么孩子和这个玩具娃娃连在一起，我马上把它捞出来，甩了几下，让水从头和塑料身体的线缝处流出来。我把它的头拧下来，想倒出里面的水，这时我找到了我的好运，玩具娃娃里塞满了钱。

我把娃娃的头塞了回去，环顾四周，寂静无声，一个人影都不见。我又把娃娃头拿下来，仔细地检查，里面塞满了卷得整整齐齐的钱。我估计都是些一美元的纸币，有一百张，或许是两百张吧！我把娃娃扔进挂在车后座上的背包，骑上车就去了加油站，边骑还边琢磨着我的好运，但心里也有种愧疚。我猜藏钱的人是个小女孩，我甚至可能还认识她。这些钱她存了一辈子，是她多方积攒的——工作赚来的小钱、生日礼金、喝醉的叔叔给的钱——她所有的钱都在娃娃里，但她却把它弄丢了。我想，我的好运可能只是暂时的，某个地方甚至是报纸上，可能早登了一条凄惨的广告，绝望地描述着这个娃娃，想找回它。

到了加油站，我把车撑在门边，把娃娃藏在衬衫下面。索尼娅正招呼一个顾客，我看了看公告栏，上面有推销公牛精液和小狼崽的广告，有卖坏掉的立体声音响的，还有卖夸特马、品脱马[1]和二手车的照片和文字描述。没有关于玩具娃娃的。顾客终于走了，我衣服里还揣着那个玩具娃娃。

---

①美国马种，身上有花斑，因此又称“美国花马”。

那里面是什么？索尼娅问我。

我得私下给你看的东西。

我以前也听过这句话。

索尼娅大笑，我却脸红了。

进来，到这儿来。

我们走到柜台后面的小储藏间里，她说那是她的办公室。里面挤着一张小金属桌、一把椅子、一张小床和一盏灯。我拿出娃娃。

好奇怪，索尼娅说。

我把娃娃的头拧了下来。

靠!

索尼娅关上储藏间的门，用长长的粉色指甲把娃娃脖子里的钞票卷拉了出来。她打开一卷，都是百元大钞，然后又紧紧实实地卷起来，塞进娃娃里，把它的头安了上去。她走出去，关上门，拿了三个塑料袋走进来，把玩具娃娃卷进一个袋子里，又用一个袋子包起来，用最后一个袋子提着。在那昏暗的办公室里，索尼娅低头用她圆圆的双眼看着我，深蓝色的眼珠像雨水一般。

钱是湿的。

娃娃是从湖里捡来的。

有人看见你捞它出来吗？有谁见你拿着它吗？

没有。

索尼娅从抽屉里拿出一个帆布钱袋。我见过那个钱袋，因为她每天都要带着它去两次银行。收银机处一个牌子上写着： 此处无现金！紧挨着的另一个写着： 摄像中，请微笑。其实相机是假的，那可是个大秘密。索尼娅拿出用小锁锁着的棕黄色铝制钱盒。她想了一会，然后从抽屉里拿出一叠白色商务信封，放进锡盒。

你爸呢？

在家。

索尼娅给我家打了个电话说，我想带乔出去办点事，行吧？我们傍晚就回来。

我们去哪？我问她。

先去我家。

我们拿着装娃娃的塑料袋、帆布钱袋和那个钱盒向车走去。从怀蒂身边走过时，索尼娅吻了吻他，跟他说她要去存钱，然后给我买些衣服什么的。言外之意就是，如果我妈妈能起床出门的话，这些事就不用她做了，她现在是帮我妈做这些事。

当然可以，怀蒂说着就跟我们挥手再见。

索尼娅总会先检查我是否系好安全带，是否坐稳了。她的那辆老式别克轿车一直是怀蒂开的。她开车挺小心，但她会抽烟，把烟灰弹进那个脏兮兮的可开合的小烟灰盒里。不过其他地方倒是一尘不染。我们开出小镇，沿路转弯向“老地方”驶去。经过草场时，里面的马都抬起头看着我们，然后朝我们跑过来，它们一定早就熟悉了车的声音。几条狗站在门前等着我们，它们是珀尔的姐妹，鲍尔和钱恩，两只都是黑色的，黄色的眼睛闪着光，脖颈和尾巴处是星星点点的野兔灰。还有一只叫老大哥的公狗，大约一个月前跑了。

怀蒂家的前门处，用处理过的木材砌了台阶和平台，木材还新，泛着恶心的绿色。房子是浅蓝色的，索尼娅说她涂成这种蓝色是因为这种颜色叫“迷失太空”。门框刷成了崭新的白色，但铝制防风外门和实心室内门却又老又破。屋里很凉爽，光线昏暗，有种派素清洁剂[①]、柠檬光泽剂、香烟和变味炸鱼混合的味道。有四个小房间，卧室里有张塌陷的双人床，上面铺着一条印花床罩。从窗户向外看，正好能看见草场的斜坡和马。品脱马和阿帕卢萨马走到了院子边的电线旁，斯普克发出轻微的嘶声，那是在示爱。我跟着索尼娅进了卧室，她打开衣柜，一阵香

①一种除菌清洁剂。

水味飘出来。她转过身，手里拿着一个电熨斗，把插头插进熨衣板旁边墙上的插座。熨衣板正好放在窗前，从那儿她可以看见那些马。

我在床边坐下，拧下玩具娃娃的头，把钱一张一张递给索尼娅。她小心翼翼地把每一张熨平熨干，还不时用手指试试熨斗的温度。那些钱都是百元大钞。一开始我们在每个信封里放五张，折下封口，但没密封，然后把信封放在床上。后来信封不够了，就在每个信封里放十张，再后来放二十张。索尼娅递给我一只镊子，我从玩具娃娃的手腕和脚踝里夹出了最后几张，索尼娅又用手电筒检查了一下娃娃的脖子。最后，我把娃娃头装了回去。

把它放回袋子里，索尼娅说。

她用手腕擦拭着额头和上唇，脸上布满汗珠，尽管外面的热气还没透进来。

她上下摆动了几下胳膊，拍了拍胳肢窝。

哎呀！去厨房给我拿点水，我要把衬衫换下来。

我走进厨房，打开冰箱。她家井里的水很甜，索尼娅总会留一大罐凉水。我把水倒进蓝带啤酒杯里——他们会收藏啤酒杯——喝了下去。接着我又倒满，拿给索尼娅。我猜我希望她跟我共用一个杯子，不过我当时真没在意这个，而是在想信封里会有多少钱。我回到卧室，索尼娅换了件新衬衫，胸口处是粉色灰色的横条纹，白色领口挺括，还有纽扣固定处的标签。她喝了杯里的水。

吁！她长舒一口气。

我们把信封放到钱袋里，又把钱袋放进铝盒里。索尼娅去卫生间洗了头发什么的，她虚掩着门，我就坐在厨房里看着卫生间的墙。她出来时，嘴上新涂了粉色的口红，正好跟她的指甲和衬衫上的条纹颜色很搭。我们出了门，索尼娅拿着装着玩具娃娃的塑料袋，锁在了后备厢里。

我们去给你开一堆大学储蓄账户，索尼娅说。

我们先开车去了霍普丹斯，直接绕过柜员，到后台找银行经理。索尼娅说她要给我开个储蓄账户，我们在印制的卡片上签了字，那个女人打印出存折，我是开户人，索尼娅是共同签署人[①]。索尼娅递过去三个信封，那个给我们开户的女人警惕地看了她一眼。

他们把他的地卖了，索尼娅耸了耸肩说。

那个女人数了数钱，把数目打在了存折上，然后把存折放进一个塑料小信封里，直接递给了我。

我拿着存折走出银行，我们又开车去镇上的另一家银行，做了相同的事，只是这次索尼娅说我玩宾果游戏赢了一大笔钱。

噢，当然，经理说。

我们继续开到阿格斯镇。在一家银行里，她说我刚从一个年老的叔叔那儿继承了一笔钱；在另一家她说，是我赛马赢的钱；后来她又说我是玩宾果游戏赢的钱。我们花了整整一个下午才把钱存好。回去的路上，我们穿过刚长出新草的草场和刚露头的庄稼。索尼娅在路边的一个停车站停下车，打开后备厢，把装着娃娃的塑料袋扔进垃圾桶。后来，我们又在下个镇上停下车，买了汉堡包和薯条带走。索尼娅不让我喝可乐，她觉得橙子汽水更适合我。我才不管这些呢！能和索尼娅坐在车里我特别高兴，她得看路，而我可以先瞄一眼她的胸部——她的胸绷起了衬衫上的条纹——然后再看她的脸。每次我跟她说话，我都会看着她的胸部。钱盒一直放在我大腿上，但我却不再想那些钱，其实我早就神游天外了。不过，我们总算把钱都存好了，开车回家的路上，我看了所有的存折，心里一合计，然后告诉索尼娅，那些存款加起来总共有四万多美元。

那可是个标准尺寸[②]的玩具娃娃，她说。

---

① 又称“担保人”，使用自己信贷积分为未到开户年龄的开户人作担保，当账户发生透支或开户人死亡时，由共同签署人继续负责账户。

② 表示跟同龄的小孩身材一般大小。

为什么我们不至少留一张呢？我问她。一想到这个，我就很失望。

好吧，索尼娅答道，事情就是这样。不管钱是哪儿来的，他们都会想要回去，甚至不惜杀人。你听懂了么？

我不该告诉任何人。这还用说。

不过你能做到吗？我认识的人没一个能保守秘密的。

我能。

连你爸爸也不说吗？

当然。

连卡皮也不说？

我没回答，她听出了我的犹豫。

他们也会揍他的，索尼娅说，也许还会杀了他，所以把你的嘴封牢点，守住秘密。以你妈妈的生命起誓。

她明白自己在说什么。她不看也知道，我的眼里已经噙着泪。我眨眨眼。

好吧，我发誓。

我们得把那些存折埋起来。

我们开上一条泥路，一直开到一棵巨大的橡树前。人们叫它许愿树。阳光下，枝椏上挂着些布条，用来祈祷。红的，蓝的，绿的，白的，兰德尔说，这四种颜色是古老的阿尼什纳比人表示方位的颜色。有些布条已褪了色，有些是新的。这棵树也是阿尼什纳比族的先人们被绞死的地方，而那些凶手却没一个被绳之以法。我能看见，他们后代的土地上已长满了中耕作物[1]。索尼娅从仪表板上的收纳盒里拿出刮冰器[2]，我们把存折放进钱盒里，然后她把钥匙塞进了牛仔裤的前袋里。

记着今天。

---

① 生长过程中需多次进行松土、除草、培土等中耕作业的一类作物。

② 一种行车工具，可刮掉车窗上的冰雪。

6月17号。

我们向着太阳，走到地平线上太阳即将落山的那个点，然后沿直线往灌木丛里走五十步。好像过了很久很久，我们才挖出一个深深的洞，就用那个刮冰器。我们把钱盒放进去，盖上土，把草皮填回去，又在上面撒了些叶子。

看不见的，我说。

我们得洗洗手，索尼娅说。

沟里有水，我们以前用过。

我知道不能告诉任何人，回家的路上我对她说，但我想要卡皮穿的那种鞋子。

索尼娅扫了我一眼，差点发现我正看着她的胸部一侧。

可以，她说，但你哪来的钱买呢？你怎么解释？

我会说我在加油站打工。

她咧嘴笑着说，你想来打工？

我高兴得话都说不出了。直到那时我才意识到我多想离开家，多想找个地方工作，在那儿我可以见到别人，跟别人聊天，谁都行，至少他们不会在我眼前奄奄一息。这突如其来的想法让我吓了一跳。

靠，当然！我说。

工作时可不能说脏话，索尼娅说，你可是个代表。

好吧。我们又开了几英里，我问她我要代表什么。

代表保留地私营企业呀！人们都对我们虎视眈眈呢！

谁？

白人，我是说那些心怀怨恨的白人。明白吗？就像文兰加油站的拉克一家。他来过这儿，不过他对我很好。好像他也没那么坏。

林登。

对，就是他。

你应该小心他，我说。

她大笑起来，怀蒂可是恨透了他，我对他好，怀蒂就嫉妒得不行呐！

你为什么想让怀蒂嫉妒呢？

突然，我也很嫉妒。她又大笑着说，怀蒂需要摆正自己的位置啊！

他觉得我只属于他。

噢。

我很尴尬，但她突然用锐利的眼神看着我，脸上带着像那玩具娃娃一样淘气又得意的笑，随即转过头去，继续傻笑着。

呵，他觉得我只属于他，但他会发现事实并非如此，嗯？对不对？

联邦调查局探员索伦·毕尔克是个喜怒不形于色的瑞典人。他身体瘦长，皮肤和头发都是小麦色，红红的鼻子十分瘦削，还长着一对大耳朵。人们看不清他的眼睛，因为他的眼镜镜片总是脏兮兮的，我猜他是故意那样的。他脸上的肉像猎狗一样耷拉着，却总是挂着温和的微笑。他很少动，有时甚至能一动不动，同时又保持警惕，那种状态让我想起了鹤。我进屋时，他那瘦骨嶙峋的双手正安静地放在厨房的桌上。我站在门口，爸爸正要端两杯咖啡过去，可以看出他们刚刚正谈什么谈得起劲，而我打断了他俩。看来他不是为我而来的，我松了口气，腿也放松下来。

毕尔克之所以能依然插手保留地的事，得从偏袒乌鸦狗案[①]和1885

① 1883年，拉科塔苏族人乌鸦狗杀害了一名拉科塔首领。苏族部落委员会根据其传统处理了该案，判处乌鸦狗赔偿被害人家庭，但联邦法院也对此案进行了审理，以谋杀罪判处乌鸦狗绞刑。乌鸦狗指出联邦法院无权插手印第安地区印第安人对印第安人的犯罪案件，但检方坚持认为联邦法院有权干预。最终，最高法院认为乌鸦狗案属于《一般犯罪法案》列出的特殊情况，联邦法院对此没有刑事司法管辖权。国会对最高法院的判决不满，认为印第安人的习惯法竟允许杀人犯逍遥法外。乌鸦狗一案成为导火索，直接导致《重罪法案》（The Major Crimes Act）出台。

年的《重罪法案》[①]说起。早在那时，联邦政府就开始干预印第安人内部关于赔偿和处罚的判决。1953 年后印第安事务继续被插手。那一年对印第安人来说真是糟糕透顶：国会不仅决定在我们身上实施“印第安终止政策”[②]，而且通过了《第 280 号公法》[③]，使某些州可对其境内的印第安土地行使刑事及民事管辖权。迄今，如果说有哪项印第安人的法律应该撤销或修订，那就是《第 280 号公法》了。但在我们这片保留地上，毕尔克的存在本身其实就已表明我们根本没有实际主权。读到这儿，你该知道我讲这个故事时距离妈妈拒绝下楼、拒绝同索伦·毕尔克谈话的 1988 年的夏天很长时间了。她冲我发脾气，吓坏了爸爸。她把自己完全封闭起来，而我们却不知道该如何找回从前的她。我曾读过这样一句话：在脆弱的年纪留下的不安的记忆不会随时间流逝而消失，而会随着回忆的循环往复愈发刻骨铭心。但说实在的，1988 年的那一刻，我看着爸爸和毕尔克坐在厨房的桌子旁，可脑子里全是钱，就像那个废弃的玩具娃娃肚子里装的一样，眼神里满是调皮。

---

① 美国国会 1885 年通过的一项法案，规定如印第安人在印第安土地上对另一印第安人实施以下 7 种重大犯罪，则处于联邦法院管辖权下。7 种罪行包括：谋杀罪、过失杀人罪、强奸罪、意图谋杀而行凶、纵火罪、入室盗窃罪、盗窃罪。

② 1953 年 8 月 1 日，国会通过《108 号两院共同决议》，废除了保留地，取消了联邦政府曾给印第安人提供的特别保护措施，终止了印第安人的特殊地位。而印第安部落拥有的林木、土地等资源亦被联邦政府接管。同年通过的《第 280 号公法》则授权部分州政府对本州领地内印第安人行使司法管辖权，遭到了州政府（无额外拨款进行管辖）及印第安人的共同反对。1968 年，印第安部落开始向最高法院上诉。1970 年，“印第安终止政策”被废止。

③ 1953 年 8 月 15 日颁布的美国联邦法律，授权加利福尼亚州、明尼苏达州（红湖地区除外）、内布拉斯加州、俄勒冈州（暖春保留地除外）、威斯康星州（梅诺米尼保留地后期被排除在外）、阿拉斯加州（待其建州后）6 个州政府在特定印第安部落中行使联邦法律管辖权，即对于印第安人在部落领土内犯下的罪行具备管辖权。同时，其他州政府如获涉案部落许可也可行使同样的管辖权。后来，内华达州、南达科他州、华盛顿州、佛罗里达州、爱达荷州、蒙大拿州、北达科他州、亚利桑那州、艾奥瓦州和犹他州均取得同等管辖权。而在法案不适用的其他州，部落土地上发生的重大犯罪由印第安事务管理局管辖。

我从毕尔克身边走过，进了客厅，却不想上楼。我不想经过妈妈卧室紧闭的房门，我不想知道她就躺在那儿，呼吸着。我不想让她无休止的痛苦浇灭钱带给我的兴奋，所以我转身走回厨房。我饿了。我烦躁不安地站在门口，直到他俩又停止了交谈。

也许你想喝杯牛奶，爸爸说，自己拿杯牛奶来坐下，你姨妈给我们做了个蛋糕。爸爸朝操作台指了指，上面放着一个圆形的巧克力小蛋糕，均匀地撒满了糖霜，我小心翼翼地把蛋糕切成四块，放在茶碟上，在旁边放上叉子，然后拿了其中三块放到桌上，给自己倒了杯牛奶。

等会儿我把那块拿给你妈妈，爸爸说，朝最后一块蛋糕点了点头。

我就这么坐了下来，然后意识到自己犯了个错误。我这么坐在他们身边，可能会不小心说出实情啊！我不是指汽油罐的事。但当我觉得到他们似乎在等我开口时，我紧张得脱口而出，问他们汽油罐算不算证据。

当然，毕尔克说。他的目光毫不退缩，穿透镜片上的污垢。我们写份证词[①]。还来得及。立案时就能派上用场了。

好的，长官。嗯，我鼓起勇气说，也许我们该趁现在就写，免得我忘了。

他很健忘？毕尔克问。

不是啊，爸爸回答他。

不过最后，我还是对着一台小录音机做了口供，还在文件上签了字。然后，他礼貌地问了几个没有恶意的问题，比如那年夏天我都忙什么，长多高了，上了初中要参加什么运动。摔跤，我回答他。毕尔克和爸爸尽量不流露出怀疑。或者参加越野比赛？那个好像可信些。现在回想起那天的那个时候，想起他们的僵局，我知道，我坐在那儿他们其

① 即涉案某方向法庭作出的正式书面陈述，在案件审理中作为证据。

实很高兴。线索不明确让他们几乎无话可说，而我帮他们避免了这沉默。他们已一筹莫展，没有嫌疑犯，也没有确切的线索，从妈妈那儿也得不到任何帮助。妈妈现在坚持说事情已过去，她不再想了。那些钱却还在引诱着我说出那个秘密。

有件事，我说。

我放下叉子，看着空茶碟。其实我还想吃一块，吃一块冰淇淋蛋糕。但同时，我对自己要做的事感到厌恶，觉得自己不会再吃任何东西了。

有件事？爸爸问，毕尔克擦了擦嘴。

有份文件，我说。

毕尔克放下餐巾，爸爸透过眼镜边缘凝视着我。

乔和我看过那些文件，他对毕尔克说，想解释我突然蹦出来的话。我们研究过一些案件，那些案件里可能有……

不是那个，我说。

他们耐心地对我点点头。我发现爸爸意识到了，我要说的事他并不完全知道。他低下头，看着我。墙上那个像镀金章鱼一样的钟滴滴答答地响着。我做了个深呼吸，然后用幼稚的语气小声说。一说出口我就觉得很丢脸，但他们却更感兴趣了。

请别告诉妈妈是我说的，好吗？

乔，爸爸说，他摘下眼镜放在桌上。

别告诉她好吗？

乔！

好吧，那天下午去办公室前，妈妈接了个电话，她放下电话时，我看得出来她有些烦躁。一个小时后，她说要去拿一份文件。一周前，我想起文件的事，就问她，他们有没有找到那份文件，可她说没有什么文件，还说我永远不该提什么文件。可是真的有份文件，她就是去拿那份文件的，那正是事情发生的原因。

我停下来，嘴却张着。我们互相看着，就像三个下巴上沾了面包屑的傻瓜一样。

不止这些，爸爸突然说，你知道的不止这些。

他倚着桌子探过身来，靠近我，身体好像瞬间变大了。我先想了想那些钱，当然，我不会说出来的，不管怎样，说起钱会牵连索尼娅的，我永远也不会背叛她。我想将这些想法抛诸脑后。

就这些，我说，没别的了。但爸爸又往前靠了靠，我只好放弃一个次要的秘密——有些人就是了解我们的想法，而且他们也知道自己了解我们的想法，就像爸爸当时那样，所以我们通常只好这样打发他们。

好吧。

毕尔克也靠过来，我有些粗鲁地把椅子往后推了推。

放松点儿，爸爸说，就说说你都知道些什么。

那天我们去圆屋时，找到汽油罐后还发现了其他东西。穿过警戒线往下走，湖岸边有个冷藏箱，还有一堆衣服，不过我们没碰。

冷藏箱呢？毕尔克问。

好吧，那个我们打开了。

里面是什么？爸爸问。

啤酒罐。

我打算说啤酒罐是空的，不过我看了看爸爸，知道谎言根本骗不了他。而且，如果我说谎，我和爸爸在毕尔克面前会很尴尬。

六瓶装啤酒，两组。

毕尔克和爸爸对视一眼，点点头，往后坐了坐。

就那样，为了掩盖钱的事儿，我出卖了朋友。一切发生得那么快，让我有些不知所措。我供认不讳，竟然完美地掩饰了四万美元的存在，而那些钱是当天索尼娅刚帮我存起来的，或者说是在她的指使下存起来的。说到底，其实是我帮了她，是她的主意，是她既没告诉爸爸，也没报警。她是大人，那照理说她该为那天发生的事承担责任。我觉得自己可以一直用这个理由安慰自己，但又突然为自己的想法感到惊讶和丢脸，就这样，我坐在爸爸和毕尔克面前，开始流汗，心跳加速，喉咙发紧。

我跳起来。

我得走了。

他闻起来像喝酒了吗？我听爸爸问毕尔克。

不像，毕尔克说。

我把自己锁在卫生间里，还能听见他们在说话。要是有个容易打开的窗，我就跳出去逃走了。我用手接着水，喃喃自语，努力不让自己去照镜子。

我走出卫生间，偷偷溜到桌前，看到桌上有张纸条，放在空蛋糕碟和牛奶杯旁。

看看，爸爸说。

我坐了下来，那是张“传票”，不过是写在便条纸上的。有关未成年饮酒的，还提到了少年拘留。

我是不是也该传讯你的朋友？

我把 12 罐都喝了，我停顿了下又说，不是一次喝光的。

我们去哪儿可以找到空罐？毕尔克问。

没了，都被我捏扁扔了，都是哈姆牌的。

毕尔克好像觉得牌子没什么用，他甚至都没记下来。

那地方现在在我们的监视之下，他说，我们已经掌握了那个冷藏箱和衣服的信息，但它们不是袭击者的。巴格·普瑞尔，从明尼阿波利斯回来了，看他快要过世的妈妈，不过她跟往常一样把他赶了出去，所以他就搬到那儿去。我们估计他会过来拿酒，不过这么看来，你先他一步把酒喝了。

他的话听起来很冷漠，但又透着同情。我有种肾上腺素突然耗尽的感觉，一阵眩晕。我又站了起来，拿着那张警告我的纸条往后退了退。

对不起，长官。那些酒是哈姆牌的。我们以为……

我继续往后退，一直退到门口，然后转过身，怀着沉重的心情上了楼。经过妈妈的房间，我也没往里看，径直走进自己的房间，关上门。爸爸妈妈的卧室在二楼的前半部分，有三个窗户，通常可以照射到清晨的第一缕阳光。卫生间和缝纫室分别在楼梯两边，只占了一小块地方。我的房间在屋子后部，能长时间欣赏到金黄的日落，尤其是夏天，躺在床上看着耀眼的光影爬上墙，惬意无比。墙是柔和的黄色，是妈妈怀孕时粉刷的，她总是说，选那个颜色是因为男孩女孩都适合。但刷到一半时，她就知道会是个男孩，因为每次她刷墙时，都会有一只鹤飞过窗口。正如我说的，爸爸属于鹤族。而妈妈属于龟族。爸爸总是说，他们第一次约会时钓到的鳄龟[①]是妈妈事先安排好的，为了吓唬他，逼他赶紧向妈妈求婚。后来我才知道，他们抓到过一只鳄龟，龟壳上正是妈妈的第一任男友刻的两人名字的首字母。那个男孩已死了，克莱门斯告诉过我。龟的寓意是人生苦短，在死亡面前爸爸该抓住机会，及时行乐。墙上的光线慢慢退去，黄色变成了更深的青铜色，我突然想起那个可怕的玩具娃娃和那些钱，又想到索尼娅的左乳和右乳，连续暗中观察几次后，我知道它们有点不同，但我很想知道自己有没有机会看看它们究竟哪儿不一样。我又想到，爸爸坐在楼下无边的阴暗中，而妈妈躺在黑漆漆的卧室里，紧闭的窗帘将明天的日出挡在窗外。夏日的黄昏已过，夜幕尚未降临，轻型小货车还未开始在酒吧、舞厅和免下车的卖酒窗口间缓慢地行驶，这时候的保留地一片宁静。一切声音也变得轻柔——一匹马在树林那边嘶鸣；远处传来一声愤怒的大叫，短暂的声音过后，一个孩子被拽进家里；遥远的山坡上，一辆摩托车突突响着，从山上的教堂开了下来。妈妈还未曾意识到，鹤的习性非常规律，一到某个时间，它们便不再捕食，回到巢里。现在，妈妈曾看见的那只鹤，也可能是它

---

① 现存最古老的爬行动物，世界最大淡水龟之一，有淡水动物王者之称。

的后代，正慢慢拍动着翅膀飞过我的窗口。那天傍晚，它在墙上投下的不是自己的影子，而是一个天使的影子。我看着那个影子。透过折射的光影，我看到一双翅膀从纤细的身体两旁拱起，然后，它的羽毛好像燃烧了起来，整只鹤被光吞噬。

第八章

Q 的游戏

妈妈的工作就是了解每个人的秘密。1879 年，这儿（即我们现在的保留地）进行了第一次人口普查，普查名册内容包含每个家庭的部落、氏族、职业、关系、年龄和齐佩瓦语名字等信息。那时候，许多人都取了法语或英语名字，或已接受洗礼，以天主教圣徒的名字命名。而妈妈的任务就是理清每支血统下愈发复杂混乱的血缘关系。几代人之后，我们的名字和之间的关系如无法穿透的灌木丛一样盘根错节。当然，新登记入册的孩子的名字总由他们的父母登记在家谱图的末端，也有单亲家庭，父亲或母亲一方的名字往往空着，一旦知晓，其他家族的家谱图可能需要改变。这些孩子可能是保留地乱伦、猥亵、强奸、婚外情、通奸所生，也可能是白人农民、银行职员、修女、印第安事务管理局的主管、警察或神父所生。妈妈会把经手的文件锁在保险柜里，除了她谁也不知道密码，所以她的办公室里积压了一堆部落成员资格申请表。

第二天早上，毕尔克侦探坐在我们家的厨房里，想解决如何开口询问妈妈那份文件的事。

要是派个女同事过来会不会好一点？跟她谈谈？我们可以从明尼阿波利斯的办事处派个女侦探开车过来。

我觉得没用。

爸爸摆弄着托盘，这是他为妈妈准备早餐的固定盛具。爸爸按她以前喜欢的方式煎了鸡蛋，均匀涂抹着黄油的烤面包上还点缀了一点克莱门斯做的覆盆子果酱。他之前已把加了奶的咖啡送了上去，妈妈坐起来，抿了一小口，爸爸不那么灰心了。

我端着托盘上了楼，放在床边的一把椅子上。她早就放下了咖啡，在装睡——从她微微绷紧的身体和假装的深呼吸我就能看出来。也许她知道索伦·毕尔克又过来了，或者爸爸已跟她提了文件的事，那样她一定觉得我背叛了她。我不知道她是否会原谅我。我离开她的房间，真希望能直接去索尼娅和怀蒂那儿，在火辣辣的太阳底下给客人加油，或者擦洗挡风玻璃，或者清扫脏乱不堪的洗手间，只要不回到楼上，不进妈妈的卧室就行。可爸爸说我必须待在她房间里，因为那样她就没法否认文件的存在。

我们必须突破她的防线，让她不再否认，爸爸是这么说的。我有些害怕。

我们三个上了楼，爸爸在前，然后是毕尔克，我最后。爸爸敲了敲门，进了卧室，毕尔克低着头，和我一起站在门外等。爸爸说了些什么。

不要!

她大声尖叫，然后是银器从地板上滚过的乒乓声，我知道是早餐托盘掉在地上了。爸爸打开门，脸上汗津津的。

我们最好赶紧结束这事。

就这样，我们进了卧室，爸爸把两把折叠椅拉到床边，我们坐下。他坐在床尾，像一条知道不受欢迎的狗一样。妈妈背对我们，蜷缩地躺在床的另一边，孩子气地用枕头捂住耳朵。

杰拉尔丁，爸爸低声说，毕尔克来了。乔也在。求求你，别让他看见你这个样子。

什么样子？她的嗓音听起来像乌鸦在嘲讽。精神失常的样子吗？他受得了。他见过的。但他宁愿和朋友待在一起。先让他离开，巴兹尔，然后我就跟你们说。

杰拉尔丁，他知道一些事，他跟我们说了。

妈妈的身体蜷缩得更紧了。

库茨太太，毕尔克开口了，再次打扰您，我很抱歉。我很想把这个案子了结，不再打扰您，还您个清静，可事实是，我需要您提供更多信息。昨天晚上我们听乔说，您被袭击的那天接过一个电话。乔说，他记得你接了电话后有些烦躁，过了一会儿你跟他说你要去拿份文件，就开车去办公室了。是这样吗?

妈妈却一点反应都没有，既不动，也不出声，毕尔克便又试了一次。她把我们的耐心都耗尽了。她始终一动不动。我们坐在那儿，焦虑很快转为失望，继而变成耻辱，时间仿佛已过去一个小时。最后，爸爸抬起手，咕哝着说算了吧。我们退出房间，走下楼。

那天傍晚，爸爸搬了张牌桌到卧室，妈妈没什么反应。爸爸又拿了两把折叠椅放在桌边，我就听到她怒气冲冲地把爸爸训了一顿，接着又恳求他把桌子搬走。他又满脸是汗地下了楼，跟我说每天晚上六点回家吃饭，去楼上一起吃。重新像一家人那样，他说，现在我们要开始养成这个习惯！我做了个深呼吸，把桌布拿上楼。虽然妈妈很生气，爸爸还是拉开了窗帘，甚至还打开一扇窗，吹点小风进来。我们拿了份沙拉和一只烤鸡上了楼，还有盘子、玻璃杯、银餐具和一罐柠檬汽水。也许明天晚上可以喝点酒，制造点喜庆的气氛，爸爸不抱希望地说。他从花园里摘来一束妈妈没见过的花，放在一个小花瓶里。我看着花瓶上画着的绿色天空、柳树、泥水和画工拙劣的岩石。接下来几天的晚餐，我不想看到妈妈，于是只好对着花瓶发呆。她支撑着身子坐起来，有时小心翼翼地看着我们，好像刚被打了一枪，有时又像是打算后半辈子都做个木乃伊，把自己紧裹在被子里。每天晚上，爸爸都挖空心思找话聊，我说完一天屈指可数的几件事后，他还继续往下编，就像一个孤独的划桨者在寂静无边的湖面上奋力划行，又像是在逆流而上。我敢肯定，我看见他在花瓶上的那条小泥河里费力地行进。一天晚上，说完当天的琐事后，他告诉我们，自己和特拉维斯·沃兹尼亚克神父有过一次很有趣的交谈。约翰·肯尼迪遇刺那天，神父正好在迪利广场，他爸爸带他去市里一睹那位信仰天主教的总统和高贵的第一夫人的风采。那天，第一夫人穿了一身浅粉色的套装，就是猫嘴里面那种浅粉色。特拉维斯和他爸爸沿着休斯敦大街往前走，穿过埃尔姆大街，最终决定在三合一地下道①东边的草坡上等着看总统，那儿再好不过。他们满怀期待地看着大街。眼看第一批摩托车护卫马上就要出现了，有只黑白相间的猎犬冲到大街中间，很快被主人唤了回去。后来，特拉维斯常想，如果那条狗换个时间挣脱，也许正好碰上车队经过，那它可能就会搅乱射击的精确度和时机；或者，蹿到总统的敞篷车轮下为总统献身；又或者，跳到总统的大腿上，那之后发生的一切可能不会发生了。这种想法折磨了他好几夜，让他无法入睡，有个念头一直在脑海里徘徊：此时此刻，有多少未知的、类似的、无足轻重或是微小的偶然事件正在发生，或者未能发生，只为确保他能呼吸下一口空气。这种想法让他觉得自己好像坐在旗杆顶上，摇摇欲坠。他觉得自己受环境和运气的影响较大，一切都不确定。他还说，自从在大使馆爆炸事故②中受伤后，那种感觉越来越强烈，越来越挥之不去。

挺有意思的，爸爸说，那个神父，坐在旗杆顶上的人。

特拉维斯神父还描述了车队如何在总统的敞篷车前开道，然后约翰·菲茨杰拉德·肯尼迪出现了，目视前方。坐在草地上的一些女人带了午饭，她们站在三明治盒旁边，疯狂地拍手欢呼。她们吸引了总统的注意，他朝她们看去，然后对特拉维斯笑了笑。每个天主教家庭客厅里

① 东西向桥洞，埃尔姆大街、美因大街及商业街在此处交汇。

② 1983 年 4 月 18 日，美国驻黎巴嫩大使馆被炸，61 人死亡，100 余人受伤。

挂着的肖像画上的人物[1]活生生地站在眼前，这让特拉维斯晕头转向，不知所措。枪声就像汽车引擎回火[2]的声音，第一夫人站了起来，特拉维斯见她扫视人群，车停了下来，枪声更加密集，她扑倒在地。那是特拉维斯最后看到的一幕，因为他父亲也把他扑倒在地，用身体掩护着他。特拉维斯神父猛地被撞倒在地，而他父亲又很重，所以他的牙齿磕进了草皮。甚至到后来，想起那天的情形，他还能记起牙齿里的沙砾。很快，他父亲感觉到人群开始转移，所以也拉着特拉维斯站起身来。总统的车向前飞奔而去时，人们对周围环境愈发不解，转而一片混乱。人们听从流言来回乱跑，不知道究竟哪个方向最安全。他看见一个黑人家庭悲痛地扑倒在地，那只斑点猎犬再次挣脱，仰着鼻子左冲右撞，好像是它在引导人群，而不是被深陷惊恐与迷茫的人潮赶得四处乱跑。一些人试着回到最后看见总统的地方，还有些人和自认为那些该对此负责的人扭打在一起。人们跪倒在地，或忙着祈祷，或沉浸在震惊之中。那只猎狗闻了闻一个倒下的女人，然后站在她身边，庄重严肃、一动不动地对着她帽子上的鸟儿标本[3]。

有天晚上，我试着挤出几句话来，但最后实在无话可说。爸爸便回忆说，对奥吉布瓦人来说，氏族曾意味着一切，每个人都有氏族，那样你就知道自己的地位以及和所有其他生物的关系。鹤、熊、潜鸟[4]、鲶鱼、猞猁、翠鸟、北美驯鹿、麝鼠[5]——所有这些动物，还有不同部落分支里的，包括鹰、貂、鹿、狼在内的其他动物——人是这些氏族的一部分，因此，人与人之间、人与动物之间的特殊关系总是影响着人。

---

① 指美国总统肯尼迪。他是迄今为止唯一信仰天主教的美国总统。
② 汽车汽缸内的活塞做功后应该从排气管排出燃烧后的废气，但有时候由于某种故障，排气门关闭，废气无法排出，或来不及排出废气，废气就会从缸盖的个别缸、曲轴箱或化油器、节气门等地方排出。
③ 猎犬通常会用鼻子指示主人找到打死的猎物，这儿的“猎物”即鸟的标本。
④ 潜鸟属，可在水下游很长距离，能下潜到60米深处。
⑤ 麝鼠属，是北美洲较大的水栖啮齿目动物。雄性麝鼠在繁殖期间能分泌出麝鼠香。

这实际上是，爸爸说，所有奥吉布瓦部落法规的基础。氏族有奖有惩，支配婚姻、管理商业，告诉人们哪些动物可以猎杀，哪些动物应该保护，哪些动物会照顾氏族图腾或氏族成员，哪些动物会将消息带给造物主、送往灵魂的世界、传至地底或穿过屋子带给熟睡的亲人。其实，我们家族里就有许多例子，你也知道，爸爸对皱成一团的毯子里的妈妈说，你自己的婶祖母就是被一只龟救的。你应该记得，她属于龟族，也就是米奇纳克氏族。她十岁时曾被单独送往一个小岛上进行斋戒，脸涂成了黑色。那是早春时节，她手无寸铁地待了四天四夜，等待神灵[①]成为她的朋友，收养她。一直到第五天，她的父母还没过去，她知道肯定出事了。几天没喝水，她张开被糊状唾液粘住的干渴的嘴唇，喝了湖水，还吃光了一小片之前就把她馋得不行的草莓。她生起火，虽然禁食期间不许用火，她还是带了一块打火石和铁器，就这样开始在岛上生活。她做了个鱼笼，靠吃鱼维生。那个地方很偏远，但时间流逝，一个月过去了，两个月过去了，还是没人去接她，惊讶之余，她意识到一定大事不妙。她知道，到了夏天，鱼儿很快就会退回到湖的另一边，那她就得挨饿了。所以她决定游回二十英里之外的陆地。于是挑了一个顺风的好天气，她出发了。她饿了那么久，十分虚弱，但开始的很长一段时间里，她在波浪的推动下游得很顺利。可后来，风向变了，风迎面刮来，云层压低，冰冷的雨抽打着她。她的胳膊和腿沉得像胀开的木头，她觉得自己快死了，挣扎着大喊救命。就在那时，她觉得身体下面有什么东西浮了上来。是一只上了年纪的巨大鳄龟[②]，鹰嘴龟的一种，科学研究发现它们十五亿年里没有任何变化。这种生命很可怕，却很完美。那只龟在她下面游起来，载着她乘风破浪。她疲惫不堪时，它把她轻推到水面上；她筋疲力尽时，它让她紧紧依偎在自己背上，一直游到岸边。她蹚着水上了岸，转身来感谢它，老龟无声地看着她，双眼像神秘

① 此处指印第安人信仰的神灵。

② 原文为齐佩瓦语。

的黄色星星一般，接着便沉进水里游走了。然后，她找到了自己的兄弟姐妹。家里的确出事了，一场毁灭性的大流感击垮了他们，这是对保留地影响最大的一次流行病大爆发。父母死了，几个兄弟姐妹无从知道她被送去哪儿了。幸存下来的人害怕染上那种致命的疾病，也匆匆搬离了，所以她的兄弟姐妹也是独自生活在保留地上。

有许多孩子被迫独自生活的故事，爸爸接着说，其中有些古老的故事，讲的是狼照顾婴儿。西方文明伊始就有动物救人的故事。我最喜欢的一个是希罗多德①讲的，故事的主人公是米西姆纳②的阿利昂③——就是那个著名的竖琴演奏者，狄图拉姆波司歌④的创作者。这个阿利昂突发奇想，要去科林斯⑤，于是他雇了一艘科林斯人驾驶的小船。他觉得，科林斯人是自己人，值得信任，爸爸说，后面你就知道自己人究竟是怎样的人了。出海没多久，那帮科林斯人就决定把阿利昂扔进海里，抢走他的财产。阿利昂得知后，说服他们，先让他穿上全套的音乐家演出服，在临死前演奏歌唱一曲。能欣赏到世界上最优秀的竖琴手演奏，水手们很高兴，就走到一边去聆听。阿利昂穿好衣服，拿起竖琴，站在甲板上，高声歌唱起奥尔欧提斯歌⑥。一曲终了，他遵守承诺，投海自尽，那帮科林斯人就把船开走了。但阿利昂并没有死，一只海豚救了他，驮着他去了泰那龙角⑦。有个小铜像就是以这个故事为原型的，阿利昂拿着竖琴坐在海豚背上，那时还有人向这座铜像献祭呢！那只海豚被阿利昂的音乐感动了，至少我是这么觉得的，爸爸说。我可以想象那只海豚在船边游着游着，听见了音乐，伤心欲绝——任何人都能想象阿利昂在他最后一首歌里倾注了多少情感。毫无疑问，那些水手爱好音

① 约前484—前425，古希腊作家，著有史学名著《历史》。
② 希腊莱斯沃斯州的城镇，从米西姆纳到科林斯需经过爱琴海。
③ 古希腊传说中的诗人与音乐家，被认为是祭祀酒神颂歌的创作者。
④ 古希腊祭祀酒神狄奥尼索斯时所唱的颂歌。
⑤ 希腊罗马时期的一个古希腊城邦，位于伯罗奔尼撒半岛东部。
⑥ 纪念古希腊神话中音乐之神阿波罗的一首颂歌。
⑦ 希腊南部伯罗奔尼撒半岛南端海角。

乐，因为他们愿意延迟阿利昂的死期，倾听他歌唱，但他们听过之后没有犹豫，也没有调转船头把阿利昂救上来，反而瓜分了他的钱财，继续前行。有人会说，比起溺死一个画家、雕塑家、诗人，当然还有小说家，淹死音乐家更是对艺术的亵渎。因为即使在最古老的时代，画家和雕塑家等人也能将自己的作品留下，但那个时代的音乐家却只能将自己的艺术带进坟墓。当然，害死一个当代音乐家罪名也不算大，因为他们会留下许多录音，但我们奥吉布瓦人和梅蒂人的小提琴手除外。传统演奏家，像你叔叔夏门戈瓦，相信自己的音乐来源于风。他的音乐在某种程度上具有风的无限变幻性，但如果录下来，他的音乐便被限定了。所以叔叔反对录制音乐，他不准任何录音设备出现在自己面前。不过在他晚年，磁带录音机体积很小，可以藏起来看不见，有几个人把他的音乐录下来。但我听说，不可思议的是，夏门戈瓦死后，那些录音带坏了，或者说里面的录音被擦除了。怀蒂也证实了这一点。夏门戈瓦的演奏录音终究没留存下来，正如他生前所愿。只有那些向他学习过的人能用某种方式重现他的音乐，但那种音乐也变成了他们自己的音乐，音乐就这样被流传下来。恐怕，爸爸对着妈妈僵硬的后背说，明天我得离开了。垂褶被单紧紧裹住妈妈嶙峋的双肩。她仍一动不动，从我们和她一起吃晚饭开始，她就没说过一句话。

明天我要回俾斯麦，爸爸说，我想见见加比尔，他不会拒绝的，我得跟他保持联系。去见老朋友是好事啊，我们要理清思路，虽然我们现在还不知道该起诉谁，但会知道的，我敢肯定。我们要一点点地搞清楚，等你愿意跟我们说说那份文件和那个电话，我们就能知道更多，我敢肯定，杰拉尔丁，正义一定可以得到伸张。虽然你现在似乎觉得司法公正帮不了你，什么都帮不了你，连这间屋子里浓浓的爱也帮不了你，但司法公正会帮助你的。所以，是的，明天我们不在你房间吃晚饭了，你可以休息了。我不能让乔再这么等着你，不能再让他跟墙壁、家具说话了，虽然有时他的想法也挺让人吃惊。到了俾斯麦之后，我也会去见见州长，我们会一起吃午饭，然后谈谈。上次他告诉我，他参加州长会议时跟叶尔托说上了话，你知道的，叶尔托还是南达科他州州长。他听叶尔托说，叶尔托想收养一个孩子。

什么？

妈妈突然开了口。

你说什么？

爸爸靠向前去，像那只猎狗一样盯着妈妈，一动不动。

什么？她又问了一次。什么孩子？

一个印第安孩子，爸爸说，努力让自己的声音跟平常一样。

他继续唠叨起来。

我们以前谈过类似的事，所以州长很清楚我们为什么会通过《印第安儿童福利法案》[①]限制非印第安父母收养印第安儿童，于是他试图向柯蒂斯·叶尔托解释这项法案，叶尔托一听收养这个孩子那么难，非常沮丧。

什么孩子？

她在被窝里转过身，像个瘦骨嶙峋的幽灵，双眼紧紧盯着爸爸的脸。

什么孩子？哪个部落的？

嗯……其实是……

爸爸尽量不在声音中表现出震惊和焦虑。

其实，那个孩子的部落背景还不确定。当然，众所周知，那个州长对印第安人存有偏见，他还一直想用自己的方式改变这种形象。你也知道，他搞了些公关噱头，比如资助印第安学生，给优秀的印第安高中生提供议会的工作岗位——如州长助理。但他的收养计划还是落空了。他只好让律师把这件案子提交给州立法院的法官，这个法官试图把这件

① 美国联邦法律，颁布于 1978 年，旨在限制印第安儿童与其原生家庭分离。

事转交到部落，这样做也算合理，因为在场的人都觉得，那个孩子看起来像印第安人，州长也说那女孩……

女孩？

她是拉科塔人或达科他人或纳科塔人[①]，反正是苏族人，州长说的。不过任何一个部落都有可能，而且她妈妈……

她妈妈在哪儿？

不见了。

妈妈在床上坐了起来，紧抓着被子，裹在印花棉长袍里的身体微微前倾。她怪异地哀号了一声，听得我脊柱一震。她居然摇摇晃晃地站起来，我起身想帮她一把，她马上抓住我的胳膊，呕吐起来，呕吐物竟然是鲜绿色的！她又大哭起来，然后爬回床上躺下，一动不动。

爸爸在地板上盖了条毛巾，然后什么也没做，所以我也静静地坐在那儿。突然，妈妈举起双手，挥舞着、推搡着，好像在和空气搏斗。她晃动胳膊——挥舞拳头、抵挡、推搡——那种激烈程度真让人困惑不安，还不停地猛踢双腿，扭动着身体。

已经结束了，杰拉尔丁，爸爸害怕地说，想让她安静下来。没事了现在，你不会有事了。

慢慢地，她停了下来，转过身，隔着被子盯着爸爸，就像从一个洞穴里往外看。黑色的双眼镶嵌在她苍白的脸上。她的声音刺耳又低沉，在我听来却格外响亮。

我被强奸了，巴兹尔。

爸爸一动不动，既没有抓起她的手，也没给她任何安慰。他好像僵住了。

没有任何证据证明是他干的，没有！妈妈沙哑地说。

---

① 苏族是北美印第安民族。历史上，学者根据语言差异划分为三部分：达科他人（亦称“桑蒂人”）、纳科塔人（亦称“杨克顿人”）和拉科塔人（亦称“提顿人”）。

爸爸弯下腰，靠近她。其实我们是有证据的，当时我们直接去了医院，还有你自己的记忆，还有别的。我们有……

我都想起来了。

告诉我。

爸爸没有看我，因为他和妈妈正紧紧对视着。我想，要是他当时放手了，妈妈就会永远陷入沉默了。我往后退了退，不想引起他们的注意。我不想待在那儿，但我知道，我要是动了，就会打破他们之间的拉锯战。

我接了个电话，是梅拉打来的。我只认识她的家人。她几乎没来过这儿。她还只是个年轻的女孩，就有了孩子，要给孩子申请加入部落。那个父亲……

那个父亲……

她说了父亲的名字，妈妈小声说。

你记得他叫什么吗?

妈妈不自觉地张开了嘴，目光呆滞。

继续说，亲爱的。继续说，然后呢?

她约我在圆屋见面。她没有车。她说她能不能活命就看我了，所以我就去了。

爸爸猛吸了一口气。

我开到野草丛生的停车场，停好车后，就往山上走。就在这时，他把我扭倒在地，抢走了车钥匙，然后拿出一个袋子，迅速套住我的头。袋子是浅玫瑰色的，很轻，挺宽松，可能是个枕套。可袋子长过了肩，我什么也看不见。他把我的手反绑在身后，逼我说出文件在哪儿。我说没什么文件。我不知道他说的是什么文件。他让我转过身，抓着我的肩膀往前走。跨过去，往那儿走，就这样，他把我带到了一个地方。

什么地方？爸爸问。

就是一个地方。

能描述一下那个地方吗?

就是一个地方。他就在那儿对我下手的。我一直被蒙在布袋里，然后他强奸了我。在那个地方。

你之前有没有上山或下山?

我不知道，巴兹尔。

有没有穿过树林?有没有碰到树叶?

我不知道。

地面呢?有没有经过石子路?或是灌木丛?有没有碰到铁丝围栏?

妈妈撕心裂肺地大叫起来，直到没力气为止，然后又是一阵沉默。

那块区域集合了三类土地，爸爸说。因为害怕，他的声音始终紧绷着。部落托管地、州地产和个人地产，所以我才问你。

别像法官那样审我!真烦人!妈妈大叫着，我不知道。

好好，爸爸说，好，你继续说。

后来，后来，他拽着我去圆屋，走了好一会儿才到。他有没有押着我到处兜圈子?我当时难受得很，想不起来了。到了圆屋，他给我松了绑，把布袋拿了下来，原来那……真的是一个枕套，是素净的粉色。然后我看到了她，她还只是个女孩，她的孩子在泥地上玩。光透过椽子间的裂缝洒进来，婴儿举起手，想去摸摸光。她刚学会爬，胳膊使不上劲了，但她还是爬到她妈妈跟前。她妈妈是印第安人——印第安女孩——就是她给我打的电话。她周五来过，登记了一些资料。她是个恬静的女孩，笑容甜美，牙齿也很漂亮，涂着粉色的唇膏，头发剪得很好看。周五那天，她穿了一件浅紫色的针织连衣裙，一双白色的鞋子，带着孩子。我还在办公室里和那小孩玩了一会。所以那天是她给我打的电话，是她，梅拉·沃尔夫斯金。

我需要那份文件，她说。我能不能活命就看你给不给我文件了，她说。

她被摔在地上，双手被胶带绑在身后。孩子在泥地上爬着，她穿了件黄色花边连衣裙，跟梅拉一样长着一双温柔的棕色大眼睛，睁得大大的。她将这一切看在眼中，不知道发生了什么，但她没哭，因为妈妈就在身边，所以她觉得没什么事。但那个男人把梅拉捆了起来，又用胶带缠了一圈。梅拉和我面面相觑，她的眼睛一眨不眨，一会儿瞄向孩子，一会儿又看向我，然后又看着孩子。我明白，她是让我照顾好她的孩子。我朝她点点头。然后，那个男人走进来，脱掉裤子。他穿的是宽松长裤。他说的每个字我都记得，每个字！还有他说话的语气，先是死气沉沉的，后来又兴高采烈的，接着又变得死气沉沉，然后又高兴起来。他说，我就是个恶心的变态。我想，我和好多人一样讨厌印第安人，特别是因为你们很久以前就跟我们白人水火不容。不过，我尤其觉得印第安女人——他说得很难听，我不想说。他突然朝梅拉尖叫起来，说他爱她，而她却跟另一个男人生了孩子，居然做出那种事。可他还是想要她，需要她。他爱她，她却把他置于那种尴尬的境地。你这样伤害我的感情，我就该把你塞进木箱，扔进湖里！他说，印第安妇女在法律上根本就没什么地位，居然还羞辱白人，让他抬不起头来。我有的是发财的机会，但现在我宁愿多花点时间让你看看，让你俩看看，你们究竟是什么货色。我不会被抓的，他说，我一直在研究法律。很有意思。他大笑着用鞋轻轻碰了碰我。我的法律知识不比法官少。你们认识什么法官吗？我可不怕。现在一切都颠倒了，他说，但在这儿我要为自己改变这一切。强者就该统治弱者，弱者不能统治强者！弱者会拖垮强者。但我是不会被抓的。

我觉得该把你和你的车一起沉到湖里去，他突然转向梅拉说，但是，宝贝儿，我做不到。我只是为你感到惋惜，我的心被撕开了一个大口子。那就是爱，懂吗？爱！我做不到。但我必须这么做，你明白的。他妈的，你所有的东西都在车里。在你要去的那个地方，你什么也用不着。对不起！对不起！他打了梅拉，又打了我，然后反复打她，又把她翻了个身。你想告诉我钱在哪儿吗？他给你的钱？噢，真要告诉我吗？

嗯，现在就告诉我吗？在哪儿？他撕开胶带。她说不出话来，好不容易她才缓过气来，气喘吁吁地说，在我车里。

那时他本会杀了她的，我是这么觉得的，但那个孩子动了动。孩子大叫起来，又眨眨眼，不解地望着他的眼睛。啊，他说，不是，不是那样的！

别再说了！我不想听，他对梅拉说。你可大有用处，他又对孩子说，我要把你带回去……不是你，烂货！他站起来，踢了我一脚，又走过去狠狠地踢了她一脚，她喘着粗气。然后他又弯下腰来，盯着我的脸看。他对我说，不好意思，我可能犯病了。我真不是坏人。我没伤害你，对吧？他抱起孩子，模仿婴儿的声音对孩子说，我不知道怎么处理证据，真蠢啊！也许我该把证据烧毁，你明白的，她们就是证据。他轻轻放下孩子，打开汽油罐。他背对着我，往梅拉身上浇汽油，我把他的裤子抓了过来，夹在两腿间，尿在上面。我就是那么做的！我做到了！因为我看到他拿火柴点了烟后，又把火柴放回裤袋。他竟然没注意到裤子被尿湿了，我很惊讶，可能因为他当时满脑子都在想下一步要做什么。他也在发抖，嘴里还说着：哦，别这样，哦，别这样。他在她身上又倒了些汽油，又往我身上泼了些，但没往孩子身上倒。然后，然后，他见裤袋里的火柴点不着火，就转过身，朝孩子狠狠瞪了一眼。孩子哭了起来，他过去安慰孩子，我俩——梅拉和我——一动不动地躺着。他说，嘘，嘘。我还有一盒火柴，还有个打火机，就在山下。你，他晃着我的身体，对着我的脸说，你，你要是敢动一下，我就杀了这个小崽子！你要是敢动一下，我就杀了梅拉！你离死不远了，但你要敢说一句话，即使是死后在天堂里说一句话，我就把她们两个都杀了！

我给自己倒了一碗玉米片和一杯牛奶，在玉米片上倒了半杯牛奶，撒上糖。吃光后，重新加满玉米片，喝掉碗底的甜牛奶，又把杯里剩的牛奶也喝光。然后，我用一个广口瓶从门口的狗粮袋里舀了些狗粮，给珀尔倒了满满一碗，又给它倒了些清水。接着，我用喷壶浇了花园和花坛，珀尔一直站在我身边陪着我。做完这些，我骑上车，准备去加油站。离开前我找到爸爸，他一直在卧室里陪着妈妈，在她身边坐了一整夜。我问起文件的事，他说妈妈就是不肯开口。她需要确定孩子是安全的，梅拉是安全的。

你觉得是什么文件？我问道。

跟工作有关的东西。

那梅拉·沃尔夫斯金呢？她呢？

她在南达科他州上学，爸爸说，她和你妈妈的朋友拉罗斯是亲戚。也许正是因为这样，你妈才不愿见拉罗斯，她怕自己感情失控，会说出什么来。

我不是这个意思。梅拉·沃尔夫斯金怎样了，爸爸？她还活着吗？

这正是问题所在。

你觉得呢？

我觉得她死了，他低头看着地板，轻轻说道。

我也低头看着地板，看着灰色油地毡上螺旋形图案。盯着这深灰色背景和小小的黑色斑点看竟会让人觉得头晕目眩，真令人惊讶。我仔细盯着地板看，记着上面随机变化的图案。

他为什么要杀她呢？爸爸？

他把头歪向一边，摇了摇头，向前走了几步，伸出胳膊搂住我。他就那样搂着我，什么都没说。然后，他松开手，走开了。

到了怀蒂和索尼娅的加油站，我把车停在门边一眼就能看到的地方，就忙活开了。怀蒂有个短波收音机，能接收到周围的所有信号。它总是在修车间附近噼啪作响，断断续续地蹦出一些混乱不清的信息。有时候，他会把它关掉，放些热情奔放的音乐。加油站的碎石地小院和通向大路的杂草丛里堆满了糖纸、烟蒂、没中奖的彩票等垃圾，我一一捡起来，又拿来水管，给另一个拖拉机轮胎做成的花坛浇水，它被涂成黄色，里面种着几圈银色的鼠尾草叶和火红的火炬花，跟我给妈妈种的一样。

顾客来了，怀蒂就给他们加油，检查机油，顺便闲聊一番。我呢，则负责清洗车窗。怀蒂在商店里的东边角落用木头搭了两个小隔间，索尼娅买了台邦恩[①]咖啡机。第一杯咖啡卖十美分，续杯免费，所以两个隔间里总是坐满了人。克莱门斯每隔几天给商店烤些面包，罐子里装着她做的香蕉面包、咖啡蛋糕和燕麦曲奇。每天一到午饭时间，怀蒂就问我想不想来份保留地特色肉[②]做的三明治，然后他就用博洛尼亚香肠[③]、白面包和蛋黄酱给我们做三明治。下午，怀蒂会回家休息一会儿，回来后就换索尼娅回去打个盹。他们一直工作到晚上七点。头几年刚起步时，他们都自己干，把雇人的钱省下来。后来，他们计划雇个全职员工，待到晚上九点再打烊。我每个小时能赚一美元，还能吃冰淇淋、汽水、牛奶和罐子底部剩下的几块曲奇。

回家时，爸爸正等着我。

干得怎样？

挺好的。

爸爸看着自己的指关节，活动了一下手指，皱了皱眉头。他对着他的手说起话来。每当有些话他不想说但又不得不说时，他就会这样。

今天早上，我迫不得已，带你妈去了迈诺特[④]的医院。他们让她留院观察几天，明天我还得过去。

我问他我能不能去，可他说我帮不上什么忙。

---

①咖啡机品牌，创建于1957年。
②指保留地居民做三明治时用来代替牛排的博洛尼亚香肠。
③美国人常吃的便宜香肠。
④北达科他州中北部城市。

她需要休息。

可她一直在睡觉啊!

我知道。他停了一下，最后又看着我，松了口气。她知道那个人是谁，他说。她当然知道，可她还是不告诉我，乔。她必须摆脱那个人的威胁。

你知道是谁吗?

我不能说，你明白的。

可我应该知道。是住附近的吗，爸爸?

貌似是这样……但他不会在这儿露面了，他知道自己会被抓起来的。很快就能找出嫌疑犯让你妈指认，但还是需要点时间。只要到了那时你妈就会好很多的。我觉得她肯定能想起案发地点。刚开始指认的确会很痛苦，但一旦开始说了她就会说下去的。

那梅拉·沃尔夫斯金呢? 跟他在一起吗? 还有那个孩子? 是不是州长想收养的孩子?

爸爸的脸色告诉我，是的。但他是这么说的，我真希望你没听到那些话，乔。但我不能打断你妈妈，我怕她再也不说了。

我点点头。但妈妈的话已像一滴黑色的机油渗入我大脑，一整天，不管我在做什么，老是想起她的话。

如果她神志清醒，她永远不会当着你的面把事情经过说出来。

我必须知道。让我知道是好事情，我说。

但我突然觉得，那些话就像毒药，潜伏在我体内。

明天我还得去那儿，爸爸说，你想住克莱门斯姨妈家，还是怀蒂舅舅家?

我要住怀蒂和索尼娅家，那样他们可以带我去上班。

第二天下班后，索尼娅和怀蒂开车带我回到老地方，还带上了珀尔。克莱门斯会帮忙照看房子，给花园浇浇水，所以门全都锁了，一时半会儿我是用不着回家了，所以我很高兴。我们很快就要给穆夏姆过生日了，每个人都会过来，那时我就能见到表兄妹了。不过现在，对我来说，跟索尼娅、怀蒂待在一起就像度假。一切很正常。在他们家，我可以睡长沙发、看电视。怀蒂做了很多好吃的，因为他以前是专业厨师。每天晚餐都有啤酒或葡萄酒喝，还有饭后饮料，还能听音乐。喧闹的音乐。我真不知道自己多么需要喧闹声。

我们钻进怀蒂的西尔维拉多①车，他马上按下录音机的按钮，滚石乐队的音乐从低音炮中奔腾而出。一路上，我们开着车窗，风呼啸而过，直到车拐上石子路岔道。灰尘太大，剩下的路我们只好关着车窗。我们简直就是坐在一个噪音舱里——风扇转动的声音、录音机咚咚的低音，还有我们三个的喊叫声。跟怀蒂在一起，一切都很好玩。我记得，大约在四个小时内，我们喝了六瓶啤酒和三瓶饮料，聊着当天的故事和生意哈哈大笑。卡皮的姨妈们都很“节约”，她们每次只加一美元的油，可来回加油站一趟至少就得耗掉那么多油。而且，她们每次都要免费续杯。有个年轻大学生过来研究桑德奶奶，每天都会带桑德奶奶出去玩，一开始奶奶会办些杂事，去朋友或亲戚家串门。后来有时候，她就让那个大学生拿出笔记本，记下她的人生感悟。她的晚年过得特别开心。

我向怀蒂问起柯蒂斯·叶尔托。他说，那个老家伙干的事让人难以置信，而且他总能太平无事。他喝醉后撞到货运列车上，居然活了下来。他称呼印第安人草原黑鬼②，还觉得那样很好玩。他在死眼镇③包

---

① 雪佛兰旗下的一款重型皮卡。

② 最早出现在 17 世纪英国诗人约翰·德莱顿的英雄诗剧《格拉纳达的征服》中。指理想化了的土著人：其尚未被人类文明“腐化”，仍保留人类最本真的善。启蒙运动时期，欧洲人发现不受现代工业文明影响的土著人生活简单快乐，“高贵的野蛮人”一词被用来描述这些生活简单自然的土著人。

③ 可能是指位于南达科他州黑山地区的死木镇。1874 年，乔治·卡斯特上校（后死于小比格霍恩战役）在死木镇附近发现金矿，引发淘金热，死木镇作为淘金者营地发展起来。该地后因赌博、色情业和暴力犯罪等臭名昭著。

养了情妇。他买了金子，存放在州长宅邸地下室里。可能还有枪吧？他是个枪支爱好者，还特别迷惊悚片。会收藏战盾、印第安珠饰品。表面上对高贵的野蛮人[①]表示尊重，却又设法在神圣的拉科塔土地上堆放核废料。他还说太阳舞[②]是敬奉魔鬼的。那就是叶尔托。噢对，他的皮肤都晒黑了，他对自己的长相很自信。

到家后，怀蒂进屋做晚饭，索尼娅和我去清理马厩里的马粪。我们用铁锹清理马厩时，听见震耳欲聋的音乐和电视机含糊不清的声音从开着的窗户里传出来。我们抱出干草、给马喂谷粒时，耳根子不得清净；我们推出割草机，又多了一分噪音；还有狗吠声，狗欢快地迎接我们，大叫着提醒我们给它们的食盆里添食。

晚上，索尼娅把马关在马厩里，然后看看狗身上有没有蜱虫，还会仔细检查它们的牙龈、眼睛和脚垫。

你今天都干什么啦？每只狗她都要问一遍。她也会训斥它们。不许再去芒刺丛里！你闻起来好像吃屎了。谁他妈的咬你漂亮的尾巴了，钱恩？下次你再敢离开院子，我就抽你，你知道我会的。

索尼娅把马赶进马厩时，也跟马这么说了一番。然后怀蒂出来了，递给她一瓶冰啤。夕阳西下，草场上那块东高西低的斜草坡变成了金黄色。那儿本来放着两把躺椅，他们又给我加了一把。我喝了杯橙子汽水，他俩喝了几瓶啤酒。怀蒂的手提录音机放在台阶上，放着音乐。接着，蚊子出动了，嗡嗡叫着，排成进攻队形，于是我们进了屋。

那天，怀蒂用汽油换了鼓眼鱼。他把早就洗好、去了骨头的鱼肉放进冰箱，浸在一碟牛奶里。他匆匆做好一份泡沫啤酒面糊和一份用卷心

---

① 指印第安人。

② 北美印第安人的部落宗教仪式，是印第安人为生命祈祷并向宇宙万物表达感激的仪式，通常在每年夏至举办。各部落的仪式内容有所不同，但通常都包括舞蹈、歌唱、击鼓等。

菜丝和辣根[1]做的色拉。他们饭后总会吃些甜点。索尼娅坚持要吃饭后甜点，怀蒂说。

她很喜欢吃甜食。你听说过树莓果泥[2]吗？我曾经照食谱给她做了一份。或者蛋黄酱蛋糕？你根本尝不出蛋黄酱的刺鼻味儿。她喜欢巧克力，喜欢疯了都。要是我把我的那家伙浸在巧克力里，她肯定永远不会让我闲着。

夜渐渐深了，他开始胡说八道，最后索尼娅把语无伦次的他弄上床。

索尼娅给他盖好被子，就出来给我整理沙发。沙发很旧，一股烟味，棕色的坐垫粗糙扎人，上面满是磨出的橙色小毛球。索尼娅在坐垫上铺了条床单，又给了我一条格子图案睡袋，上面的拉链坏了。她打开电视，关上灯，就蜷缩在沙发另一边，和我一起看电视。我们看了一两个小时。我们说起那些钱，又怕怀蒂听见，还特地放低声音。索尼娅再三让我发誓说我没有也不会告诉任何人。

他妈的我都要吓死了，你应该跟我一样。睁大你的眼睛，别出岔子，乔。

然后我们又商量怎么处理那些钱，她让我承诺会考上大学。她说，她本来也想让她的女儿墨菲上大学。她给自己的孩子起名叫墨菲，因为脱衣舞女永远也不会取那种名字[3]。不过她女儿把名字改成了伦敦。如果能重新来过，索尼娅说，我永远也不会在上班时把我的女儿丢给我妈。你可能不会相信，我妈对她外孙女的影响很不好。

索尼娅很喜欢看脱口秀和老电影。有时，我看着看着就睡着了，但睡着之前我总是设法不睡，保持半梦半醒的状态。不久，一扇通向梦境的门打开了，但很快，我又回到了现实的沙发上。她柔软的身体就在另

---

① 草本植物，根有特殊辣味，可加工成调味品。
② 一种甜品，主要原料为树莓、打稀奶油和白砂糖。
③ 墨菲这一名字偏男性化。

一头的坐垫那边。如果我在睡袋里慢慢挪动光脚板，就能感受到她的温度，所以我最喜欢睡睡袋，因为它还能掩饰我的勃起。

每天晚上，索尼娅都从她床上拿个枕头给我。枕头上有股洗发露的杏子味儿，还隐约有种底香——是种隐秘撩人的腐味，就像凋谢的花里面的味道一样。我把脸埋在枕头里呼吸着。我打了个盹，做了个梦，又醒过来，回到电视忽亮忽暗的光亮中。音量被调低了。索尼娅坐在一片蓝光中，喝着凉开水，看得出了神。窗外，夏日昆虫的鸣叫声此起彼伏。狗儿们偶尔起来叫两声，吓唬远在草场另一头的一只鹿。怀蒂呢，谢天谢地，正在卧室里打呼噜。第三天或是第四天晚上，我正在天堂进进出出呢，索尼娅用手掌包住我的脚后跟，捏了一下。她开始心不在焉地摩擦着我的脚背，一种单纯的快感迅速袭来，太突然了，我无法自已，惊喜地发出了咯咯声，她放下我的脚。又过了一会儿，我听见一声脆响，就偷偷瞄了她一眼，原来她在吃咸脆饼干。

怀蒂特别喜欢低俗小说。有一面墙都是用来放书的，书架高度刚好放得下杂货店买来的那些书：以日本武士为主角的言情小说、描述忍者攻击情节的小说、间谍类惊险小说、路易斯·拉穆尔[1]的作品、科幻作品和柯南·道尔的作品。每天早上，从六点开始，他就端着一杯咖啡，读一本平装书。我坐在他旁边吃饭时，他会咕哝着把某个片段读出声来：在这个月黑风高的夜晚，她柔软的臀胯部微微颤抖，心里却想着置他于死地，她无情地瞄准他的位置，盘算着怎样折断他的脊柱……拉格纳如匕首般锋利的上犬齿，在汽车前灯的反射光中闪闪发光……他知道，自己的双眼一旦撞上那如黑曜石一般冷酷的凝视，生命便会就此终结……要是他沉浸在某个情节里，他会一直读

① 美国西部流行小说作家，代表作有《蛮国战笳声》《燃烧的山丘》等。

下去，就连索尼娅过来了他也不肯停下。索尼娅放下一碟咸猪肉和一盘早餐特色菜——土豆丝、鸡蛋、辣椒丁和火腿的混合物，整齐地摊在烤盘里烘烤，直到最上面的切达干酪①都烤得冒泡才算完成。索尼娅称它是砂锅早餐。我们一吃完饭，怀蒂就在他看的那页上做个记号，放下书。索尼娅会快速把盘子洗干净，然后我们赶紧跳上车，开车去加油站，打开油泵。我们早上七点开门，总会有人在那儿等着加油。

那天，发生了几件不开心的事。第一件事就是索尼娅的一副耳钉，怀蒂说他从没见过。

你见过的。她投以妩媚的一笑。

昏暗的厨房里，那对耳钉亮闪闪的。她戴着黄色橡胶手套，卖力地刷着烤锅，那时我们还没出发去上班。

是莱茵石②啦，她说。

这莱茵石不错啊，怀蒂说。他偷偷瞥了一眼，然后又毫无顾忌地、毫不在乎地直视她，可索尼娅没看他。她蓝色的牛仔裤看上去像是新的，紧紧地包住臀部，让我想起了怀蒂刚读的：臀胯部疯狂颤抖着……我们上了车，怀蒂没开音乐。中途，索尼娅伸手去开录音机，怀蒂一巴掌把她的手从控制键上打下来。我坐在他们后面的弹跳座椅③上，那一幕就发生在我眼前。

没事儿，索尼娅转过来对我说。怀蒂心情不好，还难受着呢!

怀蒂直视前方，还是一副毫不在乎的样子。

对，他说，我是难受，但不是你想的那种难受。

就像坐过牢的人那样，怀蒂吐出的痰轨迹流畅、命中率高。好像他这一生中，有段时间什么也没做，光练吐痰了。他跳出车，砰地关上车

---

① 原产英国的黄色硬干酪。

② 一种无色透明的钻石仿制品。

③ 汽车上的折叠座椅。

门，吐出的痰砰的一声打中了一个易拉罐，然后就走开了，也不管油泵旁还有人等着。索尼娅挪到驾驶座上，把车停好，打开加油站的门。她没来得及瞅瞅车外的情况，就把加油泵的钥匙递给我，让我负责那辆车，这是第二件不开心的事。

我见过那个人，很眼熟，但我不认识他。他面容干净，五官端正，可并不好看。他是个白人，棕色头发，眼窝深陷，肌肉并不结实，但体格庞大，衣着干净——白色衬衫，棕色长裤，系了腰带，脚穿系带皮鞋。他头发略长，整齐地梳到耳后，均匀整齐，连梳子印都看得一清二楚。两只耳朵小得有点奇怪，但还算秀气，紧贴着脑袋。薄薄的嘴唇是深红色，像发烧了一样。他微笑时，露出又白又平整的牙齿，跟假牙广告的模特似的。

我走过去招呼他。

加满，他说。

我打开加油设备，给他加了油，又洗了车窗，然后问他要不要检查机油。那是辆老式道奇[1]，上面积满了灰尘。

不用，他温和地说，边说边从一沓钱里找出三张五美元的票子递过来。我的车渴了，他说，我可开了一整晚呢！嘿，你最近怎样？

有时候，大人们能认出一个孩子，还跟你说话，好像他们认识你一样，但其实他们认识的是你父母或舅舅，或者他们是谁谁谁的老师。我不确定他是不是认识谁，再加上他是顾客，所以我礼貌地回答他，我很好，谢谢。

噢很好，他说，我听说你可是个好孩子。

我开始仔细观察他，盘算着他到底是什么人。好孩子？今年夏天第二个白人这么说了。我想，总听到这种话会毁掉我的。

你知道吗？他紧紧地盯着我说，我真希望有个像你这样的孩子。我

---

①美国汽车品牌。

没有孩子。

哎呀，真糟糕，可我的语气表达了相反的意思。那时我已有些恼火了，可还是想不起他是谁。

他叹了口气。谢谢。我不知道。我觉得，组成一个美满的家庭或开始做其他事得要靠运气的。有个幸福的家庭，真好！那已经让你先人一步了。我想，就连你这样的印第安男孩也能拥有美满的家庭，开始美好的人生。也许还能让你和同龄的白人孩子在同一起跑线上，知道吗？就是那种家庭不美满的白人孩子。

我转身就走。

噢，我说得太多了。回来！他想再给我五美元，但我没回头。他低下头，转动钥匙发动车，引擎吭哧吭哧地响了起来。哎，我就是这样，他叫道，总是话太多！不过！他拍打着车门。随你怎么说吧！我知道你爸爸是个法官！

我迅速转过身。

我的孪生妹妹也有个温馨的印第安家庭，日子最艰难的时候，他们也没放弃她。

然后他就开走了。琳达跟我提过这事，我突然明白了，刚跟我说话的是林登 · 拉克。

我决定不干了，马上回家！我对怀蒂十分恼火——我刚给敌人加了油！索尼娅也让我心烦。她走出加油站，嚼着口香糖。她下巴活动着，耳钉也跟着动了起来，闪闪发光。她的头发盘成了优雅的圆锥状，用艳粉色珐琅发夹固定住。牛仔裤特别合身，就像画在腿上一样。那天早晨，时间过得特别特别慢。我必须留下来，因为怀蒂不在。大约十一点钟，他回来了，我意识到他喝了一两瓶啤酒。他进来后又出去了，默不作声，索尼娅一副爱理不理的样子，假装没注意到他。

中午，索尼娅用冷藏箱里的面包和肉做了三明治，所以她没有开玩笑说我们的保留地特色肉多么好吃，或问我是否想要份全熟的[①]。她只递给我一个三明治，还有一罐沙斯塔[②]葡萄汽水。后来，她把怀蒂的三明治也给了我。里面放了生菜，不过我还是吃了，因为我看他正在给拉罗斯换轮胎。曾经，妈妈、克莱门斯和拉罗斯是形影不离的闺蜜。妈妈的小相册里有她们在寄宿学校的合影。妈妈总会说起和她俩一起上学的日子，而拉罗斯在她的故事里扮演了重要的角色。现在妈妈和拉罗斯不常去对方家串门了，但只要凑到一起她俩总会聊得特别起劲，把其他人晾在一旁。要不是好几年她们一直这样，你准会觉得她们之间有什么秘密。有时候，克莱门斯也会加入，然后她们就会去别的地方，就她们三个，没别人。

拉罗斯总是让人感到似在非在。甚至当她直视着你说话时，她的思绪好像也飘到了别处，让人难以捉摸。拉罗斯有过好多任丈夫，所以没人记得她姓什么。她最早是姓米格万的。她瘦骨嶙峋，骨质细密，像只小鸟一样，抽着棕色的小雪茄，绸缎一样柔软的黑发用闪闪发光的珠花发夹束着。索尼娅走了出来，站在拉罗斯旁边。我们三个站在那儿，喝着汽水，看着一个汗流浃背的印第安埃尔维斯[③]正在拧轮胎上生锈的螺母。他铆足了劲，脖子上的血管凸了出来，胳膊上的肌肉也鼓了起来。因为每天晚上都喝啤酒，他有啤酒肚，不过胳膊和胸膛还很强壮。他把所有力量都集中到扳手上，但没成功。他跪坐在脚后跟上。那天的尘土都被烤得炙热。他啪的一声用手掌拍了拍扳手，然后突然站起来，把它扔进杂草里，又狡黠地看了索尼娅一眼。

别像条蛇一样看着我，你个蠢货，她说，就因为你连个螺丝钉都拧不下来。

---

① 此处指以前怀蒂常开的玩笑，实际上，博洛尼亚香肠本来就是煮熟的。

② 美国软饮料生产商，一条生产线专门经营不同苏打口味的软饮料，品牌名称为“沙斯塔苏打”。

③ 美国摇滚乐之王“猫王”埃尔维斯·普雷斯利。

拉罗斯提了提弯弯的眉毛，转过身，背朝他俩。

拜托，拉罗斯对我说，再给我拿包烟。

她把手放在我背上，跟姨妈一样的动作，推着我往前走。我们走进商店，现在只剩我俩了。她伸手到柜台后面拿了她需要的东西。我不在乎拉罗斯有多难以捉摸，我还是要问她。我问她是不是梅拉·沃尔夫斯金的亲戚。

她是我表妹，比我小多了，拉罗斯说，她爸爸是克罗·克里克。

你和她一起长大的?

拉罗斯慵懒地点起一支小雪茄，夸张地甩了下手腕，把火柴棒扔了出去。

怎么了?

我只是想知道。

你是联邦调查局的吗，乔?我告诉过那个眼镜脏兮兮的白人了，梅拉在南达科他州上寄宿学校，然后打算去哈斯克尔[①]。正好有个项目要挑选最机灵的学生去政府的特殊岗位工作，反正类似那样吧!发点薪水，提供所有生活必需。梅拉因此上了报纸，我姨妈还剪下了那篇报道——“被选作实习生”。她看起来真美呢，头上系着白色发带，穿了件无袖连衣裙，可能是她在家政学习班上做的，腿上套了一双及膝长袜。我就知道这么多了。她给某位州长工作，你知道那个人的。他做了那么多坏事，却总能逍遥法外。

索尼娅走了进来，收了拉罗斯的雪茄钱，其实她已在抽了。我往外看了一眼，发现怀蒂正朝死人卡斯特酒吧走去。

啊，该死，索尼娅骂道，那可不好。

拉罗斯说，我的轮胎。

我会修好它的。

---

①哈斯克尔印第安国民大学，位于堪萨斯州劳伦斯市。

拉罗斯朝我笑了笑——但只是嘴角扬了扬。她的脸总是平静而又悲伤，从未真正露出喜色。如果你靠近她，能闻到她身上独特的玫瑰粉味道，还会发现，她精致柔滑的棕色肌肤上有细细的皱纹。抽烟时，她的银质牙齿闪闪发光。

去试试吧，孩子。

我想向她了解更多有关梅拉的事，可索尼娅在旁边，我就没问。我先去杂草堆里找到扳手，回来时，看到她俩拉来草坪躺椅，坐在商店旁边的一片阴影下，正呷着奶油苏打水[①]呢！

去吧！索尼娅朝我挥挥手，烟从指间飘出。要是来顾客了，我会接待的。

我盯着轮胎螺母看了看，站起来走进怀蒂的修车间，拿了个棘轮[②]。

噢噢，拉罗斯见我拿着它出来时说。

好主意，索尼娅说。

我把扳手接口调整到合适大小，套在旧螺母上，使出吃奶的劲扭动扳手，可它纹丝不动。这时，我听见身后传来卡皮、扎克和安格斯骑车跃过什么的声音，然后车停在了油泵旁，扬起一圈沙砾。

我转过身去，汗珠滴了下来。

你干吗呢？卡皮问我。

他们忽视了拉罗斯，还故意假装不去看索尼娅，直接走过来站在瘪瘪的轮胎周围。

锈死了，哥们。

他们每个人都试了下棘轮。扎克甚至站到把手上，被轻轻弹了下来，可那螺母像是焊接上去的。卡皮问索尼娅要来打火机，用火烤螺母，也不管用。

---

① 一种高卡路里的甜味碳酸饮料，通常是香草口味。

② 具有齿形表面或摩擦表面的轮子，类似齿轮。

有 WD－40[①] 吗?

我带卡皮去怀蒂的工具台上找到了 WD－40。卡皮在螺母和螺栓的接口处喷了一丁点儿，又把土抹在螺母上和扳手的窝槽里，然后重新放上扳手，这回扳手和螺母卡得更紧了。

再加把劲啊！他对安格斯说。

这次螺母终于松动了，我们用千斤顶把车托了起来，又把轮胎滚进车库。怀蒂在里面设了个水槽，专门用来找轮胎上的洞，他很擅长补胎，不过当然，现在他还在死人卡斯特酒吧那儿呢!

我走出车库，看着索尼娅。

或许你该去找他回来，她对我说，眼睛却看向别处。这时我注意到，她已摘下了那副耳钉。

我们把怀蒂叫出来时他才喝了三瓶啤酒。拉罗斯的轮胎修好了，这突如其来的麻烦让我们忙活了一阵后，一切都恢复了平静。我们关上加油站的门，钻进车里。他俩谁也没动录音机。回家途中，我们一句话也没说，但索尼娅和怀蒂好像只是累了，都怪天太热[②]。回到家，一切都和往常一样——我帮索尼娅处理杂务，然后吃晚饭，谁也没多说什么。怀蒂喝着闷酒，可索尼娅坚持只喝七喜。我躺在沙发上睡着了，风扇对着我吹，蔚蓝色的灯光下，索尼娅的头发轻轻绕着她的侧脸打旋。

突然传出一声巨响。灯灭了，那晚没有月亮。周围黑漆漆的，只有风扇仍搅动着我身边的空气，卧室里传来低声的激烈争论。怀蒂刺耳的声音接连不断，然后是沉重的撞击声。是索尼娅!

别这样，怀蒂。

他给你的?

---

① 气雾剂产品，能清除黏附在金属表面的油渍、污垢、灰尘等附着物。

② 原文为“Heat”，既含“天气炎热”的意思，也有“情绪激动、愤怒”的意思。

没有什么他。只有你，宝贝。放过我吧！啪的一记耳光，然后是哭声。别这样，求求你了，乔还在外面。

他妈的我才不管呢！

然后他一句接一句地骂她。

我起身走到门口，体内的血液跳动起来，快速流动着。尽管体内的毒药正一点点消失，但它还是让我全身的神经都振奋起来。我觉得我会杀了怀蒂的，我不怕！

怀蒂！

没人说话。

出来！跟我打！

我努力回忆他教过我的：拦截对方的拳头，肘部内扣，下巴回收。他终于开了门，我举着拳头往后跳，索尼娅已开了灯。怀蒂穿着黄色的拳击短裤，上面有火红的辣椒图案。他的发型像五十年代的，几绺头发悬在前额，他抬起手往后捋了捋。我朝他肚子猛击了一拳，可那力量又反弹回胳膊，我的手麻了。我的手断了，我心里想着，特别兴奋。我再次抡拳向他打去，可他扣住了我的胳膊，说，妈的！妈的！乔！我和索尼娅！这是我们之间的事，乔！别管！你听说搞外遇吗？索尼娅在搞外遇！哪个蠢货给了她一副钻石耳钉……

是莱茵石！她插话说。

我一看就知道是钻石。

他放开我，走到一边去。他努力想挽回一点尊严。他举起双手。

我不会碰她的，看见了吧？虽然有个蠢货被她哄着买了钻石耳钉！我不会碰她的。她很脏！他转动眼珠上下打量着她，眼睛哭得通红。脏！另一个人，乔……

但我知道不是这样的，我知道那副耳钉是哪来的。

是我给她的，怀蒂，我说。

你？他摇晃着身体。他的屋子里有个瓶子。你哪来的钱给她买耳钉？

她过生日。

一年前。

蠢货！关你屁事！那副耳钉是我在加油站的洗手间里捡到的。你说得对！那不是莱茵石，我觉得是真正的锆石[①]。

好吧，乔。他说，真会说啊！

他满眼泪水地看着索尼娅，靠在门上，对我皱起了眉头。混蛋，关你屁事！他小声嘀咕着索尼娅刚说的那句话。居然跟你舅舅这么说话！你太过分了，小子！他伸出手，手里拿着那个瓶子，伸出中指指着我。

你！太！过！分！了！

好吧，她是我舅妈，我说，所以我可以送她生日礼物。混蛋！

他喝光瓶里的东西，扔到身后，挺起胸膛，凑了过来。你自找的，臭小子！

啪的一声，什么东西裂成了碎片，他用胳膊紧紧抱着头，蹲了下来。索尼娅把他从卧室踢到客厅的地板上，然后对我说，绕着走，小心玻璃，你进来，乔。

她在我身后锁上门。

上床，她指着床说，直接去睡觉，我看着他。

她坐进摇椅，小心翼翼地把瓶颈部的碎片放在肘边的茶几上。我钻进被窝，枕头上怀蒂的发胶味道有点儿刺鼻，我推开枕头，把头枕在胳膊上。索尼娅关上灯，我盯着昏暗的空气。

他在外面会死掉的，我说。

不，不会的。我用的是空瓶，而且，我掌握好力度的。

他肯定也对你这么说过吧。

---

① 人造化合物，性质与钻石十分相近，可用作钻石代用品。

她没回答。

你为什么要那么说呢？她说，为什么要说是你送的呢？

因为就是我“送”的。

喏，我是用了那些钱。

我不傻。

她没说话，然后我听到她在啜泣。

我只是想要点好看的东西，乔。

可你看现在麻烦了吧？

嗯。

就像你说的那样啊！别碰那些钱。你把耳钉放哪儿啦？

我扔了。

不，你没扔。那可是钻石的。

但她没回答，只是前后晃动着身体。

第二天清晨，我就和索尼娅离开家了，没看见怀蒂。

他会去树林里散心的，索尼娅说，别担心，这下他会有好长时间规规矩矩的。不过你今晚最好去克莱门斯姨妈家。

我们开车去镇上，一路上没放音乐。我看着窗外的水沟。

现在就让我下车吧，经过克莱门斯家和我家的岔路口时，我对她说，我辞职不干了。

噢，宝贝，别这样，她说，但还是靠路边停下车。她的头发绑成了马尾，上面系了个绿色的蝴蝶结。她穿了件俗丽的、镶着白色滚边的绿色田径服，脚上穿着松糕鞋。那天，她把嘴唇涂成了深红色。当时我一定是用可怜兮兮的表情看了她很久，因为她又说了一次，噢，宝贝，别这样。其实我是在想：她嘴唇上的那种深红色，要是印在我身上的某个地方，吻在我身上的某个地方，就会变成灼热凝固的血迹，烙进我的血肉，只留下一个烧焦的黑色烙印，留下女人嘴唇的形状。我突然为自已难过，我还爱着她，比任何时候都爱，即使她背叛了我。她的蓝眼睛闪烁着狡猾的光。

拜托，她说，我需要人手的，拜托啦？

但我下了车，走上通往克莱门斯家的路。

厨房后门开着，我走进去，大叫一声。

克莱门斯姨妈？

她从地窖走上来，手里拿着一瓶唐棣果果酱，说她以为我在打工呢。

我不干了。

小懒虫！快回去！

我摇摇头，不看她。

噢！他们又吵架了？怀蒂又喝醉了？发脾气了？

嗯。

那你就待在这儿吧！你可以睡以前约瑟夫睡的房间，现在变成缝纫室了，不过没关系。穆夏姆睡埃维的房间，我在那儿给他放了张小床，他不愿睡埃维的软床。

那天，我帮克莱门斯做事。她的花园打理得很好，妈妈以前也是那样。花园里已种上了甜豌豆。爱德华姨父在后院的池塘忙着解决排水和溢水问题，估算孑孓的数量，我也给他帮忙。怀蒂把我的自行车送了过来，但我没出去见他。我们就着芥末和烤得焦黄的洋葱吃了鹿肉。他们的电视机还是像平常一样放在六十英里外的维修店里，而且我也想睡了。穆夏姆蹒跚着走进埃维的房间，我进了约瑟夫的房间。我打开门，看见一台缝纫机挤在床边；布料成堆叠起；一面墙板上满是颜色鲜艳的线轴，有上百卷；用来拼接被子的布片；上面贴着“拉链”标签的鞋盒；还有和妈妈用的一样的心形针插，只不过妈妈的是灰绿色的。这时，我想起了爸爸。每天晚上他走进缝纫室，那种孤独穿过缝纫室的门，蔓延过走廊，试图进入我的卧室。我对克莱门斯说，要是我跟穆夏姆一起住的话，会打扰到他吗？

他会说梦话的。

没关系。

克莱门斯打开埃维的房门，问穆夏姆是否介意，可他早已轻轻地打起鼾了。克莱门斯说没问题，我就走进房间，关上门。我脱掉衣服，爬上表姐的床，她已是成年人了。长毛绒床垫已下陷，还有股灰尘味儿。穆夏姆的鼾声像年迈老人从喉咙发出的呼噜声，有催眠效果，所以我很快就睡着了。月亮升起后没多久，房间里洒满月光，我又醒了。穆夏姆的确在说梦话，我翻了个身，用枕头捂住头。我打起了盹，可是穆夏姆说了些什么，把我钓上钩，然后我就像一条鱼一样，随着钓线慢慢收绕，离开了黑暗的水下，露出水面。穆夏姆说梦话不像别人那样语无伦次，前言不搭后语，尽是零碎的呓语，他是在讲故事。

阿　琪

一开始，她只是个平凡的女人，穆夏姆讲道，擅长很多活儿：织网、设陷阱捕兔子、剥皮、硝皮[1]，喜欢鹿的肾。她叫阿琪克薇，意为土地上的女人。人如其名，她结实强壮，骨骼粗壮，脖子又短又粗。她的丈夫迷拉什神出鬼没的，还常盯着别的女人看。好多次她都看到了，但还是和他在一起。他沉迷女色，却是个坚定果断的猎手，所以他俩都善于在困境中生存。他们总能为孩子找到食物，甚至能找到额外的肉。尤其是她——阿琪——可以从梦境中知道去哪儿能找到猎物。她心思细腻，目光坚定，总能让孩子们规规矩矩。阿琪和她丈夫从不吝啬。就像我说过的，他们总是善于发现食物，甚至在隆冬季节，直到有一年这

① 即鞣制皮革，通过一系列工艺，使用化学药剂，使动物生皮内的蛋白质发生变化。鞣制后的皮革柔软、牢固、耐磨，不易腐败变质。

一切都改变了，那些人把我们逼到边界线上。那是划分保留地的那一年。

有些人学白人耕地播种，但一个真正能让你在冬天活命的农场要好多年才能建成。小精灵月亮①出来前，我们已猎杀完所有动物，连只兔子也没剩。印第安事务官②承诺为我们提供物资，帮我们渡过难关，以弥补我们失去的土地，但从没兑现。我们离开美加边境，北上加拿大，漫无目的地寻找食物，但驯鹿早就死光，河狸一只不剩，甚至连麝鼠也没有。孩子们哭喊着，一个老人只好把自己的麋鹿皮裤子撕成条，煮熟后拿给孩子们嚼着吃下去。

那段时间，阿琪每天都出去，总能带点吃的回来。她钻了个冰洞，和丈夫一起，花了好大力气让冰洞白天黑夜都不会冻上，那样他们就能在洞里捕鱼。有一天，她钩住一条鱼，那条鱼对她说，我的同类现在要冬眠了，你们要挨饿了。果然，从那之后，她一条也没钓到。她发现迷拉什看着自己，眼神很奇怪，她也那样看着他。睡觉时，他把孩子们都护在身后，还在毯子里放了把斧头。他厌倦了阿琪，所以假装自己能看出阿琪正在变成温迪哥③。在那种饥饿时期，有些人会被附体。温迪哥附在一个人的身体里，那个人就会变成动物，然后把其他人都看成猎物。她丈夫断定发生了这种事，还臆想着她的眼睛在黑暗中发光。你唯一能做的就是立即杀死那个人，但必须有人赞成这事才行，你不能单独行动，杀死温迪哥必须用特定的方法。

迷拉什聚集起几个男人，让他们相信阿琪正变得越来越强大，而且很快就会失控。她割破胳膊，让她的婴儿喝自己的血，所以那个婴儿可

---

① 齐佩瓦人称 12 月的月亮为“小精灵月亮”。

② 印第安事务管理局委派的代理人，专门负责发放早期协约中规定分发给某部落的日常物资。

③ 北美阿尔冈昆印第安人（包括齐佩瓦人、克里人等）传说中的食人怪物，是人类被恶灵附身后变成的恶魔，常在寒冷饥饿时出现。温迪哥长相丑陋，身形巨大，贪食人肉。一般来说，打败温迪哥的唯一方法就是将其杀死。

能也会变成温迪哥。她的眼神让人感觉她可能会猛扑到自己的孩子们身上，而且他们每走一步她都紧盯着。然后，他们设法把她绑起来，她奋力挣扎，结果一起绑她的六个男人伤得更重——她咬了他们，还戳伤他们的眼睛。一个女人带走了阿琪的孩子，不让他们看见将要发生的事，但大儿子被留了下来，因为能够杀死温迪哥的唯一人选就是某个血亲。如果她丈夫杀了她，阿琪克薇的族人可能会复仇；也可以让阿琪的某个兄弟姐妹来，但他们拒绝了。所以人们递给男孩一把刀，让他杀死妈妈。男孩才十二岁，那些男人必须按住阿琪，然后由男孩割断她的喉咙。男孩哭起来，但大家告诉他，不管怎样他都得动手。那个男孩叫纳纳普什。男人们催他赶紧动手，想激起他的勇气，但他发起怒来，直接将刀插进了一个按住他妈妈的人体内。还好，那个人穿着皮外套，伤口不深。

啊，他妈妈说，你是个好儿子。你不会杀我的！你是我唯一不会吃掉的人！然后她用力挣脱了那些男人，但他们再次把她扭倒在地。

纳纳普什知道，她是因为被折磨得难受才威胁说要吃掉那些人。对孩子来说，她是个好妈妈，是她教会了他们如何生存。现在那帮人又用绳子把她绑起来。她丈夫把她捆到一棵树上，想让她在那儿冻死或饿死。她大声尖叫，想挣脱捆绑，可随即又安静下来。他们以为她没力气了，所以那天晚上就没管她。但奇努克风①吹了过来，天气转暖。她吃掉几口雪。雪里面一定有好东西，因为紧接着她就用粗壮的手指解开绳结，松开绳索脱了身。她儿子从帐篷里爬出来，决定跟她一起走，但有人跟上他们，他们刚走到湖边就被赶上，然后那些人又把她绑了起来。

迷拉什把阿琪捕鱼的洞凿大，洞口周围的冰更薄了。他们决定大家一起把她放进水里，这样谁也不用承担责任。他们把绳子束得更紧些，还在她脚上绑了块石头，然后把她塞进洞里的冰水中。她没浮出水面，

---

① 又称“焚风”，多出现在山脉的背风处。气流越山后气温上升、湿度降低，变成干热风。北美西部多称其为“奇努克风”。

于是他们就走开了，但她儿子没跟他们一起走。他坐在冰面上，为她唱起死亡之歌。爸爸经过他身边时，男孩问他要枪，还对他爸爸说，要是她出来，他就开枪打死她。

也许那时候他爸爸没多想，因为他把枪递给了纳纳普什。

那帮人一走出视线，阿琪就猛地从冰洞里露出头。她已踢掉石头，一直呼吸着冰面下的空气。纳纳普什帮她爬出水面，给她盖了条毯子。他们走进小树林，一直走到再也走不动。阿琪的贴身口袋里有打火石和钢条，他们生起火，架起窝棚。阿琪告诉儿子，她在水下时，那条鱼又跟她说话了，说它很同情她，还说她该唱首打猎歌。然后她就给儿子唱起那首歌，那是一首水牛之歌。为什么是水牛之歌呢？因为鱼儿想念水牛了。炎热的夏天，水牛会把美味的大蜱虫抖进湖里、河里，给鱼吃，而且它们的粪便能引来其他昆虫，鱼儿也很喜欢。它们希望水牛回来，所以问我水牛去哪儿了，阿琪说，我没法告诉它们。男孩学会了那首歌，却不知道它是否有用，因为好多年都没人看见水牛了。

那天晚上，两个人睡了一觉。他们睡呀睡，醒来时，身体十分虚弱，还不如死了来得痛快。不过幸好纳纳普什身上有些金属线，可以做个陷阱。他爬出去，在距离他们窝棚几英尺的地方设下陷阱。

要是能套到兔子，兔子会告诉我动物在哪儿的，阿琪说。

他们又开始睡觉，再次醒来时，真的有只兔子在陷阱里挣扎。妈妈蹑手蹑脚地爬到兔子身边，听它在说什么，然后又拿着兔子慢慢爬回儿子身边。

兔子把自己献给你了，她说，你必须吃掉它，然后把每块骨头都扔到雪地里，那样它就能复活。

纳纳普什开始吃烤熟的兔肉。他让妈妈也吃点，可问了她三次都被拒绝了。她把脸埋在毯子里，所以他看不见她的脸。

现在去吧，她说，我听见兔子唱了同样的歌。水牛过去常常翻土，那样草长得更好，兔子就吃得好。所有的动物都想念水牛，不过它们也想念真正的阿尼什纳比人。你拿着枪径直往西走，有头水牛从那条地平线上回来了，那老太太等着你呢！如果你回来后我已死了，不要哭。你是我的好儿子。

于是，纳纳普什出发了。

穆夏姆不说了。我听见他的床嘎吱响了一声，然后是轻轻的鼾声。我很失望，想把他摇醒，问他故事的结局。可最后我也睡着了。早上醒来的时候，我还在纳闷究竟发生了什么。穆夏姆正在厨房里，呷着槭糖浆口味的糊状燕麦，他早上就喜欢吃这个。我问穆夏姆，纳纳普什，他故事里的那个男孩是谁。但他给我的答案跟那个故事毫不相干。

纳纳普什？穆夏姆低声干笑了一下，声音粗哑刺耳。

那个老家伙疯疯癫癫的！像我一样，有过之而无不及。他早该被淘汰了。一遇到危险，他像个白痴；需要他管住自己时，他的贪婪却又占了上风。他年轻的时候就行事荒唐，谎话连篇。老纳纳普什，他们都这么叫他的，或者是阿琪文子什[1]。有时候，那个老不死捣鼓的鬼玩意儿粗俗恶心，但效果很神奇。人们都去他那儿求方子，不过都是偷偷的。那时候，我还年轻，也给他送毯子、烟草，从他那儿求得秘诀，想讨我的第一个老婆的欢心，那时她两眼已开始瞄别人了呢！琼奈斯年龄比我稍微大几岁，渴望我在床上能耐心点，只有上了年纪的人才会有耐心！我该怎么办呢？我乞求那个老家伙。告诉我！

枪[2]！枪！纳纳普什说，别不好意思。下次别心急，如果你勃起了，就想象自己正迎着强风，在湖上划船，千万别停下，直到你把独木舟驶上岸。

就这样，我留住了我的女人，也开始尊敬那个老家伙。为了区分敌友，他故意表现得疯疯癫癫，但其实人很真诚。

---

①齐佩瓦语，意为“淘气的老人”。

②原文为齐佩瓦语。

他妈妈呢？我继续问道，就是那个谁也杀不死的女人，她怎么样？吩咐儿子去找水牛之后，发生了什么？

你胡说什么呢，小子？

你讲的故事啊！

什么故事？

你昨天夜里给我讲的故事。

昨天夜里？我可没讲故事，一觉睡到天亮，睡得可香了。

那好吧，我心想。我只能等他再次睡熟，也许这次我就能听到结局了。

就这样，第二天晚上，我等啊等，努力保持清醒。但我太累了，不知不觉就睡着了。我睡了好一会儿。然后，在梦里，我听见牙齿碰击的声音，轻轻的，像棍子在敲什么东西，醒来后发现穆夏姆在床上坐了起来。原来他忘记摘假牙了，假牙松了，一张一合的！他一句话也不说，有时候他生气时就是这样。可最后，假牙还是掉了出来，他也终于理出了话头。

啊，保留地划分后的几年里，那些人压榨我们啊！土地被侵占得只剩几平方英里，还要忍饥挨饿，而殖民者在我们老猎场里篱笆围起的草地上放养的奶牛却吃得膘肥体壮。头几年，我们的“白人父亲”挺着大肚子，一顿饭吃十只鸭子，却连只鸭脚都不给我们。那些年真是别提了。纳纳普什眼看着族人挨饿死去，所剩无几，然后他的妈妈又被当作温迪哥，那些人打她，却杀不死她。他俩走投无路，奄奄一息。但现在，那只兔子让挨饿的他恢复了些体力，所以他决定去找那头水牛。他拿起了妈妈的短柄小斧和爸爸的枪。

他拖着沉重的步子往前走，一英里又一英里，边走边唱着那首水牛之歌，尽管那首歌让他哭泣，让他心碎。他还记得小时候到处都是水牛。曾经，年幼的他看到猎人们来到河边，便爬上树，朝水牛来的方向望去。那时候，它们遍布大地，数不胜数。他曾经见过那种壮观的景象，可现在它们去哪儿了呢？

有些老人说，水牛消失在地上的一个洞里了。还有人看见，白人跳下火车，开枪打死了几千头水牛，然后任它们腐烂。无论如何，它们不复存在。纳纳普什仍然跌跌撞撞地往前走，一英里又一英里，边走边唱着水牛之歌。他突然想到，自己这么做一定是有原因的。终于，他一低头，看见了水牛的足迹！他简直难以相信，因为饥饿是会让人产生幻觉的。但他跟着那些足迹走了一会儿，发现真的有头水牛。那头老母牛是那么多水牛中仅剩的一头，它年迈体衰，性情古怪，和纳纳普什晚年一样，和我一样，和那些年侥幸存活下来的人一样。

天越来越寒冷。纳纳普什艰难地前行，紧跟那头水牛。水牛摇摇晃晃地走进一片崎岖不平的林地，里面灌木丛生，植被茂密。纳纳普什想，它肯定要在里面安身。但它没有，而是走出去，走上一块平坦开阔的土地。呼啸的寒风迎面吹来，凛冽刺骨。纳纳普什知道，他必须马上开枪打死它。他积聚起饥饿的体内的每一丝意志，继续前进，但那头水牛始终走在前面，迎着大雪，走得比他快多了。

纳纳普什继续往前走，还声嘶力竭地唱着那首水牛之歌。终于，冰天雪地里的水牛听见了他的歌声。它停下来听着，转身朝他走去。现在他和水牛之间大约只隔20英尺远，纳纳普什能清楚地看见，它基本上只剩下一张皮，松垮垮地披在快要散架的骨头上。但是，它以前肯定很壮实。它棕色的双眼透出深深的哀伤，绝望中的纳纳普什也被震撼了。

老母牛，我不愿杀你，纳纳普什说道，因为你是靠智慧和勇气活下来的，而你的同类都被消灭了，你肯定一直在东躲西藏。但你是我家人唯一的希望，或许你就是在等我吧！

纳纳普什又唱起那首歌，因为他知道，水牛等着听呢！听完后，它任由纳纳普什近距离瞄准自己的心脏。“老太太”翻倒在地，充满感情地看着纳纳普什，纳纳普什瘫在它旁边，筋疲力尽。几分钟过后，他振作起来，用力将刀插进它的下腹部。一股血腥气涌上来，他清醒了很多，手脚麻利地拽出了内脏，清理了肋骨腔，边干边嚼着切成片的生牛心和牛肝。可他的手还是在抖，双腿总是发软。他知道自己已有些神志不清。天下起雪，他被困在茫茫无边的风雪怒号中。

大平原上的猎人遇到致命的风雪时，会剥下完整的水牛皮，做个“避难所”，就能存活下来。但钻进动物身体里却很危险，这谁都知道。可纳纳普什神志不清，水牛皮里的温度迷惑了他，引诱着他，所以他爬进水牛的躯壳。一进去，突然袭来的舒适便让他昏昏欲睡。温暖将他包围，吃得饱饱的纳纳普什很快就昏睡过去。他不知不觉地变成了一头水牛。这头水牛同他融为一体，把自己知道的所有事都告诉了他。

当然，暴风雪刚过，纳纳普什便发现自己冻在了水牛肋骨上，凝固的血液紧紧粘住了他。还好他之前把步枪拖了进来，放在能够开枪的地方，所以他设法开枪给自己打出个气洞，不过爆破声太大，他因此耳鸣了好几天。可紧接着枪也开不了了，他只好将枪管捅出气洞，以防它全部冻上，等待着。为了振作精神，他开始唱歌。

暴风雪刚过，他妈妈就过来找他。她把一头豪猪从一棵树里赶了出来，活了下来。她小心翼翼地杀了豪猪，将豪猪刺烧焦融进肉里，所以每块肉都能吃。雪一停，她就开始寻找儿子。她甚至还做了个雪橇，一路拖着，万一儿子受伤了可以派上用场，或者好点的话——他可能打到了猎物，也可以用雪橇来运。很快，她就发现了那个漆黑一团、毛发蓬乱的东西身上的雪已被风刮走一半。她跑过去，雪橇在她身后颠簸着，可当她跑到水牛旁，她吓得跪倒在地，因为她惊讶地听见那个东西正唱着自己从鱼儿那儿学来的歌。然后她回过神来，紧接着大笑起来。她马上就知道，她那愚蠢的儿子把自己困在里面。就这样，阿琪劈开水牛皮，救出纳纳普什，把他绑在雪橇上，拖进树林里。在那儿，她用灌木搭起避风的地方，生上火给他解冻。后来，他们拉着雪橇来回好多次，把水牛一点一点运回去，送给家人和亲戚。

那些人曾想杀死她和保护她的儿子。当他们收到他们母子送来的肉时，十分羞愧。她很大度，但她带走了自己的孩子，再也没回到丈夫身边。

那头老母牛将自己奉献给纳纳普什和他那杀不死的妈妈，因此救活许多人。他的一生中亲人一个个死去，纳纳普什说，每次他因此难过时，他的水牛老奶奶都会跟他说话，安慰他。这头水牛了解发生在纳纳普什妈妈身上的事——它说，对付温迪哥得小心谨慎。该建一个地方让人们举行仪式，恢复平衡和和谐。她说了很多，教导了纳纳普什，所以，随着年龄的增长，纳纳普什会变得大智若愚。

穆夏姆直挺挺地躺了下去，重重地叹了口气，又轻轻地打起呼噜来。我也很快就睡着了，就像水牛肚子里的纳纳普什一样。醒来时，我已忘了穆夏姆讲的故事，不过，那天晚些时候爸爸过来接我时，我又想了起来，因为他提到了那个词：畜生。他脸色苍白，正兴高采烈地和爱德华姨父说话。他说，他们已把那该死的“畜生”关起来了。就在那时，穆夏姆讲的故事我全都想起来了，跟梦境一样生动形象，同时我也明白了，他们抓到强奸妈妈的那个人了。

他是谁？谁？顺着上坡路往家走时，我问爸爸。

很快你就知道了，他说。

到了家，妈妈已起床了，像只蜘蛛一样飞快地在屋子里忙活着打扫卫生。然后瘫在椅子里，喘着气，把刚开了个头或干了一半的活儿晾在那儿。她又站起来，瘦得简直像个火柴棒。她横冲直撞，从冰箱冲到炉子前，又从炉子跑到冰柜前。她静养了那么久，突然又这么活力四射，真让人心酸。她一下子将时速“从零加速到一百公里”，好像不大正常，不过爸爸看上去很高兴，一直忙着完成她没干完的活儿。他们丝毫没注意到我，所以我就走了。

他们已拘留了那个“畜生”，已经有所行动，我顿感一阵轻快，觉得自己又能做回十三岁的孩子了，度过属于我的夏天。我很高兴辞了加油站的工作。我骑上车，轻快地滑下坡。

卡皮家在霍普丹斯的高尔夫球场东边大约三英里处，周围也都是些未完工的项目。高尔夫球场侵占保留地这件事该由镇管理部门和部落委员会[①]协商处理，却一直悬而未决。高尔夫球场延伸至保留地附近，而且大部分利益都给了非印第安人，部落委员会有权把部落地产租给高尔夫球场吗？而且，如果闪电击中了打高尔夫球的人，该谁负责呢？不知这个问题有没有摆到爸爸面前，不过每个人都觉得印第安人去那儿打球该免费，当然，他们没能免费。有时候，卡皮和我会骑车去那儿找打飞了的高尔夫球，准备回卖给高尔夫球手。可那天我去找卡皮一起捡球，他说他想干点别的，但又不知道干什么。我也不知道干什么，所以我们就骑车去了扎克家，安格斯正好在那儿，我们四个人又凑到了一块儿。

离小镇最近的湖滩上有个教堂，更准确地说，是教堂挡住了通往湖滩的路，那条路归教堂所有。教堂前还竖起一道可以锁上的牛栏门，门口的标志写着：禁止饮酒，禁止擅自闯入，禁止一切。在那片属于天主教堂的湖滩上，有座圣母马利亚的雕像，已褪了色，周围都是石头。她身上挂满了念珠串[②]，有一串是安格斯姨妈挂的。我相信，当时就是因为那串念珠，我们才觉得自己有权去那儿。当然啦，天主教堂那块地皮是在我们走投无路的时候（也就是纳纳普什开枪打死水牛的那个时代）得到那块地的，所以其实我们不仅有权利进去，而且还拥有那块

---

① 北美印第安人部落（通常只包括一个保留地）的管理机构，行使立法权。部落主席和部落法庭分别行使行政权和司法权。但有些部落的权力划分界限较模糊，只设部落委员会，不设部落主席和部落法庭，部落委员会行使立法权、行政权和司法权。

② 天主教祈祷时记数用的念珠。

地、那座教堂、那片湖，甚至是特拉维斯·沃兹尼亚克神父的小屋。我们还拥有那片绵延至教堂后山上的墓地和墓地里那片可爱的老橡树林——它们黑压压地笼罩在墓碑上方。但不管我们是否拥有那些，我们还是毫无顾忌地骑车上了山，跳过那扇牛栏门，冲向湖滩。刚到那儿，我们就邂逅了青年邂逅基督组织[①]。

我们骑车经过时，他们正盘腿坐在修剪过的草坪另一边，围成一个圈。我瞥了一眼，能看出那些人里有保留地的孩子，其中有好几个我还认识，还有几个没见过的，可能是天主教高中或大学的暑期志愿者。我以前见过那种志愿者，他们背着旅行包到处游历，穿着亮橙色的T恤，胸口处印有黑色的圣心图案。愿意跟他们交谈的人多数已皈依，他们一定很失望。管他呢！我们溜了过去，把自行车放倒在码头旁。我们在丛林中开路，绕过一个拐角，去了另一片湖滩，那儿更隐秘些。

我们把裤子藏起来吧，安格斯提议道，以防他们有人过来偷我们的衣服。根本就不会有谁会偷衣服，不过我们在水里裸泳、打闹了半个小时后，的确来了两个人。那个高个儿肤色白皙，头发是深亚麻色，弓着身子，看起来年龄比另一个大点，可能是大学生，脸上长满了粉刺，你以前肯定从没见过那么多粉刺。另一个，嗯，跟他完全相反。是个女孩，怎么说呢，我觉得你会把她形容成一个美梦。后来我们就是这么叫她的，梦中女孩。焦糖色的皮肤，棕色的大眼睛像天鹅绒一样温柔，棕色的直发用一条可爱的发带束到脑后。穿着短裤，身材很好。精致的胸部撑起了丑陋的橙色圣心T恤。他们过来时，我正躺在湖滩上，放松地仰望天空。我翻过身来，发现兄弟们都不在了。他们早就走近河岸，站在齐腰深的水里，双手劈向腰间的浪头。卡皮边说着什么，边往后捋了捋头发，我突然注意到，他看起来比扎克或安格斯或者我岁数更大，

① 天主教的静修项目，主要面向十六至二十岁的青年，通常在周末举行。

更结实。我起身游进水中，站在我的朋友身边。

所以再次请你们离开，那个满脸粉刺的家伙说。

那我也再问一次，为什么？卡皮也不甘示弱。

我再说一次，你们听清楚了，那个青年邂逅基督组织的家伙停顿了一下，举起食指指向天空说，这片湖滩专供教堂活动使用，现在，我礼貌地请你们离开。从那天之后，安格斯总是学他这个动作。

不行，卡皮说，我们不想走。他紧紧握起了拳头，水流喷射而出。他斜眯着眼睛看着梦中女孩，一副慵懒的样子。她还没说过话呢，但她正盯着卡皮。

你觉得呢？他朝她点点头。你觉得我们该走吗？

梦中女孩用清晰的嗓音说，我觉得你们该走。

好吧，卡皮答道，既然你这么说的话。然后，他从水里走了出来。

卡皮经过我身边，我斜眼看着他。他的家伙沉重地挂在两腿之间。有人尖叫了一声。是那个小子。

回去！

那个满脸粉刺的家伙冲上前来，想把卡皮扭打回水里。卡皮推开了他，梦中女孩走开了，不过她回头仔细看了一眼。卡皮在水下把那上帝小分队[1]队员绊倒，然后像个摔跤手那样迅速伸出手，把他按在水里。其实他没怎么用劲，起码没我们闹着玩时用力，可那个家伙又大叫起来，卡皮就松了手。

嘿，老兄，卡皮紧紧抓住他的肩膀。那个满脸粉刺的家伙站在湖里吐了起来，我们就走到一边。不好意思，老兄，卡皮说。他伸出手，轻轻拍打着那小子橙色的后背，但那家伙的脸突然变紫了，像死人一样，我们能听见他的后牙磨动的声音。

---

① 指劝说他人入教的团体。

他吓傻了吧还是怎么的，卡皮说。然后，正如卡皮说的那样，那家伙突然翻进湖里，拼命挣扎，摆动着头，要不是我们把他抓过来拎上岸，他早就淹死在那儿了。我们让他平躺在湖滩上，我是唯一穿了袜子的。我卷起一只袜子，塞进他嘴里。然后我们几个轮流抱着他，跟他说话，同时赶快穿好衣服。他不再抽搐，我把袜子拿了出来。我们派安格斯去找特拉维斯神父。

安格斯走后，那家伙呼吸顺畅了，但还是上气不接下气。卡皮说，我们现在怎么办？快点想，第一个。

加入青年邂逅基督，我说。

是啊，扎克应和道，寻求新的生活方式吧！青年邂逅基督，靠念珠为生的原始人……

我明白了，卡皮说，我们皈依吧！是这个家伙让我们皈依了啊！

啊对，那个满脸粉刺的家伙半睁着眼说。他昏厥了，又口吐污物。我们让他侧身躺着，那样他不会噎住，然后他啪的一声都吐了出来，醒了。

我们不打了，老兄，卡皮说，你为我们指引了方向啊！我们觉得，一束光正笼罩着我们。

真的，我说，一束光。

耶稣是救世主，扎克说。他再三重复这句话，一开始是轻轻地吟诵，不过声音越来越大，好像想刺激那个瘦骨嶙峋的家伙——我们得知他叫尼尔——同我们一起站起来，挥动着双手感受圣神[①]。圣神笼罩在我们头顶，穿戴整齐的我们簇拥在浑身湿透的尼尔身边，从灌木丛出发，大声跟着扎克说，天上的圣神真不赖[②]！就在我们头顶上！哈利路

① 同圣父、圣子（耶稣基督）统称为三位一体，合为上帝。

② 原文为“Holy Spirit is right on”。“right on”既是年轻人用来表达“好极了”的流行语，也有“在上面”的意思：基督教福音派的认为圣神在天上，偶尔会降临到人世触碰某个信徒，使其得到“救赎”。

亚[1]！赞美主哟！赞美耶稣雄起[2]！圣母的乳汁！哎哟上帝那家伙的羔羊呐！圆润的圣母子宫[3]！扎克可真是个糟糕的天主教徒！特拉维斯神父不在小分队里，他去处理了点“紧急事务”，所以现在才匆匆地跟着安格斯回来了，身上的长袍在阔步摆动的大腿处打着转。但太晚了。他看到一群穿着橙色T恤的人围住了我们，拥抱、哭泣、举起我们的双手。卡皮倒在他身上，大喊谢谢你，谢谢你，耶稣基督，他只好重重地拍着卡皮的背，卡皮被拍得直嘟哝。他看着我，活像一只被困住的鹰，我一看他那眼神就知道最好别盯着他看。我转过身，正好撞上站在人群外的梦中女孩。她知道事情的真相，脑海里还想着卡皮从水里走出来的样子——这些我可以从她脸上看出来。但我也看得出来，她内心并未矛盾挣扎，也就是说，她坠入了情网。

她叫齐利亚，从蒙大拿州的海伦娜市[4]一路过来，向印第安人传教，可这儿的印第安人不住锥形帐篷，而且许多人的肤色比她自己还浅，所以她很纳闷。

扎克问她为什么她不待在蒙大拿州向那儿的印第安人传教？

什么印第安人？她问。

噢他们，卡皮赶紧说，那些蒙大拿的印第安人，早就是摩门教[5]或

---

①基督教祈祷用词，意为“赞美主”。

②此处在开黄色玩笑。原文为“Rez Erection”，意为“保留地勃起”，与天主教中的“resurrection”（意为“耶稣复活”）发音相似。

③原文为“Holy Fruity Womb”，是扎克对天主教常用祷告经文《圣母经》中的“Blessed is the fruit of thy womb”（你的亲子耶稣同受赞颂）的戏仿。其中，“fruit of thy womb”和内衣品牌“Fruit of the Loom”发音相似，因此令人发笑。这里扎克使用了“fruity”（美国俚语中对打扮艳丽的男同性恋的委婉叫法），更添喜剧效果。

④蒙大拿州首府。

⑤国际性基督教会，耶稣基督后期圣徒教会的俗称，简称“后期圣徒”。总部位于美国犹他州盐湖城。

者耶和华见证人[1]的信徒了，没人会去他们那儿，你该留在这儿传教，这儿有很多不信基督的。

噢，齐利亚说，好吧，反正我们本来也不大会干涉其他传教工作。

她是墨西哥人，家庭和睦。她说家人都反对她去危险地区传教，但最终她还是去了。

实际上，你也算是印第安人，我告诉她。她听了好像不太高兴，于是我又说，也许你是玛雅贵族。

你可能是阿兹特克人[2]，卡皮说。那时候已近黄昏了。特拉维斯神父的暑期项目的最后两天，我们每天都参加，就为了能看见梦中女孩。她和卡皮已开始打情骂俏了。

对，我觉得你就是阿兹特克人。卡皮半是嘲弄地看着她。你会直接把手伸进男人的胸腔，把他的心挖出来。

她将视线移开，但露出了微笑。

扎克伸出拳头，一张一合，发出砰砰声，但卡皮和梦中女孩都没理他。我们三个知道自己没戏了，卡皮赢了。但我们还是想接近她，希望她会让我们真心皈依天主教。

回到家，妈妈的精力仍旧充沛。她脸上多了两道色条，我意识到她涂了腮红。她正在吃含铁药片和其他药片。这些玩意儿在厨房的储物柜里有六瓶。晚饭她用六月果做了煎饼。我把自己加入青年邂逅基督组织的起因经过全盘托出，还告诉他们，明天我就该去教堂了，他俩坐在那儿听着，面露疑色。

---

① 基督教非传统教派，认为信仰应完全依据《圣经》，否认传统基督教中三位一体的教义，常被传统基督教徒视为异端。

② 14 世纪至 16 世纪生活在古代墨西哥中部的民族，源于墨西哥西北的游牧部落，骁勇好战，有人祭传统，建立了特诺奇提特兰城。

青年邂逅？爸爸眯起眼睛问。你辞了怀蒂那儿的工作，就为了加入这个青年邂逅组织？

我辞掉工作是因为怀蒂打索尼娅。

妈妈僵住了。

好吧，爸爸赶紧说，那你邂逅了什么？

生活会更精彩啊。比如说有人向我们提供毒品，我们就想象着耶稣站在中间，比如说安格斯和毒贩子中间，或者我和毒贩子中间。只是举个例子，不是真的。

那好，爸爸说，我记得你们喝过啤酒。耶稣有没有从你们手里夺过啤酒倒在地上？

我们是该那么想。

挺有意思，妈妈说。她的声音正式、平淡，不带一丝挖苦，也不像是假装感兴趣。我本以为除了脸颊凹下去了，胳膊肘凸出来了，腿变得精瘦了，妈妈没其他什么变化。但我突然注意到，她和从前不同了，而我却一直把从前那个她当成真正的妈妈。我一直坚信，在某个时刻，从前那个真正的妈妈会回来的，但现在我明白她可能不会回来了，那个该死的畜生把她偷走了。让那个温暖的她消失了，也许再也回不来了。眼前这个全新的女人令我望而生畏，可能我要花些时间去了解她。可我已十三岁，没那个时间了。

在青年邂逅基督组织的第二天比第一天强多了。早上，我们拿到了属于自己的T恤，直接套在衣服外面，拍了拍印在心口的圣心图案，圣心周围还环绕着荆棘。我们走到湖边，动起嘴唇假唱颂歌，“青年邂逅基督组织”里的每个人都会唱。尼尔已成为我们最好的朋友。保留地的其他孩子都是虔诚的教徒，他们的父母要么担任葬礼上的执事[①]，要么

---

①基督教的神职之一，主要协助神父管理教会。

为参加葬礼的人做馅饼。他们告诉尼尔，我们四个是学校里最坏的一伙，但事实根本不是这样。他们这么说是想让尼尔找回点自信，因为他一开始就说过自己很自卑。但不幸的是，“青年邂逅基督组织”的夏令营只持续两周，我们失去了“长期救赎”的机会。我们皈依的时候，夏令营只剩一天了，所以我们参加了小结会。大家都在总结两周来的收获，我们却没什么好说的。

有个女孩叫鲁比·斯莫克，我认识她姐姐。她说曾有条蛇附在她身上，后来她摆脱了它的控制。我感觉到旁边的扎克身子颤抖起来，赶紧使劲用胳膊肘推了推他。安格斯知道自己该做什么，就在一边咕哝着感谢上帝，可卡皮故意冷冰冰地说，是条什么蛇？特拉维斯神父俯下身，斜眼盯着他。

鲁比是个大块头，短发上喷了定型剂，还染了几绺红色，戴了副耳环，化了浓妆。她的男朋友——吐司——也在那儿，我想不起他的原名了，没人记得。他瘦得皮包骨头，穿着篮球短裤，弓着身子，一副闷闷不乐的样子。他看着卡皮，并无恶意地说，不关你的事。蛇就是蛇。

卡皮举起双手说，我就是问问，老兄！他紧盯着地面。

不过，既然你感兴趣，鲁比说，那条蛇很大，略带棕色，身上有十字交叉的图案，眼睛是金黄色的，头是楔形的，像响尾蛇的头。

蝮蛇[①]，我说，你们摆脱的是条蝮蛇。

特拉维斯神父脸色阴沉，但鲁比好像很高兴。

没关系，神父，她说，乔的姨父是科学老师。

实际上，我也来劲了，继续说道，我觉得你收到的是条枪头洞蛇[②]，它可谓世界上最致命的毒蛇。要是让它咬了手，胳膊就得砍下

---

①小型毒蛇，有剧毒。

②又称矛头蛇。响尾蛇科，体长可达六英尺，有剧毒，多出没于高原和雨林地区。

来，这是唯一的治疗方法。要不就是条丛林王[1]，身长可达十英尺，会伏击猎物，能干掉一头牛呢！枪头洞蛇攻击时，你根本看不见它，它能以闪电般的速度移动。

每个人都兴致勃勃地对着鲁比点点头。有人说，不错啊，鲁比！她好像很自豪。然后特拉维斯神父说：有时候，事情来得特别快，就像枪头洞蛇那样，所以在这个邂逅组织里，我们努力让你们学会如何应对那些快如闪电般的瞬间。但这些瞬间并非是诱惑，不是。你们会做出本能反应。真正的诱惑来得慢得多。早晨醒来后，或是晚上无事可做，很累但还没睡着时，更能感受到诱惑。但快速作用的剧毒不同，眨眼间便能渗入，那时候诱惑就趁虚而入了。所以我们要学习一些方法，让自己忙碌起来，比如做祷告。可能是某种思想、某个方向、脑海里的一点声音、一种预感、一种直觉，都会将你带到你未曾想象过的黑暗之处。

我呆坐在那儿，神父说的话让我感到一阵恐慌，很奇怪。

我们拉着手围成圈，低下头祈祷：万福马利亚。在保留地上，不用皈依天主教你也知道这个，因为杂货店里、酒吧里、学校的走廊里，人们无时无刻不在嘀咕这句话。我们祈祷了十次，每次都会提到“你子宫里的果实”[2]，扎克受不了这句话，甚至都不敢说了，怕自己一说就要笑。那一天差不多就是那样度过的——告解、动员讲话[3]、哭泣、祈祷。你盯着我、我盯着你时，我觉得战栗不安，因为我得盯着吐司黑漆漆的双眼，他的眼神难以捉摸，而且那是男人的眼睛呢，真不知道干吗

① 大型巨蝮属毒蛇，主要分布在中南美洲。

② 天主教《圣母经》的一句经文，是对圣母马利亚及其子耶稣的赞美。

③ 可能源自耶和华任命耶利米作先知时的记载。耶利米被委任为先知之初曾反复抱怨，认为自己不合适。但耶和华命其遵守，并对他进行“动员讲话”，说他已被赋予如堡垒般坚实的力量。他不应畏惧反对的声音，也不应逃避，因为天主同他在一起。后来，天主教中多通过动员讲话赋予信徒面对困难的力量。

要互相凝视！卡皮和齐利亚一直紧盯着对方。他们应该算是心灵的邂逅吧！精神层面的交流。而卡皮却说，那是他这辈子最猛烈的一次勃起。

妈妈的精力来得快，去得也快，她精疲力竭地躺下来休息，不过是躺在沙发上，而没把自己锁在卧室里。我回到家，爸爸让我陪他坐在花园旁边一把生锈的旧餐椅上。那天傍晚，天气凉爽，院子周围的那丛羽叶槭在风中微微拂动。车库旁的大棉白杨在风中沙沙作响。爸爸仰着头，想捕捉缓缓落山的太阳余晖。

我之前问过他的，那个该死的畜生是谁，他正努力思考着该怎么说。

是谁啊？

爸爸摇摇头。

问题是，他答道，问题是……他措辞谨慎。还有一场审讯，法官会根据这场审讯决定，那个人能否被指控。但甚至到现在，我们也许都在试探底线。被告辩护律师现在正向法院申请释放被告。加比尔还在坚持，但他没证据。大部分强奸案都没走到这一步，但我们有加比尔。被告还扬言要起诉印第安事务管理局。尽管我们知道就是他干的，尽管我们知道所有的证据都吻合。

到底是谁？他们干吗不干脆把他绞死呢？

爸爸把头埋进双手。我对他说，对不起。

不怪你，他压抑地说，我真希望绞死他。相信我。我把自己想象成古时候西方的绞刑审判官，我也很乐意亲手行刑。我也想过像牛仔那样对他[①]，但我不能那样做，我们要遵守传统的阿尼什纳比律法。我们本可以坐下来裁决他的命运，但我们现有

---

① 指不走法律程序私自处置。

的体制……

她不知道事情发生的地点，我说。

爸爸低下头。我们很难站住脚。管辖权限不清，犯罪地点也没有确切描述。他翻过一张小纸片，在上面画了个圆，然后在圆圈上轻轻敲动着铅笔，紧接着在圆圈外画了幅地图。

这儿是圆屋。它后面就是划给斯莫克尔家族的地，现在分成了零零碎碎的几部分，不管对谁都没什么大用处。然后，其中一块卖了，现在是个人土地。圆屋位于部落托管地的边上，的确在我们的法庭管辖范围内，但我们无权审判在那儿犯案的白人，所以只能运用联邦法律。从圆屋通往湖边的地也是部落托管地，但紧挨着它的那块地的一角就是州立公园，只适用于本州法律。那个草场的另一边，树更多的地方，还有一部分圆屋用地，也属于我们。

好吧，我看着那幅图说。好吧，为什么她不能撒个谎呢？

爸爸转过头，注视着我。眼睛下的皮肤变成了紫灰色，双颊上满是松垮的褶皱。

我不能让她那么做。所以还是那个问题。的确是拉克干的，可是在哪儿呢？部落土地？个人土地？白人土地？还是州土地？如果我们不知道哪项法律适用，就没法起诉。

如果事情不是在那儿发生的……

当然，可它偏偏发生在那儿。

其实当时妈妈一说，你就知道了。

你也是，爸爸说。

妈妈终于当着我的面打破沉默，调查有所进展，从那时起，我坚持要求爸爸告诉我进展如何。他的确告诉了我一些，但绝对没全部透露。比如他就没跟我提狗的事。我们交谈后的第二天，一个搜救队来到保留地。从蒙大拿州来的，是扎克听说的。

我们骑着车到处瞎逛，在泥地里玩平衡特技[①]，绕过医院附近铺满碎石的大院子，跃过零碎的凤仙花和苜蓿花丛。那天是星期六，齐利亚和夏令营里的其他领队乘公交车最后去一次和平花园。领导小组活动结束后，他们就要离开了。小组活动持续了三天，卡皮在里面扮演沃尔夫。

他想和我较量克林贡语[②]，今天真是个死亡的好日子[③]！他想做个三百六十度旋转，却摔了个狗啃泥。

今天真是个死亡的好日子！他大叫。

真他妈的是！我回喊道。

安格斯最擅长模仿数据。请继续你们琐碎的争吵，他说，太有趣了[④]。说着还举起手指。

就在那时，扎克骑车上来告诉我们，下面的湖边，搜救队、警察还有小货车正在牵引征用的渔船。我们赶到湖边时，看见他们、搜救犬和它们的训练员坐在四条小铝船上，舷外马达顶多十五马力。有各个品种的警犬，有只金黄色的，有只身材短小的，看起来像安格斯家结痂的保留地杂种狗和珀尔的杂交品种，还有只毛发柔顺的黑色拉布拉多和一只德国牧羊犬。

他们在找一辆沉下去的车，扎克说，我就知道这些了。

我知道他们在找梅拉的车。根据妈妈说过的话，我知道袭击者把车沉到湖底了。我也知道，他们在找梅拉。我禁不住想象起来，他是怎样增加她尸体的重量的，又用了什么方法把她放回车里。我不愿想起这些事，可这些可怕的想法老是在我脑海里徘徊。我们看

---

① 自行车或摩托车前轮离地的平衡特技。

② 美国语言学家马克·欧克朗为20世纪末美国科幻电影和连续剧《星际迷航》发明的语言。影片中，使用这种语言的克林贡人是一个掌握着高科技却野蛮好战的外星种族。

③ 原文为克林贡语。

④ 《星际迷航：下一代》第一季第11集《天堂》中数据的台词。

了那些搜寻的人一整天，那些搜救犬嗅着水面上的空气，训练员注视着它们的每一个动作。那可是个慢活儿。他们面色平静地沿着水面移动，有板有眼地搜索着，就像在湖底放了张看不见的坐标方格。他们一直忙到天黑才停下，在岸边支起了帐篷和就餐营地。

第二天，我们很早就去了那儿，更近一步看着，实际上是特别近。我们也不是特意那么做。我们停了车，趁别人不注意爬到营地，那儿又是一阵喧嚣忙碌。他们确定了一个目标，紧接着我们看到两个穿着湿式潜水服[①]的潜水员坐船出去了。大家都知道，靠近岸边的地方，湖床陡直下降，湖水突然变得很深，就在那儿，潜水员俯身跳了下去。我们一直以为有一百英尺深，后来才知道只有二十英尺。就在那片湖水上方，有一方峭壁，我们就躲在那儿，看了一整天。我们又饿又渴，刚商量着溜走，一辆拖车轰隆隆地开下了布满车辙的道路。搜寻的人不停地摆手，指挥着拖车倒到水边才停下。我们藏在灌木丛里，看见一辆红棕色的雪佛兰新星被吊上岸，滴着水，沾满了水草。当然，我们都希望看到一具尸体。安格斯小声说：准备好喔，我们会做噩梦的。他曾经见过淹死的叔叔。但车里没什么尸体。虽然隔着杂草，但从我们待的那个地方正好可以清楚地看到车里的情形。我们看见满是淤泥的湖水流过车，流了出去。车窗都被摇了下来，门也很快打开了，里面没有尸体，什么也没有，一开始我是这么想的，但后来发现了一样东西。

一看到它，我顿时震惊了。那东西就好像一根刺，一开始在表面，后来慢慢深入，那一整天，整个晚上。然后，那天晚上，我刚睡着就看见它，又醒了过来。

---

① 常用潜水衣，多由发泡橡胶制成。冷水渗入后，在潜水服和皮肤之间不再流动，从而保持体温。

车后窗处有一堆玩具，有些是塑料的，还有个玩具熊，里面可能填充了麦麸。那些玩具都被水冲到了一起，所以你根本看不清都是些什么玩意，但我看见了一小块碎布，那是块蓝白格子布料，正好和那个塞满钱的玩具娃娃身上穿的衣服配成一套。

第九章
再见

每年浆果成熟时节，家家户户都会去野外露营。他们忙着在灌木丛中采摘浆果，好不开心。穆夏姆出生在“浆果采摘节”九个月之后。他总是说，我跟着爸爸出去摘浆果，却是跟妈妈一起回来的。他觉得这真是个大玩笑，所以总是庆祝他的“受精”，而不是“出世”。实际上他一直坚信，自己出生于1885年正受围攻的巴托什[①]。对于这一点，爸爸私下有些怀疑。不过有一点是真的，路易斯·瑞尔被捕并被判绞刑后，穆夏姆的家人就逃离了巴托什，离开了他们干净的小屋、土地、谷仓和淡水井。那时候，穆夏姆还是个孩子。他们南下越过加美边境，可那儿的人不大欢迎他们。不过，还是有个异常好心的酋长收留了他们。那个酋长告诉美国政府，或许政府会对那些混血印第安人[②]不管不问，不给他们土地，但印第安人不会这么做，他们会把这些混血儿当自己人。之后的几年里，慷慨的纯血印第安人日子并不好过，而那些混血印第安人已学会耕种、养家禽，日子好过得多，最后反客为主，甚至看不起曾救过他们性命的人。而穆夏姆却渐渐摒弃了梅蒂人的生活方式——先是加入了天主教，然后说起了纯粹的齐佩瓦语，不带一点法语口音，甚至还给自己做了一套漂亮的帕瓦仪式舞蹈套装，但他仍然跳吉格舞[③]，也会喝酒——就像那时候人们说的那样：他又回到毯子里了[④]。不是说他真的披着毯子。不过有时候，他还真会披上毯子，去圆屋参加灌木丛中的汗屋仪式。所有到处狂饮作乐惹麻烦的人都是他的朋友，还有那些拼死保护保留地的人——政府突发奇想，印第安事务官进行人口普查，政府实施土地分配政策[⑤]，他们脚下的土地不断易主。那些年，很多印第安事务官通过窃取配额捞足了油水，而许多印第安人却因为政府的空头支票家徒四壁，潦倒而死。

那天，我们聚到一起为穆夏姆庆祝生日。他说，看现在食物多么充足！到处都是吃的。肥胖的印第安人！我那个年代，根本看不见胖印第安人！

伊格纳西亚奶奶和他一起坐在古色古香的凉亭下。那是爱德华姨父和怀蒂舅舅特地为他的生日宴会搭的。他们把刚砍下的小杨树架在柱子上，做了个遮阳篷，上面的树叶还鲜嫩着呢！两个老人坐在塑料编织的躺椅里，喝着热茶，尽管天气很暖和。克莱门斯吩咐我跟穆夏姆坐在一起，看着他，别让他中暑。听见穆夏姆提到“胖印第安人”，伊格纳西亚奶奶摇了摇头。

我就有过一个胖胖的印第安丈夫，她告诉穆夏姆，他的鸡巴又长又大，不过肚子太大，鸡巴竖起来时只能刚刚露出个头。当然，我可不喜欢在他下面，我怕被压扁。

对[6]！当然，那你怎么办？穆夏姆问。

我在上面蹦跶。不过那个肚子，哎哟！像座小山似的，我都看不见山那边的东西。我会大叫，你还在吗？喊出来啊！跟大部分肥胖的印第安人一样，他的屁股却很骨感。天哪！可他“后脸颊”肌肉也很强劲！

---

①加拿大萨斯喀彻温省中部村庄，1885 年加拿大政府军在此击败反抗政府的梅蒂人。

②指梅蒂人，法国人与印第安人混血。

③起源于 16 世纪英国的民间舞蹈，风格欢快活泼。而红河吉格舞是加拿大梅蒂人的传统舞蹈。

④委婉说法，意指被迫离开保留地生活在白人社会的印第安人拒绝接受白人的生活方式，回归到印第安人原来的生活方式。

⑤指 1887 年美国国会通过的《道斯法案》。该法案授权美国总统调查美国印第安部落土地并将其分配给印第安个人，接受土地并脱离部落的印第安个人可获得美国公民身份。自此，拥有土地的不再是印第安部落，而是印第安个人。但由于印第安人数量较少，分配后剩下的无主土地便卖给了白人。许多印第安人因不善经营，迫于生计卖掉了拥有的土地。

⑥原文为齐佩瓦语。

他把我翻过来，跟耍马戏似的。所以我跟他在一起真的很快活啊，那些时光太开心了。

啊呀，穆夏姆说，声音有些惆怅。

但好景不长啊，伊格纳西亚奶奶继续说，有一次，我们正疯狂干着呢，可他突然停了下来。以前有时候他也会觉得很累，身子变重，所以我在上面继续扭来扭去。他的“旗杆”还竖着呢，硬得跟钢一样。不过他很安静，我想可能是睡着了吧！喊出来啊！我叫道，可他没反应。啊呀，从头到尾都在睡觉，太奇怪了！一定在做什么大美梦！所以我就一直干到最后结束——很多次我都高潮了，哎呀呀。最后我下来时就在想，天哪，这家伙战斗力太强啦！我爬到他的另一边，很快就发现原来他没气了。我拍了拍他的脸，没反应。他死了，走了，我亲爱的胖胖丈夫。我为他心痛了整整一年啊！

啊呀，穆夏姆说，死得很快乐嘛！他真是个了不得的爱人啊，伊格纳西亚，你看他都去了那头还要满足你。我也希望能那样死去，可谁会给我这个机会呢？

还硬得起来吗？伊格纳西亚问。

光靠它自己是没办法了，穆夏姆说。

哎哟，伊格纳西亚说，都用了一百年了，要是还能用，就是奇迹了。不过只要你多祈祷几次。她咯咯笑了起来。

穆夏姆单薄的双肩抖动起来。为勃起祈祷！这主意不赖！也许我该向圣约瑟夫①祈祷。他做过木匠，和木头打过交道。

那些修女们可从没提过守护性生活②的圣徒啊！

穆夏姆说，我向圣犹大③祷告吧，就是那个拯救无望之人的。

---

① 圣母马利亚的丈夫，与圣母马利亚共同养育了耶稣。在天主教中，每种活动、每个突发事件都有对应的守护圣徒，圣约瑟夫是其中之一。

② 原文为齐佩瓦语。

③ 天主教中“无望之人事”的守护圣徒犹大·撒迪厄斯，并非出卖耶稣的加略人犹大。所有方法行不通时，可向他求助，他的帮助通常在最后一刻到来。

那我要向圣安东尼[1]祈祷了，就是那个负责弄丢了的东西的。你都这么一大把年纪了，克莱门斯今天给你穿的这条裤子里，你可能根本就找不着自己的家伙。

啊，说起这条裤子，料子不错的。

我另一个丈夫，伊格纳西亚接着说道，鸡巴特别小，也有一条你穿的这种裤子，质量特别好。他做爱时跟只兔子似的，快进快出，不过一次持续好几个小时。我就躺在那儿瞎想，想自己的事，悠闲自在，什么都感觉不到，然后有一天，我感觉到了。哇哦！我大叫一声。你怎么啦？长了吗？

对，我给它浇水了，他边说边进进出出，还施肥了。

啊！我叫得更大声了，你用了什么啊？

我开玩笑的，太太。我从河里搞来的泥，把它弄大了。噢不！

一下子，我又什么都感觉不到了。

掉了，他说。

都掉了？

不是，只是泥掉了。他很沮丧。噢亲爱的，他说，我想让你像野猫那样尖叫。只要你高兴，我搭上命也乐意。我跟他说，没事儿，我教你另一招。

于是我教了他两下子，他学得很不错，所以我叫出了他从没听过的声音。有一次，我们搞得床脚上方的挂灯都摇晃起来。他正像只兔子一样卖力地干着，那盏灯就从钩子上掉了下来，砸在他屁股上。我听见他还跟朋友说起这事，他们都笑得前俯后仰，然后他说，我还挺幸运的，要是我照老婆子教的那样干，她是开心了，可那灯砸的就是我的头了。

呀咿！穆夏姆的茶从嘴里喷了出来。我递给他一块手帕，因为克莱

---

① 天主教中“丢失的物体或人”的守护圣徒。天主教徒如有东西丢失就向他求助。

门斯叮嘱过我，别让食物粘在穆夏姆的头发上。穆夏姆的头发油腻腻的，一绺绺地悬在脸上，他就喜欢那样，可克莱门斯不喜欢。

咱俩年轻时也没尝试下，真是遗憾，伊格纳西亚说，你现在都是枯枝败叶了，满足不了我啦！不过我记得，你当年可是帅得一塌糊涂。

那是，穆夏姆答道。

茶水沿他的脖子流下，我赶紧用手帕吸干，免得流到挺括的白色衬衫领上。好几个女孩都为我发狂呢，穆夏姆继续说道，不过我漂亮的妻子在世时，我一直遵循着天主教教义[①]。

那也不算难事，伊格纳西亚哼着鼻子说，你忠诚吗？（他们都把“忠诚”说成“严重”[②]；其实，他们的对话里所有的 *th* 都发成了 *t*。）

我“严重”得很，穆夏姆说，在某种程度上。

什么程度？伊格纳西亚严厉地问道。她总是支持女人在婚外找刺激，但完全无法忍受男人那样。喔等等，老朋友，我怎么能忘了呢？某种程度！哎呀呀，太有趣了。

哎呀呀[③]！对呀，当然啦，她就是住在那个小岛上的人啊，那个露露。你跟她还有个儿子呢！

我很惊讶，不过他俩都没注意到。难道谁都知道我有个舅舅，只有我被蒙在鼓里？穆夏姆的这个儿子是谁呢？我忍住没问，环视四周，很多客人当然是拉马丁家和莫里西家的。这时，伊格纳西亚说出了他的名字。

那个阿尔文过得不错啊！

阿尔文，怀蒂的朋友！阿尔文总是像家人一样。好吧，我给白人讲这事时，他们都很惊讶，而我讲给印第安人听时，他们总是见怪不怪。

---

①此处指两性之间的忠诚。婚姻圣事是天主教“七件圣事”之一。
②忠诚是“faithful”，但被念成“fateful”，意为“有重大影响的、严重的”。
③原文为齐佩瓦语。

而且，他们约会时通常会意外找到他们的“亲戚”，或者至少会在十几岁时才明白谁是自己真正的家人。也许是因为，没人想去解释这种明摆着的事儿，也可能因为我还小，没听说过这种事。不管怎么说，我现在知道安格斯算是我的表亲了，斯塔尔是莫里西家族的人，而她的姐妹——安格斯的妈妈——曾经嫁给阿尔文的弟弟，万斯。不过万斯跟阿尔文同母异父，所以我跟安格斯只算远亲。这种表亲该怎么称呼呢？我坐在那儿，满脑子都是疑惑，或者我该问问穆夏姆或伊格纳西亚？

打扰一下，我说。

啊当然！孩子，你真懂礼貌！伊格纳西亚奶奶突然注意到我坐在那儿，用她那乌鸦一般锐利的眼神盯着我。

如果阿尔文算我半个舅舅，而斯塔尔的姐妹嫁给过万斯，生了安格斯，那安格斯和我是什么关系？

你们可以结婚，伊格纳西亚奶奶用低哑的声音答道，哎呀呀！开个玩笑，孩子。你可以和安格斯的妹妹结婚。不过你这问题问得不错。

他算你四分之一个表兄弟，穆夏姆坚定地说，你不用像对待亲表兄弟那样对他，不过他比朋友更亲密。你要保护他，但不用为他弃始[①]。

他就是那么说的，弃始。除了说齐佩瓦语长大的，现在我们大部分人都会发“*th*”音，但很多时候还是习惯性地丢掉“*th*”音。爸爸觉得作为一个法官，必须清楚地发出每个“*th*”音，可妈妈却不这样认为。我呢，上大学后才丢掉了“*d*”，发起了“*th*”。许多印第安人都是这样。我曾经写过一首诗，探讨所有本应发成“*th*”的“*d*”，写得很差劲，还在保留地内到处流传。一个朋友读了之后，觉得那想法有点价值，而她正好是语言学专业，就以此为主题写了篇论文。几年后，我跟她回到保留地结了婚。我发现，我们一回保留地就不发“*th*”而重拾

① 即“去死”，穆夏姆将“the death”念成“da dett”。

“*d*”了。不过，她虽然是语言专业的学生，却也不知道安格斯和我的表兄弟关系究竟该如何称呼。穆夏姆说我一定要站在安格斯这边，但仅此而已。我用不着为他去死。穆夏姆的这番话是最好的定义，对我来说如释重负。

这时，又来了一些人，坐在我们身边，其实算是一群人围坐在穆夏姆身边。大家都将注意力集中在坐在树阴下的穆夏姆身上。带相机的人找好角度，妈妈和克莱门斯分别站在穆夏姆两边，三个人头靠头，摆姿势拍照。然后克莱门斯跑回屋子里，紧接着，挤在人群边上的孩子们尖叫起来，打破了寂静：蛋糕！蛋糕！

克莱门斯和爱德华正摆弄着相机，约瑟夫表哥和埃维莉娜表姐端来了一个非同寻常的蛋糕。那是克莱门斯做的单层大蛋糕，上面抹了穆夏姆最爱的掺有威士忌的糖霜。蛋糕跟桌面一样大，被糖霜粘在一块盖有锡箔纸的纤维板上，上面精致地写着穆夏姆的名字，还插了至少一百根蜡烛。约瑟夫和埃维莉娜小心翼翼地端着蛋糕走过来，已点燃的蜡烛闪烁着明亮的光芒。大家为他们让开一条路，他们把亮闪闪的蛋糕送到穆夏姆面前，我也赶紧溜到一边，伊格纳西亚好像有些妒忌。微弱的火焰映着穆夏姆暗淡的双眼，大家用奥吉布瓦语和英语唱起生日歌，又唱起一曲梅蒂小调。蜡烛越来越短，火焰却越来越旺，蜡油滴到糖霜上，最后只剩下小小的蜡烛头。

吹蜡烛！许愿！大家大叫着，可穆夏姆却好像被烛光迷住了。伊格纳西亚奶奶凑在他耳边提醒他。终于，他点了点头，俯身靠近蛋糕，就在那时，一股清风吹进凉亭，是一阵微风。你肯定觉得它会把蜡烛吹灭，但恰恰相反。它带来了氧气，最后一丝火苗复燃了，原来微弱的火苗融合成一簇火焰，点燃了蜡油和威士忌糖霜的混合物。伴着轻轻的嗖的一声，蛋糕着起火来，穆夏姆正弯腰噘嘴准备吹呢，火焰一下子蹿得老高，蹿上穆夏姆那绺油腻的头发。到现在，我还清晰地记得那个画面：火焰环绕着穆夏姆的头，他双眼闪烁着欣喜的光芒，咧着嘴笑得正开心呢，似乎陶醉在烛火中。要不是爱德华姨父处变不惊，赶紧把一大壶柠檬饮料泼在穆夏姆头顶，我的穆夏姆和那个蛋糕可能就一起毁在那场火中了。事有凑巧，约瑟夫和埃维莉娜的手还没从那块纤维板上拿开，就赶紧端着着了火的蛋糕跑到车道上，含酒精成分的糖霜一烧完，火就灭了。爱德华姨父拿着一把长长的面包刀，切掉那层烧焦了的糖霜，又当了一次英雄。他说，剩下的部分还能吃，其实再烤一次更好吃啦！有人带了些冰淇淋，聚会继续。大人让我带穆夏姆进屋休息，让他从刚才的刺激中缓一缓。一进屋，克莱门斯就想剪掉他烧焦的头发。

火苗并未烧到他的皮肤或头皮，不过这场火让穆夏姆特别兴奋。他还在担心，克莱门斯是不是只剪掉了烧得枯黑的那部分。

好的，我尽量啦，爸爸！但你这绺头发很难闻，你知道的。

她还是放弃了。

噢过来，乔。你陪他坐在这儿！

他躺在垫了枕头的沙发上，盖了条针织软毛毯，就像一把枯柴在咧着嘴笑。兴奋过后，他的假牙松了，我拿来一杯水，把假牙浸进去。不巧的是，那是个不透明塑料杯，孩子们正用那种杯子喝饮料呢。我刚转过身，就有个四岁的小子一把抓过杯子，跑到外面，学他的哥哥姐姐们，乐呵呵地喝起了假牙水，直到喝光后让他妈妈再加饮料时，他妈妈这才看见杯子里是什么。不过，我坐在穆夏姆身边，完全没注意到这出闹剧。表哥表姐都回来了，可他们都比我大，而且一直忙着“执行”克莱门斯的命令；说好来参加聚会的几个伙伴还没到。聚会继续进行着。过会儿会有舞蹈、小提琴、电吉他和键盘表演，还会有更多吃的。我那几个伙伴可能在等阿尔文在坑里烤的鹿肉[①]吧，也可能在等从自己家里带来的食物。保留地上的这种聚会总充满着独特的活力。我们还有个

① 印第安人的烧烤传统，在地上挖坑，坑里生火，把肉架在坑上烤。

传统：未被邀请的人也能参加，而且他们可以得到食物——即使是喝醉了吵闹个不停也会受到招待。不过穆夏姆远离了这些喧嚣，“庄重”地躺在客厅的沙发上，就像接受吊唁一样，也就没什么危险了。尽管身处喧嚣之中，但他照样睡得着。我坐在那儿陪着他，他慢慢睡着了。可索尼娅一进来，他就像士兵一样马上惊觉，一定是她那身装束穿透了他的无意识状态。她穿的衬衫上有柔软的麂皮流苏，紧贴胸部，简直是不可饶恕的大罪[①]。那条牛仔裤，让她的腿显得又细又长。我眼睛都瞪圆了。一双新的蜥蜴皮边牛仔长靴！还有那副耳钉，在柔和的光线中闪动着。

她想亲亲我的头顶，被我躲过去了。我走到一边，让她坐我的位子，但我没出去，只是双臂交叉抱在胸前，盯着她。我知道，那件衬衫是用我捡到的玩具娃娃里的钱买的，而且看上去不便宜。她又花了我很多钱。还有那双靴子！谁都会注意到！

索尼娅弯身靠近穆夏姆跟他说话，声音很小，让我很恼火。然后她摇了摇头，大笑起来。穆夏姆张着没牙的嘴，用乞求仰慕的目光看着她，一副神魂颠倒的模样。她靠过去，亲了亲他的脸颊，拉着他的手又说了些什么，然后两个人大笑，夸张地傻笑，后来我觉得很恶心，就走开了。

爸爸妈妈正坐在树阴下的大人就座区。妈妈虽然话不多，但爸爸跟她说话时，她至少会点点头。乐队正在储物棚边上架起设备。储物棚后边，怀蒂正和几个酗酒的人坐在地上，传着一瓶酒。怀蒂一脸郁闷，喝得醉醺醺的。他坐在院子角落里看着聚会，眼前都出现了重影，还想着观察周围的动向。他愤愤地嘀咕着自己那些见不得人的念头，不过还好，那些话完全前言不搭后语。我看见多伊·拉弗内和卡皮的姨妈乔西

① 此处指天主教七宗罪中的色欲。

来了，还有斯塔尔和扎克的妈妈、弟弟妹妹，却不见扎克、安格斯和卡皮的影子。我不想问大人他们在哪，说不定他们正忙呢！于是我骑上停在车库旁的自行车，离开了聚会。我敢肯定，卡皮没来一定跟齐利亚有关，果然，往教堂去的路上，我碰见扎克和安格斯，正沿着曲折的小路缓慢地下山。只有他俩，没见卡皮。

他不过来。等天黑了，他们要在墓地那儿见面。扎克说。

虽然我们仨从第一天起就放弃了齐利亚，但一想起他们要见面，我们还是有些失望。回到姨妈家，聚会正达到高潮，跳吉格舞的人走到草地上，伊格纳西亚奶奶正在中间展示精湛的舞步。我们再也吃不动了，就偷来啤酒，倒在空汽水罐里，然后一边喝一边到处闲逛，听着音乐，看怀蒂紧搂着索尼娅跳两步舞①。直到天色渐晚，爸爸让我骑车回家，我就回去了。我摇摇晃晃地走进院子，把珀尔带进房间，刚要睡着就听见他们回来了。他们走上楼梯，小声说着话，然后跟以前一样进了卧室，最后“喀哒”一声关上门。看来一切都好。

如果能够一直那样——一切都好；如果那个人能死在监狱里；如果他自杀了！但我不能活在如果里。

第二天早上我跟爸爸说，你得告诉我那个畜生长什么样，我得知道。

到时候自然会告诉你的，乔。

妈妈知道他有办法出狱这件事吗？

爸爸把手指放在唇边摇了摇。没有，不知道。好吧，她应该知道了，不过我们还没谈过这个问题。如果她真的知道了，她又会变成以前那样的。爸爸的语速很快，脸都扭曲了。他用手遮住脸，像要把眼睛、鼻子、嘴巴抹掉一样。

---

① 此处应指美国西部乡村两步舞，也称得克萨斯两步舞。通常跟随美国乡村音乐跳动。

我得留意妈妈，还要提防那个人。

他点点头。过了一会儿，他站起来，迈着沉重的脚步走到桌边，在口袋里摸索着钥匙。这时，我看到他棕色的前额像蛋壳一样脆弱，还有几绺白发。那个抽屉他一直锁着，但现在，他打开抽屉，拿出一份文件翻开，走到我跟前，抽出一张照片——嫌疑犯的照片，放在我手里。

你妈妈还没决定要不要告诉别人，他说，这是她的要求。所以不要提起这事。

照片上的人长相英俊，但并不顺眼。他体格强壮，脸色苍白，黑色的双眼闪着光，充满活力，几乎看不见眼白。他嘴巴半张，牙齿整齐洁白，红嘴唇薄薄的。是那个顾客！我辞职前一天来加油的那个人！

我见过他，我说，林登 · 拉克。他在怀蒂那儿加过油。

爸爸没看我，但他紧皱起下巴，嘴巴也僵硬了。

什么时候?

应该就在他被逮捕之前。

爸爸捏着照片，塞回那份文件里。我看得出来，碰到照片时，他的手指都会痛，那张无声的照片有锯齿般的力量。他把文件扔进抽屉，站在那儿，盯着摊在桌上的资料。然后，他松开放在心口处的紧握的拳头，拨弄着一个衬衫扣子。

在怀蒂那儿加过油。

我们能听见，妈妈在外面干活。她把砍下的细长树枝插在番茄旁边，接下来她会把旧床单撕成条状，将带有刺鼻麝香味的番茄茎系在木杆上，那样它们就可以稳稳地向上攀爬生长，不至于折断。番茄已开出了星形小花，暖黄色的。

他研究过我们，爸爸柔声说道，知道我们奈何不了他，他觉得自己能一直逍遥法外，就像他舅老爷那样。

什么意思?

那场私刑[①]。你知道的。

都是过去的事了，爸爸。

拉克的舅老爷是那群白人里的一个。所以，我觉得，他们鄙视印第安人。

我怎么觉得，他可能根本不知道这儿的人还会记得私刑的事儿。

我们认识一些被绞死的人的家人，也认识那些行刑者的家人。我们甚至也知道，被绞死的那些人都是冤枉的。当地有个历史学家又把这件事挖了出来，也证实了这一点。

屋外，妈妈开始收拾工具了。工具在水桶里叮当作响。她转动曲柄，打开水管，给花园浇水，柔缓的水流前后喷溅着。

我们总能逮到他的，我说，是吧，爸爸?

但他一言不发地盯着桌子，好像穿透了橡木桌面，看到了里面的文件和马尼拉纸封面下的那张照片。也许，透过那张照片，他还看到了其他画面，那些尚未水落石出的古老的残忍行径。

林登 · 拉克的母亲过世后，他一直留着她在霍普丹斯郊区的农庄住宅。他一直住在那儿，那座摇摇欲坠、墙面剥落的两层小楼里。以前小楼旁还有花坛和大菜园，当然了，现在那儿杂草丛生，被警戒线围了起来。警犬反复搜查过房子和周围的土地、灌木丛，但一无所获。

没找到梅拉，我说。

那天晚些时候，爸爸跟我说起这件事——屋子里很安静，我在玩游戏，他走了进来。这次他的确跟我说了点事情。南达科他州州长已说

---

①故事详见厄德里克2008年出版的小说《鸽灾》(中译本2017年由上海译文出版社出版)，一群白人将几个无辜的印第安人私下处以绞刑。

了，他准备收养的孩子来自拉皮德城[1]的社会服务机构——警方也证实了这一说法。据拉皮德城的人说，大约一个月前，有个男人在好意大厦的家具区，丢下一个在婴儿车里熟睡的孩子。孩子的短上衣上别了张纸条，上面写着孩子的父母已不在人世。

是梅拉的孩子吗？

爸爸点点头。

你妈看过照片了，她确认是梅拉的孩子。

妈妈现在在哪儿？我问他。

爸爸扬起眉毛，还处在刚才的惊讶中。

我刚送她去上班。

在确认了那个孩子身份的几天后，妈妈就开始按时上班了。办公室里积压了一堆工作，她得理清一些人的血缘比例情况，还有些对自己族谱心存希望的人想知道他们的祖母是不是曾经的印第安公主。有些保留地的孩子长大归来，他们先前脱离部落，被外面的人收养——其实基本上是被州立福利机构偷走；还有人已放弃印第安人的身份，但他们的孩子还渴望与保留地保持联系，就举家回保留地度假，顺道了解自己的文化传统。所以妈妈忙得不可开交，在那些受赌场诱惑而想成为印第安人的人蜂拥而至后，她会更忙。显然，只要拉克不放出来，只要孩子安全，我妈妈就能安心工作。那几天，一切都很平常，但那种平常却让人胆战心惊。我们听说，那孩子现在和她的外公外婆——乔治·沃尔夫斯金和奥罗拉·沃尔夫斯金——住在一起。她可能永远待在那儿了，或者至少等到梅拉回来——如果她还能回来的话。大概在第四天妈妈跟爸爸说，她要跟加比尔·奥尔森和毕尔克探员谈谈，因为孩子现在已经安全，她也突然想起来丢失的文件放在哪儿了。

---

① 南达科他州西南部城市。

好啊，爸爸说，在哪儿？

我把它放在车前座下了。

爸爸一听就出去了，回来时手上多了个文件夹。

他们又去了俾斯麦，我就住在克莱门斯姨妈家。穆夏姆生日时挂的横幅已拿了下来，啤酒罐被踩扁了，树阴下的树叶也干枯了。克莱门斯姨妈家又重现平静，不过总是有人登门拜访——不只有亲戚朋友，还有专门来看穆夏姆的学生或教授——所以平静中仍有几分欢快。他们用录音机录下穆夏姆说的话，听穆夏姆讲以前的事，或者听他说梅蒂语、奥吉布瓦语、克里[①]语，或者三种一起说。不过，穆夏姆跟他们说的其实很少，他真正的故事都是夜里讲的。我和他一起睡在埃维莉娜的房间，入夜一两个小时后，我就醒了过来，听他讲故事。

圆 屋

纳纳普什说，那些人让他杀死他妈妈时，他的心裂开了一个大口子，深深的裂隙再也无法修补。裂隙出现之前，他爱他的爸爸，相信他做的一切，但现在那样的爱和信任——不只对他爸爸的信任，还有其他信任——完全崩塌、消失了。的确存在温迪哥——有些人在饥饿时期丢掉了自己的良心，便会垂涎他人的血肉。但也有些人可能是被诬陷的。治疗温迪哥的方法通常很简单：喝上几大碗热汤就行。可谁也没给阿琪试过，也没人咨询长者、智者有什么治疗方子。那些他爱过的人，包括他的叔叔舅舅，那么轻易地就背叛了妈妈，所以纳纳普什无法再相信他们，无法再相信他们的任何言行。裂隙出现之后，纳纳普什并

---

① 北美洲最大的原住民部落之一，主要居住在加拿大和美国北部。穆夏姆是克里人和法裔加拿大人的后代，因此也懂克里语。

不孤单，他还有哭喊着要妈妈的弟弟妹妹，有妈妈，还有那个为他遮风挡雪的老母牛的灵魂。

那头老母牛对纳纳普什说出了她的看法：正因为他的所作所为没有像其他人那样，所以才活了下来。他们遗弃，他来拯救；他们残忍，他却仁慈；他们背叛，他却忠诚。于是，纳纳普什决定，在任何事情上他都要让人捉摸不定。他对权威完全失去了信任，所以他决定远离别人，独立思考，即使做出最荒唐的事也在所不惜。

你可以那么做，老母牛说，但即使你变成了傻瓜，最终人们仍会把你当作智者。他们会来找你。

但纳纳普什不想让任何人来找他。

那是不可能的，老母牛说，但我可以给你个建议，闭上眼睛努力想象，看看我在想什么。

纳纳普什闭眼冥想。他看见了一间房子，甚至还看见了如何搭建这个房子。那是圆屋，老母牛继续说着。

我们水牛曾让你的族人团结一致。你们知道如何捕杀、利用我们；你们的氏族有相关的法令，你们按规则捕猎，那些规则尊重我们的生命，也迫使你们同心协力。现在我们离去了，但你刚才在我的体内取暖，所以你该有所感悟。圆屋就是我的身体，房梁是我的肋骨，火是我的心。它也是你妈妈的身体，所以你必须像尊重你妈妈那样尊重它。妈妈总是把心思全部倾注在孩子身上，这样你的族人们来到圆屋时就会想起他们的孩子。

圆屋就是这么来的，穆夏姆说道，人们在纳纳普什的指导下搭起圆屋时，我还年轻呢!

我坐起来，看着穆夏姆，但他早就翻过身去打起鼾了。我醒着，躺在那儿，想着山上的那个地方，想着草地上刮过的神圣的风，想着那屋子曾怎样向我呼喊。我能看到某个更大的东西的一部分，一个想法，一个真相，但只是个片段。我看不到全部，只能看见那种生活[1]的一个影子。

三四天后，克莱门斯和爱德华姨父要去迈诺特买个新冰柜。他们一大早就出发了，那时我还没起床。穆夏姆跟往常一样，六点钟就起了。他喝完咖啡，把克莱门斯做的鸡蛋、烤面包和棕色的黄油炸土豆全给吃了，包括我那份。我去厨房拿了片本应中午吃的冷肉糜糕，夹在两片软白面包中间，抹上番茄酱，然后问穆夏姆他想干什么，可他看起来迷迷糊糊的。

你忙你的去，他摆摆手，我就待在家。

克莱门斯说了，我得跟你待一块儿。

啊呀，她把我当黄毛小儿啦！你走！出去好好玩儿！

说完，他蹒跚着走到埃维莉娜以前用的梳妆台前，拉开最上面的抽屉，乱翻一气，翻出一只旧灰袜子。他把袜子在我面前晃了晃，还意味深长地看着我，然后把手伸了进去。他戴上假牙，而那通常意味着有人要来。紧接着，他得意洋洋地从袜子里拉出一张十美元纸币，朝我挥了挥。

拿走！尽情狂欢去吧！拿走[2]！

我没拿。

你肯定有事，穆夏姆。

有事，他说着就坐下了，有事。然后他强忍住愤怒说，男人怎样才算男人啊？！

也许我能帮你，我说。

呃，好吧好吧！克莱门斯把我的酒放在厨房高处的储物柜里，你可以帮我拿下来！

---

① 指齐佩瓦人过去以水牛为生时的生活。
② 原文为齐佩瓦语。

那时还没到中午呢，但随即我想，有什么关系呢？穆夏姆都那么大岁数了，想喝杯威士忌时就该满足他。他生日那天，克莱门斯给他喝过，但只倒了一点，后来还给他喝了很多拉布拉多茶解酒。我正站在厨房的桌子上找酒时，索尼娅从后门进来了，提着一只把手结实的塑料购物袋。一开始我以为她又拿我的钱去买东西了，过来让克莱门斯看看她都买了些什么。我拿着酒吃力地爬下桌子，挑衅地说，看这样子，你又去“大采购”了！我站在她面前，接着说，我们去把那些存折挖出来，去各个银行把钱都提出来，索尼娅！

好吧，她答道，蓝色的双眼眼神柔和，却有些伤心。那好吧！

别说什么钱了，穆夏姆跌跌撞撞地走近索尼娅，抓起她的胳膊，温柔地说。

这老头儿又有钱又有酒，我亲爱的[①]宝贝[②]。

说完他就领着索尼娅和那个沉沉的购物袋往卧室走去。

出去玩去！他对我说，拿来！他伸手向我要酒。

但我站在原地不动。

我哪儿也不去，我说，克莱门斯让我待在家。

我跟着他们进了卧室，他们无奈地看着我。我坐在床上。

我不走，起码，得让我看看袋子里是什么。

穆夏姆很生气地朝我哼了一声，一把夺过酒瓶，大喝了一口。索尼娅坐在那儿，绷着脸，噘起嘴。她穿了套粉色长毛绒运动装，里面是件低领T恤。项链上的银色心形吊坠刚好指向若隐若现的乳沟，她坐在窗前，头发在阳光的照射下泛着光泽。

乔，她说，这是给穆夏姆的生日礼物。

什么？

就是袋子里的东西。

---

①原文为法语。

②原文为齐佩瓦语。

好啊，那你给他啊！

是……呃……是个成人礼物。

成人礼物？

索尼娅做了个鬼脸，那意思是“这还用说”。

我闭上嘴，看了看穆夏姆，又看看索尼娅，来回看了几次，可他们都不看对方。

我要礼貌地请你离开，乔。

可她边说边从袋子里把东西拿了出来——算不上是衣服——只是些布条、圆形闪片、闪闪发光的流苏，还有几股长长的头发和毛皮、带有长长的真皮系带的高跟拖鞋。我以前见过她穿戴着这些东西，就在那个贴着“家庭作业”标签的文件夹里。

我不走，我一屁股坐在穆夏姆旁边——他那张矮矮的小床上。

你必须得走！索尼娅盯着我说，乔！她严肃起来，我从没见过她那样。出去！她命令我。

我不，我说。

你不？她站起来，双手叉腰，鼓起腮帮子，火冒三丈。

我也很生气，但我没想到我会那么说。

你会让我留下的，你要是不让我留下，我就把钱的事告诉怀蒂。

索尼娅呆住了，她坐了回去，手里还拿着些闪亮的布条。她盯着我，表情冷漠，我实在搞不懂那意味着什么。她的双眼蒙上了一层薄雾，让她看起来那么年轻。

真的？她难过地说，声音很低。真的吗？

那时候我就该走的——接下来的半个小时我真希望自己走了，不过我也高兴自己留了下来。后来，每当我想起接下来发生的事，心中总有说不出的滋味。

又说钱，啊呀，穆夏姆厌恶地大叫道。他的话让我想起了那些钱和索尼娅的钻石耳钉。

我夺过穆夏姆的酒，喝了一口。威士忌呛得我眼泪都流出来了。

他是个好孩子，穆夏姆说。

索尼娅紧盯着我，你这么觉得？你真觉得他是个好孩子？她坐下来，手里拿着亮闪闪的文胸，往膝盖上猛抽。

他把我照顾得很好。穆夏姆喝了口酒，把瓶子递给我，我又递给索尼娅。

你会告诉怀蒂，嗯？

她很难看地笑了一下，我有些不安。然后她仰头喝了一大口。穆夏姆呷了一口，又递给我。索尼娅眯缝起双眼，蓝色的眼珠渐渐变成两个黑点。所以你跟怀蒂一伙。那行。我去卫生间换衣服。你们待在这儿。如果你敢跟任何人透露一点消息，乔，我就把你的小鸡巴割下来。

我大吃一惊。她卑鄙地笑着说，有得必有失，你这个小骗子！我不会再像你妈似的对你了。

她从袋子底部拿出一台录音机，把插头插在墙上，放进一盒磁带。

等会我进来时，把音乐打开，她命令道，然后就提着袋子穿过走廊去卫生间了。

穆夏姆和我安静地坐在小床上。这时我才想起来，他俩在生日聚会上就窃窃私语，我当时还特别恼火。我的脑袋开始嗡嗡作响。我又灌了口酒。过了会儿，索尼娅回来了，锁上门，转过身子。

我想，当时我和穆夏姆肯定都是目瞪口呆地盯着她。

按“播放”键，乔，她吼道。

音乐响起，先是一阵哀号咏唱，低沉而恍惚。索尼娅的头发用金属圈高高束起，像喷泉一样，向外喷出万缕发丝，布满双肩后背，其实她没那么多头发。她化了浓妆，眉毛如黑色双翼，嘴唇红得吓人。一套正式的灰色丝质紧身衣从脖子裹到双腿，遮住了双臂。她从袖口拉出一把长长的波浪形匕首[1]，举起双臂，活像一位古代女神，准备杀死一只绑在石板上的山羊或活人作祭品。她双手紧握匕首，又换成单手，然后紧盯着它，按下某个开关，匕首亮了起来，闪闪发光。音乐变了——粗嘎的喉音，嘈杂的低吟，突然又传来一阵吠叫，每叫一声，她就把长袍上的尼龙搭扣切开一点——挑逗了我们好一会儿。长袍两侧开出了狭长的切口，一个套着盔甲的胸部即将出现，一条腿也要露出来了，凉鞋的带子一直绑到大腿。终于，一片反复的呼喊嚎叫之后，突然传来一声尖叫。然后寂静无声。她脱掉了长袍。我抓住穆夏姆的胳膊——我不想浪费时间盯着他，哪怕是一秒钟，但我也不想让他摔倒撞到头。我永远也不会忘记，那天在埃维莉娜的卧室里，她站在昏暗的光影里，穿着那双高跟凉鞋，显得很高，头发用金属圈束起，都快碰到天花板了，双腿修长，穿着像是用铁锻造的比基尼泳裤，泳裤上还有个挂锁。她的肚皮干净柔软，肌肤紧致，不知道她是怎么做到的，我从没见她锻炼过啊。还有我的至爱——她的双乳——藏在一片片的塑料盔甲里。胀得满满的护胸甲中心有两颗挺立的假乳头。动物的毛皮和透明的丝巾顺着她的身体流淌而下。她用牙齿咬住匕首，开始摩擦、活动全身的毛皮和布料。她摘下一只薄薄的塑料长手套，轻轻地鞭打自己，用它擦亮自己的贞操带[2]，又掷到我脸上，我差点晕过去。我又抓住穆夏姆。他正高兴地喘着粗气。索尼娅又把另一只手套啪的一声甩在我眼睛上。鼓声响起，索尼娅的肚皮和臀部按照不同的节奏快速旋转起来，动作变得模糊了。穆夏姆把酒瓶递给我。我噎住了。索尼娅旋转着，在我膝盖上踢了一脚。我痛得弯下腰，但目光始终没离开她。鼓声慢慢减弱。她把玩着系着护胸甲的皮带，突然扯开，露出了双乳——上面只戴着金色的流苏，她飞速旋转着那些流苏，先朝这边，又朝那边，我们都看得着了迷。鼓声停下了，我头晕目眩。穆夏姆的呼吸变得不均匀。我听见磁

---

① 刀刃呈波纹形的匕首。

② 用于防止男女性交的金属或橡皮带。

带发出刮擦声，她扯开绑在大腿上的带子，脱下鞋扔到我头上；又解开金属圈扣，头发像狂奔的瀑布一般散落在脸上。她把金属圈也扔给我，然后光着脚走过来，随着狼嚎声扭动起臀部。她把手伸向铁质比基尼泳裤，慢慢拉出一把吊在丝线上的钥匙，穆夏姆早就有所准备了。他一把夺过钥匙，苍老的手抖也没抖一下，就打开了挂锁，解开搭扣，把它扔到一旁，露出了柔软浓密的黑色毛发做的丁字裤。噢，那是兔毛。但那又怎样呢！她叉开双腿跨坐在穆夏姆大腿上，但又尽量不把全身重量放下，用手托着戴着流苏的双乳。

生日快乐，老头儿，她说。

穆夏姆微笑着，脸上洋溢着红光。泪水沿着脸颊上的褶皱流下来。他抱住索尼娅的腰，额头倚在她的乳房之间，呻吟着做了个深呼吸，就没了动静。

哦不，索尼娅把胳膊拿开，小心翼翼地把他放倒在小床上，把耳朵贴近他胸口听着。

我听不到他的心跳，她说。

我也紧紧抓住穆夏姆。我们该做人工呼吸吗？心肺复苏？怎么办？索尼娅？

我不知道。

我们低头看着他。他双眼紧闭，面带微笑，那种快乐的神情我以前从未见过。

他在做梦呢，索尼娅温和地说。她啜泣道，他要走了。我们不要打扰他。她趴在穆夏姆身上，抚平他的头发，喃喃细语着。

他睁开眼，微笑看着她，又闭上了。

也许他还有心跳呢！索尼娅跪下来，重新把耳朵贴在穆夏姆胸口，紧咬着嘴唇。

我听见了，扑扑跳了一两声，她如释重负地说。

我茫然地看着穆夏姆，想在他身上找到生命体征，但他一动不动。

把我的东西捡起来，索尼娅对我说，但她的头还倚在穆夏姆胸口。啊，她说，又跳了一下，不过跳得很慢，而且我觉得他还有呼吸。

我在房间里转了一圈，捡起散落一地的东西，拿到卫生间的购物袋里，又把运动服和网球鞋拿到卧室。她穿衣服时，我转过身，不看她。

穿好衣服后，她拿起那个装着她“脱衣舞装备”的袋子，丢到我脚下。

留着吧，拿去打飞机吧！我不在乎的，她说。她拾起一条我漏捡的流苏，扔在我脸上。

真的很抱歉，我说。

抱歉也没用，不过我一点也不在乎。你知道我是哪儿人吗?

不知道。

德卢斯[①]城外。那地方挺不错的吧?

嗯，应该是吧。

我上过天主教学校，上到八年级。知道我是怎么熬过那段日子的吗?

不知道。

是我妈妈。我妈妈是天主教徒。对，她会去教堂，会去——她常为跑船的干那个，明白她是干什么的吗?

不明白。

她和很多男人那个，乔。知道这是什么意思吗?

我咕哝了几句。

我就这样出生了。她也想把钱留着自己花。知道那意味着什么吗，乔?

不知道。

她常被打，还吸毒，而且，你猜怎么着？我一直不知道我爸是谁。

---

①明尼苏达州第三大城市，是苏必利尔湖畔最大的城市。

我从没见过他，不过我妈妈有时对我很好，有时对我不好，无所谓啦！我辍了学，生下孩子。我没学到东西，什么都没学到。我妈说，如果你什么都没学到，可以跳脱衣舞。就到处跳舞嘛，对吧？别再无所事事了，跳舞去吧！我有个朋友就是干这行的，可以赚钱呐！我说好，我不会再干别的了。你觉得我干别的了吗？

没有。

我全身心投入到那种生活中，然后遇见了怀蒂，你知道的。狩猎季节到了，他们开了更多酒吧供我们跳舞，怀蒂追求我，我去哪儿演出他就跟到哪儿。他开始保护我，让我别再跳了。跟我一起过日子吧，他说。我没问他会不会娶我，你知道为什么吗，乔？

不知道。

我现在就告诉你。我觉得我不值得娶，这就是原因。不值得娶！不然为什么连一个已过壮年、戴着假牙的埃尔维斯①，一个还没我有教养的老家伙，一个喝醉了就会打我的人——为什么连那样一个人都能和我在一起，啊？

我不知道。我以为……

你以为我们结婚了。好吧，其实没有。怀蒂没给我这个荣幸，只是给了我一个廉价的戒指。我现在一点都不在意了。还有你，我对你不错吧？

嗯。

而你呢，一直以来不过是心里痒痒罢了。总是偷瞄我的奶子，还以为我不知道。你以为我没看到？

我的脸红得发烫，好像烧了起来。

对，我看到了，索尼娅接着说，现在好好看看！靠近点，看见这个了吧？

---

① 指怀蒂年轻时如埃尔维斯·普雷斯利（猫王）一般有魅力，壮年之后不再英俊。

我不能看。

他妈的睁开眼。

我睁开眼，她的左胸一侧有一道纤细的白色疤痕，一直蔓延到乳头周围。

是我的经理用剃须刀弄的，乔，就因为我不愿接待一群打猎的人。你以为你的威胁能吓到我？

不是的。

对，不会。你在哭，是吗？尽情地哭吧，乔。很多男人对女人做了下流事之后都会哭的。我没了女儿，所以把你当成自己的儿子。而你变成了又一个烂人！又一个贪得无厌的混蛋！乔，你就是这样。

索尼娅走了，我坐在穆夏姆旁边。时间坍塌了。我的头开始嘀嗒作响，像装了计时器一样。有时跟老人待在一起，他们的呼吸变得很浅，难以察觉。时间一分一秒过去，天空变成蓝色，终于，穆夏姆醒了。他睁开眼睛，又闭上。我拿来水，给他呷了一小口。

我还活着啊，他说，微弱的声音有些失望。

我仍坐在穆夏姆床头，想起他曾说希望快乐地死去。我终于有机会看到索尼娅的两侧乳房有什么不同了，但我真希望自己没看过；不过我又很高兴自己看到了——内心的激烈冲突让我头昏脑涨。我低头看着自己的脚，发现床腿处还有条金色流苏，便捡起来，放进牛仔裤口袋。十五分钟后，克莱门斯和爱德华带着冰柜回来了。

我没再把流苏放在什么特殊的盒子里，而是放进梳妆台最上面的抽屉，一切于此终结——就像穆夏姆那只松垮的用来装钱的袜子，袜子的另一只已经找不到了。我的妻子可能发现我还留着它，但她什么都没说过。我从没跟她谈过索尼娅，没怎么谈过。我也没告诉过她，我把剩下的装束都扔进了部落办事处旁边的垃圾箱里——印第安事务管理局的人会去清理的。她也不会知道，我故意将那条留作纪念的流苏放在一个我总会无意间看到的地方。因为每次我一看到它，总会想起我是怎样对待索尼娅的，她是怎样待我的；想起我是如何威胁她的，还有威胁带来的一切；想起我的另一面。一想到这些我就心烦意乱。一个贪得无厌的混蛋！也许那时的我真是那样。尽管如此，思考了很长一段时间（其实是一辈子）后，我还是想变得更好。

多伊在屋前搭了个小平台。跟我们的很多平台一样，那上面堆满了还能用的废旧物品，有装在黑色垃圾袋里的雪地防滑轮胎、生锈的千斤顶、变形的木炭火盆烤架，还有损坏的工具和塑料玩具。卡皮瘫坐在那堆破烂中一把下陷的草坪椅上，双手拢着头发，盯着留下狗爪印的木板。我走到他身边，坐在一把破旧的长椅上，可他连头都没抬。

嘿！

卡皮没反应。

喂，怎么啦[①]……

还是没反应。

过了好一会儿，我才知道，原来齐利亚跟着青年邂逅基督小组回海伦娜了，其实我已知道了。又沉默了一会儿，卡皮突然说，我和齐利亚，我们做了……

做了？

我们都做了。

都做了？

能想到的都做了……好吧，可能还有别的，不过我们试了……

在哪？

在墓地。就是你穆夏姆生日那天晚上。我们在那儿做了一次，尝试

①原文为齐佩瓦语。

了几种方式。

在坟墓前?

我不知道。算是在坟墓外围吧，不是在墓前。

那就好，不然会走霉运的。

当然。后来，我们就去教堂的地下室，在那儿也做了好几次。

什么?!

就在那个教义问答屋，那儿有一小块地毯。

我沉默了，胡思乱想起来。真猛啊!最后我说。

嗯，然后她就走了。我什么都做不了。我很受伤。卡皮像只快死的狗一样看着我。他轻拍着胸膛，低声说，这儿很痛。

女人，我说。

他看着我。

她们会害死你的。

你怎么知道?

我没回答。我对索尼娅的爱掺杂了羞辱、背叛，还有其他更强烈的感情，让我撕心裂肺，将我击垮。而卡皮对齐利亚的爱不同，他的爱是纯净的，才刚刚表现出来。埃尔温有支纹身枪，只要给他干活或者送他东西他就给你纹身。卡皮说他想去找埃尔温把齐利亚的名字加粗刺在胸前。

不要，我说，拜托，别这样。

他站了起来，我要去!

我只好劝他说，如果他锻炼身体，胸肌变大，字母自然就更大，让他过段时间再去。我们坐了很长时间，我尽量转移他的注意力，但没用。最后，多伊回来了，让卡皮劈柴，我就走了。卡皮走到斧子前，抓起来就重重地劈了下去，像疯了一样，我真怕他会把腿砍掉。我让他不要激动，可他面无表情地看了我一眼，又劈了一块，足足崩出十英尺远。

我慢悠悠往家骑，爸爸妈妈应该回来了，可我突然又不想回家。但我也不想回到任何可以遇到索尼娅的地方。想到她，我就想起了一切——想起那块蓝白格子布片，想起自己一直在努力忘记那辆车里的玩具娃娃。显然，我扔了娃娃，也就销毁了证据，也许还毁掉了找到梅拉下落的线索。她待在一个鲜为人知的地方，连警犬都找不到她。我把梅拉和索尼娅从脑海中抹掉，也尽量不去想妈妈，不去想俾斯麦之行可能发生的事。这些想法涌上来，占据着我的脑海，压抑着我的心，这也正是我不想回家而宁愿一个人待着的原因。甚至为了摆脱这些想法，我骑车去了医院后面那片泥泞的山丘。我狂暴地沿山路反复冲上冲下，还跳得老高，自行车着陆时我的骨头都震颤了。回旋。侧滑。扬起一片片沙尘，我呛了好几口，直到最后，我又渴又恶心，大汗淋漓，才骑车回家。

珀尔听到我的车来了，就站在车道口等我。我下车和它额头贴额头，真希望能跟它换换位置。我搂着珀尔，这时，妈妈尖叫了一声，又一声，然后我听到爸爸低沉的声音掺杂在妈妈的尖叫声中。她的音调陡转直下，像我刚才骑车那样，重重撞击地面，最后降为惊讶的轻声低语。

我站在外面，支起自行车，身体靠在车上。珀尔站在我旁边。终于，爸爸从屋后的纱门走了出来，点起一根烟，我从没见过他那样。他的脸色发黄，透着疲惫，双眼通红，好像布满了血丝。他转过身，看到了我。

他们放了他，是吗？我问。

他没回答。

是不是，爸爸？

过了一会，他深吸了一口烟，低下头。

刚才骑车时的痛苦瞬间又涌上心头，我开始说些愚蠢的话来刺激爸爸。

你抓的都是些醉鬼！偷热狗的小蟊贼！

他惊讶地看着我，耸耸肩，轻轻弹掉烟灰。

别忘了还有那些藐视法律者和争夺监护权的案子。

藐视法律？你说得真对，保留地现在还有什么地方不能停车吗？

你停在部落委员会主席的地盘①上试试。

还有监护权案子。你只有痛苦。这是你自己说的。你一点权力都没有，爸爸，一丁点儿都没有！你什么都做不了！那你还当什么法官呢？

你知道原因的。

不，我不知道。我朝他大吼，然后走进屋，想跟妈妈待在一起，可进去了才发现妈妈“并不在”。她眼神空洞地看着空白的冰箱门，我走到她跟前，她用平静得出奇的声音说。

嗨，乔。

爸爸进来了，她在爸爸的搀扶下，慢悠悠地踱着步子上了楼。

别把她一个人留在那儿，爸爸，求你了。看到爸爸独自下楼来了，我跟他说。但他连看都没看我一眼，也没回答。我尴尬地站在他面前，垂着手。

为什么你要做法官？我突然大声问他，何苦呢？

你想知道？

他站起身，走到冰箱前乱翻了一阵，从冰箱的搁架深处掏出了什么东西，拿到桌边。那是克莱门斯做的砂锅菜，我们没吃，时间长了，面条都发黑了，不过藏得离冰箱冷凝管很近，所以已经冻住，还没发臭。

为什么我要坚持。你想知道？

---

① 指部落委员会办公楼前的专属停车区。

爸爸粗鲁地将砂锅重重倒扣在桌子上，揭开锅子。那团东西长满了白色绒毛，不过仍保持着原来的长方形状。他又站起来，从橱柜里抽出餐具盒。我以为他疯了，看着他，几乎说不出话来。

爸爸？

我要演示给你看，儿子。

他坐下来，拿着几把餐叉朝我晃了晃，然后冷静专注地将一把大的片肉刀轻轻放在冷冻的砂锅菜上，又在它周围码起一把又一把餐叉，再加上一把汤匙、一把黄油刀、一把长柄勺和一把刮铲，最后把这堆杂乱的东西组成了个奇怪的雕塑。他又拿来四把切肉刀，钢质刀身、木质刀柄，妈妈总是把它们磨得很锋利。他又将这几把刀小心翼翼地放在其他餐具上，然后坐下来，轻抚着下巴。

就是这样，他说。

我当时的表情肯定吓坏了。我的确很害怕。他的行为像个疯子。

这是什么，爸爸？我轻声问道，像在跟一个神志不清的人说话。

他捋了捋稀疏的灰白络腮胡。

这就是印第安法律。

我点点头，看着在馊掉的砂锅菜上用刀具和银质餐具搭起的“大厦”。

好吧，爸爸。

他指了指整个结构的底部，朝我挑了挑眉毛。

呃，是指糟糕的判决？

你读过我父亲那本古老的《科恩手册》。只要你不进监狱，可以考虑做个律师[①]。他戳了戳长了毛的黑面条。就拿“约翰逊诉麦金

① 巴兹尔在揶揄乔：通常只有律师才会阅读《科恩手册》。

托什案”[①]为例吧！那是1823年，美国建国47年，整片国土都是靠迅速攫取印第安土地得来的，可谓招数用尽。那个年代，土地投机就像炒股票，全民参与。乔治·华盛顿，托马斯·杰斐逊，还有对此案做出判决的首席大法官约翰·马歇尔[②]，也因此大赚了一笔。新生政府根本无法控制住这股疯狂的土地热，投机者能在协定规定的印第安土地上，甚至在仍然归印第安人所有和使用的土地上获得买卖权——白人甚至在互相打赌会不会流行天花[③]。你想想，贿赂了多少才能把这恶心的案子搬上法庭，而且还是公开行贿。不止丹尼尔·韦伯斯特[④]一个人为此案辩护，判决结果令人震惊。其实并非判决结果本身令人厌恶，而是附带意见[⑤]，也就是法院判决意见后的附带声明。只要是被欧洲人看到或“发现”的土地，马歇尔法官就会理所当然地剥夺印第安人对其所有权。政府一直自称将个人权利和自由放在首位，而他基本上还在坚持中世纪的“发现说”，并将土地的绝对所有权赋予政府，印第安人除了拥有随时可能被剥夺的居住权之外，什么都没有。甚至到今天，他所说的话仍被用作剥夺我们土地的理由。

---

① 1773年和1775年，白人约翰逊从皮安克肖部落购得土地。后来，该部落与联邦政府签约出让的土地中包括其已出售的土地。1818年，美国政府将其中一些土地出让给白人威廉·麦金托什，导致这些土地的原租户（约翰逊的后代）对受让人麦金托什提起诉讼。本案上诉至最高法院，大法官马歇尔在判决书中支持欧洲殖民者主张的“发现说”，认为“发现者享有土地绝对产权、占有权和排他权”，不承认印第安人对占据领土的所有权，并且公民个人无权向部落购买土地，只有联邦政府才有权购买并出让。因此，麦金托什最终获得该土地的持有证。

② 1755—1835，美国政治家、法学家，曾任美国众议员、国务卿，1801年至1835年出任美国最高法院第4任首席大法官。

③ 白人指望拥有土地的印第安人死于天花，从而将其土地据为己有。

④ 1782—1852，美国著名政治家、法学家和律师，曾三次担任美国国务卿，并长期担任参议员。

⑤ 判例法中，判决一般由“判决理由”（ratio decidendi）和“附带意见”（obiter dicta）两部分组成。一个有约束力的判决并非每个组成部分都可以作为先例加以引用。只有判决的核心部分“判决理由”（即判决中对于法律的声明和达成该判决所必需的理由）才对今后的法院有约束力。“附带意见”指在判决中对于该判决不一定必需的法律理由和声明，仅有说服力而无约束力。

不过现在，让明眼人最气愤的是他当时使用的措辞直到今天还具有法律效力。他说我们这些野蛮人靠森林过活，把土地留给我们就等于把它们变成毫无价值的荒野。我们的个性和宗教就是低级的象征，而欧洲那些卓越的天才一直占据支配地位也是理所当然的。

那我明白了，我指了指那堆东西的底部。

我猜那是“独狼诉希契柯克案”①。

还有“提提藤案”②。

我把放上去的第一把刀放稳，问爸爸它指什么。

“伍斯特诉佐治亚州案”③。现在这个案子是我们更有力的依据。不过这个——爸爸用叉子尖从绒毛表面挑起一点烂乎乎的面条，好恶心——要是我拥有电影里萨满④的那种力量，现在我就把它废除。“奥

---

①1867 年，美国国会与分布在堪萨斯州南部梅迪辛洛奇市的五个大平原部落（夏延部落、阿拉帕霍部落、基奥瓦部落、阿帕奇部落及科曼奇部落）在梅迪辛洛奇河畔签订了《梅迪辛洛奇协定》，规定五个部落搬迁至俄克拉何马州的印第安保留地，并约定如进一步减少其用地需至少获得四分之三部落成员的同意。1892 年，美国国会派出杰罗姆委员会（由本杰明·哈里森总统创建的三人委员会，专门负责依法获得俄克拉何马州内由切罗基及其他印第安部落占有的土地）与基奥瓦部落会面，以两百万美元要求五大部落交出大部分保留地供白人定居。基奥瓦酋长独狼反对，但委员会的译员通过欺骗及强迫手段获得了部落四分之三成员的签名，获得了大部分保留地。1902 年，独狼向最高法院起诉，称美国国会骗取其土地，违反了协定。但最高法院判决称，美国国会享有单方面解除美国和印第安部落间协定的权利，独狼败诉。

②1955 年，提提藤部落因白人在其所有地伐木提起诉讼，最高法院最终做出了不利于提提藤部落的裁决。

③1832 年，非印第安人伍斯特在未经其所在的佐治亚州同意的情况下，进入切罗基部落保留地。按照佐治亚州法律，所有进入切罗基部落领土内居住的非印第安人必须获得州政府许可。伍斯特因此被捕，被州法院判定有罪。伍斯特向最高法院起诉，最高法院认为除联邦政府外，任何州政府无权处置印第安事务，因此佐治亚州政府无权执行上述法令，其对伍斯特的定罪无效。

④美洲原住民认为能祛病降魔之人，通常是年长的智者。

利芬特诉苏魁米什案”[①]。他抖了抖餐叉，一股臭味飘过来。这个案件导致我们无权起诉在我们的土地上犯罪的非印第安人。所以即使……

他说不下去了。我真希望我们能把那烂摊子赶紧收拾好，但是没有。

所以即使我能起诉拉克……

好了，爸爸，我轻声说，那你为什么做法官呢？为什么待在这儿？

砂锅菜解冻了，液体慢慢流出。爸爸小心地支起妈妈的那些上好的刀具，单靠那些零散的刀具和小刀架成一座“大厦”，然后朝那些刀点了点头。

这就是我和许多其他部落法官试图做出的判决——切实可靠，不打马虎眼的判决。我们做的一切，事无巨细，都必须周密制订。我们正尽力为我们的主权打下坚实基础，突破现有的桎梏，往外跨出一步。总有一天，国会将仔细审视我们的那些案件记录，决定是否扩大我们的管辖范围。总有一天。我们希望，对于在原始界限内[②]的所有土地上犯罪的人，无论什么种族，我们都有权起诉。这就是我尝试严格执法的原因，乔。我现在做的事是为将来考虑，虽然这些事在你看来很小，微不足道，甚至枯燥乏味。

现在只有卡皮和我两个人，我们想去车道上好好发泄一番。我之前已骑车去过他家，他把院子里的柴都劈成了可以生火的小段儿。就这样他还觉得不够，还想出去骑索尼娅的小马驹。我想，照他那时的心态，

---

①1973 年 8 月，华盛顿州苏魁米什部落的永久居民马克·大卫·奥利芬特（非印第安人）被部落警察逮捕，警方指控其殴打部落长官且拒捕。奥利芬特称自己非印第安人，因此不受部落官方管辖，并以此为由向联邦法院申请人身保护，被地方法院驳回。然而，最高法院维护了奥利芬特的上诉，推翻了地方法院的判决。最终判决认为除非国会授权，印第安部落法院无权处罚非印第安人。

②指《道斯法案》颁布前属于印第安人的土地。

肯定会把马骑死，而且我也不想见索尼娅或怀蒂，但我迫不及待地分散卡皮的注意力，就只好跟他说我们先逛一圈找到安格斯，再搭个便车去骑马，其实我心里并不是这样想的。当我们偶尔停下或是累得不行时，卡皮就会把手放在胸口，有什么东西在吱啦作响。最后，我问他是什么东西。

她寄来的信，我回了一封，他说。

我们刚赛过一轮，喘得厉害。他抽出信，朝我晃了晃，又小心地叠起来放到信封里。齐利亚的字和所有高中女生一样，小巧圆润，总是用小小的圈代替小写的“is”上的那个圆点。卡皮又晃了晃另一封密封的信，上面写着齐利亚的名字和地址。

我要买张邮票，他说。

于是我们骑车去了邮局。我真希望琳达那天不上班，不过她在那儿。卡皮拿钱买了邮票，我没看琳达，不过我能感觉到，她凸出的眼睛难过地看着我。

乔，她说，我做了你喜欢的香蕉面包。

但我转过身走了出去，在外面等卡皮。

那个女人给你的，卡皮说着递给我一块锡箔纸包着的“方砖”。我掂量了一下，就和卡皮骑车去找安格斯。我本来想把它扔到墙边或沟里，但最终我还是拿着它。

我们到了安格斯家，他出来说他姨妈让他去告解，我们大笑。

那是什么？他朝我手里的“方砖”点点头。

香蕉面包。

我饿了，他说。我把面包扔给他，去教堂的路上他就都吃光了，我如释重负。他把锡箔纸捏成一团放在口袋里——除了啤酒罐，他也回收锡箔纸。我还在想，安格斯进教堂告解时，卡皮和我可以在松树下等他，那儿有个长椅，或者可以去下面的操场，不过我们没烟抽。可卡皮把车停了下来，靠在安格斯的车旁边的自行车架上，所以我也停下车。

嘿，我说，你要进去？

卡皮已经上了台阶。安格斯说，不用进来，你俩可以在外面等我，没关系。

我要去告解，卡皮说。

什么？连你也受洗入教了？安格斯停下来问。

嗯，卡皮继续往上走，当然。

噢，安格斯说，那你受坚信礼[①]了吗？

嗯，卡皮说。

你上次告解是什么时候？安格斯接着问。

这和你有什么关系？

我是说，神父会问的。

我会告诉他的。

安格斯看了我一眼。卡皮看起来特别严肃。我从没见过他那种表情，更准确地说，他的表情和眼神一直在变——在绝望、愤怒和微微迷醉的兴奋之间不停切换。我很担心，抓住他的肩膀冲他说。

你不能这么干。

卡皮接下来的举动吓坏了我。他给了我个拥抱，松开手后，我能看出来，安格斯更惊愕了。

听我说，我是不是把时间搞错了，他说，拜托，卡皮，我们去游泳吧！

不，不，你没搞错，卡皮说着碰了碰我们的肩膀，我们进去吧！

除了几个等着告解的，教堂里几乎没人，前面还有几个人正在圣母马利亚脚下祈祷，旁边放着祈祷蜡烛架，烛光在红色的玻璃杯上摇曳。

---

① 又称“坚振圣事”“按手礼”，天主教三大入门圣事之一。信徒领受坚信礼时，主教在信徒前额涂油，然后将手放在上面，使信徒得到天主的恩赐和力量。

卡皮和安格斯溜到后排长木椅处，弓背跪下。安格斯离告解室[1]最近，他隔着卡皮低下的头，转动眼珠做了个鬼脸，头转向教堂的门，好像在说，把他弄出去！安格斯进了告解室，拉上天鹅绒布帘，又探头出来做那个鬼脸。我挤到卡皮旁边说，兄弟，拜托，我求你了，咱们出去吧！但卡皮闭着眼睛，不知他听见没有，反正没理我。安格斯出来了，卡皮站起来，像梦游一样走进了告解室，拉上布帘。

里面传来神秘的声音。神父的窗打开了，两人低声对话，然后一声巨响——特拉维斯神父从告解室的木门后冲出来，卡皮要不是从帘子下滚出来，身子半匍匐着爬过长木椅，早就被抓住了。神父又跑回去，挡住出口，不过卡皮已从我们身边飞奔而过，跨过长椅往教堂前面跑去了，他跳过一个又一个座椅，那一系列动作真令人惊叹，不过他差点撞到祭坛上。

特拉维斯神父脸都白了，平常看不见的红棕色雀斑也十分显眼，好像是用削尖的铅笔画上去的一样。他犯了个错误——没锁门就去追卡皮，而且，他没料到卡皮的速度这么快，也没想到卡皮曾多次练习在密闭空间里甩掉他哥哥的追赶呢！所以，虽然特拉维斯神父接受过军事训练，可在追卡皮这事上，他还是犯了几个战术错误。乍一看，好像特拉维斯神父只要从中间走过去，就能轻易在祭坛后面截住卡皮，但卡皮耍了个花招。他假装犯了糊涂，让特拉维斯神父大步上前，而他自己则突然冲到过道上，假装绊倒，特拉维斯神父见状马上右转，沿着一排长椅跑过去抓他。神父还在长椅中间呢，卡皮早就翻下跪垫[2]，迅速朝开着的门跑去。我和安格斯就站在那儿，旁边还有两个老人，目瞪口呆地看着他。特拉维斯神父要是往回跑也有可能截住卡皮，可他却试图穿过跪

---

① 此处特指天主教堂内的告解室。

② 天主教堂里的长椅下方设有跪垫，不使用时折叠，祈祷时翻下，信徒跪在上面祈祷。

垫，最后沿着墙上的苦路十四站[1]画像猛冲过来。卡皮跑出门，特拉维斯神父步子更大，略占优势，但卡皮没有沿台阶往下跑，他跟我们一样，都是滑铁楼梯栏杆的好手。他被特拉维斯神父优雅地推了出去，仓促之间跳到了泥路上，特拉维斯神父紧跟其后，差点抓住他的自行车。

卡皮穿着那双好鞋，但我注意到特拉维斯神父的鞋子也不赖。他没穿那身古板的黑色神父服[2]，可能他顺道过来听告解前在打篮球或慢跑吧！紧接着两个人全力冲上教堂通往镇上的那条尘土飞扬的石子路。卡皮径直穿过公路，特拉维斯神父紧追不放。卡皮穿过一个熟悉的院子，消失不见了。特拉维斯神父穿着长袍，但早就卷起来塞进腰带里了，所以他紧跟卡皮，朝死人卡斯特酒吧和怀蒂的加油站方向跑去。阳光下，我们看着神父苍白健硕的小腿快得模糊不清，不胜惊羡。

我们怎么办?

做好准备，我说。

安格斯和我从停车架推出自行车，把卡皮的车推在中间。我们希望他能胜出足够的距离，然后就能跳上车跟我们一起逃走。紧盯着树木尽头那条小路，如果特拉维斯神父没抓住卡皮，他肯定会在那儿出现。很快，卡皮嗖地穿过马路。很快，特拉维斯神父也跟了上来，然后两个人又消失了。安格斯说，印第安事务管理局周围的路弯弯曲曲的，他想在里面甩掉神父，那片地方他也熟悉。我们转移视线，看着他们接下来会穿过的一条路，又是卡皮在前，特拉维斯神父紧随其后。卡皮知道每栋房子的前后门，他穿过医院、杂货店、养老院和一家当时规模还很小的赌场。他又一次穿过死人卡斯特酒吧和怀蒂的加油站，跑上我们之前经过的白娜什老太太家门前的那条路，指望能惊动那些狗，让狗咬住特拉维斯神父的长袍，不过事与愿违。他只好向山下跑去，穿过墓地，然后

---

① 传说耶稣受难路上经过的十四个地方。

② 指神父平时穿的黑色长袍。

两个人在操场上转了一大圈，我俩都看得入了迷。卡皮把秋千摇了起来，自己跳过单杠，随后轻巧落地。特拉维斯神父像猿猴一样落到地上，五指着地，又站起来继续往前跑。他们冲上山来，两人的身影越来越大，卡皮径直跑向我们，准备跳上车，加速逃走。我们本来可以做到的。他本来可以做到的。他靠得很近了，可特拉维斯神父突然一个加速跑上来，距卡皮的衬衫领只有一掌之宽。卡皮轻巧地避开了，但神父放低手掌，抓住了他的车后轮。

卡皮跳下车，特拉维斯神父脸都紫了，呼哧呼哧地喘着气，抓住他的肩膀把他整个给提了起来。安格斯和我扔下车，为卡皮说话。虽然我们不大清楚卡皮到底准备告解什么，但现在很明显了，他说了我们怕他说的事。

神父，这看起来可不好，安格斯说。

放了他吧，求您了，特拉维斯神父。我尽力去想爸爸在这种情况下会用什么语气说话。卡皮还未成年，我说。特拉维斯神父正紧紧抓着卡皮的衬衫，可说来荒唐，听我那么说之后，他举起的拳头停在了半空。

未成年，我接着说，他是来找您帮忙的，特拉维斯神父。

特拉维斯神父发出像《星际迷航： 下一代》里的沃尔夫一样的吼叫，把卡皮扔到地上。他的脚朝后抬起，不过卡皮滚到了他踢不到的地方。我们扶起自行车，因为特拉维斯神父一动不动地站在那儿，正低头深呼吸，却又瞪着我们。那一刻，我们莫名其妙地占据了道德制高点，我们知道这一点，就赶紧跨上车。

再见，神父，安格斯说。

我们离开后，特拉维斯神父仍然朝着我们离开的方向，盯着远方。

真他妈的该死！后来我对卡皮说，你当时想什么呢？

卡皮耸耸肩。

你跟他说了教堂地下室的事，是吗？

什么都说了，卡皮说。

真他妈的该死!

克莱门斯听见我的话，皱了皱眉头。

不好意思，姨妈，我说。我们去克莱门斯和爱德华家想蹭饭吃，可他们没在吃饭，但也没关系，因为克莱门斯知道我们为什么过来，马上就把她常做的碎牛肉通心粉热好，倒上味道特别的拉布拉多茶，还特地给我们掺了一罐柠檬汽水。只要有人吃饭，穆夏姆就要跟着一起吃，姨妈就会喂他，不过他哆嗦得更厉害了，没法喝汤。

为什么要告诉他？我问。

我不知道，卡皮答道，也许是因为他跟我们说过他的女人，也可能因为他对我说过你要留意她，记得吗?

他说的是留意她，不是……你懂的。虽然克莱门斯没在听，但在卡皮面前我说话还是很小心。尽管卡皮有过性经历，但那是精神层面的交流，所以我没说任何跟性有关的词。如果把他和齐利亚之间发生的事跟性扯上关系，他会很生气。

你可以去找你爸爸，去找你哥哥，跟他们说啊，我说。

但我很高兴我去找了神父，卡皮咧嘴笑着说。

卡皮的赛跑已成为历史，他会名声大噪的。不过特拉维斯神父也不会因此受影响，因为我们还从没拥有过这样一个身手敏捷的神父呢!

他的小腿肌肉，啧啧！克莱门斯说。

之前那个神父还跑不上十码，穆夏姆说，有次我看见他瘫在我们的院子里，烂醉如泥。那个老神父，你们几个瘦弱的小子加起来也没他重。说着他咯咯笑了起来。不过这个新神父也有值得骄傲之处，看来他要做很多祷告才能咽下输给卡皮这口气啊!

这周上帝可得保佑囊地鼠啦，爱德华姨父经过房间时说。

克莱门斯拿来一条擦碗布，围在穆夏姆脖子上。穆夏姆吃了一口，说道，我跟你们说过吗？我比吃人肝的约翰逊[①]还跑得快！那个老家伙，常常追杀印第安人，还把肝掏出来吃掉，这件事跟你们说过么？那是个白人温迪哥，不过我那时年轻，身手敏捷，我把他放倒，一口一口咬掉他的肉，算是报仇雪恨啦。我用牙撕掉他的耳朵和鼻子，想看看他的拇指吗？

你跟他们说过啦，克莱门斯说，她正急着往穆夏姆的老食管里添加营养呢，但穆夏姆却急着说话。

听着，你们三个小子。人们都说吃人肝的约翰逊应该是咬穿了绑在手上的生牛皮逃走的。据说他杀死了看守他的年轻印第安人，还把那可怜的小伙子的腿砍了下来。那个混蛋逃到了野外，靠那条腿活了下来，直到他后来去了别的地方。

张嘴，克莱门斯说着把穆夏姆的嘴塞满。

但其实不是那样的，穆夏姆接着说，因为我亲眼见到的。我正和几个黑脚[②]人打猎呢，他们抓住了吃人肝的约翰逊，准备交给克劳人，因为他杀了很多克劳人。我和那个看守他的黑脚族的年轻人坐在一起，但他很想把约翰逊杀掉，急得手都抖了。

我用黑脚语跟吃人肝的说话，他多少能听懂些。吃人肝的，我跟他说，有一半黑脚人都特别恨你，准备让你光屁股躺在地上，把你的手脚

---

①传奇人物，出生于新泽西州小纽约附近，原名约翰·格里森·约翰逊。美墨战争期间（1846—1848），他谎报年龄，在一艘战船上服役，袭击一名上尉后，他逃离军队，更名为约翰·约翰逊。据说约翰逊净身高 6 英尺 2 英寸（约 1.88 米），体重约 118 公斤，但几无脂肪。有关约翰逊变成“吃人肝的约翰逊”的传奇故事有多个版本，其中最广为流传的是：1847 年，约翰逊的妻子——一名美国平头印第安人部落成员，被一名克劳族青年及其同伴所杀，自此，约翰逊开始向克劳族复仇。据说他会将每个杀死的人的肝脏挖出来吃掉，因此得名。但丹尼斯·玛丽兰所著《大平原上的复仇怒火：约翰·“吃人肝”·约翰逊》（*John Liver-Eating Johnson*）一书称这一绰号是 1868 年约翰逊与苏族人搏斗时误得的。约翰逊和 15 个伐木者在苏族土地上伐木时被苏族人袭击，约翰逊刀刺一名苏族人，刀子拔出时带有一小片肝脏。约翰逊举刀对其同伴开玩笑，问他们“想不想尝尝”，因此得名。

②北美印第安部落，以骁勇彪悍著名。

绑在木桩上活剥了。不过他们会先把你的蛋蛋割下来，当着你的面喂给他们部落里的老太太吃。

哎注意点！克莱门斯说。

那个黑脚族小伙子听了之后两眼发光，穆夏姆说，我又对吃人肝的说，另一半黑脚人想把他紧紧绑在两匹最好的战马上，然后让它们往相反的方向狂奔。听了这句，那小伙子的双眼像燃烧的蜡烛一样。我告诉吃人肝的约翰逊，他得想想选哪个，这样的话部落里的人也能早做准备。然后我们就转过身，背对吃人肝的，烤火暖手，他就继续捣鼓绑着手腕的生皮带。他的脚踝也被结实的绳子绑了起来，还有一条生皮带将他拦腰系在树上。他得用牙齿咬开这么多东西呐，可他的牙齿一点也不结实，这才是关键。你们没见过设陷阱捕兽的白人的牙齿，我们印第安人习惯用桦树枝把牙齿刷洗干净，可他们没这习惯，就让牙齿慢慢腐蚀。一英里之外你就能闻到他身上的味道，而通常，他的口气比身上的味道还难闻，这样说够明白了吧？吃人肝的约翰逊的牙齿跟其他捕手没啥两样，可他还想咬断皮带。我们偶尔听见他咒骂、吐口水——牙齿掉了一颗又一颗。我们把他吓得拼命地咬，最后只剩满口牙龈，他再也咬不成印第安人了。不过我们——那个黑脚族的小伙子和我——准备让他彻底变成废物。小伙子有一剂药，是他奶奶给他的，能把人变成斗鸡眼。吃人肝的睡着了，打起呼噜，我们赶紧把药涂在他眼睛上。现在他没法瞄准啦！他只能做个治安官了——要是克劳人放他一马的话。不过呢，不能让蛇再咬你一次，我对那小伙子说，即使他没了毒牙。

真希望我们不用把他交给克劳人，他答道。

他们也得找点乐子嘛，我说，不过万一他挣脱了绳索，我们该确保他无法扣动扳机。我们该砍掉他的手指，但那样的话，克劳人会说我们偷掉了他身体的一部分。

黑脚人告诉我，有一种蜈蚣，要是被它咬了，这辈子这人的手就会肿得跟拳击手套似的。所以我们自己做了小火把，到处找这种蜈蚣，可吃人肝的约翰逊趁我们不在时逃走了。我们回来时，只见地上都是嚼碎的皮带，周围是碎掉的棕色牙齿。他逃走了。然后他编了那个故事，说他吃了那个印第安人的腿，不然，谁会相信牙齿掉光又有斗鸡眼的老东西呢？

的确，克莱门斯说。

啊呀，我会想念那个索尼娅的，穆夏姆说着朝我挤了挤眼。

什么？

哦，克莱门斯答道，怀蒂说她走了。昨天她装病，他回家时发现她的衣柜空了，一条狗被带走了。她是开着那辆老爷车走的，怀蒂刚给她修好呢。

她还回来吗？我问。

怀蒂跟我说，她留了字条，说永远不会回来了。他说自己只能跟另一条狗做伴，特别难过[①]。索尼娅说他最好改改自己的毛病，好好做人。完全赞同！

听了这个消息，我晕头转向，跟卡皮说，我们得出去一下。跟往常一样，他向克莱门斯礼貌地道了谢，我们就骑车离开了，一路上骑得很慢。终于，我们骑上了通往许愿树的那条路。那段路挺长的，索尼娅和我把存折就埋在许愿树下。我们停下车，我把整件事都告诉了卡皮——我发现了玩具娃娃，拿给索尼娅看，她帮我把钱存在银行里，然后把存折放在锡盒里。我告诉他，索尼娅再三嘱咐我不要声张，否则知道的人会很危险。我还跟他说了索尼娅的钻石耳钉、蜥蜴皮靴、那晚怀蒂打她的事，好像她一直在计划逃离怀蒂，我还告诉他我捡了多少钱。

拿着那么多钱，她能走得很远啊，说着他望向别处，很愤怒的样子。

---

①原文为“broke up”，既有“分手”的意思，也有“十分难过”的意思。

是啊，我该告诉你的。

好一会儿，我们都没说话。

不管怎样，我们先把小盒子挖出来，他说，就确认一下嘛！也许她给你留钱了呢，卡皮平静地说。

够买你这种鞋子就行，路上我说。

我愿意跟你换，卡皮说。

没关系，我也喜欢自己的鞋。我打赌，她肯定给我留了张该死的字条。我赌的就是这个。

我们都没猜错。

我们找到两百美元现金，一本存折，还有一张纸。

亲爱的乔：

钱是留给你买鞋子的。你的存折我没带走，留给你将来去东部学护理用。

我看了看存折。一万美元。

好好对你妈妈。你很幸福，也许有一天，你会成为一个男子汉。有了那些钱，我能开始新生活了，不会再做你看到的那些事了。

仍然爱你，

索尼娅

真见鬼！我对卡皮说。

她是什么意思？你读到什么了？

我内心挣扎着。真想把整支舞蹈、每声嚎叫、每个撩人的动作都告诉他，给他看那条流苏。但莫名的羞愧让我打消了那个念头。

没什么，我说。

我跟卡皮平分了现金，把存折和信放在口袋里。一开始，他不肯拿，后来我说，那钱是给他买汽车票去海伦娜市看齐利亚的。那就是路费咯！他把钱握在手里。

我们开始往家走，途中经过一个水沟时惊起一对鸭子。

又走了几英里，卡皮大笑道，我想到一句妙语。为什么鸭子不头朝下飞？还没等我回答他就自答道，因为它们怕“吓”死①呀！他送我到家时，还在为自己的机智得意洋洋着呢。我走进屋，准备和爸妈一起吃晚饭。虽然我们都没说话，各有各的心事，还有些惊魂不定，但我们在一起。晚饭有糖渍山药，我一直不喜欢，但还是吃了。还有猪后腿肉，一碗菜园里摘的新鲜豌豆。妈妈做了祷告，我们说起卡皮跟神父赛跑的事。我甚至还跟他们说起卡皮开的玩笑。而关于拉克已经被释放的事实和我们内心的真实想法，我们始终闭口不提。

---

①原文为“How come ducks don't fly upside down? ... They're afraid of quacking up!”，即“鸭子为什么不底朝天飞？……因为鸭子害怕朝上嘎嘎叫”。而“quack up”与“crack up”（撞毁）读音相近。

第十章

恶魔之皮①

琳达·威什科布从车里爬出来，拖着沉重的步子走到门口。我让爸爸去开门，而自己则从后门溜出去。我终于明白琳达为什么总送香蕉面包过来，虽然我这样想也不一定有道理，但还是忍不住去想。林登还活着，这一切都是琳达的错，是她救了她哥哥，尽管那时候她就知道他披着“恶魔之皮”。我讨厌她，就像当初林登和她生母讨厌她那样，可爸爸妈妈对她并不反感。我和珀尔在后院到处跑着玩“捉人游戏”。我们绕着对方不停小跑，但又不碰到对方；而琳达·威什科布正在跟爸爸说话。结果，接下来的两天里，爸爸总是陪妈妈上下班。第三天，爸爸让她列个购物清单。

爸爸坚决不许她去，还让她把门反锁，把珀尔也锁在屋里，这时我才明白——林登·拉克回来了。仅此而已，我没细想——我也根本没法细想。爸爸叫我一起去买东西，我就把这事全忘了。本来我正准备去找卡皮，跟他在泥地里玩一套全新的更快的跳跃动作呢！我讨厌和爸爸去杂货店，可他说我俩要一起才能“破译”妈妈的字迹，准确地找到她要的东西。我看了看清单上歪斜的字迹，单子上甚至精确到要买什么牌子、怎么挑选，这才发现爸爸说的似乎不假。

保留地上有货真价实的杂货店，这可不是件小事。过去，除了商品仓库②，我们一般就去帕妃小卖部（杂货店的前身）买吃的，那儿主要卖些保质期长的东西——茶、面粉、盐、花生酱、蔬菜和野味——还有珠饰品、鹿皮软鞋、烟草和口香糖。要想买点真正的食物，我们得跑到保留地外二十英里甚至更远的地方，把钱送进店员口袋里，还得忍受他们怀疑的眼神和轻蔑的态度。但现在我们有自己的杂货店了，自己人经营，自己人供货、装袋，这可非同寻常。虽然门前卖汽水的自动售货机给打烂了，自动门会“嗖”地一下撞上行动迟缓的老奶奶，口香糖机也被孩子们搞得脏兮兮的，糖的颜色都看不见了，但这是我们自己唯一的杂货店。和其他商店一样，卡车会过来卸货，然后开走。

商店外墙挂着破烂不堪的帕瓦仪式海报和卖车广告，我和爸爸走过去，进了商店，推了辆购物车。爸爸打开清单。

干花豆③。

我指了指清单，妈妈指导我们要先摇一摇塑料包装，看看里面有没有小石子。我们在面食区找到了花豆。

带斑点的卵石很像花豆，我告诉爸爸，边说边把长方形的包装袋摇了两下。

我们该囤点货，爸爸说着就往车里扔了六七包花豆。这些都很便宜，我们回去后可以把它倒在平底锅里，再检查有没有小石子。

罗太尔牌④辣味番茄酱和辣味番茄罐头，各四罐。五磅碎牛肉。上面写着，尽量买瘦肉。

瘦肉？她怎么想吃瘦肉？

脂肪比较少，爸爸说。

我喜欢脂肪。

我也喜欢。

他把几包东西扔进购物车。

---

①《星际迷航：下一代》第一季第 23 集。这一集中，“企业号”成员正要救出困在坠毁太空船中的“企业号”顾问迪安娜·特洛伊，但太空船被不知名种族的恶魔实体（表面覆盖柏油）阿莫斯扣押。在调查坠毁事故的过程中，安全官塔莎·雅尔被阿莫斯杀死，但特洛伊最终得救。

②用来存储早期协定规定的一些货物（如奶酪、罐装牛奶、面粉），分发给登记在名册上的印第安人。

③美国西南部一种有斑点的豆类，通常晒干食用。

④食品品牌，主要生产番茄罐头和青椒罐头，口味分微辣、中辣和重辣。

莳萝，我继续读道，我们在香料区找到了它。

她准备多做些吃的带给克莱门斯，来感谢她之前给我们做饭。

我接着念，生菜、胡萝卜、洋葱——我们该先闻一下洋葱，看看里面有没有烂掉。

水果。什么水果都行，爸爸在身后盯着我手中的清单说，我觉得至少我们可以自己决定买什么水果吧，你说呢？

我们看了看香瓜，有些上面有斑点；所有葡萄上都有斑点。还有一桶本地浆果和一些李子。爸爸挑了个香瓜，装了满满一袋李子和满满一塑料网篮浆果。

我们买了只瘦弱的小鸡，用来油炸。鸡已切好了，我们按妈妈说的，数了数有几块；又买了一袋鸡腿、烤肉酱、几罐蘑菇汤，还给我自己买了老荷兰薯片[①]。清单最后几行写着牛奶和黄油：一磅盒装咸味黄油棒[②]、一磅独立包装的甜味黄油块，还有奶油。

独立包装是什么意思？爸爸手里拿了盒奶油，站在我身边，看着清单皱起了眉头。甜味？咸味？

我推着车走在前面，先看到了林登·拉克。他身体前倾，站在肉类食品区的冷光中。紧接着爸爸一定也看到他了。我们就那么瞪了他一会儿。动手！爸爸扔掉奶油，冲上前去抓住拉克的肩膀，把他转过来，往后猛推，紧接着用双手掐住他的喉咙。我之前说过，爸爸有点笨拙，但由于突然怒火攻心，他本能地发起攻击，简直就跟电影特技演员一样灵活。拉克一头撞上冷藏柜的金属货架，一盒猪油摔得稀烂，他滑倒在猪油里，后脑勺在冷藏柜的下缘蹭了一下，碰得货物架哐当作响。爸爸和拉克一起摔倒在地，玻璃门撞在他胳膊上，可他还是紧压着拉克。他下巴低收，头发一绺绺散落在耳朵周围，脸涨成猪肝色。拉克胡乱挥舞着手臂，却没法像爸爸抓着他那样抓住爸爸。而且我也骑在他身上，手

---

① 老荷兰食品公司的系列产品之一。

② 一磅装黄油棒通常含 4 支，每支 0.25 磅。

里还拿着罗太尔番茄酱。

问题是，拉克好像在笑。被别人掐着，罐头砸在身上，他居然还在笑。好像我们打他反而让他兴奋。我拿着罐头在他额头上猛砸，在他眼睛上方划开一个口子。我看他流血了，心里洋溢着邪恶的快乐。血和油混在一起。我使出吃奶的力气继续砸，爸爸可能被我的兴奋或拉克的兴奋吓到了，他松开手放过了拉克的喉咙。拉克朝上踢了几脚，用尽全身力气把我们推开。爸爸朝后滑去，重重地晃了一下，倒在过道上，拉克连滚带爬地逃走了。

那是爸爸第一次心脏病发作——不过事后证明，并不严重。甚至算不上中等程度，只算轻微。但那可是心脏病发作。商店的过道里散落着猪油和滚动的罐头，爸爸躺在那儿，旁边是普莱尔洗发水[①]，脸已变成了暗黄色。他费劲地呼吸着，抬起头担心地看着我。见他把手放在胸口，我问，要叫救护车吗？

他点点头，我顿时浑身瘫软，跪了下来，是杂货店打的电话。

他们劝我说不能跟爸爸一起去医院，但我坚决不听。我始终陪着他，他们无法逼我离开他！因为我知道，如果让爸妈离得太远会发生什么。

我们在法戈的圣路加医院待了近一周。第一天，爸爸动了手术，那种手术现在已很普遍了，但在那时还很新鲜。其实就是把斯滕特氏印模[②]植入三根动脉中。爸爸躺在手术台上，虚弱消瘦。医生说他恢复得不错，可我还是很害怕。一开始，我只能站在走廊里往里看。后来他被转移到病房，我们就能进去了。我们三个坐在一起天南地北地胡侃，但对真正该说的事却只字不提。这种感觉有点怪，但很快我们就像在度假一样，平安地待在一起，但总是闪烁其词。我们在走廊里走来走去，对

---

①美国阿尔提马克公司生产的洗发水。

②植入心脏病人动脉中的细小管状物，可保持血流畅通。

医院里烂糟糟的食物装出一副惊喜的样子，继续说些无关紧要的话。

晚上，我和妈妈回到旅馆，我们住的是双人间。以前出门，我们三个总是睡在一起，爸爸妈妈睡双人床，我睡角落里的折叠床。那次，是我记事起第一次和妈妈单独住在一起。气氛有些尴尬，妈妈的存在让我心烦。但我很高兴，她把爸爸的蓝色旧睡袍带来了，那是用毛巾布做的，她一直唠叨着要他扔掉。有几处绒毛已磨平，一只袖子开了线，卷边也磨破了。我以为她是拿给爸爸的，但头一天晚上她穿在自己身上。我猜她是忘带自己的那条印着金黄色花朵和绿叶的睡袍了。第二天早上，我很早就醒了，看她还在睡觉，穿着爸爸的睡袍。那天晚上，我特地注意了一下，看她是不是故意穿爸爸的睡袍。果不其然，她又穿着爸爸的睡袍上了床，房间里又不冷。第二天我在医院外面的公园里闲逛，突发奇想：要是我也能有件爸爸的衣服穿着该多好！我总觉得那样能把我们联系在一起。

我多么需要他！但我却不能再一味地依赖他，也不能和妈妈说。但我终于明白，她穿爸爸的睡袍就表明她必须有他在身边，她用这种最简单的方式给自己安慰。当天晚上我就问她，有没有多带爸爸的衬衫，我能不能穿。她点点头，递给我。

我现在还留着他的许多衬衫和领带。他的衣服都是在大福克斯[①]的西尔弗曼男装店买的，那儿的男装质量上乘，爸爸买得不多，因为他很挑剔。爸爸的领带伴我度过了在明尼苏达大学法学院的求学时光，以及随后的律师资格考试。当我还是检察官时，每次陪审团审判的最后一周，我都会系上他的领带。我过去常把他的钢笔带在身边，但后来又怕把它弄丢。还好，钢笔还在，但我没像爸爸那样用它在部落法庭决议上签字。我有那些过时的领带就足够了，还有抽屉里的金黄色流苏，我养的狗也总是叫珀尔。

---

①北达科他州东部城市。

出院前一天，爸爸终于不再闪烁其词。当时我穿着他的衬衫，他看到后有些诧异。妈妈出去倒咖啡，而我坐在他身边，那是我第一次真正单独和他待在一起。他的伤口还在愈合，可还是重提了那件事，问我是否知道拉克的行踪。他这样问，我并不惊讶，因为我也一直在考虑这件事。但当然，我不知道。可能克莱门斯打电话来旅馆时跟妈妈说过，但反正我不知道。不过那天晚上，妈妈正好出去买报纸时，我接到了卡皮的电话。

我们家里人去了，他说。

我不知道他在说什么。

来这儿？

不是，去那儿。

哪儿？

他们去说服他了。

啊？

全息甲板[①]啊，笨蛋。就像皮卡德做侦探那样，想起来了吗？说服啊[②]！

啊，我如释重负，大松一口气。啊，那他死了？

没有，只是同意了。不过，他们可把他折腾得不轻。兄弟，他不会来骚扰你们了，告诉你爸妈。我挂了电话，想该怎么告诉他们，怎么才能说得好像我并不知道去拉克家的有多伊、兰德尔和怀蒂，甚至还有爱德华姨父呢？就在这时，电话又响了。妈妈已经回来了。我能听出来，是奥佩琪打来的，因为妈妈问她是不是办公室里出了什么事。听筒里的声音很轻却刺耳，语气紧张。妈妈瘫坐在床上。一定不是什么好事。最

---

① 《星际迷航》中的模拟现实系统，可创造出逼真的三维空间与三维实体。

② “企业号”舰长皮卡德曾利用全息甲板技术，扮演一部全息小说中的虚拟人物：迪克逊·希尔侦探。在某个案件中，皮卡德使用残忍手段迫使罪犯认罪妥协，该过程被称作“说服”。

后，她把听筒放回去，背对着我蜷缩在床上。

妈妈？

她没回答。我记得那时卫生间的灯还亮着，嗡嗡作响。我走到对面，在床边跪下来。她睁开眼睛看着我。一开始她似乎很困惑，双眼在我脸上探索，好像是第一次看我，至少是那种久别后的感觉。然后，她的视线有了焦点，眉头紧蹙，嘴唇紧抿，低声说。

我猜有人痛打了他一顿。

那很好啊，我说，挺好的。

奥佩琪说后来他疯了似的开车冲到加油站，跟怀蒂说，你女朋友真有钱，日子过得可滋润了，他正准备搬去跟她一起住呢！他边开车边大声取笑怀蒂，然后就走了，怀蒂拿着扳手追他。他是什么意思呢？索尼娅没什么钱啊！

我坐在那儿，目瞪口呆。

乔？

我把胳膊肘支在膝盖上，手撑住头。过了一会儿，我躺下来，拿枕头盖在头上。

屋子里很热啊，妈妈说，我们开风扇吧！

我们凉快下来后，去了一个叫五十年代的小餐馆，点了汉堡、炸薯条和巧克力奶昔，一言不发地吃着。突然，妈妈把汉堡放到盘子里，说了一句，不！

我盯着她，嘴里继续嚼着。她的眼皮略微下垂，看起来很严肃。

汉堡有问题么，妈妈？

她看向我身后，出神地想着什么，双眉之间的“刀痕”变得更深了。

爸爸给我讲过一个温迪哥的故事。拉克是想吃掉我们，乔。我不会让他那么做的，她说，我会阻止他。

她坚决的神情让我特别害怕。她拿起汉堡，不慌不忙地吃起来，一直把汉堡吃完，这又把我吓了一跳。自那件事之后，这次她头一回把盘子里的东西吃光。之后，我们回到旅馆，准备睡觉。妈妈吃了片药，很快就睡着了。我盯着天花板上隔音绝热的瓷砖（其实没什么作用），如果靠近看，我就觉得心脏慢慢放松下来，胸腔打开，胃也不再绞痛。我慢慢数起来，一个接一个，头顶正上方的那块有七十八个小孔，另一块上有八十一个。如果妈妈去找拉克，他会杀了她的。我知道他会，却还是一次又一次地数着那些小孔。

离开法戈的那天，我起得很早。妈妈也起床了，卫生间里传来洗漱的声音，我听着她淋浴时哗哗的水声。隔着厚重的窗帘，我还不知道外面也正下着雨呢！八月里很少下雨。这场不大不小的雨一连下了几天，冲落了路上飞扬的泥尘，冲洗了灰土覆盖后泛白的树叶，填实了地上的裂缝，唤醒了棕色的枯草。田里的玉米新长了一英尺，飞长的青草都可以再割一次了。回家的路上，我们能感觉到丝丝凉意。妈妈开着车，雨刷不停摆动着，对后座上打着瞌睡的男孩来说那声音再温馨不过了。爸爸坐在副驾驶位上，盖着一条被子，始终保持警惕。我不时睁开眼看看他们——爸爸把手放在妈妈膝盖上，偶尔，妈妈会空出一只手，放在他手上。

一切都那么平静，就像记忆中跟着他们出门那样，我突然想到得做点什么。我躺在柔软的旧被褥里，一个想法闪现，我把它推出脑海，可它又进来了。我推开了它三次，一次比一次使劲，还哼起小曲儿转移注意力。我想跟他们说话，可妈妈把手指放在嘴唇上，指指爸爸，原来他睡着了。那个想法又钻进脑袋，这次它更加顽固，所以我接受了它，并认真考虑起来。我把这个想法前前后后想了一遍，想得出结论。我像个旁观者一样，看着自己思考。

想好了。

终于到家了。克莱门斯早就炖了红辣椒，杂货店也已经把我们买的东西送了过来。我们需要的一切都放在橱柜和冰箱里。我立刻看到我的薯片放在桌面上，又想起我用来做武器的番茄罐头，克莱门斯可能已经把它们起开，加到红辣椒里了。自那次购物后，每天我都希望能把拉克的脑袋打开花。我想象着自己杀了他几千次——但我还没有，所以明天早上第一件事就是去找特拉维斯神父。我决定了——我要参加他周六早上的教义问答课。我想他会同意的。我还希望，要是以后我能在教堂里派上点用场，神父会注意到那场雨把地洞里的囊地鼠都逼了出来，正吃着新草长膘呢！得有人对付它们。我希望特拉维斯神父能教我怎样射杀囊地鼠，那样我就能练习一下了。

其实我做天主教徒也不算从零开始。保留地刚成立时，神父和修女就已经在这儿了。最传统的印第安人偷偷地保留了古老的仪式，但就连他们也会在寄宿学校里被灌输天主教，或者跟有趣的神父做过朋友（穆夏姆有一段时间就是那样），再要么两头下注，既热爱神圣的烟管，又忠于天主教圣徒。每个人家里总有特别虔诚的教徒，或者至少严守教规的人，比如我们家的克莱门斯就反复游说我入教。她已说服妈妈（但她没特地去找爸爸）让我受洗了，也曾想说服我领受圣餐和坚信礼。我知道自己在受坚信礼之前会经历什么。上帝小分队倒是没讲过什么教义，但我要上的教义课课表可是满满的。告解：1. 告解圣事①。2. 四规告解②。3. 冒办告解③。4. 法定告解④。圣宠：1. 现恩⑤。2. 圣洗恩宠⑥。

---

① 即忏悔圣事。教徒怀着悔改之心，向神父坦白自己领洗后所犯之罪，神父可代表天主赦免其罪。

② 天主教圣教四规的第三条：凡达到辨别能力年龄的信徒皆有责任诚实告解自己的重罪，至少每年一次。

③ 即亵渎圣事之罪。如教徒告解时徒有告解形式，故意隐瞒重罪，无意悔改，不但罪不得赦，且罪上加罪。

④ 指神父有法定义务保守告解者的秘密，无论其秘密合法与否。

⑤ 又称“实际恩宠”，指皈依开始或圣化过程中天主的现场恩宠。

⑥ 指人在圣洗过程中受到的恩宠。

3. 有效恩宠[1]。4. 提升的恩宠。5. 常恩[2]。6. 神光[3]。7. 归算恩宠[4]。8. 内在恩宠[5]。9. 不可抗拒的恩宠[6]。10. 自然的恩宠[7]。11. 先至的恩宠[8]。12. 圣事恩宠[9]。13. 圣化恩宠[10]。14. 足够的恩宠[11]。15. 真正的恩宠[12]。16. 膳时致谢。17. 还有本罪[13]、正式罪[14]、习惯罪[15]、质料罪[16]、伦理罪[17]、原罪[18]和小罪[19]，以及一些特殊类型的罪：亵渎圣神罪[20]、

---

① 见不可抗拒的恩宠。

② 即“常存恩宠”，又称“圣化恩宠”，指天主无条件赐予的恩宠。

③ 现恩的一种，使人头脑清醒，坚信上帝的启示，更好地理解上帝的福佑。

④ 天主加诸信徒身体表面的恩宠，与内在恩宠相对。

⑤ 指天主为了人的得救而赐予的恩宠，内在地把握人的灵性与其官能，实质地影响人的灵魂。

⑥ 又称“有效恩宠”。基督教中加尔文主义的看法：无论一个人是否被预定得救，恩宠总是不可抗拒的；它能使人产生信心和善，但不能保证其最终必能得救。

⑦ 即人本性拥有的一切，都被视为天主的恩宠。

⑧ 在人类做出有意识的行动之前就已存在的天主恩宠。因此，人在被罪恶腐化时，可自由选择是否接受天主的救赎。

⑨ 指信徒在领受圣事时，圣事本身赐予的恩宠。

⑩ 见“常恩”。

⑪ 天主拯救的普世意愿，意指天主给所有人（即使那些仍在自己宗教里找寻真神的人）为得到救赎所需要的恩宠。

⑫ 即圣神内住：只要人相信主，主就住到他的灵魂里。

⑬ 指人明知却故意违反天主诫命的罪，包括任何故意表现出的罪恶思想、言语或行动，与原罪相对。

⑭ 犯罪之人出于主体的明知和意志做出罪恶行为。

⑮ 由惯性驱使的反天主行为习惯，有罪过的人明知自己在做的事不对仍继续进行。

⑯ 行为本身与教义及人类道德标准不符，但罪人本身并不知晓，与正式罪相对。

⑰ 梵蒂冈教廷2008年重新定义的七宗罪中第一条为伦理罪（moral sin，违背伦理道德的罪），但鉴于本书情节发生的时间，此处很可能是指天主教中不可饶恕的大罪（mortal sin，即与天主严重分裂、对抗的不可饶恕的大罪）。

⑱ 人与生俱来的罪恶行为。始祖犯罪后遗留的恶根对后人的精神生活和社会环境产生恶性影响。原罪本身非罪，与本罪相对。

⑲ 可赦免的罪，如不忍耐、小过错等，与大罪相对。

⑳ 不可宽恕之罪，出自《圣经·新约·马太福音》第12章第32节：“为此，我告诉你们：一切罪过和亵渎，人都可得赦免；但是亵渎圣神的罪，必不得赦免。”

怠忽之罪[①]、他人的罪、缄默罪[②]和索多玛罪[③]。还有呼吁上天惩罚之罪[④]。

当然，列表上还有以上各条的具体定义。特拉维斯神父授课的样子就像梵蒂冈第二次大公会议从没召开过一样[⑤]。谁也看不见他在干什么。安格斯说，特拉维斯要是乐意，就会用拉丁语做弥撒。头一年冬天，他还把祭坛背朝着教堂里的会众，像巫师一样动作夸张地祝圣[⑥]，还一连做了好几个月。讲教义时，他要么添加主题，要么对某些主题置之不理。周六早上，他把我带到教堂地下室，让我在自助餐厅里坐下。我坐下来，尽量不看那块毯子，不去想卡皮。巴格·普瑞尔在双城[⑦]过了几年街头流浪汉生活，总算改过自新，也来听课。屋子里很暗，我见他骨瘦如柴，一副悲戚的样子，鼻子也因为常年喝酒变得肿胀发紫，像小丑一样。他的姐妹们给他穿了干净的衣服，可还是有股霉味儿，好像一直睡在发霉的角落。我翻看了讲义，听特拉维斯神父讲述圣三一中的每个成员[⑧]。下课后，巴格溜达着走了，我就问神父，下周几天能不能单独给我授课。

你有什么目标吗？

---

①知道自己该怎么做却未做到的罪。

②本应提出抗议却选择保持沉默的罪。

③即“同性恋之罪”。据《圣经·旧约·创世记》记载，索多玛是一个耽溺男色而淫乱、不忌讳同性性行为的城市，后被上帝摧毁。

④又称“招天怒之罪”，如任意杀人、欺压孤儿寡妇、剥削工人等，有时会招致天主即刻的惩罚。

⑤梵蒂冈第二次大公会议之前，天主教的拉丁礼教会通常使用拉丁语举行弥撒仪式，将祭坛背对会众，程序复杂繁琐，但更显庄严神圣。梵蒂冈第二届大公会议要求弥撒仪式的全过程必须公之于会众。

⑥据《圣经·旧约·出埃及记》所记，“祝圣”是上帝定下的一种给人或物做上上帝标记（使人或物成为圣物或归于天主名下）或传授神权的方式，“你祝圣过的，都成了至圣之物”。此处指弥撒中，神父按照指定动作将酒变为圣血，将面包变为圣体。

⑦明尼苏达州的明尼阿波利斯市和圣保罗市，许多齐佩瓦人在此生活。

⑧指圣父、圣子、圣神。

我想在夏天结束前领受坚信礼。

春天的时候主教会过来，所有人都是那时领受。特拉维斯神父仔细地看了看我，说，你急什么？

那样对我有帮助。

什么帮助？

家里的事，也许吧，如果我能祈祷的话。

不受坚信礼也可以祈祷，说着他递给我一本小册子。

而且，他继续说，你可以通过向上帝倾诉来祈祷。可以用你自己的话说，乔，不一定要受坚信礼后才能祈祷。

神父，我有个问题。

他等我开口。

很久前我听过一个说法，就一直记着，我问道，什么是呼吁上天惩罚之罪？

他把头歪到一边，好像在倾听一种我听不到的声音，然后匆匆翻阅教义书，把定义指给我看。呼吁上天惩罚之罪包括谋杀、鸡奸、欺骗劳动者、欺压穷人。

我觉得自己知道什么是鸡奸，还坚信它也包括强奸，所以我的想法同教义一致，第一天我就发现了这一点。

谢谢，我对神父说，周一见。

他点点头，一副若有所思的样子。

好，我相信你肯定会来。

星期天，我耐着性子跟安格斯做完弥撒。周一早上又下雨了，我吃过早饭就去了教堂。早上妈妈做了一大碗燕麦，我吃撑了，骑车都费劲，到现在肚子里还是暖呼呼、沉甸甸的。我想回去睡觉，可能特拉维斯神父也是吧！他脸色苍白，可能没睡好，也没刮胡子，眼下的皮肤呈蓝灰色，咖啡散发的气味混合着他的呼吸，十分刺鼻。自助餐厅的柜台上整齐地堆放着盒装食品，垃圾桶里塞得满满的。

昨晚守灵了吗？我问。

普瑞尔先生的母亲去世了，也就是说他可能再也不会回来了。他的母亲神志清醒时，他倒是希望能重新和教堂和解。哦对了，有本书给你。他递给我一本软旧平装本《沙丘》[1]。那我们就从圣餐仪式开始怎样？我在弥撒上看到你和安格斯了。你明白那是怎么回事吗？

我早就记下了那本小册子，所以就说，明白。

能跟我说说吗？

分享耶稣赐予我们的精神食粮。

很好，还有吗？

耶稣的血液和身体存在于酒和薄脆饼干中？

是圣餐薄饼，嗯，还有吗？

正当我苦思冥想时，雨停了。一缕阳光射向地下室里布满灰尘的玻璃窗，尘埃在空气中打着转儿，地下室仿佛倾斜了，闪烁的光为它蒙上了面纱。

呃，提供精神养料？

对！特拉维斯神父微笑地看着斜射进来的光线在我们身旁和窗边飞舞。既然只有我俩，出去上课怎么样？

我跟着特拉维斯神父走上台阶，出了侧门，走上一条小路，路边的松树还滴着水珠。那条草径在健身房和学校后面绕了个圈，又穿过几排树木，通向一条公路，卡皮和特拉维斯神父曾在那儿上演了赛跑中最激动人心的一幕。我们边走边说，神父告诉我，圣餐仪式上我将变成神秘的基督圣体的一部分，所以得先通过告解圣事净化自己，为圣餐仪式早做准备。

要想净化自己，你必须了解自己，特拉维斯神父继续说道，外部世

---

①弗兰克·赫伯特（Frank Herbert）的科幻小说。

界的一切也存在于你内心中。好、坏、恶、完全[①]、死亡，所有东西，所以我们要审视自己的灵魂。

噢，我含糊地答应着。看，神父！有只囊地鼠！

嗯，他停下来看着我，你的灵魂健康吗？

我四下看了看，好像我的灵魂会突然出现，然后我就可以检查一下了。可我只看到特拉维斯神父英俊精致的脸和棱角分明的嘴唇，严肃暗淡的双眼泛着神秘的光。

我不知道，我说，我想打死几只囊地鼠。

他又向前走去，我不时瞟他两眼，可他不说话了。终于，我们转进小树林时，他开口说，恶。

什么？

我们得解决恶的问题，这样才能了解你的灵魂、其他人的灵魂。

好吧。

恶有很多种，你知道吗？物质层面的恶，给人们带来苦难和沉重的后果。疾病、贫穷、各种形式的自然灾害——这就是物质层面的恶——我们却毫无办法。对我们来说，它们的存在就是个谜，这一点我们必须接受。道德层面的恶就不同了，它来自人类自身。一个人故意给另一个人带来痛苦和折磨——这就是道德层面的恶。乔，你现在来这儿审视自己的灵魂，希望靠天主更近，因为天主全善、全能、仁慈……他停了一下。

是的，我说。

所以你不得不质疑，这样一个强大的存在怎么会允许这种骇人听闻的事发生——天主怎么会允许一个人对另一个人构成直接伤害呢？

我内心的某个地方疼了一下，这种疼痛穿透了我。我继续向前走，

① 天主教认为，“完全”本是天主的属性，只有天主是绝对完美无缺的，但信徒也应追求这种美德。《圣经 · 新约 · 马太福音》第 5 章有言：“所以你们要完全，像你们的天父完全一样。”

低着头。

特拉维斯神父继续说，这个问题只有一个答案——虽然这个答案并不完整——就是上帝给人类选择的自由。我们可以选择让善战胜恶，也可以选择让恶打败善。为了保护人类的选择自由，上帝一般不会，至少不会经常干涉我们。如果上帝要干涉，他必须剥夺我们的道德自由，明白吗?

不明白，但好像是对的。

天主只能，也总能从任何恶中发掘善。

我浑身发冷。

他会的，特拉维斯神父略微提高了声音说，在任何情况下，乔，任何揪心的情况下。我是这儿的神父，你知道的，我埋葬过婴儿、丧生于车祸的一家人、做出错误选择的年轻人，甚至还有那些有幸寿终正寝的老人。是的，我见过。每当恶出现时，很多善也会随之而来。恶出现时，人们会做更多的善事，表现出非同寻常的爱，对耶稣基督或者他们最崇敬的圣徒也更加虔诚，或者在他们家族内部进行一种特殊的圣餐仪式。那些总是按自己的方式行事的人，比如你们部落的那些老传统的印第安人，他们除了参加葬礼从不来弥撒，但我在他们身上看到了善。我敬重他们。他们会来守灵。他们即使一贫如洗，也会把仅有的东西赠予他人。即便再穷，我们都能为他人祈福，不是吗?所以每种恶，无论道德层面还是物质层面的，都会带来善。你会明白的。

我停下来看着田地，不去看特拉维斯神父，还把他给我的那本书在两手间倒来换去。真想扔了它!囊地鼠跳上跳下，发出欢快的吱吱喳喳声。

我真的很想打死几只囊地鼠，我咬牙切齿地说。

我们不会那样做的，乔，特拉维斯神父说。

满是灰尘的保留地被仲夏的这场雨冲洗得干干净净。我骑车下山，路过印第安事务管理局和水塔，朝拉弗内家去。拉弗内家有三块地，彼此紧挨着，虽然划分了很多次，但仍属于拉弗内家族。房子之间大道小路纵横交错，多伊家的房子是中间的主屋，牧场式平房，离主干道最近。卡皮倚在门前平台的栏杆上，敞着衬衫，脚边放着一套哑铃。

我停下车，坐回车座上。

有姑娘来看你做重量练习吗?

没人，卡皮回答，谁都没资格看。

他假装撕开衬衫，捶着光滑的胸膛。他的情绪比上周好多了，因为齐利亚又来了两封信。

过来。他叫我过去举会儿杠铃。

你该让你爸买些杠铃，在卧室里练练，才拿得出手嘛!

像你这样自以为拿得出手！有啤酒么?

有更好的，卡皮说。

他伸进牛仔裤口袋里，拿出一个三明治包，小心翼翼地卷着一支大麻烟卷。

哎哟，我的亲兄弟啊!

我要点燃它啦，科莫撒比[1]，卡皮说。

我们决定去一片高地上抽烟——沿卡皮家那条路走下去，再经过一片树木茂盛的山脊，就能爬上一片高地，在那儿我们能近距离观察高尔夫球场，不过他们很难发现我们。我们见过最认真的球手，既有印第安人，也有白人，他们击球时扭动臀部，双眼放出敏锐的光芒，一挥杆，要么一杆入洞，要么一败涂地。他们的动作都很有趣：要么挺起胸膛，要么砸倒球杆。我们总会紧盯着球的飞行轨迹，如果他们找不到，我们就能拿走。我们已捡满了一桶高尔夫球。卡皮用塑料袋装了些燕麦饼、两个烂熟的苹果、汽水和一瓶酒，把塑料袋系在车把上。我们

---

① 影片《独行侠》中阿帕奇人对独行侠的称呼，意为“朋友”。

出发了，把自行车拖进岔道旁的灌木丛里，然后走上山，沿着山脊走到我们的眺望据点。

地面基本干了，树叶的毛细孔和干涸的土地已吸干了雨水，蜱虫多半也消失了。橡树投下大片阴影，我们靠在树干上。我一直夹着大麻烟卷。别抽了，卡皮说。我却已陷入沉思。杂草已枯萎，发出污浊的气味，我们喝着啤酒。几个大肚子男人进入了我们的视野，他们身穿黄衬衫，头戴白帽子，可能是支球队吧。他们每走一步，我们都要大笑一阵。不过他们很厉害，一个球都没丢。他们走了以后，这儿又一阵平静。我们抽着烟蒂，剩余的焦油[①]残渣也就着其他食物吃了。卡皮转过身来，把已很长的头发往后甩了一下。安格斯和扎克也想甩开遮在眼睛上的头发，可模仿不了。那姿势，绝对让女孩疯狂！

你干吗去参加弥撒？还跟那个混蛋学教义？

真是“恶事传千里”啊！我说。

当然，卡皮说，他肯定会劝你皈依的。为什么啊？他又问了一次。

你不觉得，我答道，如果一个孩子的妈妈受尽了折磨……恶魔之皮又出现了。

恶魔之皮。哦，明白了，杀死雅尔的那个满身柏油的家伙[②]。所以，拉克咯！

没有原因。恶魔之皮出现在破杂货店里，然后孩子的爸爸想杀了他，结果还他妈的心脏病发作。你不觉得目睹了全过程的孩子会需要一些心灵上的帮助么？

卡皮上下打量了我一番，说，不是这个。

好吧，我低头看着修剪整齐的草地，琢磨起来。

不对，他又说，肯定还有其他原因！

---

① 指烟焦油。

② 《星际迷航：下一代》第一季第 23 集《恶魔之皮》中，杀死雅尔的阿莫斯是不知名种族创造的恶魔实体，由柏油构成。

好吧，我说，我要练习射击。我以为他会让我帮忙消灭囊地鼠，可他只给了我本书。

卡皮大笑起来，你这笨蛋！

是啊，我模仿特拉维斯神父的语气说道，我们不会那样做的，乔，善总是从恶中来，你会明白的。

你会明白的？他是这么说的？

嗯。

狗屁。这么说的话，所有的善都源自恶了！要是你想打枪，他继续说，可以去找你舅舅啊！

我不喜欢他了。

那找我更好，你该来找我啊！任何时候。任何时候，兄弟，我从两岁就开始打猎，九岁就打到第一只公鹿。

我知道，但不只是射杀囊地鼠那么简单，你明白的。

也许吧，也许我明白。

你明白我说的是什么意思。

我知道，我想我知道。卡皮点点头，看着又一批球手走来，这次是印第安人，他们的球技差一些。

所以如果你明白，你也该明白我不会牵连任何人。

牵连！这可是大律师用词啊！

要我解释一下么？

去你的！我是你最好的朋友！我是你最重要的人！

我也是你最重要的人！我要么自己做，要么不做。

卡皮又大笑起来。他突然转身从后口袋里拿出一包压扁的烟，那是他哥哥的。妈的，这我都忘了。

里面的烟皱巴巴的，不过没断。这次我注意到，火柴盒上还有怀蒂加油站的图片呢。

他现在还卖火柴啊，我说。

我哥买的，我从没去过，不过兰德尔说怀蒂要发展业务，出租影片。管它呢，接着说刚才的。

什么？

我不需要知道。我们就把我爸的猎鹿步枪拿出来训练，因为乔，你连卡车栏板都打不中！

可能还真是。

那卡车栏板要是发怒了撞倒你怎么办？多他妈的背运！我可不能让你那么死掉。

他的枪不行，我不能用他的枪。

就练练。多伊的枪被偷了，不过我们又不在家——不在场证据嘛。我们就把枪和子弹藏起来。所以我们在这不是为了看这些家伙找乐子，对吧？

嗯。

我们在侦察啊。

看他会不会过来。我知道他打高尔夫的，起码过去常打，琳达告诉我的。

谁都知道拉克打高尔夫的，这样不错，人人都可能没打中鹿，反而误杀了球手。

我们骑车回到卡皮家，然后去了一个地方。卡皮从五岁起就在那儿练枪。

爸爸是用.22[①] 教我的，卡皮说，只打些囊地鼠、小松鼠，谈不上什么反冲力。后来我们第一次去猎鹿，他把自己的30.06[②] 递给我。我跟他说害怕反冲力很大，可他说跟.22 的差不多。我跟你保证，儿子，

---

① 指使用 0.22 英寸（5.56 毫米）口径子弹的枪支。

② 指使用斯普林菲尔德 0.30－06 步枪弹的猎枪，“0.30”指子弹口径为 0.3 英寸（7.62 毫米），“06”指该子弹是 1906 年推出的。

放松点。所以我一枪就打中了我的第一只鹿。知道为什么吗?

因为你是皇帝?

不是啊，孩子，因为我没觉得害怕，我不怕它的反冲力。一气呵成。有时候呢，你用30.06学习，扣扳机时就想退缩，因为你会情不自禁地预感到恐惧。我真希望能用.22的教你，像我爸那样，不过你已“先天不足”了。

我的确觉得自己有不足之处。我知道我会扣动扳机，知道我会退缩，知道自己上膛时会多么笨拙，我知道自己可能会搞砸，我知道自己正常瞄还不如对眼瞄打得准!

我们把瓶罐放在栅栏旁，打倒再扶起再打倒。卡皮打了第一个，干净漂亮，给我做了准确的示范，可剩下那些我一个也没打中。可能整个保留地上我是唯一一个不会射击的男孩。爸爸并不介意，不过怀蒂曾经想教我，可惜我不是这块料，总是瞄不准。

还好你不是老一辈的印第安人，不然就饿死了，卡皮说。

也许我需要配副眼镜，我沮丧地说。

也许你该闭上一只眼。

我闭了啊!

另一只。

两只都闭上?

嗯，可能会好些。

十击三中，最后那些价格不菲的子弹都快用完了，卡皮指出了这个问题。我们不可能告诉任何一个人我在练射击。问多伊要吧，他也找不出什么好借口。我们决定没人在家时才练。实际上，卡皮说我们必须找个更偏远的地方，两块大草场之外，那儿比较隐蔽，但肯定还是会有人听见。

不过我们得先拿点钱，搭顺风车或让熟人带去霍普丹斯，然后去五金店，子弹我来买。

不用，我说，我该自己去。

所以我们争吵了一番，最后我得回家了——妈妈跟我说要是我六点还没到家，她就派警察找我。

警察？

只是打个比方啦！她说，也许我会找爱德华姨父。你不想让他出来找你，对吧？

当然，我可不想让他开着大车出来找我，他总是开得很慢，还摇下车窗逢人就问。所以我回家了。索尼娅留给我的钱还在，我在衣柜里藏了一百美元，放在那个贴着“家庭作业”标签的文件夹里。一想起她，我就感觉像拳头打在淤青上一样。骑车回家的路上，我决定实施一个计划，让妈妈开车带我去霍普丹斯。她还以为我在上教义课，那样我也许会用到蜡烛，或者还要一双正装鞋，才能做辅祭[1]。

鞋子手感很好。第二天下班后，妈妈开车带我去鞋店买了正装鞋。我真后悔浪费了那么多钱。但我又随便找了个借口去五金及体育用品店，妈妈等在外面，我买了四十美元的子弹。店员不认识我，所以把那张大钞仔细检查了一番。我看着货架上的涂料、篮球、棒球、高尔夫专区、钉子筒、电线卷和家用罐头制品区，还有铁锹、耙子、链条锯。我注意到那儿还卖汽油罐，跟我之前在湖里找到的那个一模一样。

我想应该没问题了，店员说着给我找了零钱。

我走出商店，告诉妈妈，我给爸爸买了个“惊喜”，他也该放松一下了。除了子弹，我还买了钓鲈鱼用的旋式钓饵，鲈鱼是我们最喜欢钓的鱼。我毫不费力地撒谎，谎话一个接着一个，当时的我说起谎来就和以前讲实话时一样自然。回家的路上，我突然意识到我要完成的事并非复仇，而是伸张正义，所以谎言无足轻重。

---

[1] 又称“祭台助手”，天主教举行弥撒及其他宗教仪式时协助神父的辅助者。

呼吁上天惩罚之罪。

可能我说得太大声了，我看着路出了神，想着自己需要多少练习。

你刚说什么？

妈妈仍然保持着那种严厉。她一直在保护爸爸，这让她格外有威严，此外，还有在法戈时她放下汉堡包后说的话。我就是那个人。不，你不是，我心想。前段时间，她瘫在床上，房门紧闭，如一片变钝的刀片，又仿佛一直在磨砺自己，现在已锋利无比。所以后来在法戈，我们聊起爸爸，还有医生的说法，我们一起讨论事实、商量问题。她待我就像对一个大我几岁的人那样，回家之后仍是这样。她经历了太多，不再像以前那样温柔耐心地对我了。她不再宠着我，也不再因我做的事大笑了。她好像指望我在那几周里长大，不再需要她了。如果她指望我凭直觉独自行动，我没让她失望。但我仍然需要她，我需要她带我去霍普丹斯。不，我正处在迷茫中，需要她指引我。那天开车回家的路上，我先是含糊地说了“呼吁上天惩罚之罪”，随后直接问出爸爸一直不愿问的问题。很幼稚的问题，但也很成熟。

妈妈，我说，你为什么就不能撒谎呢？为什么不能说头上的袋子滑下来了呢？你被什么东西绊倒了，就抬手把它扯下来，然后看到地面了呢？为什么不说你知道事发地点呢？其实在哪儿并不重要，只要你说了。

好一会儿她都沉默不语，我以为她不会回答，但我并不生气，不惊讶，也不尴尬，只是集中精力等她回答。

我也希望我知道，她终于开口说道，为什么自己不能撒谎。上周在医院时，我坐在那儿看着你爸，突然特别希望自己从一开始就撒了谎。我多希望我撒了谎，乔！但我就是不知道在哪儿。你爸爸也知道我不知道，你也知道。我跟你们说过的。那我之后怎么能改口呢？作伪证吗？而且你要记住，我也知道自己并不知道。如果我撒谎了，那我算是个什么样的人？因为我的“不知道”后来会发生这么多事，他逍遥法外又厚颜无耻地出现，要是当时我就明白这些的话，我会说我知道的。

很高兴你会。

她径直望向前方。

显然，她说完了。我看着前方的路，心想：即使你撒谎了，即使你改口，那又怎样，你还是我妈妈，我还是会爱你，爸爸也还是爱你。你撒谎是为了救梅拉和她的孩子。你很容易就能做到。如果他们起诉林登·拉克，我就不用为子弹的事而撒谎，也不用做些只有某些人才需要做的训练！我会很快练好射击，赶在她自己想办法阻止他之前。我明白，没有更合适的人选。我才十三岁，即使被抓住，顶多受未成年法律的处置，更不用说有些情况还能减轻罪行。我的律师可以指出，我成绩很好，这么多年积累的“好孩子”名声也能派上用场。但是，我并不想那么做，甚至我并不觉得自己能做到。我知道自己射得不准，可能也进步不到哪儿去。除此之外，我还要面对严酷的现实。所以我不让整件事一股脑儿占据我的脑海，而是一次只想一个片段。我们又陷入沉默。过了一会儿，我又想到下个片段：我得去找琳达·威什科布，弄清她哥哥是否还打高尔夫，看他有没有什么日程安排；还要去买点长了斑的软香蕉，或者先买硬的，然后放那儿让它们自己慢慢熟透。

三天的射击训练后，我带着一袋香蕉到邮局。我一直将它们放在房间里精心照看着，现在它们终于变得软软的，还长了斑，但没变黑。

琳达越过窗口旁的磅秤打量着我，圆圆的双眼闪着光。她的笑像小狗一样，真让我受不了。我给卡皮买了六张邮票，然后把香蕉递给她。她伸出胖乎乎的小爪子接过去，打开一看，满脸通红，好像我给了她什么很珍贵的东西。

你妈给我的？

不是，我说，我。

她惊喜交加，涨红了脸。

太好了！她说，我回去就烤面包，明天下班后给你们送过去。

我走出邮局。我已从上次在特拉维斯神父那儿犯的错误中吸取教训了，像我这种年纪的孩子表现得很懂礼貌马上会引起怀疑。我得保持自己的行为方式，待时机成熟再行动。聊一次肯定不够，可能要多聊几次，才可以适当地插入一两个问题，问问她哥哥的情况。所以第二天，下午五点我特意待在家里，这时琳达把车停在车道上。我往外看了一眼，跟爸爸说琳达来了，我跟你赌一块钱，她是来送香蕉面包的。

你赢了，他头也不抬地说。

他正小口喝着水，读着昨天的《法戈论坛》。妈妈走下楼，她穿着黑色裤子、粉色T恤，蓬松的头发染成了耀眼的黑色，戴着粉黑相间的珠子耳坠，光着脚，趾甲上涂了粉色。淡淡的妆容让她五官更加鲜明，她走过时还飘过淡淡的柠檬护肤乳的味道。我走近她，站在她身后。她打开门，接过那个再熟悉不过的锡箔纸方砖。她是为爸爸打扮的，我还没笨到连这都看不出来。她看起来很精神，其实是想让爸爸开心些。琳达走进来，坐在客厅里，爸爸放下报纸。

乔，这儿还有一块给你，说着又从包里抽出一块。她居然没当着爸妈的面谢我，我很惊讶。大人大都觉得孩子做的任何事都该让所有人知道。所以，对一个男孩哪怕最细微的动作他们也要吹嘘半天。我已经准备好了，对送香蕉这件事轻描淡写就行，可琳达居然没提。不过，她又跟爸爸聊起天气来。他们一如既往地谈起最爱的话题，真是没完没了，老生常谈。果然，妈妈可没耐心听，便去厨房沏茶、切香蕉面包了。我决定采取全新计划，坐在他们对面的沙发上。他们迟早会“才尽词穷”，说些正事的；或者爸爸会走开，我就能提起高尔夫的事了。他们正谈论雨情：哪个县降雨量怎样，我们会不会遇上冰雹，然后又说起自己经历过的冰雹，冰雹带来的种种灾难，这时我打起哈欠，就躺下来闭上眼睛。我假装熟睡，不受任何打扰，紧接着我抽动了一下，均匀地深呼吸起来，他们肯定会相信的。我放松身体，整个人瘫软下来。他们还在说冰雹，跟高尔夫球一样大的冰雹，和豌豆一样圆，像 BB 子弹[1]一样穿透屋顶上的木瓦。沙发很宽，枕头松软。过了一个小时，我才醒过来。妈妈正坐在沙发边上柔声唤着我，还轻轻拍着我的小腿。有时候，我们不经意间睡着，再醒来时就不清楚自己在哪儿。我仍闭着眼睛，妈妈的手轻抚我的脚踝——她总是那样叫醒我——那是童年的感觉，还有她温柔的嗓音，让我内心充满宁静。我任由意识下沉，沉入到呱呱坠地前的藏身地，在那儿，没什么能伤害到我。

最后我醒来时，天已黑了，屋里静悄悄的。屋子那头有块穗带编的椭圆形块毯，珀尔正蜷在上面睡觉，呼哧喘着气。有人给我披了条毛毯，但被我踢掉了，所以有点冷。我没吃晚饭饿得慌，裹着毯子蹑手蹑脚地走进厨房。珀尔爬起来，跟在后面。一碟吃的放在桌子上，盖着锡箔纸，闪闪发光。又是满月之夜，苍白的月光照亮了厨房。现在的我懂事了许多，自然明白那天晚上厨房里发生了什么，以及发生的原因。那晚，我在睡梦中放松了警惕，伪装褪去了，只剩下真实的想法：我知道自己计划了些什么。随之而来的是恐惧。之前，我从没真正怕过，至少没为自己怕过。为爸爸妈妈，当然怕过，但那种恐惧不算什么秘密，能与人分担，无需压抑在心里。我最担心失去的东西并未真正失去，尽管爸妈受到了伤害，他们仍睡在一张床上。但我明白，他们的平静只是暂时的。拉克还会出现，除非有人发现死去的梅拉，或者她活着出现，控告他绑架罪，否则他还是可以来去自如。

我必须做我不得不做的事。行动近在眼前。诡异的灯光下，一种可怕的感觉笼罩着我，泪水涌上我的双眼，一声哽咽——或许是呜咽声，和着突如其来的痛楚——自胸口迸出。我双拳交叉放在外衣上，挤压着心口。我不想出声，不想吐露这种乱糟糟的感觉。但在它的巨大

---

[1] 塑料子弹，常见直径有 6 毫米、4.5 毫米。

力量面前，我却那么赤裸裸，那么渺小。我别无选择。我压抑着，只有我能听见那些声音自体内发出，陌生而恐怖。我躺在地板上，任由恐惧包围我，把我晃来晃去，就像一条狗咬住老鼠那样，而我只能尽力保持着呼吸。

魔咒笼罩着我，大约半小时后才渐渐褪去。本来我根本不知道它是否会离开，只能紧紧蜷缩着身体，伸展身体后又浑身酸疼。我就像患关节痛的老人，浑身酸痛地爬起来，拖着脚步上了楼，走到床边。珀尔一直陪着我，蜷在我身边，所以我把它带进房间。沉沉的睡意慢慢袭来，我突然明白，既然经历过恐惧，就该知道它只是暂时的。它的力量可以强大到将我击倒，自然也会有松懈的时候。会过去的。

香蕉不能再用了，所以我决定在中午时分“偶遇”琳达。我知道，她一般都自带午餐，不过每周总会去迈提店里吃上一顿汤和色拉——女人们去那儿总是吃那个——算是犒劳自己。每天，我要么盯着迈提店里的窗户，要么进去喝瓶葡萄味汽水。第三天，我终于看到琳达迈着东卡玩具卡车[①]式的步子走了过来，很欢快的样子。巴格正坐在两栋房子之间脏兮兮的狭长草地上，她朝他挥挥手，停下来递给他一支烟。她居然抽烟？我很惊讶，不过我后来才明白，她随身带着一包烟，只是为了在别人“借支烟抽抽”的时候递上一支。我把车停在可见范围内，跟着她走了进去。当然了，她认识每个人，跟他们一一打了招呼，坐下后她才注意到我。我假装刚看到她，她惊喜地睁大双眼。

乔!

我走过去，四下看了看，假装在找伙伴们，她问我饿不饿。

有点。

那坐下吧!

---

①美国东卡玩具公司产品，由金属制成，较重。

她点了个虾篮，然后也没问我，就又点了一篮。那可是菜单上最贵的。她又给自己叫了杯咖啡，给我要了杯牛奶，因为她是看着我一点点长大的。我坐在那儿，耸耸肩，装出一副被逼无奈的样子。

不用担心，琳达说，等你朋友来了，你就跟他们坐吧！我不会介意的。

啊，我说，我没打算……好吧，谢谢你了，我的钱只够买瓶汽水。你常点虾篮吗?

从来不！她朝我眨了眨眼说，这是犒劳自己。今天是个特殊的日子，乔，我的生日。

我说了句生日快乐，然后突然想到，那也就是她哥哥的生日，我提起他吗？不过，我又想起她的身世。

但不是冬天吗，你俩出生的时候?

啊的确，你记性真好。不过那天只是我肉体的诞生日，你明白的。我经历了那么多，也算重生了好几次，所以我从那些重要的转折点中挑了个日子作我的生日。

我点点头。斯诺·古德柴尔德端来了饮料。我听见我们的虾和薯条给油炸得滋滋响，顿时觉得很饿。琳达给我买了午餐，真开心。我忘记自己是讨厌她的，只记得以前我很喜欢跟她聊天，她也一直关心着爸妈，甚至到现在还尽力帮助我们。喉咙里紧张的刺痛感消失了。时机成熟了，可以问了，我喝了口冷牛奶，又喝了口波纹塑料杯里的冷水。

你选的是哪天？贝蒂从医院里把你抱回来的那天?

不是，琳达说，是福利院的人第二次把我送回家的那天。贝蒂在日历上标记了出来，她只标记最特别的事情，所以我知道她爱我，乔。

不错啊，我说，然后就不知道说什么了。我们说的是大人的话题，所以说到这我就卡住了。我指望琳达会问我暑假过得怎么样，或者问我想不想回去上学。大人们只要不问起爸爸的健康状况，一般就会问这些。确切地说，没人问及妈妈，他们总是直接说我看见你妈妈去上班了，或者我在加油站看见你妈妈了。部落委员会已警告过拉克，禁止他进入保留地，但无法强行实施。所以，劝他离开已算是最好的办法。人们说他们见到了妈妈，其实就是说他们关注着她。我以为琳达也会那么说，但她的话却让我大吃一惊。

听着，乔，我得告诉你，我很后悔当初救了我哥哥，我真希望他死了。对，是我说的。

我沉默了一会儿，然后说，我也是。

琳达点点头，看着自己的手，又瞪起双眼说，乔，他说自己要发财了；他说自己再也不用工作；他保证自己银行卡里会来钱的，还说要修好房子，永远住在这儿。

啊？一想到索尼娅我就头晕目眩。

这些都存在我手机的收件箱里。他说有个女人会用钱跟他交换什么，说完还大笑。

不，她不会的，我说。我的头脑清晰起来——我看见索尼娅那张靠墙的桌子上放着的碎瓶子，我看见她把“红色索尼娅”包扔在地上时的表情。拉克威胁不到她的。

这都是大人的事，琳达说，可能对你毫无意义，对我也没有。

虾篮来了，她想在边上倒点番茄酱，双手晃着瓶子，像小孩一样。我拿过来，用手掌根轻轻敲了敲瓶底，倒出了一团番茄酱。爸爸总那样做。

哎呀，这我可永远也学不会，琳达说。

就这样。我又往碟子里倒了点。琳达点点头，也试了试。

又长知识啦，她说。我们吃了起来，把塑料一样的粉色小虾尾堆在篮子边。

她说起拉克的一些事，可都是成年人那种复杂的事，我也不知道怎么回答。我可没打算以这种方式提起拉克，也不确定自己还能不能消化得了更多信息，所以我提起了最安全的话题，让她别再说下去。

哇，好热！

可她不跟我聊天气，只是点点头，闭上双眼，边吃“生日虾”边享受地说，嗯……

慢慢吃，琳达，她自言自语道，然后大笑起来，轻轻抹了抹嘴唇。

我也得这样，我心想。

好吧，我说，你哥哥的事我知道了。当然，他现在觉得自己完全可以成为一个有钱的混蛋。不过我只是很好奇，你能告诉我他什么时候打高尔夫吗？要是他还打的话。还打吗？

餐巾还放在她嘴巴上，白色餐巾后的她朝我眨了眨眼。

我是说，我解释道，我必须知道，因为——

我抓起一把薯条塞进嘴里，嚼起来，疯狂开动脑筋。

因为要是我爸爸也想打高尔夫怎么办？我在想，他去打高尔夫对身体有好处。要是拉克也在那儿，我们可不能冒这个险。

哦天哪，琳达说，一副惊慌失措的样子。这我可从没想过，乔，我不知道他多久打一次，不过他的确会打，而且喜欢很早——早上七点球场刚开门——就过去。因为他几乎不怎么睡觉，不过我现在也不了解他的习惯。我该告诉你……

不！

怎么了？

我们僵在那儿，盯着对方，桌上是还没吃完的虾。这一次，我捏起两只虾，皱着眉一只一只吃掉，然后撕开它们的尾巴，把虾尾里的一点点肉也吃掉。

这件事我想自己来。这是爸爸和儿子之间的事，我们要打他一个出其不意。爱德华姨父也开了一家高尔夫俱乐部，他肯定会让我们用的。我们会去那儿打，就我和爸爸。我想自己来，好吗？

噢，当然。很好，乔。

我总算松了口气，飞快地吃起来，消灭了整个虾篮，甚至还吃了点琳达的薯条和她剩下的沙拉。吃完我才意识到，所有需要的东西我都已经拿到了——“情报”和同意保密的承诺——如释重负，但与此同时，那种漩涡般的恐惧也卷土重来。

巴格正骑着我的车在窗前游荡。

我得走了，我对琳达说，谢谢你，不过巴格要偷我的车呐！

我跑出去赶上巴格，他刚骑到停车场中间，正悠悠地到处闲逛，也不下车，眼神游移地瞥了我一眼。我跟在他身边，其实我不介意走路，因为我不大舒服。我吃得太快太多，也许就像爸爸有时候说的那样，胃里难受。而且，毕竟那些冻虾走了几千英里的路，才到我的盘子里。琳达等着结账时，我把堆起来的虾尾用面巾纸盖住。现在呢，走路好像比骑车颠簸要好些。我想离别人远点，免得吐出来。

我顶着大太阳，走在巴格身边，感觉好点了，走了不到一英里路，我就全好了。可巴格要去的地方好像跟我没什么关系。

车能还我了么？

我得先去个地方，他说。

哪儿？

我得看看那东西是不是只是个梦。

什么东西只是个梦？

我看见的东西。我得看看。

不管你说的是什么，只是个梦啦！我说，你梦游呐！车能还给我了么？

巴格出了镇，向卡皮家相反的方向骑了很远。我担心他会撞上过路的车，就夸起伊格纳西亚奶奶，说她多么慷慨大方，想劝他掉头。

是啊，车骑了这么久还真挺饿，巴格说。

我们来到养老院门前，巴格把自行车扔在我面前，摇摇晃晃地走了，像是某种磁力在吸引着他。我掉头就朝卡皮家骑去。我们原本计划好练习射击的，不过兰德尔在家，他提前下了班，正坐在餐桌前修补他的裙撑。长而优雅的鹰羽均匀地从圆形接口处向下散开，有一根松了，兰德尔正修补着。他有一套十分漂亮的传统帕瓦服饰，大部分都是他爸爸留给他的，不过天鹅绒袖章和围裙上的串珠花纹是他姨妈们做的。他身着盛装的样子堪比一幅壮丽的图画，盛装里有各种寻常的、不寻常的玩意儿。两支巨大的金色鹰尾羽插在他的头饰①上方，被从车上截下的天线固定住，像圆珠笔里的弹簧一样来回晃动着。他姨妈的旧束腹紧身衣上取下的弹性吊袜带，也被他覆上鹿皮，与脚铃缝在一起。他有一根舞棍，大家都以为那是从达科他部落的一个勇士那儿弄来的，但其实是在寄宿学校的手工课上做的。不管那身装备是从哪弄来的，现在穿在他身上再合适不过。每根羽毛已用刻好的木片和埃尔默牌胶水加固，鹿皮软鞋底也用生牛皮换了再换。有时候，兰德尔会赢得奖金，不过他跳舞只是因为多伊以前也跳，也因为他移动的舞步总能抓住女孩子的眼球。下周就是一年一度的夏季帕瓦仪式，他正做准备呢！和往常一样，多伊肯定又会拿着主持人的话筒，开着玩笑，正如他一直说的确保一切顺利进行。

走，我们去帮兰德尔捡石祖去，汗屋仪式要用，卡皮说。我们挖出那些古老的石头后，会将烟草放在挖空的土坑里②，所以它们叫石祖。有时候我们找不到石头，所以我们更喜欢做看火员。不过兰德尔说，如果卡皮能启动他那辆红色的老式保留地车，就让他开走。

他们家附近有个大大的浅坑，一到春天里面就满满的水，那里面有很多碎石，要是你到处踢踢，就可能发现那种石头。兰德尔每次会需要不同数量的石头，这取决于他准备进行的汗蒸形式。我们拖着一个旧塑料雪橇出门搜集石头，要好一会儿才能找到。因为这种石头必须结实、不易破碎，而且当它在汗屋的土坑里烧得火热时，必须保证泼上水也不

---

①通常用染色的直立箭猪鬃毛及鹰羽制成。

②此处烟草被作为祭品放在石坑里，以示感谢大地的恩惠。

会爆裂。它们的大小也有要求，得让兰德尔能用鹿角把烧热的石头从屋外的铁锹里夹起来拿进屋里[①]。找到二十八[②]个石祖就得花上一下午，尤其当兰德尔急用时，我们通常还得坐多伊的小卡车去保留地外的石堆里找。不过这次我们得单独行动。

我跟卡皮说：拉克喜欢大清早去打高尔夫，是琳达告诉我的。

卡皮心不在焉地踢着青草，弯下腰取出灰色的圆形石头。

那你该动手了，他说，省得他又改变习惯了。我们参加帕瓦仪式时，你就去拿多伊的枪。

要偷多伊的枪，光想想我就颓废沮丧，那些虾开始在肚子里翻江倒海。不过卡皮说得对。

必须周六晚上行动，八点到十点之间，破门进去。卡皮接着说，撤掉旗子[③]后，多伊或兰德尔会回去拿东西，但可能性不大。不过到那时，兰德尔肯定早就在外面甩开膀子跳舞了，或者泡女人。爸爸肯定不能离开话筒。你就进去，乔，我是说真的破门进去，把家里弄乱。你得带上铁撬棍，枪就放在壁橱里。我早就想过了，你再偷点别的或者假装要偷，比如电视机。

那个我搬不动！

就把插头拔下来，拿走上面的小玩意儿。还有兰德尔的录音机，不行，他会随身带着的。那就把那个好一点的工具箱拿走吧！不过你把它落在走廊上就行了，假装是路过的车把你吓跑了。

嗯。

还有枪。在壁橱里，你可别拿错了。我会给你看一下的。

好。

---

①举行汗屋仪式时，汗屋内禁止存放金属制品，因此铲石头的铁锹会放在屋外。

②28即4和7的积，在齐佩瓦部落文化中，4和7是非常特殊的数字。

③帕瓦仪式上，会在场内升起美国国旗、所在州的州旗及部落旗帜。

带几个黑色塑料袋，把枪包起来，因为你得把它藏起来。

我不能带回家，我说，我得把它藏到别的地方。

比如说那片高地，藏在橡树后面的灌木丛里，卡皮说。

我们把石头堆在火坑旁，接下来的时间都在给我要经过的路做标记，还选了个藏枪的地方，方便我晚上也能找到。那天晚上会是凸月[①]，不过当然，天上可能会有云。我们希望整个过程都不用手电筒。而且，行动之后我还得回到三英里外的帕瓦仪式场地，不能骑车，只能步行穿过田地和小路才不会被发现。前两年，我一直和卡皮的家人一起外出露营——他的姨妈们住在房车里，男人们睡在帐篷里。外面生着火，兰德尔会偷偷溜出锥形帐篷，去寻欢作乐。早上醒来时，我们总会发现他躺在旁边，烂醉如泥，身上还散发着某个姑娘淡淡的香水味。爸妈会觉得我今年还会跟他们去的，即使这次他们不让我去，我也会溜出来。我必须这么做。

那一周，那些虾或是我吃的其他什么东西似乎一直没消化。我看到吃的就恶心，看到妈妈或爸爸就头晕，所以我谁都不看，也几乎没吃什么东西，大部分时间都在睡觉。入睡时，我像被砸晕了一样，早上还起不来。有一次醒着的时候，我拿起特拉维斯神父给我的那本《沙丘》。那是本很厚的平装书，封面上是三个黑色的人影，在沙漠里一块巨大的岩石下方行走。随手一翻，正好读到一个男孩，他内心充满了某种可怕的念头，我就把书扔到房间另一边，再也没动过。很久之后，我重读了那本书，一次又一次。那是唯一一本我读了整整一年的书。我无意中听到——或者说偷听到——妈妈说我在长大。偷听已变成了习惯，而我这样偷偷摸摸是因为我需要确定除了那么做以外没有别的办法。如果他搬走或者溜走，或像狗一样被毒死，或者因为什么事被抓起来，我就

---

① 介于弦月和满月之间的月相。凸月出现时，人们可看到大半个月亮。

可以解脱了。但即使他们这样告诉我，我也无法相信，所以我只好溜到门后，坐在开着的窗户下偷听，可我从没听到我想要的消息。当然，帕瓦仪式周要来了。

爸妈同意让我和多伊家的男孩们（他们是这样称呼卡皮和他哥哥的）出去露营。我爬上兰德尔的小卡车，坐在后斗里的睡袋上，口袋里放了五块钱买吃的。兰德尔在那条石子路上开得飞快，我们的牙齿被震得“咔嗒”作响，人差点从后斗弹出来，还好及时赶到了老地方，搭起了帐篷。卡皮一家人总是把房车停在帕瓦营地南边，边上是未收割的田地。每年那个时候，地里的干草就又该收割了。站在草地边缘，我看着干草轻柔地随风起伏，像女人梳头发时那样，分开再分开。他们一家喜欢在草地边缘扎营，这样他们就能远离苏塞特和乔西所谓的“社交活动”了。多伊的姐妹们身材粗壮，整天乐呵呵的，穿着传统女式服装，在小房车里收拾东西时，车随着她们笨重的行动和阵阵笑声摇晃着。他们的丈夫也不跳舞，只帮着安排这个那个，做好安保工作。

我们做的第一件事就是把车斗里的草坪躺椅抬出来。我们选好挖火坑的地方，然后把躺椅放在周围。要是客人过来，总得有个小地方让他们喝茶，或者从大塑料保温杯里喝点酷爱饮料①——苏塞特和乔西来之前就准备好的。他们还带了两只冷藏箱，一只装满了三明治、泡菜、燕麦饼、果冻山楂和几大块商品奶酪，还有几小桶烘菜豆和几小桶土豆色拉，另一只塞满了热狗和冷冻的油炸兔肉。很快，苏塞特和乔西那些已婚的儿女们回来了，他们把他们那车身很低的旧车停在营地旁边。车门打开，孙子、外孙们像超级彩球一样弹了出来。他们叫上旁边营地里的孩子，在帕瓦仪式场地里像旋风一样穿过，甩着头发，挥舞着胳膊，撒腿狂奔。喇叭里不时响起广播，不过只是试音。直到中午，多伊才说起正经的，他说了几次欢迎辞，又提醒舞者，入场仪式将于一点举行。

① 美国卡夫食品公司生产的风味混合饮料。

穿上你们的舞鞋！他的播音平滑得如枫槭糖浆一般。他喜欢说“喔老天”、“喔我的天哪，真见鬼”，还会说“啊哟”！他喜欢开玩笑，他的玩笑虽然友好，但有点无聊。

就在昨天，一个白人小子问我是不是真正的印第安人。不是，我跟他说，哥伦布搞错啦，真正的印第安人在印度，我是纯正的齐佩瓦人。

切佩瓦[1]？你怎么没辫子呢？

被切掉啦，我告诉他，以前我们叫做阿尼什纳比人，你明白的。哎呀呀，有时候，你可不能告诉一个真正的阿尼什纳比女人什么事儿，她会用那种眼神看着你，然后你就得把一切都告诉她啦！哎呀呀！

多伊还广播迷路的孩子。小鹿迷路啦！这儿有个小男孩，在找他的家人，过来认领的孩子妈妈不要害怕，他身上不是迷彩[2]，是番茄酱和芥末酱啦！他刚才一直在那边的热狗摊上对付第五骑兵部队[3]呐！

介绍到鼓时，他给每面鼓和它的鼓手们都起了好名字： 熊尾巴、敌人之风、碧绿的小河。露天看台上挤满了人，苏塞特和乔西让她们的丈夫把草坪躺椅放在表演场地南边，避开刺眼的阳光，而太阳却自顾自的，好像要过好久好久才会落山。我跟卡皮搭起方顶帐篷，兰德尔可以在里面穿衣服，精心打扮一番。有这么个跳舞的男人供她们前后忙活，苏塞特和乔西很高兴，还一直问我和卡皮准备什么时候开始跳舞，但卡皮十岁以后就不再跳舞了。

我要给你做一套新的草坪舞礼服，乔西朝卡皮摇着手指说道。

卡皮只对她笑了笑。他从不对任何人说不。他和兰德尔在地里砍了几棵小山杨树，我们搭起凉亭，供姨妈们乘凉。天越来越热，她们还穿着珠饰套头斗篷、硝制皮革、骨质护胸甲和羊毛披肩，腰间围着沉重

---

① 原文为： Chip a what?
② 打仗时士兵涂在脸上作面部伪装的彩色油膏。
③ 指美国第五骑兵团，又称“黑色骑士”。此处指热狗摊边的孩子，因脸上都是番茄酱和芥末酱，看上去像涂了迷彩一样。

的银质腰带，戴着华丽的装饰，还有长皮流苏之类的——肯定不止六十磅。苏塞特和乔西身材滚圆，但特别壮实，所以即便穿着这么重的传统服饰，她们还是能优雅地迈着步子，不会跌倒。而这些对兰德尔来说小菜一碟，根本没被压垮。但他身上插了很多羽毛，卡皮说他好像在一群老鹰里打了个滚。他穿了一条红色的长衬裤，一条围裙或者说是土人的腰布[1]系在外面，前后摆动着。

把你的“遮羞布”遮好喔，卡皮说，你不想让别人知道你没那东西吧！

闭嘴，小毛孩！他骂道。你连口也不用开，小虾米！他又教训我道。

他拿起镜子，从额头到眉毛再到眼睛下方，最终沿双颊画了两条黑色的线条。随后，他的眼神突然变得如勇士一般难以穿透。回形针别着的头饰和颤动的羽毛下，一双眼睛怒视着我们。

秀秀你性感的模样，卡皮说。

现在就是啊，兰德尔答道，你们可瞧好了啊！

他走进阳光里，在卖棉花糖的餐车旁边伸了个懒腰。兰德尔说红色长衬裤是传统着装，但我和卡皮却觉得糟蹋了他的长相。

一个女孩从她的一群好友里探出身，她穿着袒肩露背的皮制上衣，用吸管呷着汽水，紧盯着正练习舞步的兰德尔，似乎想要吻他。兰德尔抬起一只脚，放在拖车的拴钩上，用力拉伸去碰脚趾，好像在拉韧带。他做了两次，第三次的时候好像蹦了个屁。他若无其事地走开，好像什么也没有发生，可那个女孩笑得都噎住了，汽水也喷了出来。

跟“高手”学学，卡皮说，不管兰德尔做什么，别照做就对了。

安格斯一家从车里蜂拥而出，站在车周围，我们走过去找他和扎克。我们四个聚到一起时就想吃烤面包，就去弄了点，站在看台投下的

---

① 衣裤相连的服装，常用皮带固定，能遮住生殖器和部分臀部。

阴影里吃着，这时一些学校来的女生走了过来。他们总是先跟安格斯说话，然后是扎克，再是我，最后才盯着她们真正的目标：卡皮。我们同级女孩的名字差不多都是肖恩的变体。有肖娜、多娜、肖妮、多娜莉、莎拉娜，还有女孩就简单地叫多恩和肖恩。有个女孩叫玛格丽特，是随她奶奶叫的，她奶奶在邮局工作，最后我和她聊起来。多恩、肖恩和其他人的头发都顺着侧脸向后卷曲着，还用发胶喷得硬邦邦的。她们还涂了眼影、唇彩，每只耳朵上挂了两副耳环，穿着紧身牛仔裤、小条纹T恤，戴着闪闪发光的银质项链。我至今还在嘲笑玛格丽特那天的穿戴——因为我记得每个细节，包括她脖子上的那只银质小盒式吊坠——里面的照片居然是她弟弟而不是她男朋友的。

卡皮吸引女孩子的方法就是能够做真实的自己。他没有兰德尔那样性感，一根羽毛也没戴。他跟往常一样，穿着褪色的T恤和牛仔裤，头发自然地垂在一只眼睛上方，也懒得别在耳后，只是偶尔甩甩头。他只要开口就能吸引所有人的注意。我注意到，他问女孩们问题时就像老师一样——暑假过得怎样啊，她们的家人都在做什么啊。聊着聊着我们就放松下来，绕着看台后面的场地散步。有些人盯着女孩们，我们也注意到她们被盯着看。我们转了几圈，女孩们买来棉花糖，剥掉外面的几层给我们吃。我们喝完汽水，想用手把罐子捏扁，这时活动开始了。老兵们带来了美国国旗、美国战俘纪念旗①、部落旗，还有我们传统的鹰羽长矛②之类。领舞者随后进来，紧接着是入场仪式的舞者，他们按不同舞种排队，分别走进表演场地，最后是很小的小孩。我们站在高处，一切尽收眼底：鼓声、铃铛声、响葫芦声、响板声和铃铛舞那迷乱的音乐同时响起，激动人心。入场仪式总能让我兴奋不已，跟着舞者跳起来，那场面宏大、气氛喜庆，放浪不羁又极富感染力。但今晚，我

① 美国纪念在对外战争中失踪的美军人员及战俘的旗帜。
② 形似牧羊人手杖，表面裹以水獭皮或水牛皮。鹰的羽毛（常是金雕尾部的羽毛）象征部落勇士、警察或猎人等的荣耀。

唯一想到的就是怎样抓起背包溜出去。

我沿直线出发，走过林间小径，又穿过几块草场，抄小路走到卡皮家。天还没完全黑下来，门外的狗朝我吠了两声，认出了我。嘿，弗莱克，我说，它舔了舔我的手。我们在棚屋后面等了半小时，直到黄昏，我又等了一会儿，天完全黑了，我戴上妈妈的一双紧绷的皮手套，走到后门外，拿起卡皮留在外面的铁撬棍。

我撬开门，屋里的狗又叫起来，不过一看到是我，它就摇摇尾巴，跟着我走到放枪的储物柜前。玻璃的破碎声把它吓了一跳，我拿出枪，它却兴奋地尖叫起来，以为我们要去打猎呢！我把子弹放在背包里，把电视弄得一团糟，又把工具箱里的工具散落在地，然后对两条狗说了声再见就离开了。我穿过公路，找到卡皮和我之前标记的路线。我不得不打开手电筒，有辆车沿着石子路往山顶开过来，我只好又把它关掉。我们早就在那块高地附近挖好了坑，我把枪和子弹紧紧地裹在垃圾袋里，埋在坑里，又在上面撒了些树叶、灌木和细枝。至少，在今晚凸月的月光下，那块地方看起来像没人动过一样。我喝了点水，沿着同一条路线往回走。我转过相同的泥沼地，走下印着两道车辙的土路，穿过林中小径。有些人把小径打扫得很干净，方便他们往家里运柴火。我接着穿过一个牧马场，就听见那边的鼓声还在继续，现在开始进行四十九歌①和莫卡辛游戏②了。有些帐篷里，人们通宵赌博。我顺利回到帐篷里，拉开防虫纱，卡皮还没睡，兰德尔出去了。卡皮问我进行得怎么样。

一切顺利，我说，我觉得挺顺利的。

---

① 印第安人在帕瓦仪式后演唱的歌曲。

② 北美印第安人常玩的游戏之一。该游戏需准备四只鹿皮软鞋、一颗鹅卵石和一支小棒。玩家分为两队，每队包括唱歌的人、藏鹅卵石的人和找鹅卵石的人。唱歌的人负责为本队打气并嘲弄对方，藏鹅卵石的人会迅速将双手在四只鹿皮软鞋间移动，藏好鹅卵石后继续移动以迷惑对方视线，直到鼓声停下，找鹅卵石的人则需要将每只鞋子翻过来寻找鹅卵石。

很好，他说。我们睁着眼，平躺着。多伊现在回家了吧，发现家里被盗，丢了一支枪，然后他会给印第安事务管理局或部落警察局打电话报警。他肯定想不到是我，但我却不知道该如何面对他。

清晨总是最好的时光——一觉醒来，清新的空气沿着布墙流动，空气中弥漫着一股咖啡、燕麦饼、鸡蛋和香肠的香味。帐篷外，艳阳高照，人们已为马匹准备好刚割下的新鲜苜蓿。苏塞特和乔西一边说着当天的计划，一边用薄薄的纸盘喂孙子、外孙们吃饭，那纸盘总是被食物压得变形，或者干脆碎成两半。

哎呀！给，下面再垫一只！

孩子们弓身走到草地边上，埋头吃起早餐，每一口似乎都美味无比。苏塞特姐妹带了科勒曼①煤气炉和丙烷气罐。她们用动物油脂煎了猪肉，烤了燕麦饼，炒的鸡蛋轻盈松软，没有一丝焦糊，面包是用热的平底锅烤好的，旁边有一瓶打开的唐棣果果酱，还有一瓶野莓子酱。她们知道男孩们爱吃什么。热乎乎的早餐②过后，再等几个小时，还有冷食早餐③：西瓜、燕麦、冷燕麦饼、柔软的黄油和肉类。她们有一把十分精美的蓝色斑点瓷釉锡质咖啡壶和一把专门用来煮茶的不锈钢壶。营地边的草坪躺椅上总是坐满了闲聊的男人，休闲车上也挤满嬉戏打闹的孩子，直到苏塞特或乔西出面制止，把他们赶下来，然后锁上车门。冷早餐后，姐妹俩就会做一堆三明治，藏在冷藏箱里，由她们的女儿们看管，而她们则回到休闲车上，为当天的入场仪式做准备。此刻，没有人来向她们借用卫生间，听不到打斗的男孩们大喊大叫，扬言要报复的，也听不到她们的女儿佯装惊慌。茅香④燃烧的香味从关着的小纱窗

---

①美国户外休闲产品品牌。

②含有培根、煎蛋类熟食的早餐。

③一般由水果、可以直接冲泡的即食燕麦等冷食构成，与热早餐对应。

④具特殊香味的芳香性植物，可做药草及酿酒原料。

里飘出来。苏塞特和乔西对自己的盛装非常讲究，总会用烟熏一熏，确保衣服和串珠上不会留下其他女人恶毒的脸色、妒忌的想法或毒辣的眼神。或许烟还可以祛除她们的忧虑，因为她们知道丈夫的眼睛总是滴溜溜乱瞟，尽管她们没证据。休闲车里十分整洁，应有尽有，巧妙地摆放着储物柜、折叠床、抽屉、橱柜、隐藏式箱子和小型马桶。她们出来了，其中一个人从外面上了挂锁，然后把钥匙藏在用来放打火石的珠饰钱包或是腰带上挂着的刀鞘里，就一起走开了。她们长长的头发编成了辫子，用貂毛皮装饰，只有鬓角处是灰色的。她们优雅自信地加入了跳舞的人流，鹿皮流苏舞动起来，如梦如幻，舞步准确无误。所有人进入表演场地之后，各个部落的舞者一起旋转起来，大家都喜欢看着苏塞特和乔西，看她们是否会在众人齐舞的漩涡中跳错拍子出丑。穿着半身草地舞服的小男孩们模仿着大男孩的舞步，撞击着苏塞特和乔西；跟着她们迷人的姐姐们跳铃铛舞的小女孩们紧盯着脚下的舞步，挡住了苏塞特和乔西的去路，但苏塞特和乔西并未落下，她们聊着天，哈哈大笑着，却没错过一个鼓点，袖子、披肩、斗篷上的流苏也平稳地摇摆着，一刻不停。

每条裙子要用两张皮，卡皮说，那些流苏可能还得用上一张呢！要是她俩其中一个倒在另一个身上，肯定就缠成一团永远分不开了。

观众们，快看呀！多伊喊道，部落联舞开始啦！跳起来吧！不管你穿了什么鞋——靴子也好，鹿皮软鞋也罢，嬉皮士凉鞋也行啊——动起来吧！那是什么？噢有人告诉我啦，是博肯凉鞋。昨天晚上，我们在兰德尔帐篷外发现一双博肯凉鞋！噢噢噢，对呀！啊哟！

多伊总是喜欢揶揄兰德尔和他的朋友，因为他们总想着泡女人。

他妈的，身后的兰德尔骂道，昨晚哪来的蠢货闯进我们家，偷了爸爸猎鹿的一支枪。

他们拿别的了吗？卡皮问道，不过他没转头看兰德尔，只是看着舞蹈皱起了眉。

没，兰德尔继续说，要是枪找到了，我非打昏他不可！

多伊怎么说？

他气疯了，兰德尔耸耸肩，但也还好。多伊说他们居然就偷了一支枪，有点奇怪。可能他们本来还想把电视搬走的，结果把工具箱弄到地上了。不专业啊！没发现任何痕迹，什么都没有。谁磕高了吧！

是啊，卡皮说。

是啊，我也说道。

要么是两条狗压根不管事，要么就是它们认识偷东西的人。

也有可能他们给狗喂了肉啊，卡皮接道。

兰德尔发出一声恶心的声音。反正不是他最喜欢的枪。要是把他最喜欢的偷走了，他会发疯的。

那就好，我说。

我有些沮丧，只想溜到看台下蹲着，那儿遍地都是熄灭的烟头、融化的雪锥包装纸[①]、卷成球的尿布，还有一摊摊别人嚼完吐出来的烟草。

从现在开始，我们要把家门锁牢些，卡皮说。

今晚我就回家，兰德尔答道，把门修好之前，我就拿着我的猎枪睡在沙发上。

别把你的蛋打飞了，卡皮说。

放心吧，你这没蛋的。那些蠢货要是还想再来“收拾残局”，我就给他们好看。

你真厉害，卡皮说着拍了拍他哥哥的肩膀，我们就慢慢走开了。我们绕着表演场地转了一圈又一圈，过了一会儿，他又拍了拍我的肩膀。

你做得很利索。

可我恨我自己！

---

①一种圆锥状的包装纸，用来盛不同口味、颜色的刨冰。

兄弟，别这么想，卡皮说，多伊永远不会知道的，即使真的知道了也会理解的。

好吧，沉默了片刻我答道，但剩下的我自己来。

卡皮叹了口气。

听着，卡皮，我声音嘶哑地说，几乎是在耳语。这就是谋杀，即使是为了司法公正，也一样是谋杀。我必须在脑子里说上一千次，才敢大声说出这句话。但这就是谋杀。而且，我自己能干掉他。

卡皮停下脚步说，好，你是这么说过，但问题是你打不准。一排啤酒罐，你哪怕打中过五个，不，三个，我就会说可能你做得到。但是乔……

我会靠他近点。

他会看见你的。更糟糕的是，你会看见他的。你只有一次机会，乔。我跟你一起去，好让你安心，好好瞄准。我不会受牵连的，乔。

好吧，我大声喊道，心里却在想，没门！我已决定不告诉卡皮哪天早上行动，我要自己去杀了他。

天气预报说，那周上半周晴朗炎热。琳达说过，她哥哥很早就出去打球，那时别人都没出门。所以太阳刚升起，我就起床溜下楼。我跟爸爸妈妈说，我要锻炼身体，准备参加秋季越野比赛。我的确跑步了。为了不被人发现，我沿树林里的小路跑过去。我越来越擅长用防风林作掩护，避开有人的地方。我一只手拿着洗净后装水的泡菜罐，在衬衫口袋里放了一根糖棒，又把卡皮给我的石块放在牛仔裤口袋里。我穿上绿色的T恤，外面套了一件棕色的格子衬衫，这是我能做到的最好的伪装了。到达高地后，我拨开细枝和树叶，放在一边，又拨掉塑料袋上的土，堆在一旁，从袋子里拿出枪，上膛。我的手指颤抖起来，我尝试深呼吸了几次，绞着双手，带枪走到橡树旁，坐在地上端起枪。我把水坛放在一边，开始等待。任何球手只要在进入我计划射击的范围之前经过第五发球区，都能被我尽收眼底。所以，当拉克在小松树的天然屏障后走下球道时，我就会拿着枪走下小山，藏在一片美洲稠李丛和羽叶槭后，然后瞄准，等着他一点一点靠近。他能靠得多近，取决于他击球的位置、球滚动的路线、他轻击球时站立的位置，还有其他因素，所以会有许多变数。我不断估算着杀死他的可能性，直到太阳已升得老高，我才回过神来，原来我已坐了好几个小时。常来玩的球手来到场地上，我起身给枪退膛，放到袋子里，又在外面缠上一个袋子，重新埋起来，在上面撒上叶子和细枝。回家的路上，我吃掉糖棒，把包装纸放在口袋里。我的胃不再搅动。当天的任务已完成，我几乎兴奋得发狂。我喝光剩下的水，随身带着空罐，什么都不想，只是看着经过的每棵树，它们的姿态和生命力让我惊叹。我停下来，看两匹马在杂草丛生的草场上吃草，它们好像天生就那么优雅。到家后，我仍然兴高采烈，妈妈问我是不是疯了，我的回答让她大笑起来。我吃啊吃，然后上楼睡了一个小时，醒来时，恐惧的洪流再次来袭，每次我醒来都会那样。明天早上，我还得做相同的事。到了之后，我倚坐在橡树旁。有那么几次，我忘了自己为什么要去那，还以为自己准是疯了，就站起来准备离开，却又想起昏厥的妈妈躺在车后座上流着血的场景，我的手放在她头上；她从被单里探头向外看，像从黑漆漆的洞穴里向外张望一样。我想起爸爸躺在杂货店的油毡地面上时的无助；我想起湖里的汽油罐、五金店货架上的汽油罐；我想起其他东西，然后我又做好准备。可那个周二他没出现，周三他也没出现。天气预报说周四会下雨，所以我想自己可能会待在家吧!

但我还是去了。一上高地，我马上做好一切准备，那已变成了习惯动作。我端起上了保险栓的枪坐在橡树下，把水放在一边。云层压得很低，空气中弥漫着雨的味道。我坐在那儿等云层散开，大约过了一个小时，拉克拖着一辆脏兮兮的旧帆布推车走上发球区，又消失在松树后，车里装着他的球杆。我照卡皮教我的那样抱着枪，走下小山。我已告诉自己几次了，该做什么，所以一开始我以为自己没什么问题。我在灌木丛边上找到了之前标记的位置，站在那儿几乎刚好能不被人发现，而且不管拉克站在果岭①的哪个位置，我都能瞄准他。我拉开保险栓，吸了一大口空气，又猛地呼出去。我照训练时的样子轻轻端着枪，努力控制呼吸，但每一次呼吸都不顺畅。拉克来了。他站在松树旁的小矮坡上，挥杆击球，球在空中划了条弧线，落在修剪整齐的草坪边缘，又弹了一下，离洞口近了一码。拉克赶紧走下来。泥土里慢慢渗出矿物质的味道，我把枪扛在肩上瞄准他。他侧身站在那，眯眼盯着球，又睁开，又眯起，完全入了迷。他穿着棕黄色裤子和高尔夫球鞋，上身是件棕色短袖T恤，头上戴着灰色帽子。他离我很近，我能看到衣服上有他开的那家早就关张的杂货店的标志： 文兰。球滚到离洞口半英尺的地方，他会把它轻轻推进去的，我想，他会弯腰再把它捡出来，他一起身我就开枪。

拉克越走越近，他还没来得及把球轻推入洞，我就朝他心口处的标志射了一枪，但打偏了，可能打在腹部，他倒下去。我放下枪。拉克双腿跪地，打着滚，又挣扎着爬起来，站稳之后开始大叫。声音响而尖利，我从没听过那样的叫喊声。我把枪重新扛上肩膀，上好膛，却颤抖得厉害，只好把枪筒搭在树枝上，屏住呼吸，又射了一枪。我也说不清那一枪打到哪了，但我再次拉动枪栓、上膛、瞄准，手指却不听使唤地从扳机上滑了下来——我做不到。拉克猛地向前跌倒了，又是一阵静默。我的脸湿透了，我在袖子上抹了把眼睛。拉克又开始大喊大叫。

求你了，不要，求你了，不要。我以为这是自己听到的，但也有可能是我自己说的。拉克又想站起来，他朝空中踢出一只脚，打了个滚，跪在地上，然后起来蹲着，双眼紧紧盯着我，那阴郁的眼神吓得我连连后退。这时，枪从我胳膊上被接了过去，卡皮走过来，站在我身边。我

---

①高尔夫球术语，即球洞所在地。

没听见枪声。一切声音，一切动作，都停滞在阴沉的空气中。我的头开始嗡嗡作响。卡皮捡起我脚边的空弹壳，放进牛仔裤口袋里。

快走，他碰了碰我的胳膊，把我转过来，说，我们走吧！

我跟着他走上山，第一滴雨落了下来。

第十一章

孩子

我们走到橡树那儿，转身向下看去。拉克平躺在那儿，球棒整齐地等在推车里，推杆丢在脚后跟处。他仍旧一动不动。身边的卡皮突然跪了下来，弯下腰，直到额头着地，然后用双臂环住头，就像参加龙卷风演习[1]的孩子一样。过了一会，他抬起脸摇了摇头。我们把枪包在袋子里，放在一边，尽量将之前埋枪的地方恢复原样。卡皮拿来一根树枝，清理我刚才踩过的草地。

我家没人，卡皮说，我们得把这个藏起来。他拿着枪。

我们一直等到一辆过路车消失在视线中才穿过马路，天空下着薄雾般的小雨。到了卡皮家，我们直接去厨房打开水龙头洗了手，还把水拍在脸上，然后喝下一杯又一杯水。

我早就该想想藏在哪儿的，我说，我也不明白自己怎么没想过这个问题。

我也不知道我怎么也没想过，卡皮说。

他走过去，在一张满是垃圾的咖啡桌上乱翻起来，最后拿起一串钥匙。多伊开车上班去了，兰德尔也开着小卡车出去了，不过他还有一辆破旧的红色奥尔兹莫比尔牌汽车，卡皮总是拿它瞎鼓捣。驾驶位的那扇门是黑色的，挡风玻璃已经破裂。我们出了门，把枪放在后备厢里，爬上车。

引擎太差劲了，卡皮说。

他转动钥匙，车呻吟了一声，他赶紧加油门，可还是熄火了。

得趁它不注意时再试，卡皮说，用意念压倒它。你想想我们去哪。

我知道要去哪了。

他又试了一次，差点就启动了。

我们去哪儿?

去琳达家。老威什科布的宅地。

我们靠在椅背上，透过两块挡风玻璃朝远处的小棚屋看去。

听着有点奇怪，不过想想也有点道理，卡皮说。突然，他靠近方向盘，用力转动钥匙，猛踩油门。

挂挡！说着引擎咆哮了起来。

雨越下越大，好像已达到每小时六十毫米。卡皮打开车窗，探着身子把头伸出窗外。只有副驾驶这边的雨刷还能用，另一边的坏了。他开得很慢很稳，像老人一样。威什科布家的土地在保留地那头像沙丘一样的一片小山上，周围长满了棕色的牧草，最适合放牧了。威什科布一家在那儿住了挺长时间，周围环境不错，种了丁香和几棵枝干扭曲的橡树，灌木丛乱七八糟，却恰好能挡住大风。路上，我们可能超了两辆车，没人看见我们往琳达家去——那个地方与世隔绝。卡皮把车挂到停车挡，但没熄火，因为他不确定还能不能再次启动。我们下了车，绕房子走了一圈，想找个地方藏枪，这时，琳达的老狗在屋子里叫起来，跟哮喘病人似的。最后，我们扯下一块固定在前门廊上的棕黄色栅格。我爬进去，把枪使劲塞进去。之后我们用轮胎撬杠把栅格敲回原位，这时我们才注意到门廊另一边狗喜欢睡觉的地方压根就没有栅格。我们又爬上车，离开琳达家。一路上，我们一言不发，卡皮把车停在去我家的岔道上，让我下车。这时我们看见往镇外开的坡路上，部落警车正朝东边的高尔夫球场开去，警灯亮着，但警笛没响。

他肯定死了，卡皮说。

---

①龙卷风演习中，参与者沿坚固的墙边跪成一排，上身弯曲贴在大腿上，双手护住头和脖子。

不然他们会开得很快。

他们的警笛声也会大响。

车没熄火，我们坐在里面，雨差不多已停了。

你救了我，兄弟。

谈不上！就算没有我，你也会打死那个……

卡皮停下来。在保留地我们从不说死人的坏话，他发现自己差点说错话，便赶紧闭上嘴。

但他还是会死的，我说，不是你打死的，不关你的事。

当然！好吧！

我们说这些话时毫无感情，似乎在说别人的事，或者，似乎我们做的事是电视里演的。可我却激动得说不出话来，卡皮用手掌根猛击自己的脸。

以后别再提起这事了，他说。

一言为定。

你爸不是说人们就是这样被抓的吗？因为向他们的朋友大吹牛皮？

他们那是喝醉了。管它呢！

我现在就想喝醉，卡皮说。

喝什么？

车子慢慢抖动起来，卡皮轻轻踩下油门。

我不知道。兰德尔正戒酒呢！

我可以跟怀蒂和好，我说。

啊？卡皮瞟了我一眼。

我朝他点点头，看向别处。

你把车送回去后……

好。

加油站见，我会去跟他聊聊。

我下了车，站在一旁，伸手朝车窗拍了一掌。卡皮走后，我慢慢朝加油站走去，一路上经过古老的印第安事务管理局学校、社区活动中心、一个停车标志、克莱门斯和爱德华的家。我走上公路，走下杂草丛生的水沟，又从另一边爬上公路。到了加油站，雨已完全停下，石子路和水泥地上还残留着几摊黑色的雨水。怀蒂正站在车库门口，用一块油津津的破布擦手。他盯着我看了一会儿，便隐没到黑暗中，出来时拿了两瓶冰葡萄汽水。我走过去接过一瓶，他的收音机里响着刺耳的警笛声。我大喝了一口汽水，结果它差点涌上来。

你胃里一定翻江倒海，怀蒂说，得吃片面包。

他从冷藏柜里拿出白面包，我吃了一片，感觉确实好多了。我们坐在车库旁的阴凉处，索尼娅和拉罗斯也在这儿坐过，可那好像是很久很久以前的事了。

我记得小时候，我问道，你常常不时地给我灌一口？

你妈妈肯定特别讨厌我那么做，怀蒂说，饿吗？想吃保留地特色肉做的三明治吗？

现在还不想，我说着喝下一小口葡萄汽水。

这次没再反胃吧，怀蒂说。他紧紧地盯着我，好几次欲言又止。

他终于说，有人杀了拉克，在高尔夫球场上。他死得很难看，像孩子射击后的干草包一样，有一枪正中脑袋，干净利落。

我努力坐定不动，但却做不到。我跳起来，跑到修车间后面，刚好及时赶到。怀蒂没跟我过来，我回去时他正在招待顾客。我的膝盖软得像水一样。我需要草坪椅。

给你换姜汁汽水吧，孩子。他走进店里，拿出一罐温热的汽水。

这个不是从冷藏柜里拿出来的，对你的肠道好。

我觉得我得了夏季流感。

嗯，夏季流感，他赞成道，现在正流行呢！你朋友也得了吧？

不知道，我还没见过他们。

怀蒂点点头，坐在我身边。

我一直听着收音机。凶手没留下痕迹，怀蒂接着说，调查无从下手，没有目击者，没人看见当时发生了什么。那时雨下得很大。你的流感很快就会好的。不过，你该躺一会儿，乔。办公室里有张小床，索尼娅以前常在那儿休息，她还会的。她要回家了，乔。我跟你说过吗？

她给你打电话了？我问他，心里却很恨他。

正是这样！她给我打电话了。现在不一样了，她说，得按她的要求来。但我不在乎，我不在乎的。不管你怎么想——他小心翼翼地把目光从我身上移开——索尼娅那个老姑娘让我爱得不行。你明白吗？她要回到我身边了，乔！

我走进屋子，在小床上躺了整整半个小时。床上没有索尼娅的气味，但我很高兴，因为我无法忍受她的气味。我起身走出屋子，卡皮还没来。

我现在应该可以吃三明治了，舅舅。

怀蒂走到冷藏柜前，取出博洛尼亚香肠、奶酪和面包。里面还有一棵卷心生菜，他轻轻剥下三片浅绿色的叶子放在肉上，然后合上三明治。

生菜？我问他。

我现在可注意饮食呢。

他把三明治递过来，又给自己做了一个，但随即把那个也递给我。

你朋友来了。

卡皮走进来，我把三明治递给他。

我们三个又走到门外，坐在草坪躺椅上吃起来。

舅舅，我说，我们可以喝点什么。

他把整个三明治都吃掉了，吃完最后一口时说，我就知道。但你们要是告诉杰拉尔丁或多伊，我这个老头儿可就惨了！而且你们将来的“货源”也不能保证啦！你们得去加油站后面的树阴下喝，这样我可以看着你们。

我们会照您说的做，卡皮面无表情，用十分正式的口气说。

照顾好顾客，怀蒂说。但我们根本没看到什么顾客。他走进屋子打开保险柜——他放酒的地方——取出半夸脱四玫瑰①，然后朝树指了指。卡皮接过酒，藏在衬衫下面。一个顾客停下车，怀蒂挥挥手，朝车走过去。

他知道吗？

我觉得应该知道，我说，他跟我说起拉克时，我吐了。

我骑车过来的路上也吐了，卡皮说。

就是夏季流感啦，我说。

是医生说的吗，乔？

我们看着对方，想挤出一丝微笑，却张口结舌，脸色阴沉下来——那才是我们真实的表情。

我们是什么？卡皮又问，我们现在算什么？

我不知道，兄弟，我不知道。

那我们给自己的内心消消毒吧！

正有此意！

树下有四五块水泥砖，一堆踩扁的易拉罐，一圈灰烬。我们坐在水泥砖上，打开酒瓶。卡皮小心地喝了一口，就递给我。我大喝一口，让它慢慢入喉，直到体内深处，那种灼烧感才变得柔和，一丝暖意缓缓流过，胸腔顿时放松，肠胃也舒畅了。我又呷了一口，感觉更好了，眼前的一切看起来是橙黄色的。我终于深呼吸了一次。

噢，我低下头，边说边把酒瓶还给卡皮，噢，噢，噢！

嗯？卡皮说。

噢！

他喝了更大一口。我捡起一根树枝，把烧焦的木头和布满斑点的小

---

①威士忌品牌。

石头从灰烬中拨出来。卡皮看着我手里的树枝，我不停地摆弄它，一直到酒全部喝完。然后我们直接躺进杂草里。

兄弟，我说，你为什么去了高地？

我一直在那，卡皮说，每天早上，我都跟着你。

我也是这么想的，我说。然后我们就睡着了。

醒来后，怀蒂让我们用漱口水漱了口，又吃了个三明治。

把你的衬衫给我，乔，他说，放这儿吧！再用漱口水漱一次，你也是，卡皮。

我把衬衫递给他，就往家走，卡皮骑着车在我身边。我们没觉得自己喝醉了，什么感觉都没有。但我们在路上东倒西歪，直线都走不了。我们觉得安格斯和扎克在找我们。

我们四个该每时每刻都在一起玩儿，现在，一起，卡皮说。

我们早上一起锻炼吧，为秋季越野赛做准备！

没错！

珀尔从灌木丛中钻出来，跟我沿着上坡路走回家。我跟它玩了会儿，让自己心情好点后才带它一起走进家门，因为我怕爸爸妈妈在餐桌前等我，实际上就是那样。我打开门，看到他们，先弯下腰摸了摸珀尔的脖子，跟它说了几句，才站起身跟他们打招呼，让自己的表情严肃起来。

干吗？我说。

那时候，怀蒂的酒早已沉淀在体内，我已不是以前的那个我，不是在地基旁挖幼苗的那个我，不是在妈妈卧室门外掉眼泪的那个我，不是看着天使——也就是我的图腾——飞过卧室里洒满阳光的墙面的那个我。我跪下来，一只胳膊环住珀尔的脖子，无视他们没完没了的凝视。我一直在房间另一边，希望他们闻不到我身上的气味，但我能感觉到，妈妈看着爸爸。

你去哪儿了？妈妈问。

跑步。

跑了一整天？

还去怀蒂那儿了。

他们好像隐隐松了口气。

去那儿干什么？

就闲玩呀！怀蒂给我们吃了午饭，我和卡皮。

他们真的很想相信我，所以我知道，他们会尽一切努力来相信我。我要做的就是尽量说得像那么回事儿，不能说漏嘴，也不能呕吐。

儿子，坐下，爸爸说。但我只朝前迈了一步，没坐下。他接着告诉我拉克死了。我任凭内心的情感在脸上表现出来。

很好啊，最后我说。

乔，爸爸摸着下巴看着我说。那眼神真让我难以忍受。乔，你知道什么吗？哪怕一点点情况，关于这件事？

这件事？这件什么事？

他是被人谋杀的，乔。

我早就用过这个词，已经麻木了。我对卡皮说过，也在脑海里想过。我已准备好回答这个问题，按这个夏天之前的那个乔的方式回答。我突然感到真正的狂喜和愤怒，孩子气地说。

死了？我正想让他死，好吗？只不过是在心里。如果你要告诉我他是被谋杀的，那我很高兴啊！他活该！现在妈妈自由了，你也自由了。真该给杀死他的人发个奖牌！

好吧，爸爸说，够了。他推开椅子，妈妈的眼睛仍紧盯着我的脸，她想要相信我说的每句话，但她突然全身颤抖，打了个激灵，那种震颤感也传染了我。

她在我身上看到了凶手的影子，我想。

我有些晕乎，便伸手去摸珀尔，可它早就爬到爸爸腿边了。我起身坐到椅子上。

我不会为此撒谎，他死了我就是很高兴。现在我能走吗？

我经过他们身边，走上楼梯，小心翼翼地抬着步子，我的疲倦之身好像被绳子拖着走，但我能感到他们还在看着我。我记得这一幕之前也发生过，只是当时是我在看着他们。快走到卧室时我才想起来，那次是妈妈爬上楼，走进那个孤寂的地方，那时我们还害怕她永远不会再下楼。

不，我爬上床，心想，我还有卡皮和其他人。我那么做是迫不得已的，已没有回头路了。无论发生什么，我都会承受。

我病了。现在我是真的患上了夏季流感，如同之前假装的那样。怀蒂证明我们不在现场。先是文斯·麦德维森，然后是另一个部落警察，最后是探员毕尔克，轮番给他施压，怀蒂终于松了口，说我们拿了他的藏酒，在加油站后面喝得烂醉。他还带他们看了我们在杂草丛里藏身的地方、留下指印的酒瓶和我的衬衫。妈妈也认出衬衫正是她洗完给我穿的那件。但还有枪，多伊的30.06！我正发着烧，一会儿流汗，一会儿浑身发冷，床单都湿透了。我躺在病床上，看见阳光掠过墙面，什么感觉都没有，思绪却天马行空，总是回到我从地基旁挖出树苗的那天。那些树根抓得那样牢！也许它们已经破坏了支撑屋子的空心砖。多么有趣，又多么奇怪，一棵小树苗即使种在错误的地方也能长得如此强壮。想法也是这样，我喃喃自语道，想法，爸爸的判例法，《科恩手册》，还有砂锅菜。我总会想起那黑乎乎的面条。面条变成了躯壳：人的、水牛的、应受法律惩罚之人的躯壳。我总是会想，妈妈的灵魂是怎样重回体内的呢？它真的回来了吗？现在我的灵魂会不会因为我的行为逃走呢？我会变成温迪哥吗？会被拉克感染吗？我突然想到，挖树苗那天，就在几个月以前，我还那么开心，一无所知。甚至恶发生时，我还什么都不知道。恶还未触碰过我。想着想着，我浑身乏力，就翻过身背对光线，睡着了。

爸爸，有一次爸爸进来时我问他，琳达知道吗？她还好吗？

他给我拿来一杯怀蒂的特效药——暖暖的姜汁。

我不知道，他说，她不接电话，也没上班。

我得去找她，我想。然后我死死地睡了一觉，第二天早上很晚才醒来，那时候，一切都变得明朗。烧退了，我全好了，就是肚子有点饿，便起床冲了个澡，穿上干净衣服下了楼。院边的树在风中摇曳，叶子露出底面的银灰色。我喝下一杯自来水，站在厨房的窗前往外看。妈妈正拿着一把漏勺跪在花园的土壤里，采摘我和爸爸种晚了的矮菜豆。有时候，她突然趴在地上，四肢着地爬过地垄，跪坐着轻轻颠着滤锅，让豆子沉到锅底。这就是我杀掉他的原因，我心想，这样她才能颠着滤锅，不必转身看身后的动静，也不用害怕他会突然袭击她。她可以摘上一整天的矮菜豆，没人会打扰她。

我倒出一碗燕麦，浇上牛奶，慢慢吃着。燕麦吃进去的感觉真好。我洗好碗，走出去。

妈妈站起身朝我走过来，把她粘着泥土的手掌放在我额头上。

烧退了。

我现在好啦!

你该放松一下，就待在家读读书或者……

我不会过度锻炼的，我说，只是两周后就要开学了，我不想浪费剩下的时间。

我看你要是跟我待在家的话，肯定就是浪费时间！她没生气，但也没笑。

我不是那个意思，我解释道，我很快就回来的。

她眯起双眼，眼神越发悲伤、沮丧，温柔地扫视着我。她朝后捋了捋我的头发，我向她身后望去，看见厨房的台阶上有只空泡菜坛，顿时僵住了。坛子。我把那坛子落山上了。

那是什么？

她转过身说，文斯·麦德维森来过，是他给我的，还让我把它洗干净。他说他很喜欢我的自制泡菜，但我觉得他在暗示什么。她又紧紧盯着我，但我仍保持着原来的表情。

我很担心你，乔。

直到现在我都没忘记那一刻。她站在我面前，站在疯狂生长的蔬果中间，双手残留着泥土的温暖气息，脖子间的汗珠闪着光，锐利的目光盯着我。

怀蒂说你俩喝醉了。

只是尝试一下啦，我说，可惜结果不太好。这么好的假期都浪费在生病上了，妈妈，我想我不会再喝酒啦！

她如释重负地笑了笑，笑声卡在喉咙里，她说她爱我，我也含糊地说了声我爱她，就低头看着自己的脚。

你现在好吗？我低声问她。

噢当然，孩子。我真的很好，我找回以前的自己了。现在一切都很好，很好，她认真地说道，好让我相信她的话。

至少他死了，妈妈。不管发生过什么，至少他付出了代价。

我还想加几句：他死得很惨，他知道自己被杀的原因，他也看见了谁是凶手。可那样的话，接下来我就得说自己是凶手了。

我无法直视她，只能骑上车离开家，任凭她无声的凝视沉重地压在背后。

我先去了邮局，午饭时间过去的话可能会撞上爸爸，所以我想趁中午之前溜进去看看琳达有没有来上班。没有。玛格丽特是我的同班同学，就是帕瓦仪式上认识的那个女孩，她后来成了我的妻子。她的奶奶玛格丽特·纳纳普什在邮局上班。她跟我说琳达的病假都快用完了，而且据她所知，琳达在家呢！于是，我又去了她家。

我太虚弱了，所以觉得那段路好像没有尽头。保留地的那头，风如刀割，我迎风而上，整整骑了一个小时才走上通往琳达家的那条路，然后转入车道。琳达的车正停在木车棚里。她竟然开一辆可爱的蓝色野马汽车，太让我惊讶了。我记得她说过，她喜欢开车上路的感觉。我把车靠在门廊上。我累疯啦[①]！我大声喊道，真希望卡皮在旁边，嘲笑我这蹩脚的笑话。我拖着身子走到门前，敲了敲门，铝制门框上松动的纱窗轻轻晃了几下，这时，琳达出现在门后。

乔！你怎么鬼鬼祟祟的！

她碰碰纱窗，皱起了眉头，又摇了两下。

我得把它修一修。进来吧，乔。

她的狗叫起来，但太晚了。它从琳达家院子斜坡下的地里跑上山，跑到门口时已气喘吁吁了——是条矮小粗壮的老黑狗，脸上的毛发已发白。

伯斯特，笑一个，琳达说。它伸出舌头，咧开嘴，喘着粗气，样子特别滑稽。我突然想起以前听别人说过，主人长得像自己的狗。看来是真的。琳达打开门，让它也一起进屋。

我觉得刚发生了那种事儿，我们不该笑啊，她边说边把我带进厨房。坐下，乔。你要来点什么？接着她列出了家里的一切，各种饮品和三明治组合。我没打断她。最后，琳达说她想来个煎蛋三明治，再配上辣根蛋黄酱，要是我也吃，她就做两个。我说，听起来不错哦！她开始煎鸡蛋，说我可以四处看看。我走进客厅，发现她家的布局有些奇怪。我们家虽然很整洁，但还是会有一堆堆的文件报纸和其他小玩意儿，放得到处都是，再要么是书架上取下的书，总之，不是所有东西都能马上收拾好：夹克可能会搭在椅子上，门口的鞋子摆得也不齐。可琳达家却极其整洁，是那种很平常的整洁，让我头晕目眩的整洁，直到我发现：原来每样东西都是双份，虽然不完全相同。书架上，每个作者的

---

①原文为“I am winded”。wind 是“风”的意思，表示大风使骑车变得艰难，同时也有“使人气喘吁吁、呼吸困难”的意思。

书都有两本，但并不是同一本，有些是同一本书的精装本外加一本平装本，大部分都是历史传奇类。她还选出一些收藏品，也是成对摆着的。迪士尼角色的玻璃小雕像摆在床头柜上的台灯周围，也是成对的，虽成一对，两只颜色不同。台灯上甚至还粘了假叶子，也是成对的。电视后面的墙上挂着五蕊柳[①]条编的篮子，每个篮子里的干草和空豆荚几乎也摆放得一模一样。她还有一座带三角墙的维多利亚式玩具小屋，只有大人才会有的玩具。我不敢往里看，但还是看了，果然，每个房间都家具齐全，甚至连蜡烛也做成如牙签一般精细，浴室里放了两支小得不能再小的牙刷和牙膏。我毛骨悚然，等会儿还要和她说话呢！她叫我去厨房，我走过去，却一时语塞。我们坐在桌边，桌子有些年头了，是刮痕累累的木头做成的。至少它还是单个的，没有跟它相像的东西。琳达早就盖上一块鲜艳的桌布，摆出了碟子和玻璃杯。她倒了些冰茶，还准备了烤得酥脆的面包。还有一只多余的盘子。我指着它问道。

这是给谁的？

多伊曾在汗屋里跟我说，乔，他说既然我身边一直萦绕着一个幽灵，我就应该接受它。所以我的房子是给两个人布置的，看，甚至那些小人儿。我吃饭时也总是多放一只碟子，放点我自已吃的东西。

碟子上放着一层面包皮。

幽灵吃得不多？

这一只吃得不多，琳达轻松地答道。

突然，一切对我来说都无所谓了。我很饿，是大病初愈后的那种饥饿。我突然饥肠辘辘。

琳达津津有味地嚼着，眉开眼笑地看看我，又看看三明治。她放下夹着煎蛋的面包，脸上的表情近乎怜爱，还跟它说起话来。

我的孪生哥哥死了，正躺在太平间里呢！我却在享用你，算不算罪

---

①北美常见小乔木，喜阳光，通常生长在溪边或湖边。

过呢？不知道。不过当然啦，你很美味呀！

我倒吸一口气，结果三明治哽在了喉咙里。

喝点茶过下去吧？

她从一只塑料水壶里倒了点茶给我，水壶里浮动着柠檬片和冰块。

我请假不是为了服丧，你该比我还清楚，她接着说，我有其他原因。正好我还有病假没用，我就想，嘿，我要利用这段时间理清一些东西。

什么东西？我想到她那所有摆设都是成双成对的整洁的客厅，不过马上就反应过来，她是说她的思绪。

我会告诉你的，琳达说，如果你告诉我你为什么来这儿。

我放下三明治，真希望我们说这个之前我已把它吃掉了。

等等，琳达说，好像看透了我在想什么，因为她说，我们先吃，待会儿再聊，还道歉说自己真是个糟糕的女主人。她用胖乎乎的小手拿起三明治，尖尖的指甲新涂了指甲油。她看着我——双眼闪烁着喜悦的光芒，但同时又暗示着某种疯狂。我吃得很慢，但终于我还是咬到了最后一口。

琳达用餐巾纸抹抹嘴，把它折成方形。

高尔夫球场，她说，你来套过我的话，她朝我晃晃手指。当时我就觉得有些不对劲。但我想你太小了，不可能做到。也许你已经不是小孩子了，但我还是觉得你太小了。我的推测是，你把林登打高尔夫的消息告诉比你大的人，不过他近视眼，所以肯定不是你爸爸。你爸爸枪法很准。

是吗？

这当然令我十分惊讶。

谁都知道。他年轻时，不管瞄准什么都能打倒。孩子们都不了解父母的过去啊！你来这儿干什么呢？

我能相信你么？

如果你一定要问的话，我只好说，不能。

我呆住了。那种疯狂的目光又回来了，点亮了她小小的圆眼睛。她好像要忍不住爆笑出来。但她靠了过来，朝四周看了看，好像墙上装了窃听器似的，然后小声说道。

为了你们全家，我会不惜一切代价。我愿意站在你们这边。尽管你一直在利用我，乔，你现在还想从我这儿拿走什么。是什么呢？

就在那时，我以为自己会问起那支枪。可是，我听见自己问出了一个没有答案的问题。

为什么，琳达？他为什么要那么做？

我的话把她吓了一跳，她的眼睛凸出来，但她还是回答了，回答时那副样子好像答案很明显，我根本不需要问。

他讨厌你们家的人，我是说，主要是你爸爸。不过还有怀蒂和索尼娅。他的想法很不正常，乔。他讨厌你爸爸却又怕他。不过，要不是梅拉的事让他变成了恶魔，他也不会拿杰拉尔丁下手的。梅拉在杰拉尔丁的办公室里填的那张表格上面写着呢，老叶尔托是她孩子的爸爸，也就是说她是在给他当助手时怀孕的。一个还在上高中的女孩啊！那个老色鬼，原谅我这么说，送给她一辆车，让她开回家，还给了她一笔封口费，可她坚持要给自己的孩子登记。林登给州长工作，但他总是妒忌，占有欲很强，精神也有点问题，简直被梅拉迷得神魂颠倒。他想拿着那笔钱跟梅拉私奔，但梅拉想独吞那笔钱，不想跟他走，很可能是讨厌他，也怕他。所以她想让杰拉尔丁帮她，就这样她俩都知道了真相。所有这一切不断折磨着他。他把叶尔托当作偶像崇拜，也许他以为如果拿到了那份文件，他就能救下叶尔托，又或许他要敲诈叶尔托。我觉得他会二选一。当然，你妈妈不肯给他。但他之所以那样对你妈妈，更因为他释放了内心的野兽。并非每个人内心都有野兽，而且大多数人都会将它锁在心里。但很久以前在医院时，我就看见哥哥身上的野兽了，就因为这个，我差点病死。我知道，总有一天，他会把它放出来。它会猛地窜出来，而我也是其中一部分。是的，我也是野兽的一部分。我不断喂它，但你知道吗？它还是饿。知道为什么吗？因为不管吃了多少，它始终得不到它真正所需要的。它总是还需要些什么。他妈妈也同样缺少这种东西。我告诉你是什么吧：是我，是我强大的灵魂。是我！他妈妈无法面对她自己对孩子所做的事，但她更难以面对的是：她做的一切无法毁掉我。可是，琳达沉思片刻后说道，她当年跟医生说让我死掉吧，后来居然还给我打电话。那么多年过去了，她还敢给我打电话，还说，你好，我是你妈妈。

我一言不发。

而且他始终放不下，最后她说，因为他一而再再而三地回来，像是想把内心的野兽杀死，但我也想过另外一个原因。

什么？

他对梅拉提心吊胆的。我只知道她在保留地上的某个地方。他必须盯着她，确保她没被人发现。

你觉得她还活着吗？

不。

过了一会儿，恐惧偷偷潜入我的心里，我问琳达，我和他像吗？

不像，她说，你会明白的。我是说，不管谁杀了拉克，他都会明白自己跟拉克是不一样的。这样想会毁掉你的。别让它毁了你，乔。你能做什么呢？随便谁又能做什么呢？

她耸耸肩继续说道，但我就另说了。我跟他没那么不同，乔，应该让我用艾伯特的12号口径的霰弹枪①毙了他。不过如果林登有权选择的话，我觉得他宁愿被猎鹿枪打死②。

啊对，我是为那支枪来的，我说。

那支枪。

---

①用于发射霰弹的枪械，12号霰弹枪口径为18.51毫米。

②猎鹿枪口径较小，射杀时干净利落，被击中者无需忍受太多痛苦。

藏在门廊下面，你能把它藏起来吗？能带出保留地吗？

她咧嘴朝我笑笑，好像要忍不住笑出声来，我觉得她笑得像个疯子，但随即她轻轻咬起嘴唇，眨了眨眼。

伯斯特早就发现了，乔，有任何新东西进入它的领土，它马上就会知道。我还以为它是对臭鼬感兴趣呢，后来我朝下面看了看，才发现那只**海弗蒂**[①]黑色包的边缘。

她看出来我很震惊。

不用担心，乔。想知道我休假后去了哪儿吗？我去了皮埃尔市的锡德里克哥哥家。他在佐治亚州的本宁堡[②]训练过，当然知道怎么拆卸步枪。我们把一些部件扔在了密苏里州。回来的路上，我绕了弯路，我也记不清经过了哪儿，反正沿着偏僻的小路把剩下的扔在泥沼地里。她举起空空的手掌，继续说道，不管是谁干的，跟他说让他放心吧！她的双眼模糊了，表情却很温和。

你妈妈呢？她还好吗？

她在花园里摘矮菜豆。她说她很好，但我的意思是，她一直这样说，所以我只好相信她。

我会去看她的。我想让你把这个转交给她。

琳达从口袋里拿出什么东西，紧握着拳头放在我手上。她松开手，一个黑色的小螺丝钉掉下来。

告诉她，她可以把这个放在首饰盒里，或者埋起来。她想怎样都行。

我把螺丝钉放进口袋。

回家的路上，风依然吹着，跟往常一样，我夹着箔纸包着的冻过的香蕉面包，胳肢窝都麻木了。当然我已想到，口袋里的钉子是枪的一部

---

① 美国食品包装生产商 Pactiv 公司旗下品牌，主要产品包括拉链式废物袋、食品储存袋和冷藏袋。

② 美国陆军训练基地。

分。风顶着我，车很稳，我用不着停车，也用不着抓住把手。我摸出钉子，扔进了沟里。

这次安格斯从他妈妈的男朋友那儿偷来了一瓶杰克船长①，还拿来一把安定片和半购物袋的布拉茨罐装冰啤。

我们坐在建筑工地边上喝着酒。慢吞吞的推土机和山猫牌挖掘机停止了工作，不再把那堆土运来运去了，所以那儿就是我们的天下了。有时候它们不会轧过我们的自行车辙，有时候它们却会擦掉我们的杰作。我们也不知道到底要建什么，土堆一直那么多。

联邦政府项目，扎克说。

卡皮吞下一片药，喝了口啤酒，躺下来，盯着头顶的树叶。阳光正渐渐变成金黄色。

这个时间待在这儿是我一天中最喜欢的，他说。说完从牛仔衬衫口袋里拿出一张钱包大小的照片，是齐利亚的校园照，紧贴在额头上。

嘘，他俩对话呢，安格斯说。

我也想你，宝贝儿，过了一会儿卡皮说道。说完又把照片放回口袋，按下珍珠纽扣，拍了拍心口。

这是一段美好的爱情，我说。我侧过身躺在泥地上，吐出点东西，我用土埋掉污物，没有人注意到这些。我小声咕哝道，我也想来一场美好的爱情。

卡皮递给我一本小册子。她最后一封信，兄弟，关于“被提”②的。这本册子附在里面，卡皮抬头微笑道。

我冷静地看着小册子，读了几次，想弄懂里面的话是什么意思。

---

①威士忌品牌。

②根据《圣经》，人类世界将以一场大灾难结束。基督教的末世论认为在灾难来临之前、之中或之后（不同教派持不同观点），已死的基督徒将会复活，并与尚活的基督徒一同被送到天上，与上帝同在。

别提了，是啊兄弟，扎克说。

不是“别提”，卡皮解释道，是弥撒上的开始仪式。只有一定数量的人能参加。天主教徒不能参加，所以齐利亚一家打算在大灾难[①]前夕改变宗教信仰。她想让我跟他们一起，这样我们就能一起被提。

通往天堂的阶梯呀，扎克大笑道。

合而为一，共同被提，我说，合而为一。我的脑子里开始循环播放这句话，我不得不强迫自己闭嘴，别把自己反复在想的一切说出来。

我觉得你们不行，你们两个，安格斯心不在焉地说，你们有凡人的污点，还不够格。

这话如冰柱一般戳进我的脑海。我们四个还没提到那件事，还没说起拉克的死。寒冷蔓延开来，我的脑子很清醒，身体其他部分却十分放松。卡皮挺身而出，同往常一样，又是他化解了我的恐惧。

星侠，卡皮说着伸出手。安格斯也伸出手握紧他，像兄弟那样摇了摇。其实，我们几个谁也去不了，他们只接收像石头一样冰冷清醒的人。

一辈子都得那样？安格斯问。

对，一辈子，星侠，卡皮继续说，冲动一次也不行。

啊，安格斯说，那我们完了。我们全家都完了，被提不成了。

我们不需要被提，扎克说，我们有告解呢！把你的罪过告诉神父，你就干净啦！

我是那么干的，卡皮说，可神父还想测测我的速度呢！

我们都大笑起来，说起卡皮跟神父的赛跑，过了一会儿，气氛陷入沉默，我们看着摇曳的树叶。

---

① 《圣经 · 新约 · 马太福音》第 24 : 21 预言了末日大灾难：“因为那时必有大灾难，从世界的起头直到如今，没有这样的灾难，后来也必没有。”到那时，基督徒将会被提（见前注），但不同教派对被提时间有争议，主要可分为灾前被提派、灾中被提派及灾后被提派。

齐利亚可能在家告解呢，又过了一会卡皮说，齐利亚可能已洗清罪过了。

除非她怀孕了。我本来没打算那样说，可我却忍不住说出了《星球大战》里的那句话：卢克，以那种速度，你觉得你能及时停下来么？[①]

要是我没停下来多好，卡皮说，要是她怀孕了多好，那样我们就得结婚了。

你才十三岁啊，我记得。

齐利亚说罗密欧和朱丽叶也是那个年纪。

我讨厌那部电影，扎克说。

安格斯睡着了，均匀的呼吸声哼哼唧唧，像蝉鸣一样。

吃的，我说道，但他们都睡着了。过了一会我站起来，因为有人在低声呜咽，是卡皮。他伤心地哭着，然后在睡梦中害怕地大声喊道：求你们，不要！我晃晃他的胳膊，他又睡过去了。我一直看着他，后来他好像平静多了，我便丢下熟睡的他们，骑着车摇摇晃晃地回了家。我走进院子，看到珀尔躺在灌木丛里，那儿似乎很舒服，我就爬进那堆黑暗的树叶中，跟它睡在一起，直到太阳下山才惊醒过来，走进厨房。

乔？你去哪了？妈妈的声音从另一间屋子里传来。我觉得她一直在等我。

我抓起一只杯子，倒了些牛奶，咕咚咕咚喝起来。

骑车溜达了一圈，我说。

你没赶上晚饭，我可以给你热点意大利面。

可她说的时候我已经在吃了，刚从冰箱里拿出来的冷面。妈妈走进来，把我赶到一边。

起码放在盘子里好吗？乔，你又抽烟了？你身上很难闻，一股

① 原句是在质疑主角卢克 · 天行者能否将飞行船及时停下。

烟味。

他们在抽。

每次我都拿这烂借口搪塞爸妈。

我就喜欢吃冷的意大利面。

她帮我把面放在盘子里，求我别再抽烟。

我不会再抽了，我保证。

她坐下来，看着我吃。

其实今天早上我有点事想告诉你，乔。昨天晚上你说梦话了，大吼大叫的。

是吗?

我就起来了，走到你门口，听见你在和卡皮说话。

我说了什么?

我也听不出你说了什么，不过你喊了两次卡皮的名字。

我继续吃着。他是我最好的伙伴，妈妈，对我来说，他就像兄弟一样。

我突然想到他在睡梦中哭泣，便放下叉子。我想离开家去找卡皮。我觉得自己真不该丢下他在那儿睡觉。爸爸房门下的灯光渐渐敞亮，他走出来，和我们一起坐在桌旁。以前他总是喝咖啡，从黎明喝到黄昏，夜里也喝，现在不了。妈妈递给他一杯水。他的胡子刮得很干净，浴袍也不再穿了，连工作时间也减少了。

我今天开始了，乔。

开始什么?我还在想卡皮的事。要是我打电话到卡皮家，也许他能搭便车到这儿来过夜，我们就能一起面对黑暗。

爸爸继续说道，开始我的走路养生计划，绕高中的跑道走，今天走了半英里。以后我每天都去，你也要每天出去跑步。我觉得你会超我好几圈。

妈妈伸手握住他的手。他轻抚着她的手指，碰了碰她的婚戒。

她不让我自己去，他看着她说，噢，杰拉尔丁！

他们都瘦了，嘴边的线条也变得更深。不过妈妈眉间的“刀痕”不见了，是我让他们摆脱了恐惧的阴云。看着他们坐在对面，我本该感到高兴才是，可他们的无知让我愤怒。好像我是大人，而他们拉着手，才是浑然不知的小孩！他们并不知道为了他们我吃了多少苦！卡皮吃了多少苦！我和卡皮吃了多少苦！我闷闷不乐地用脚踢着桌腿。

我心里一直在挣扎，乔，爸爸说。

我停下脚。

要是我告诉你，也许你会明白？

好啊，我说。我紧张得心快跳出来了，其实我不想听。

拉克死后我轻松很多，爸爸说，就像你第一次听到时说的那样，我也是那种感觉。你妈妈安全了，他不会再出现在杂货店里或者怀蒂那儿。现在我们可以继续好好生活了，对吗？

对啊，我说着准备站起来，可他又开口了。

但谁杀了拉克，这个问题必须得到解答。你妈妈——他的受害者——或者梅拉都没能享有公正，但公正的确存在。

但有些人享受不到，爸爸。他罪有应得！我不动声色地说，心却怦怦直跳，紧张得想吐。

妈妈已放下爸爸的手，她不想听我们争论。

我也这样认为，爸爸说，毕尔克明天会过来讯问我们，说是例行公事。但没有什么真的是例行公事。他肯定是想知道拉克被杀时我们三个分别在哪儿。这就是我纠结的原因，乔。我曾发誓任何情况下都要遵守法律，在这种情况下我问自己，如果我知道找出凶手的线索，我会怎么做？上次我跟你妈妈说过这个问题，我不知道自己会怎么做。

我看着妈妈，她紧闭的双唇形成一条深色的直线。

但我已决定，我什么都不会做，也不会提供任何信息。任何法官都知道公正有许多形式，例如，理想的公正与尽力的公正①不同，在许多判决上，我们都以后者结束。这不是私刑。他犯下的罪毋庸置疑，他可能甚至想被抓受到惩罚，但他的想法我们无从知晓。这样杀了拉克是不对的，但却带来了理想的公正，破解了法律的难解之谜。不公平的土地所有权法律就如同迷宫。在这个迷宫里，拉克无法被绳之以法，但他一死，我们就可以顺着生命之线找到迷宫的出口②。我什么都不会说，什么都不会做，以免让这个结果变得复杂。但——

爸爸停下来，想用过去他坐在法官席上审视我和别人的那种眼神来看我，我感觉得到，但没看他。

但是，他温和地说，这也是我放弃了对自己责任。杀死拉克的凶手会一辈子受到这件事的影响。凶手不是我，但我也曾想那么做，所以我至少该保护好那个凶手。我会的，哪怕需要开法律之先例我也会保护他。

什么？

借助齐佩瓦的传统判例。我可以争辩说，拉克符合温迪哥的定义，在没有其他办法的情况下，他的死正好符合一项古老法律。

我感到妈妈还看着我，目光敏锐。

我只想让你知道这个，爸爸提醒道。

很多人心里都讨厌拉克，我说。

---

① 与理想的公正相对，意指现实中的案件并非都能圆满地终结，法官只能尽其所能实现司法公正。

② 希腊神话中，克里特岛国王米诺斯生了一个牛头人身的怪物米诺牛，便建了一座迷宫困住米诺牛。后来，米诺斯因怀疑儿子被雅典人谋杀，勒令雅典人每9年送7个童男和7个童女到克里特岛，供米诺牛食用。第三次进贡时，雅典王子忒修斯自愿充当牺牲品，并发誓杀死米诺牛。忒修斯到达克里特岛后，米诺斯的女儿阿里阿德涅爱上了他。她贿赂了迷宫的建造者，得到他的指点后偷偷送给忒修斯一团线和一把宝剑。忒修斯将线的一端系在迷宫入口处，进入迷宫杀死了米诺牛，与被救出的童男童女沿着这团线逃了出来。小说里此处乔是在隐喻林登就是米诺牛。

我看看爸爸，又看看妈妈。他们身后的屋子里，黄昏的光影浸染中，摆着古书的架子柔和地立在那儿。书的棕色外皮已磨坏。《沉思录》[①]，柏拉图，《伊利亚特》[②]。深红色装帧的莎士比亚十分醒目，还有《蒙田随笔集》[③]。下面是他们通过邮件订购的“伟大名著”[④]合集和一本《摩门经》，那是一个后期圣徒[⑤]传教士路过时免费送的。还有威廉·沃伦[⑥]、巴兹尔·约翰斯顿[⑦]、《约翰·坦纳被俘与历险记》[⑧]、瓦因·小德洛里亚[⑨]的所有作品。他们一起读过的小说——一些厚厚的平装本已被拇指翻脏，摞在那儿。我看着那些书，似乎它们能帮助我们。但我们已离那些书很远，进入了穆夏姆在睡梦里讲的故事中。爸爸说过的话根本无法解释我们的处境，而当时的我也不懂得该怎样借助穆夏姆的呓语解读传统判例法。

所以如果你听说了什么，乔……爸爸说。

如果我听说了什么，是的，爸爸。他已引起我的注意。他说的那些话，甚至让我有些如释重负。但爸爸也错了，尤其在一件事情上。他说我现在安全了，但我并没有远离拉克的威胁，卡皮也没有——每天晚上，他都会来到我们的梦里。

---

①古罗马皇帝马可·奥勒留著，大部分是其行军征战中记录的与自己心灵的对话。

②古希腊诗人荷马的叙事史诗，主要叙述特洛伊战争最后一年的故事。

③法国思想家、散文家蒙田的系列短篇散文集，涉及多种题材。

④一套体现西方文化基础的丛书。“伟大名著”项目的发起人、美国哲学家兼教育家莫蒂默·J.艾德勒认为符合以下三条标准的书籍方能入选：(1) 具有当代意义；(2) 能够常读常新；(3) 涉及过去25个世纪内的伟大思想和重要事件。

⑤即摩门教徒。

⑥1825—1853，齐佩瓦历史学家，专门从老一辈部落成员中搜集传统故事。

⑦齐佩瓦学者、作家，1929年出生于加拿大安大略省，曾因保护齐佩瓦传统文化与语言获加拿大安大略省最高荣誉——安省勋章。

⑧取材于白人约翰·坦纳的真实生活。约翰·坦纳年少时被肖尼人俘获，在齐佩瓦部落中长大后同印第安女人结婚。该书讲述了他在白人社会和印第安部落三十年的经历。

⑨1933—2005，美国作家、神学家、历史学家，代表作为《卡斯特因你之罪而死》。

我们回到高尔夫球场上我和拉克直直对视的那一刻。那次可怕的对视。然后是枪击声。就在那时，我们交换了身份。拉克在我的身体里，注视着。我在他的身体里，快要死去。卡皮拿着枪拉着乔上了山，但他不知道乔的身体里是拉克的灵魂。而躺在球场上快要死去的我知道他们上了高地后，拉克会杀死卡皮。我想大叫警告卡皮，却感觉自己的生命正随血液一点点流出体内，流进整齐的草坪。

我要么梦见这个，要么梦见自己又看到后院里的幽灵，兰德尔在汗屋里看到的幽灵，他那阴沉的眼神、僵硬的嘴唇。只是这次，就像曾经对兰德尔那样，隐匿在黑暗中的幽灵探身过来，透过黑暗的面纱跟我说话，白色的头发闪闪发亮。我知道，那是警察。

我像往常一样醒来，喊着卡皮的名字。为了不让别人听到，我已在门下塞了一块毛巾。晨光清新，我朝外面瞅了瞅，希望没人听见我的喊声，又侧耳听了会儿，好像爸妈已下楼，也许出门了吧！我躺回被子里。空气很凉爽，我却在出汗，体内充满了肾上腺素，心也在狂跳。我伸出一只手在胸口摩擦了几下，想镇静下来，放慢呼吸。梦境越来越真实，好像在开辟一条通往我脑海的捷径。

我需要吃药！我大声喊道，其实是指奥吉布瓦药。穆夏姆说过，以前的药师知道如何处理梦境，但他的灵魂已走远，正试图在窗边的小床上挣脱肉体的束缚。我认识的另一个药师就是桑德奶奶，也许我们可以向她请教怎么做，当然不会告诉她细节，也不会暴露那些事，就问问这种梦该怎么处理。就在这时，所有人当中，唯独巴格·普瑞尔闯进我的脑海。可能是因为上次我想起桑德奶奶就是在巴格偷了我的自行车之后，我让巴格去找过她。有关梦的什么东西。

我坐起来。他想知道看见的究竟是不是梦。那挥之不去的亦真亦幻的场景，和巴格醉酒后不停地追问渐渐融合在一起。他看见了什么？

我好说歹说让他别再问了，劝他掉头好拿回我的自行车，但我始终没问过他究竟看见了什么。我起身穿好衣服，吃了点早餐就出门了。要想找到巴格，得去建筑物后面看看，先从死人卡斯特酒吧开始。我找了一个早上，问了所有遇见的人，可没人知道，最后我去了邮局，结果发现，我真该先去那儿。起初我没想到去那儿，是因为穷巴格根本就没有家庭地址。

他在医院里呢，琳达说，是吗？她边整理信件边朝纳纳普什太太喊道。

他偷一箱啤酒时砸到了脚，箱子直接砸在脚上，所以现在正卧床呢！他的姐妹们还说塞翁失马焉知非福呢，因为这样他可以戒酒了。

我骑车去医院看巴格，他那间病房里还有其他三个人。他脚上打着石膏，上面还有其他器械作牵引用。不过我很纳闷，那样做到底是恢复所需还是为了把他绑在床上。

啊老弟啊！见到我他很高兴，给我带酒了吗？

没有，我说。

他本来急切的表情变得阴沉，嘴噘了起来。

我来问你点事儿。

这儿连支小小的插花都没有，他抱怨起来，也没有煎饼。

你想吃煎饼？

我总是看见煎饼。威士忌。蜘蛛。煎饼。蜥蜴。煎饼是我见过的唯一一样好东西。但他们却只给我一个老人吃什么破燕麦。咖啡和燕麦。早餐太差！

连烤面包都没有？我问。

如果我想吃也是有的，可我一直问他们要煎饼，巴格怒气冲冲地看着我说，我一定要吃煎饼！

我得问你点事。

那就问呗！如果你给我煎饼我就告诉你。

好。

还有威士忌。他神秘兮兮地靠过来说，给我带点酒来，不过别让别人知道，藏在衬衫里。

好。

巴格坐回去，准备好了，脸上洋溢着期待。

还记不记得你骑走了我的车？

他一脸茫然。我说得很慢，每说一句都顿一下，等他点头。

你当时坐在迈提 · 阿尔的店外，看见我的车，就骑上去走了。我出来问你要去哪儿。你说你想去看看那是不是个梦。

巴格两眼露出吃惊的表情。

现在想起来了吗？

没有。

我调整了场景的顺序，说了五六次，巴格才终于恢复了意识，开始回忆最近发生的事。他一动不动，集中精力回忆起来，我几乎能听见齿轮转动的声音。他想起来了，表情渐渐改变，我不耐烦地往旁边看了两眼，再看他时才注意到他吓呆了。他盯着我们之间的床罩上的什么东西。我以为他产生了幻觉，他想到的不是能让他欣喜若狂的煎饼，而是某种爬虫或昆虫。但这时他的表情又变成了同情，他倒抽一口气喊道，可怜的女孩啊！

什么女孩？

可怜的女孩！

他的身体扭动起来，呜咽着，却没掉眼泪。他一直在为她哭，还含糊地说到了“施工”，这时我才明白，她在建筑工地上的土墩里！我的脑海不禁浮现出一幅画面。我们骑在自行车上飞来飞去，而她就在下面。我颤抖着站起来。在我内心深处，我知道，他是见过梅拉 · 沃尔夫斯金的，他见过她的尸体。如果我们没杀拉克，他也会因为这条人命进监狱的。我转来转去，心想该去报警，却又停下来。我不能让警察知道我有这种想法，我得和卡皮完全逃出他们的监控范围，消失！我不能告诉任何人。甚至连我自己也不想知道我知道的一切。对我来说，最好的办法就是忘记，今后尽量不去想：如果我当初仔细研究一下巴格的梦，结果会完全不同！

我得去找卡皮，但不能告诉他。我永远不会告诉他，不会告诉任何人。骑车去拉弗内家的路上，我有些魂不守舍，什么都想不到，只想抹掉回忆。我想找个方式喝醉，世界就会变成琥珀色，一切都会柔化成棕色，像在老照片中那样，那样我就安全了。

扎克和安格斯正在杂货店外面的停车场玩儿，他们的自行车在那儿，卡皮的也在，不过他俩正坐在扎克表哥的车里。看我来了，他们下车告诉我，卡皮去邮局看有没有信来。

这个时候该回来了，扎克说。

我就去找卡皮，最后在邮局后面找到了他。他坐在一把破烂的椅子上——夏天时，邮局职员会在那儿休息抽烟——头发披散在脸上，抽着烟。我走近他，他没看我，只是递过来一张纸。

> 你必须停止并终止[①]与我们女儿的任何联系。我太太发现了齐利亚藏起来的那包信。你得考虑一下，我们可以就这件事在法律允许的最大范围内残害[②]你。
>
> 另外，现在齐利亚正在接受惩罚，我们马上就会搬家。你偷走了我们女儿的清白，毁了我们的生活！

卡皮伸开绵软无力的四肢，意志消沉，面如死灰，头顶上方旋

---

①法律中的禁令用语，要求个人或组织停止并终止特定行为，否则将面临法律诉讼。

②原文为“persecute”（残害），与“prosecute”（诉讼）拼写相近。

着一团烟圈。我坐在他身边的纸板箱上，没什么好说的，只能双手抱住头。

对啊，卡皮粗暴地喊道，他妈的对啊！惩罚她？他们肯定会把她锁到搬家那天，我敢打赌。这样她就不能去邮局了。毁了他们的生活！我会毁了他们的生活吗？真心爱他们的女儿会毁了他们的生活吗？

看着我，兄弟，他乞求道。

我看着他。

看看我啊，他把头发甩到后面，指尖按在胸口。我会毁了她的生活吗？这边的我，那边的齐利亚，我们是天造地设的一对。人为的错误造成了我们的分离，但我们的心听从天意。我们的身体也是。他妈的这又怎样？我们做的一切都是命中注定。造物主是仁慈的，兄弟，神秘而又仁慈的他将齐利亚赐给了我。爱，是他赐予我俩的礼物——我总不能扔回去，甩在他脸上吧？

不能。

她爸妈却让我这么做，但我不会照做的，我不会把我们的爱甩回到造物主的脸上。不管她爸妈能不能明白，我们的爱会天长地久，无论他们做什么，都不能将我们分开！

好吧。

对！卡皮说着，头发又凌乱地垂了下来。他用燃着的烟头点燃了信，看着它点燃、熊熊燃烧起来，直到烧到指尖，他才扔掉碎片，单薄的纸片在他脚边缓缓飘落。

我要回家拿上次的车票钱，卡皮说，给兰德尔的车加上油，再去你家接你。

我们去哪儿呢？

我不能这么坐着，乔，我不能待在这儿。我知道自己只有见了她才能安心。

扎克和安格斯正在扎克表哥的车里喝汽水，我们丢下他们各自回了家。家里没人，我找出几件换洗的衣服，翻出所有现金，总共七十八块，塞进一个背包里。其实我还有些钱是索尼娅留下的，怀蒂给我发的一周的工资我也没用过。他给多了，可能想让我别多嘴。我又拿了件夹克。卡皮还没来，虽然我做过那些事，我仍算个考虑长远的人。所以我做了午餐，用花生酱和泡菜做了很多三明治。我吃掉一个，喝了些牛奶。他还是没来。我想起来，兰德尔那辆破车很难发动。挂挡，我心想。珀尔一直跟着我。我走进爸爸的办公室，试了试桌子上的抽屉——那段时间爸爸一直锁着它——果然卡住了，但他没完全锁住。我使劲晃动几下，抽屉打开了，里面有个文件夹，装满了油腻腻的复印件，有一份部落登记表，表格上填着：梅拉·沃尔夫斯金，十七岁，一个叫塔尼娅的孩子的母亲。柯蒂斯·叶尔托的名字填在父亲一栏，正如琳达说的那样。我合上文件夹，放回抽屉。我用回形针把锁转了回去，看起来好像抽屉没被打开过，但那又有什么要紧呢？我不知道。我很高兴自己不用和毕尔克谈话了。我从皮箱里抽出一张信纸，爸爸桌上总放着一筒削尖的铅笔，我拿出一支，写信告诉他们我要去野营。他们不用担心，我和卡皮在一起，临时通知他们我很抱歉。我还说我们会去个三四天，我会给他们打电话。我心想要不要写上“问问巴格·普瑞尔的梦”，但最后还是没写。屋外有了动静，珀尔叫起来，是安格斯和扎克。他们想知道我们为什么丢下他们，我就跟他们说了信的事情，告诉他们卡皮准备去开兰德尔的车。

我有样好东西，安格斯说。

他给我看了张身份证件，是驾驶执照。他堂哥谎称遗失了，又搞来一张，然后把执照卖给了安格斯，但上面的照片一点也不像他。

但你不觉得很像卡皮吗？他可以给我们买酒。

是挺像他的，我说。就在那时卡皮开上来了，我们钻进车里，引擎没关。我坐在前面，扎克、安格斯坐在后面。

我们去哪儿？扎克问。

蒙大拿，卡皮说。

后面的两个人大笑起来，我却看着窗外的珀尔。它目不转睛地看着我。

我知道5号公路之外还有另一个世界。四个男孩坐着一辆车，那样宁静，那样空旷，一英里又一英里。无线电台信号中断时，只有静电干扰声和你自己的声音，当你将胳膊伸出窗外搭在车前盖上，风呼啸而过。我们离开家时还有半箱油，后来又加满两次，开到了去普伦蒂伍德[①]的边界处，我们放慢速度，沿佩克堡[②]慢慢开到沃尔夫波因特[③]。卡皮换我来开，我们停在一家卖酒的商店外，车引擎没关，卡皮买了一瓶1/5加仑[④]、一箱啤酒，又买了一瓶1/5加仑。扎克带了吉他，唱起乡村西部风格[⑤]的悲伤歌曲，一首又一首，每次都让我们捧腹大笑。我们又上路了，一路闲聊，越聊越有趣，越聊越荒唐——卡皮打算把齐利亚从海伦娜市回信地址的家里解救出来——还远着呢！

到了一个加油站，扎克和安格斯有点担心，就给家里打了电话。结果扎克的耳朵都要被那边的怒火“烧焦”了。他悄悄溜回车里，看着我说，哎哟！我们吃了三明治、加油站买来的牛肉干、辣香肠、几包薯片和几罐坚果，在休息站猛喝水，结果车熄火了。我们只好把它推到一个下坡上，挂空挡，它往下滑行时我们赶紧跳进去。引擎发动了，我们像打仗时那样，尖着嗓子大叫起来。后面的扎克和安格斯睡着了，靠着对方打起呼噜。卡皮和我开始聊天，一路向西，穿越漫长的黄昏。太阳燃烧着，稳稳地停在地平线上，持续了很久，然后沉入深色的地平线下，

---

① 蒙大拿州东北部谢里敦县县治。
② 蒙大拿州东北部一座城镇。
③ 蒙大拿州东北部一座城镇。
④ 美国酒瓶容量通常都是1/5加仑。
⑤ 即乡村音乐。

继续喷出红色的火焰，又持续了好久。时间似乎停止了，我们是在梦中毫不费力地打了个滚。

我告诉卡皮，我在爸爸的抽屉里发现了那份文件，我把表格上的一切都告诉了他，还说到南达科他州的州长。

所以钱是从他那儿来的，他说。

肯定是。那些聪明的高中女孩被选过去端咖啡、把文件归档，她就是其中之一，所以他俩的照片登在了报纸上，特别是那么个漂亮的印第安女孩，州长还搂着她的肩。拉罗斯告诉过我的，琳达也知道。叶尔托就是这样接触到她的。还有拉克，他保守了秘密，但他嫉妒，因为他觉得她是他的。

州长给她的钱算是封口费，让她开始新生活吗？

她把钱放在孩子的玩具娃娃里，免得被抢走。

免得被拉克抢走。

我告诉卡皮，车从湖里打捞出来时，我看见那个娃娃的衣服了，所以那个娃娃一定是从开着的窗户里漂出来，然后被冲到另一边的。

这件事过后，卡皮说，我想真相会大白的，那份文件上还有他的名字呢！所以肯定会的。梅拉她就是个祸水妞啊！

他肯定会下台的，我接着说。

但实际上他没有。

身边的风沉默着，车沿穆夏姆打过猎的牛奶河[1]边开过，划破黑夜，一路向西，越走越远，就在那儿，纳纳普什看见水牛群径直走回地平线，结果第二年一头也没了。后来，穆夏姆一家便回来了，住在保留地上。他在那儿遇见了纳纳普什，他们一起搭建了圆屋——那个熟睡的女人、那个杀不死的母亲、那头老母牛。他们建那个地方是想把他们的族人凝聚起来，祈求造物主的仁慈，因为几乎没人能享受到

① 发源于蒙大拿州西北部落基山脉，向东流入密苏里河。

公正。

经过了欣斯代尔[①]。沉睡的野牛[②]也过去了。马耳他[③]也过去了。马上我们就会转弯向南，冲向远方的哈佛[④]。我们已经在加油站弄来的地图上勾勒出了路线。

继续开吧！卡皮说，我感觉很好，咱们开上一整夜吧！

就这么干！

我们大笑起来，卡皮放慢速度，放到空挡，我绕着车头跑过去，钻进驾驶座继续往前开。空气清新凉爽，弥漫着新鲜鼠尾草的味道。灯光撞上丛林狼的眼睛，它们正悄无声息地沿着路边的水沟走动，在围栏处进进出出。卡皮把我的夹克团成一个球，放在脑袋下面，倚在窗户上睡觉。我一直往前开，开累了便换卡皮开。这次，扎克和安格斯爬到前面，让卡皮保持清醒，我爬到后面。后面有一条鞍褥，一股泥土的味道，我枕在上面，系上安全带，因为如果不系上，车座上的搭扣会扎屁股。我打着盹儿，听见他们三个在前面有说有笑，突然有种自然的宁静，和我在爸爸妈妈车里的感觉一样。他们把酒瓶递过来，我喝了一大口，想让自己睡过去。果然我很快就入睡了，连梦都没做，全然不知车冲下公路，翻了几个跟头又滚下去，车门也被甩开，最后停在一片没有耕过的地里。

我感觉到车在剧烈晃动，可还没来得及搞清楚状况，一切都静止了。我以为我们停车了，差点继续睡去，但还是睁开眼睛，想看看我们到哪儿了，却发现外面一片漆黑。我叫卡皮，没人答应。远处传来悲痛的声音，不是哭泣，只是费力地喘息着。我解开安全带，爬出开着的车门。声音来自扎克和安格斯，他们正乱作一团，在地上扭动着身体，然

---

① 蒙大拿州西南部的一个县。
② 蒙大拿州索科镇附近的一座山，被附近的斯托尼人称作“沉睡的野牛”。
③ 蒙大拿州菲利普斯县县治。
④ 蒙大拿州北部的希尔县县治。

后又踉跄着站起来，又倒下。我的脑袋嗡嗡作响。我回到车里查看——没人。一只车头灯闪烁着，我爬出来，绕着车四处寻找卡皮，可他好像消失了。我在车的四周慢慢走着，心想他是去求救了，便松了口气。只有星光和车发出的光束闪烁着，几处黑咕隆咚的地面像是伸入地下的黑洞。有那么一会儿，我晕晕乎乎的，以为自己站在矿井口，真怕卡皮已被甩了进去，但那只是影子，我见识过的最深的影子。我趴下来，手脚并用，向那个影子爬过去，在看不见的草地中摸索前进。风吹起来，吹远了伙伴们的哭喊声。我找到卡皮了，这时连我自己的声音也被风吹远了。

我呆坐在警察局的椅子上。扎克和安格斯在哈佛医院。他们把卡皮带去了别的地方，留给多伊和兰德尔处理。是幽灵把我带到了这儿。在地里抱着卡皮时我已见过他了——我的幽灵弯下腰来靠近我，举在肩上的手电筒投下一片光，他站在亮光里，头上环绕着银色的光晕，刻薄的眼神轻蔑地看着我。他轻轻晃了晃我，嘴唇动了几下，但我只听见他说放开，可我不听他的。我坐在椅子里，睡去又醒来，我一定吃过东西喝过水了，但我却不记得了，只记得我反复看着卡皮给我的圆圆的黑石，那只雷鸟蛋。还记得爸妈进门时仿佛苍老了许多。我想，是遥远的路途压弯了他们的身体，暗淡了他们的双眼，甚至花白了他们的头发，震颤了他们的双手和嗓音。我从椅子上站起来，这时我发现自己也同他们一起变老了。我悲痛欲绝，虚弱无力。我的鞋子在事故中丢了，我颤抖着走到他们中间，妈妈拉起我的手。我们走到车旁，她打开后门爬了进去，后座上放着一只枕头和那条旧被子。我和爸爸坐在前面。他发动了引擎，我们就那样出发回家了。

路那么远，时间那么长，气流呼啸而过，天空逼近我们，又融入另一边的地平线，一次又一次——那么长的时间，我们无话可说。我不记得自己说过话，也不记得妈妈或爸爸说过。我知道他们知道了一切。默默忍受就是给我的判决，没有人流泪，也没有人愤怒。妈妈和爸爸轮流开车，他们只是集中精力握着方向盘，不露声色。我们意识到自己已经老了，那一刻我们很震惊。我甚至不记得从那以后他们有没有瞧过我，我有没有瞧过他们。但我却记得穿过保留地边界前路边那家咖啡馆里熟悉的场景。在我童年的旅行中，每次都会在那儿停车买冰淇淋，但这次我们没停。悲伤融入了我们小小的永恒，我们避而不谈，在这悲伤中，我们径直向前开去。我们只是继续向前。

后记

❀

这本小说的背景是1988年，但直到现在，在很多保留地内，混乱的法律仍然妨碍着人们对强奸案的起诉。2009年发布的一份报告《不公正之迷宫》中包含了以下数据：1/3的印第安妇女一生中曾遭强奸（当然，实际数字还要高，因为印第安妇女通常不会报案）；在强奸和性骚扰印第安妇女的男人中，86%是非印第安人；几乎没人被起诉。2010年，北达科他州参议员拜伦·多根倡议出台《部落法律与秩序法》。布莱克·奥巴马总统在签署该法案时，将印第安妇女遭遇的这种状况称作“对我们国家良知的侵犯”。下面用粗体标注的组织正在努力重建印第安部落的法治公正，确保印第安妇女的安全。

感谢那些在我写这本书时给我建议的人：龟山印第安保留地[①]前部落法官贝蒂·拉弗杜尔；米尔湖印第安保留地[②]前部落法官以及**阿尼什纳比法律服务中心**[③]执行官保罗·戴（即基奇·马克瓦[④]）；智慧守护者[⑤]贝蒂·戴，也是我的导乐[⑥]；心理学博士兼犯罪心理学家皮特·迈耶斯；前任明尼苏达州儿童福利顾问、现任白土奥吉布瓦保留地[⑦]的技术援助专家兼助理审判员[⑧]特里·耶洛哈默[⑨]；《美国印第安人及法律》的作者、达特茅斯学院的N.布鲁斯·杜图；杜图教授的印第安法律及文学班上的同学们；达特茅斯学院的蒙哥马利学者计划以及理查德·斯坦默尔门；苏必利尔湖齐佩瓦人巴德河族群[⑩]的法律事务专员菲洛梅纳·基北克；托尔·莫厄特·拉森律师；**印第安法律资料中心**[⑪]的露西·雷恩·辛普森；南达科他州西塞顿[⑫]印第安卫生服务中心的注册护士拉尔夫·大卫·厄德里克；明尼阿波利斯印第安卫生局的医学博士安杰拉·厄德里克；北达科他州贝尔考特[13]印第安卫生服务中心的医学博士桑迪普·帕特尔；《在征服者的法庭上：印第安10大最糟法律案例》[14]的作者沃尔特·R. 埃科霍克；**明尼苏达州印第安妇女资源中心**[15]执行官苏珊娜·凯普林格，她将自己同亚历山德拉·"桑迪"·皮尔斯合著的报告《破碎的心：明尼苏达州印第安妇女及女童遭受的商业化性剥削》[16]与我分享；《星际迷航：下一代》的顾问达雷尔·埃默尔；我的文稿编辑特伦特·达菲；哈珀柯林斯出版社的编辑特里·卡滕；明尼苏达大学美国印第安人研究系主任、历史学家

---

①位于北达科他州北部的齐佩瓦人聚居地。

②位于明尼苏达州中部的齐佩瓦人聚居地。

③非营利组织，成立于1967年，主要为明尼苏达州西北部的利奇湖、红湖等印第安保留地的低收入群体提供免费民事法律服务。

④保罗·戴的齐佩瓦语名。

⑤在印第安文化中，智慧守护者从长辈和自然中获取智慧，传递给后人。

⑥有过生育经历及接生经验的女性，帮助产妇克服恐惧心理，并在其生育过程中为其鼓劲、指导分娩。

⑦位于明尼苏达州西北部的齐佩瓦人聚居地。

⑧美国最高法院及部分州最高法院中协助审判员工作的人员，在案件审理中可代行审判员职务，但行政职责不同。

⑨司法专家陪审团（区别于公民陪审团）成员。

⑩某些印第安部落会根据部落成员居住地将其划分族群，巴德河族群是齐佩瓦人位于威斯康星州苏必利尔湖南岸的族群。

⑪由印第安人成立并管理的非营利组织，主要为印第安人提供法律援助，旨在反对种族主义及压迫，保护印第安人文化及生活方式。

⑫南达科他州罗伯茨县县治。

⑬位于北达科他州罗利特县的龟山印第安保留地内，是齐佩瓦人龟山族群所在地。

⑭主要列举了美国最高法院判决的与印第安人相关的案件，揭露其对印第安人土地和权利的剥夺。

⑮非营利社区组织，主要为印第安妇女和家庭争取践行文化价值观的权利，在印第安社群内推动公平正义。

⑯报告主要阐述了明尼苏达州的印第安妇女及女童涉及的性交易模式，并分析了原因，最终列举了帮助印第安妇女和女童远离商业化性剥削面临的挑战并提出了针对性的建议。

布伦达·J. 蔡尔德；**圣神第一民族联盟**①的执行理事莉萨·布伦纳以及卡利·坏心肠公牛律师。此外，还要感谢麦麦格韦西，感谢约翰·博罗斯教授——他最新出版的《法律析读：精神指导》②在我理解温迪哥法律的过程中提供了很大帮助。同样要感谢哈德利·路易丝·弗里德兰2010年的论文《温迪哥法律原则：如何应对克里人、阿尼什纳比人及索尔托人③中的坏人》。

我的表兄弟达雷尔·古尔诺于2011年离开人世。他把他的鹰羽给了我，与我分享了歌曲和狩猎故事。他的母亲，也就是我的姨妈多洛雷斯·古尔诺，将他的被子做成了我的写作椅的垫子。

最后，感谢所有陪我度过2010到2011年的人：首先，感谢我的女儿珀西亚，她对本书手稿多次精心阅读，并提出了诚恳、宝贵的建议。感谢她的爱和关心，尤其是在我等待诊断结果的那几周。感谢所有在我治疗乳腺癌的过程中陪在我身边支持我的人：感谢玛吉特·布雷茨克医生、佩特撒·沙利文、斯图尔特·布卢姆和朱迪思·沃克，感谢你们沉着镇定地帮助我，拯救了我的生命。女儿帕拉斯代我同医生会面，开车带我去接受治疗，同时用她自己的方法为我治疗：《银河战星》④、音乐和食物，这些在我恢复期间为我提供了神秘的力量；也是她让我们一家人团结在一起。阿扎也有自己的艰苦“战役”，她凭自己的本事打赢了，这是我们全家人的胜利。作为一个仔细、敏锐的读者，她也对手稿提出了很多建议。尼纳依基知考克为我带来了欢乐和勇气。丹用他

---

①社会公益组织，成立于2001年，前身为社区资源同盟，旨在减少或根除白土印第安人保留地及周边地区的家庭暴力及性侵犯。

②作品从阿尼什纳比人的法律视角对加拿大法律政策及实例进行了解读，并利用一系列短篇故事剖析了阿尼什纳比人与外部世界的独特交流方式，进而探讨了加拿大土著居民相关法律应注重的问题，为相关法律的制定指明了方向。

③齐佩瓦人的分支，主要居住在加拿大的温尼伯湖以西。

④美国科幻电视连续剧。

的耐心和善意让我们所有人感到了内心的踏实。

书里的这些事件与林林总总的案件、报告和故事有些许关联，但本书纯属虚构。本书无意刻画任何一个在世或离世的人。同往常一样，书中的奥吉布瓦语出现任何错误，都应归咎于我，请不要指责耐心指导我的老师们。

图书在版编目(CIP)数据

圆屋/(美)厄德里克(Louise Erdrich)著;
张廷佺,秦方云译.—上海:上海译文出版社,2018.12
(厄德里克作品)
书名原文:The Round House
ISBN 978-7-5327-7690-0

Ⅰ.①圆… Ⅱ.①厄… ②张… ③秦… Ⅲ.①长篇小
说—美国—现代 Ⅳ.①I712.45

中国版本图书馆CIP数据核字(2018)第018979号

圆屋
[美]路易丝·厄德里克 著 张廷佺 秦方云 译
策划/黄昱宁 责任编辑/顾 真 装帧设计/蒋小发

上海译文出版社出版有限公司出版、发行
网址:www.yiwen.com.cn
200001 上海福建中路193号 www.ewen.co
上海景条印刷有限公司印刷

开本890×1240 1/32 印张10.75 插页2 字数210,000
2018年12月第1版 2018年12月第1次印刷
印数:0,001—4,000册

ISBN 978-7-5327-7690-0/I·4717
定价:58.00元